KNAUR

Im Knaur Taschenbuch Verlag sind bereits folgende Bücher des Autors erschienen:
Kreisverkehr
Mogelpackung

Über den Autor:
Jan Schröter, geboren 1958 in Hamburg, studierte Sonderpädagogik und Germanistik und führte danach einige Jahre eine eigene Buchhandlung. Seit 1995 schreibt er Drehbücher für große Fernsehproduktionen (»Großstadtrevier«, »Alphateam«, »Traumschiff«) sowie Reisebücher und Kriminalromane. »Rettungsringe« ist sein dritter Roman bei Knaur.

Jan Schröter

Rettungsringe

Roman

KNAUR

Besuchen Sie uns im Internet:
www.knaur.de

FSC
www.fsc.org
MIX
Papier aus verantwortungsvollen Quellen
FSC® C083411

Originalausgabe Juni 2014
Knaur Taschenbuch

Redaktion: Regine Weisbrod
Umschlaggestaltung: ZERO Werbeagentur, München
Umschlagabbildung: FinePic®, München
Satz: Adobe InDesign im Verlag
Druck und Bindung: CPI books GmbH, Leck
ISBN 978-3-426-51487-0

2 4 5 3 1

1

Durch die Gänge wummerten Beats, und vor dem Eingang zur Aula sprenkelte eine silberne Discokugel die Wände mit flirrenden Lichtern. Trotzdem Schule, dachte Paul Cullmann. Obgleich dies nicht die Schule war, die er früher besucht hatte, und obwohl seine Schulzeit schon ewig zurücklag, beschlich ihn umgehend das Gefühl, irgendetwas ungemein Wichtiges vergessen zu haben. Hausaufgaben oder die Mathe-Klausur. Ging wahrscheinlich jedem so, schätzte Paul, Schule blieb Schule. Da half auch keine Discokugel.

Die zum Festsaal umfunktionierte Aula präsentierte sich schon gut gefüllt mit Menschen. Auf den ersten Rundblick hin entdeckte Paul weder Lennart noch Daniela, also verkrümelte er sich an den Rand des Saals und behielt den Eingang im Auge. Immer noch strömten Gäste herein, Abiturienten und ihre Familien: Eltern, Großeltern, Geschwister. Die Heldinnen und Helden des Abends trennten sich schnell von ihrer jeweiligen Sippe und rotteten sich grüppchenweise auf der Tanzfläche zusammen, als stünden sie noch auf dem Pausenhof. Dabei entfachten sie jedes Mal aufs Neue einen Begeisterungstaumel, wenn wieder einer der Ihren in ungewohnter Abendgarderobe auftauchte. Auch Paul ließ dieses Schauspiel nicht unberührt. Da waren die schlaksigen Kerle, die sich in ihren nagelneuen Anzügen steif und ungelenk bewegten wie Roboter und dabei unablässig nervös am – vermutlich von Papa gebundenen – Krawattenknoten nestelten. Ihre weiblichen Pendants waren die Mädchen, die sich ihre Abendkleider wahrscheinlich schon eine Minute nach dem Anlegen am liebsten heruntergerissen und durch eine Reithose oder Jeans ersetzt hätten. Sie wirkten in diesen Kleidern genau so, wie sie es selbst empfanden: als Fremdkörper. Aber von diesen Mädchen gab es nicht viele. Die meisten ihrer Geschlechtsgenossinnen hatten die Metamorphose vom Schulmädel zur jungen Dame mühelos gemeistert. Perfekt gestylte Scarlett O'Haras, die sich in Putz und Robe auf dem Parkett bewegten, als hätten sie sich ein Schulleben lang bloß verstellt und nun endlich ihre wahre Bestimmung gefunden. Auch unter den Jungen gab es einige, die im Anzug eine souveräne Figur abgaben. Nicht sehr viele, aber immerhin. Auf diese Spezies schien der Nadelstreifen förmlich gewartet zu haben. Vermutlich würden sie ihn für den Rest ihres Daseins kaum noch ablegen.

»Sie sind soooo groß geworden, unsere Kleinen! Gestern noch soooo winzig. Konnten nichts alleine. Und jetzt das. Kaum zu fassen, was?«

Paul nickte gedankenverloren und sah erst dann zur Seite. Sein Blick versackte ungebremst im abgründigen Dekolleté einer wogenden Mutterbrust. Bevor sich Auge und Bewusstsein wieder mühsam schluchtaufwärts hangelten, verschüttete ihn bereits die nächste Wortlawine.

»Obwohl, so alles alleine, das können sie natürlich doch noch lange nicht. Sina, sag ich gestern zu meiner Tochter, was ist nun mit deinem Ballkleid? Stellen Sie sich vor, da hat das Kind bis dahin noch nicht mal daran gedacht, ein Kleid zu kaufen! Ich sag, das ist ein Ball. Ein Tanzfest. Der krönende Abschluss deiner Schulzeit. Du brauchst ein Kleid! Ich also mit meiner Tochter sofort los in die Stadt …«

Es war, als hätte man eine Endlostonspur gestartet.

»… nicht diese rosa Tüllgardine, sag ich zu der begriffsstutzigen Verkäuferin, mein einziges Kind soll ja nicht Karriere im Harem machen …«

Wo ist der Nothammer?, fragte sich Paul. Er kannte die Frau, obwohl ihm ihr Name nicht mehr einfiel. Ihre Tochter Sina war mit seinem Sohn Lennart zusammen im Kindergarten gewesen, vor einem gefühlten Jahrhundert. Damals hatte Sinas Mutter mit ihren Dauermonologen schon regelmäßig jeden Elternabend erheblicher überzogen als Gottschalk seine Sendezeiten bei »Wetten, dass«. Paul führte es im Nachhinein auf diese traumatische Früherfahrung zurück, dass er im weiteren Verlauf von Lennarts Schulzeit den Besuch von Elternabenden nur allzu gern Daniela überlassen hatte.

Aber jetzt war Daniela leider noch nicht da.

»… das Grüne passte nun mal kein Stück zu Sinas Teint, aber das Fliederfarbene, Flieder, sag ich, Flieder geht immer, nicht wahr, kennen Sie doch auch, den Spruch, Herr … Herr … sagen Sie mal …«

Sie wusste seinen Namen also auch nicht. Paul beschloss spontan, seine Anonymität zu wahren. »Holunder.« Wenn man schon beim Flieder war. »Fred Holunder.«

»Holunder? Sie kommen mir bekannt vor, aber bei Holunder klingelt es nicht bei mir. Was machen Sie denn so?«

»Ich restauriere.«

Sie kniff interessiert die Augen zusammen. »Alte Meister?«

»Alte Möbel.«

»Aus dem Museum?«

»Vom Sperrmüll.«

Ihr Interesse erlosch schlagartig. »Ihr Name klingt gar nicht polnisch.«

»Eingedeutscht. Eigentlich: Holunderoschinski. Aber Holunder spart Geld. Sonst bräuchte ich Visitenkarten zum Ausklappen.«

»Äh. Ja. Ach so.« Sie wusste nicht recht weiter, stocherte aber trotzdem weiter im Nebel. Notorisch neugierig. »Vielleicht kenne ich Ihr Kind? Es hat doch jetzt in Sinas Jahrgang Abitur gemacht. Sohn oder Tochter?«

»Tochter.«
Sinas Mutter ließ nicht locker. »Wie heißt sie denn?«
Paul zögerte keinen Moment. Diese Nervensäge verdiente es nicht anders. »Melinda Indira Elvis. Da ist sie ja endlich. Tschüs dann, ich muss zu ihr …«
Er ließ die verdutzte Frau stehen und strebte einem Grüppchen kichernder Ballprinzessinnen entgegen. Einer davon, einem ätherischen Geschöpf mit sorgfältig konstruierter Hochfrisur, tippte Paul im Vorbeigehen vertraulich auf die Schulter. »Entschuldigen Sie bitte – haben Sie Lennart Cullmann hier irgendwo gesehen?«
Sie schüttelte das Köpfchen – ausgesprochen bedächtig, damit ihr die Frisur nicht aus dem Leim ging.
»Danke, macht nichts. Ich finde ihn schon.«
Zu seinem vorigen Beobachtungsposten am Rande der Tanzfläche gab es kein Zurück. Dort stand Sinas Mutter, deren Blicke Paul immer noch verfolgten. Also entschied er sich für einen Abstecher zur Bar. Bis Lennart und Daniela hier aufkreuzten, würde er sich ein kühles Blondes gönnen. Dann hätte er etwas zu tun. Paul spürte wieder dieses Gefühl dumpfer Unruhe im Magen, das ihn bereits durch die ganze letzte Woche begleitete. Heute war es besonders schlimm gewesen. Heute ist ja auch der Tag X, dachte er. Lennarts allerletzte Schulveranstaltung. Nächste Woche wäre sein Junge schon weg. Sechs Monate Wirtschaftspraktikum. New York, Big Apple, USA. Sein Junge. Nicht daran denken, beschwor sich Paul. Er drängte sich energisch an den umlagerten Tresen.
»Ein Bier, bitte.«
»Schule ist anstrengend, was? Damals wie heute.« Vom Barhocker neben ihm grinste Paul ein bekanntes Gesicht entgegen: Sebastian Westhofen, sein einstiger Klassenkamerad.
»Heute ist schlimmer«, seufzte Paul.

»Wenn der offizielle Teil vorbei ist, wird's bestimmt nett«, tröstete Sebastian.

Basti hatte drei oder vier Kinder, entsann sich Paul. Da wird man wahrscheinlich irgendwann gelassener. »Wenn du es sagst …«

Ein gestresster Barkeeper stellte das von Paul bestellte Bier vor Sebastian auf dem Tresen ab und hastete zum anderen Ende der Theke. Basti griff nach dem Glas und hielt es Paul entgegen. Dabei bebte seine Hand ein wenig, etwas Gerstensaft lief über den Rand und tropfte auf den Boden, bevor Paul das Getränk übernehmen konnte.

»Tut mir leid«, entschuldigte sich Basti.

»Bist wohl doch nicht so entspannt, wie du tust«, grinste Paul.

Sebastian zuckte mit den Achseln. Er wirkte müde und abgekämpft. Vier Kinder, dachte Paul, da altert man rasant. Außerdem ist er zweiundfünfzig. Wie ich. O Mann.

»Irgendwas ist immer«, erwiderte Basti lapidar.

Sebastian, der Meister des Nichtsagens. Der ließ schon als Schüler nie viel von sich nach draußen, erinnerte sich Paul. Sebastian war irgendwie da, aber wie er wirklich tickte, wusste man nie so genau. Deshalb hatte Paul eher wenig mit Basti zu tun gehabt. Und jetzt konnte er auch nicht viel mit ihm anfangen. Paul überbrückte seine eigene Sprachlosigkeit mit einem zügigen Schluck aus dem Bierglas. Wenigstens entdeckte er dabei weiter hinten im Saal, am Rande der Tanzfläche, Daniela und Lennart.

»Ich zieh dann mal weiter.«

Sebastian grinste schief: »Ein Mann muss tun, was ein Mann tun muss.«

Klang nicht halb so cool wie bei John Wayne. War ja auch bloß Basti. Paul nickte ihm kurz zu und steuerte auf seinen Sohn und seine … tja, was eigentlich? – Ex-Frau, das hörte sich komplett bescheuert an. Schließlich war Daniela immer noch eine Frau, auch nach der Scheidung. »Seine« Frau war sie natürlich nicht mehr. Aber das war sie vorher auch nicht gewesen, jedenfalls nicht im wörtlichen Sinne, der ja ausgesprochen besitzergreifend daherkam. Daniela hatte immer sehr viel Wert auf Unabhängigkeit gelegt, auch während ihrer gemeinsamen Ehe. Die war nun bereits seit sechs Jahren geschieden. Und Paul wusste immer noch nicht, wie er sich gegenüber seiner – tja, was eigentlich? – positionieren sollte. Wohin für ihn die Reise mit Daniela gehen würde, die so viele gemeinsame Jahre und einen gemeinsamen Sohn umfasste. An dieser Ratlosigkeit hatte nicht einmal die Tatsache etwas geändert, dass Daniela längst wieder mit jemandem zusammen war. Jean-Luc, ein Franzose. Manager in der Systemgastronomie. Lebte in Lyon, was nur eine Wochenendbeziehung zuließ – für Daniela anscheinend genau das richtige Maß an verbindlicher Unverbindlichkeit. Seine – tja, was eigentlich? – blieb Paul ein Rätsel. Und solange man bei einem Rätsel nicht wusste, wie es sich auflöste, blieb die Spannung. Welche Paul immer in sich verspürte, wenn er Daniela sah. So wie jetzt.

Lennart hatte ihn entdeckt und winkte seinem Vater entgegen. »Na, Großer?«, grüßte Paul und bewunderte auch Lennarts Anzug gebührend. »Edel. Ganz groß. Perfektes Outfit für die Wall Street! Steht dir prima.« Und das war nicht gelogen, dachte Paul, überwältigt von einer Gefühlswelle aus Stolz, Staunen und Wehmut. Da stand Lennart: Rank und schlank überragte er Paul um eine halbe Haupteslänge. Die Schulterpolster seines Anzugjacketts hätte Lennie nicht benötigt, um athletisch zu wirken. Sein dunkles, gewelltes Haar war exakt so voll und dicht, wie es bei Paul ausgesehen hatte – damals, bevor es sehr viel dünner und nun überwiegend grau geworden war. Die wachen, strahlend blauen Augen hatte Lennart von seiner Mutter.

So, fuhr es Paul durch den Sinn, sieht ein Held aus, der die Welt erobert. Und so stolzgeschwellt, wie Daniela gerade ihren Sohn musterte, schien sie Ähnliches zu denken.
Unter der vereinten elterlichen Großbeschau fühlte sich Lennart nun doch etwas unbehaglich. »Danke. Ich schau mal, wer schon alles da ist«, kündigte er an und verdrückte sich eilig ins Getümmel.
Daniela schmunzelte, als Paul ihrem Jungen regelrecht versonnen nachblickte. »Keine Sorge. Der macht seinen Weg.«
»Sicher. Gute Gene.«
»Genau. Meine.«
»Witzig.«
»Deine natürlich auch«, gab sich Daniela gnädig. War schließlich ein besonderer Abend.
»Den Anzug habt ihr gut ausgesucht«, gab Paul das Geschenk zurück, »passt wie angegossen.«
»Du könntest auch mal wieder einen neuen brauchen«, schwenkte Daniela wieder auf Konfrontationskurs ein. »Ich wette, du kriegst das Jackett nicht mehr zu, ohne dass dir der Knopf wegfliegt.«
»Krieg ich schon«, behauptete Paul fest. »Ich will bloß nicht.«
Daniela kicherte und knuffte ihn gegen die gut gepolsterten Rippen. »Zugenommen?«
»Wenn überhaupt: Kummerspeck!«
»Ach was. Andere Leute haben auch Probleme.«
Daniela wurde plötzlich ernst und atmete einmal tief ein und wieder aus. Ihr lag etwas auf der Seele, registrierte Paul sofort. Wenn er jemanden in- und auswendig kannte, dann seine – tja, was eigentlich?
»Du, zum Beispiel?«, erkundigte er sich aufmerksam. Ganz offensichtlich kämpfte Daniela mit einer Antwort. Interessant, fand Paul und verfiel umgehend einer ebenso schlüssigen wie

verlockenden Erklärung: Bestimmt war es vorbei zwischen Daniela und Jean-Luc. An einem Abend wie diesem, der gewissermaßen den Schlusspunkt unters zwar schon vor Jahren ramponierte, aber immerhin doch noch irgendwie funktionstüchtige Familienleben setzte, kochte in ihr die Sehnsucht nach guten, alten Zeiten hoch. Sehnsucht nach ihm, hoffte Paul plötzlich in sicherer Zuversicht darüber, dass Daniela ihn gleich um einen kompletten Neustart anflehen würde. Und er, er würde sie in die Arme schließen und Ja sagen.

»Sie heißt nicht Melinda Elvira Elvis!«

Die Mutterbrust im abgründigen Dekolleté wogte diesmal vor blanker Empörung. Sinas Mutter baute sich neben Paul und Daniela auf, im Schlepp die ätherische Elfe, die immer noch dem Zusammenhalt ihrer Hochfrisur wesentlich mehr Aufmerksamkeit widmete als allem anderen.

»Sie heißt Désirée! Und sie ist auch nicht Ihre Tochter!«

»Sie erinnert sich nicht«, konterte Paul gelassen. »Wir haben sie gleich nach der Geburt zur Adoption freigegeben.«

»Hä?«, grunzte die Elfe nur und betastete beidhändig ihre hochtoupierte Sturmhaube.

»Dafür hat sie jetzt die Haare schön. Hätte sie mit mir als Vater nie geschafft«, legte Paul nach.

»Also ich geh jetzt«, verkündete die Elfe verständnislos und trippelte vorsichtigen Schrittes davon.

Sinas Mutter wandte sich Daniela zu, mit pistolengleich auf Paul gerichtetem Zeigefinger. »Nehmen Sie sich bloß vor Herrn Holunder in Acht, das ist ein ganz Durchgeknallter!«

Daniela bewegte keine Miene. »Zu spät. Wir waren schon verheiratet.«

»Unerhört so was!«

Sinas Mutter zog wutschnaubend von dannen und ließ damit offen, ob sich ihre Feststellung auf den Tatbestand der verflossenen Ehe oder auf Pauls albernes Täuschungsmanöver münzte. Daniela musterte ihren Ex-Gatten ausdruckslos.

»Herr Holunder?«

»Holunderoschinski. So viel Zeit muss sein.«

»Du hast wirklich einen ausgesprochen seltsamen Humor.«

»Immerhin habe ich welchen.«

Sie schüttelte resigniert den Kopf und ließ den Blick durch den Saal schweifen, in dem die Party allmählich Fahrt aufnahm. Paul spürte immer noch, dass Daniela etwas auf dem Herzen hatte.

»Du wolltest mir gerade etwas erzählen, bevor das rasende Muttertier hier aufkreuzte?«

Daniela nickte und wandte sich ihm zu, wieder etwas unsicher.

»Wie geht's dir so, Paul?«

Gleich, dachte er. Gleich setzen die Streicher ein, und Daniela dreht die Uhr zurück. Er zuckte verhalten mit den Achseln. »Lennie wird mir fehlen. Und, wie's aussieht, werde ich meinen Laden zumachen müssen.«

»O nein. Tut mir leid, Paul.« Sie wirkte ehrlich betroffen.

»Es muss ja nicht immer alles so bleiben, wie es ist«, versuchte Paul ihr die verbale Brücke zum großen Wiedervereinigungsbekenntnis zu bauen. Schien zu klappen, Daniela nickte jedenfalls eifrig.

»Sehe ich genauso! Find ich gut, dass du auch bereit bist für Veränderungen, Paul. Weißt du, das hast du früher nicht so draufgehabt …«

»Früher war gestern.« Er winkte lässig ab. »Das Heute zählt. Sieh dich doch hier um …« Paul wies in den Saal. »Lauter junge Menschen auf dem Ritt ins Dasein. Wir haben ihnen lange genug die Steigbügel gehalten. Jetzt müssen wir uns mal wieder auf uns selbst besinnen, meinst du nicht auch?«

»Absolut richtig«, bekräftigte Daniela und strahlte ihn an. Hinreißend, fand Paul. Wo blieben die Streicher?

»Du bist ein guter Kerl, Paul. Auch, wenn ich eben über deinen Humor gemeckert habe …«
»Danke.« Streicher?
»Wenn Lennart nächste Woche nach New York fliegt, also nach seiner Abreise … Ich ziehe nach Lyon. Jean-Luc und ich – wir heiraten.«
Keine Streicher. Kesselpauke.
»Meinen Modeblog schreibe ich dann direkt aus Frankreich, ist irgendwie auch viel authentischer, findest du nicht? Ich kann dort sogar Reportagen für ein Lifestyle-Magazin machen …«
»Du ziehst also vor allem wegen der Arbeit dorthin, ach so.«
»Paul.« Sie musterte ihn betrübt. »Mach es nicht unnötig schwer. Früher war gestern. Hast du gerade erst gesagt.«
»Dann muss es ja stimmen.«
»Genau.« Sie stupste ihn wieder an, diesmal eher aufmunternd als neckisch. »Hey. Tanzen?«
Paul verzog das Gesicht. »Wir müssen uns wieder auf uns selbst besinnen – das hab ich doch auch gesagt.«
»Und?«
»Tanzen macht mich immer so besinnungslos.«
»Dann eben nicht. Ich mische mich jetzt unters Volk. Hier sind noch ein paar Leute, von denen ich mich verabschieden möchte.« Ihre Hand bewegte sich wieder auf ihn zu. Dann sank sie doch herab, bevor eine Berührung zustande kam. »Alles Gute, Paul.«
Damit ließ sie ihn stehen.
»Du mich auch, Daniela«, murmelte Paul leise. Um ihn herum schoben und drängten sich die Leute, doch er rührte sich nicht vom Fleck. Blieb einfach stehen, angewurzelt wie ein Baum. Wie irgendein seltsames Gewächs, das einfach da war und ansonsten nichts zu tun hatte mit allem, was die anderen Kreatu-

ren um ihn herum so trieben. Solange er sich nicht bewegte, ginge ihn nichts davon an.

Diese Illusion währte nur so lange, bis ein unbeholfenes Tanzpaar zu den Klängen von *Dancing Queen* aus der Kurve getragen wurde und ihn unsanft anrempelte.

»'tschuldigung.« Lennart wirkte abwesend, als zählte er im Geiste immer noch seine Schritte.

»Tanzlegastheniker«, grummelte Paul und rieb sich die schmerzenden Rippen.

»Hab ich von dir«, grinste Lennart.

Leider wahr, dachte Paul und wandte sich Lennarts Tanzpartnerin zu: eine gut gebaute Blondine mit künftiger Tendenz zur Walküre. Ein funkelndes Lippenpiercing konterkarierte ihr hübsches Püppchengesicht beträchtlich, daran änderte auch das artig geschnittene, fliederfarbene Kleidchen wenig. Sie schien zu der Spezies Mädchen zu gehören, die sich in solchen Fummeln nicht wohlfühlte – jedenfalls zog sie ein Gesicht, als wäre sie viel lieber ganz woanders. Und in anderer Kleidung.

»Vielleicht sollten Sie die Führung übernehmen«, empfahl ihr Paul. »Lennie scheint damit überfordert.«

»Ich finde diese gestelzte Standardtanzerei sowieso völlig verlogen«, maulte das Mädchen. »Eigentlich gilt fürs Tanzen doch bloß, was George Bernard Shaw darüber gesagt hat!«

»Der hat einiges gesagt«, merkte Paul an, »zum Tanzen also auch?«

Das Mädchen nickte mürrisch. »Tanzen ist der vertikale Ausdruck eines horizontalen Bedürfnisses.«

»Allerhand.« Das musste Paul erst mal verdauen.

»Sina ist sehr für Klartext, Papa«, erklärte Lennart eifrig.

Paul dämmerte es, wen er da vor sich hatte. »Sina, aha. Sie … du warst mit Lennie zusammen im Kindergarten, nicht wahr?«

Sie rang sich nun doch ein kleines Lächeln ab. »Seitdem sind wir auch zusammen zur Schule gegangen. Immerhin ist heute Abschlussfeier.«

»Tanzt du gar nicht?«, erkundigte sich Lennart.

»Meine Mutter ist auch alleine hier«, insistierte Sina.

Die würde schreiend weglaufen, wenn ich sie zum Tanz aufforderte, stellte Paul sich vor. Zuvor allerdings würde er schreiend weglaufen. Eigentlich, erkannte Paul plötzlich glasklar, ist es genau das: Ich will nur noch weg von hier. Er schüttelte den Kopf. »Sei mir nicht böse, Junge – aber ich gehe gleich nach Hause. War alles ein bisschen viel bei mir in letzter Zeit. Lasst es noch ordentlich krachen hier. Okay?«

»Okay«, erwiderte Lennart unbesorgt. »Wir sehen uns ja noch die Tage.«

Paul klopfte seinem Sohn leicht auf die Schulter, nickte der fliederfarbenen Sina kurz zu und suchte das Weite, bevor Sinas Mutter möglicherweise Alarm auslöste, weil er sich ihrer Tochter näherte. Nach Daniela hielt er nicht mehr Ausschau, um sich von ihr zu verabschieden. Was das betraf, war zwischen ihnen nun offensichtlich alles gesagt.

An dieser Erkenntnis kaute Paul immer noch, als er das Schulgelände längst hinter sich gelassen hatte und durch die auch zu später Stunde noch belebten Straßen Hamburg-Eppendorfs ging. Es war Juni, aber die Nachtluft wehte mit kühler Brise und ließ ihn frösteln. Paul schloss sein Jackett und atmete tief durch.

Prompt flog der Knopf weg.

2

Paul bückte sich nicht einmal, sondern kickte den Knopf vor sich her, bis das Ding ins nächste Gully rollte. Wärmer wurde ihm davon nicht. Draußen der kalte Wind, in der Seele Eiszeit. Auf dem Ball hatte er es nicht mehr ausgehalten, aber nach Hause zog es ihn auch nicht. Mehr aus Ratlosigkeit als aus Überzeugung steuerte Paul eine Eckkneipe an und trat ein. Normalerweise, erkannte er sofort, würde er um so einen Laden einen großen Bogen machen: tabakgebeizte Uralt-Gardinen, stockfleckige Tische, eine Musiktruhe, aus der deutsche Schlager plärrten. Hinter der Theke eine Wirtin mit der Figur einer aus dem Leim gegangenen sowjetischen Kugelstoßerin, davor zwei gestählte Kampftrinker. Sie wirkten so fest mit ihren Barhockern verwachsen, als würden sie nach Kneipenschluss darauf nach Hause hoppeln müssen. Falls man in einer Kneipe wie dieser überhaupt jemals Feierabend machte. Blöde Idee, hier einzukehren, bereute Paul bereits seinen Entschluss und erwog, einfach auf den Hacken kehrtzumachen.

»Warst ja nicht lange auf dem Ball.«

Von seinem Tisch aus grinste ihn Sebastian Westhofen an, zum zweiten Mal an diesem Abend.

»Länger als du, wie's scheint«, konterte Paul.

Sebastian zuckte wieder mit den Achseln und deutete auf Pauls Jackett. »Da fehlt ein Knopf.«

»Trägt man so«, behauptete Paul und ließ seinen Blick beredt durchs Lokal schweifen. »Deine Stammkneipe?«

Sebastian schüttelte den Kopf. »Spontanidee.«

»Wie bei mir«, gab Paul zu. Er sah auf die Gläser, die Basti

vor sich stehen hatte: ein Pils, ein Korn. Altherrengedeck.
»Hilft's?«
»Ist einen Versuch wert. Du auch?«
Paul erwinkte sich die Aufmerksamkeit der sowjetischen Kugelstoßerin, zeigte auf Sebastians Getränke, danach auf sich. Die Wirtin nickte bestätigend, Paul ließ sich am Tisch nieder und blickte seinen ehemaligen Schulkameraden fragend an. »Keine Lust mehr gehabt, den großen Kindern zuzugucken?«
»Abiball hatte ich schon zweimal. Und einmal muss ich noch. Aber du hast doch bloß ein Kind – einen Sohn, richtig?«
»Ja, Lennart. Der bereitet gerade vertikal ein horizontales Bedürfnis vor. Dafür braucht er mich nicht.«
»Und was sagt deine Frau dazu, dass du einfach von der Fete abhaust?«
»Bin geschieden.«
»No woman, no cry.«
So konnte man es natürlich auch sehen, dachte Paul und langte nach dem Schnapsglas, das die Wirtin zusammen mit dem Bier vor ihn auf den Tisch abstellte. Basti erhob seinen Schnaps ebenfalls und kippte das Zeug hinunter.
»Noch einen?«, erkundigte sich die Wirtin.
»Warum nicht«, meinte Paul.
»Bin dabei«, schloss sich Basti an. Die Wirtin schlurfte von dannen.
»Und bei dir? Was sagt deine Frau dazu?«
»Melanie?« Sebastian spielte nachdenklich mit einem Bierdeckel, bis der ihm aus den Fingern rutschte und zu Boden segelte. Er ließ ihn dort liegen. »Die denkt sich nichts dabei. Sie weiß, dass ich momentan nicht so viel Trubel ertrage. Ich war gerade erst sechs Wochen zur Kur und habe noch Urlaub.«
»Bist du krank?«

»War einfach fällig«, äußerte sich Sebastian nur, kryptisch wie üblich.
Zur Kur, also wirklich, wunderte sich Paul. Wer machte denn so etwas? Großeltern fuhren zur Kur, Leute in meinem Alter doch nicht. Dabei fiel ihm sein eigentlich ja schon ziemlich erwachsener Sohn ein. Der wäre längst dazu in der Lage, ihn zum Großvater zu machen. Opa Paul. Im Geiste sah sich Paul mit einem Haufen plärrender Säuglinge auf dem Arm – alle in fliederfarbenen Stramplern. Hilfe. Themenwechsel.
»Du bist doch Beamter?«, erkundigte er sich vorsichtig. Das hatte er mal gehört. Und es passte zu Basti.
»Na und?«, ereiferte sich Sebastian. »Glaubst du, in einem Liegenschaftsamt gibt es keinen Stress?«
»Schon gut. Reden wir nicht drüber.« Bloß: Worüber dann, spekulierte Paul. Sein ehemaliger Mitschüler schien ebenfalls an akuter Konversationsverstopfung zu leiden – jedenfalls schwiegen sie sich an, bis die nächste Runde Bier und Korn an den Start gebracht wurde.
»Meine Tochter geht für ein Jahr als Au-pair nach Neuseeland«, erklärte Sebastian plötzlich. »Ihre beiden älteren Geschwister waren nach dem Abi auch lange weg. Flemming hat in Australien Schafe geschoren. Philip war mit einer Wohltätigkeitsorganisation auf Madagaskar, Brunnen bohren für die Landbevölkerung.«
»Lennart geht nach New York. Solche Sachen sind heutzutage üblich, wie es scheint.«
Sebastian schluckte seinen Schnaps und nickte grimmig – Letzteres offenbar nicht wegen der zweifelhaften Qualität des hier ausgeschenkten Fusels, denn er bestellte gleich die nächste Runde. Paul zog nach, damit kein Schnapsglasstau entstand.
»Brunnen bohren«, wiederholte Sebastian verächtlich, »die brauchten da eigentlich überhaupt keine, hat sich dann heraus-

gestellt. Aber hört sich ja erst mal edel an, aus solchen Motiven zu reisen. Als würde man nicht einfach rumhängen, sondern mindestens die Welt retten! Früher sind wir irgendwie losgezogen, einfach zum Amüsieren, zack, fertig!«
»Früher haben wir sechs Wochen blaugemacht«, versetzte Paul augenzwinkernd, »heute gehen wir zur Kur.«
Sebastian sagte nichts, aber seine Hand, die nun das Bierglas zum Munde führte, zitterte leicht. Er schien die Bemerkung keineswegs witzig zu finden. Paul hatte plötzlich das Gefühl, etwas gutmachen zu müssen. Obwohl ihm nicht klar war, was eigentlich. »Heutzutage übertreiben doch alle«, meinte er schließlich. »Nimm zum Beispiel diese Abifeier. Große Gala, alle in feinstem Zwirn. Vorgestern schon stundenlange Feier anlässlich der Zeugnisvergabe. Jeder Schüler einzeln aufgerufen, Auftritt mit Wunschmusik und Händeschütteln auf der Bühne ...«
»Und gefeiert haben die praktisch das ganze letzte Schuljahr«, erboste sich Sebastian. »Schon nach den letzten Sommerferien hatten sie ein Festkomitee, und dann gab's fast jedes Wochenende eine Abiparty. Angeblich zum Geldsammeln für den großen Abschlussball. Bei uns war das deutlich schmuckloser, weißt du noch?«
O ja. Wusste er noch. Paul hatte heute selbst mehr als ein Mal daran gedacht. Seine Schule war damals erst ein paar Jahre zuvor gegründet worden, das durchweg junge Kollegium ungebrochen vom studentischen Geist der Achtundsechziger-Generation durchweht. Am letzten Schultag verteilte Direktor Dittmer die Abschlusszeugnisse während der großen Pause unter den in der Aula versammelten Abiturienten – das war's dann gewesen. Seine Ansprache dabei hatte sich auf einen einzigen Satz beschränkt.
»Traut euch, anders zu sein«, sagte Sebastian, als hätte er Pauls Gedanken gelesen. »Genau das hat Dittmer damals gesagt, weißt du noch?«

»Ist uns gelungen«, behauptete Paul. »Wir fühlen uns doch ziemlich anders heute Abend, oder?«
»Warte ab, bis wir noch ein paar davon gekippt haben«, grinste Sebastian und hob sein Schnapsglas, »dann fühlst du dich wirklich anders!«

Paul hätte sich gerne anders gefühlt. Verdammter Schnaps. Nicht einmal der Kaffee kam gegen den üblen Geschmack an, der ihm von dem Billigfusel aus der Billigkneipe noch auf der Zunge lag. Vom leichten Sägen in sämtlichen Gehirnlappen mal ganz abgesehen. Eigentlich hatte er heute seine Wohnung aufräumen wollen – die sah ziemlich wüst aus, und der Dreckwäschekorb quoll auch schon über. Aber es ging ihm auch so schon mies genug, da musste es nicht auch noch Hausarbeit sein. Also schnappte er sich seine Jacke, verließ die Rumpelbude und ging zu seinem Laden. Der lag nur einen kurzen Fußweg entfernt.
Unterwegs versuchte er sich von den lästigen Fuselfolgen durch Schaufenstergucken abzulenken. Paul fand kaum eines, das ihn interessierte. Das Viertel machte sich: Trendboutiquen und gehobene Gastronomie verdrängten zunehmend die alten Läden und schmierigen Imbissbuden. In Würde bröckelnde Altbauten gab es kaum noch, die meisten Fassaden waren saniert oder neuen Häusern gewichen – merkwürdig einheitlich wirkenden Konstruktionen mit spiegelnden Glasfronten.
Vor dem Torweg zu seinem Hinterhofladen traf Paul auf Frau Böhnke und Pelle, den hässlichsten Hund der Welt. Es gab Promenadenmischungen, die von allen an ihnen beteiligten Rassen die putzigsten Merkmale vereinten und irre niedlich aussahen. Bei Pelle war leider alles schiefgelaufen. Die Proportionen stimmten hinten wie vorne nicht, ein Ohr hing durch, das Fell war großflächig nahezu kahl – bis auf gelegentliche Oasen, auf

denen sich der Haarwuchs kringelte wie bei einem Angorakaninchen. Pelle sabberte chronisch und schielte erbärmlich. Gut, dass die Töle nicht sprechen kann, dachte Paul. Pelle würde zweifellos stottern. Sein Bellen hörte sich auch nicht normal an. Selbst wenn er jemanden freudig begrüßte, wie jetzt Paul, klang es wie eine kaputte Kirmeströte.
»Ist ja gut, Pelle!« Paul tätschelte den aufgeregt hüpfenden Hund und versuchte dabei Pelles Halsband zu erwischen, um die Sabberschnauze von seinen Hosenbeinen fernzuhalten. Der unterbelichtete Köter hielt das für ein ganz tolles Spiel und geriet vor Begeisterung schier aus dem Häuschen. Der Geifer flog in alle Richtungen, bis sich Paul ergab und gar nichts mehr machte. Zufrieden wischte Pelle seine Schnauze an Pauls Jeans ab und nahm zu seinen Füßen Platz.
»Er mag Sie, Herr Cullmann! Zu anderen Leuten ist er nie so«, behauptete Frau Böhnke.
Andere Leute machen ja auch vernünftigerweise einen großen Bogen um das hässliche Vieh, dachte Paul. Nur ich nicht, weil ich leider hier durch muss und die Böhnke mit ihrem Monsterhund genau im Weg steht. Doch dann rang er sich ein Lächeln und ein freundliches »Guten Morgen!« ab. Eigentlich fand er die alte Dame ganz nett. Frau Böhnke lebte seit Ewigkeiten in dem Haus, in dessen Hinterhof sich Pauls Werkstattladen befand. Hin und wieder hatte sie dort ein Möbelstück gekauft – einen Stuhl, eine kleine Kommode, ein Regal. Und Paul immer wieder damit verblüfft, dass sie alles ganz genau wissen wollte: Wie er an das Möbel geraten war, mit welchen Methoden er es aufgearbeitet hatte und wie es zu pflegen sei. Frau Böhnke gab sich nicht mit halbgaren Erklärungen zufrieden. Jetzt auch nicht, wie es schien. Sie dachte nicht daran, Paul den Weg freizugeben, sondern musterte ihn prüfend.
»Sie sahen auch schon mal besser aus.«

»Harte Zeiten.«
Sie lächelte milde. »Haben Sie schon die Kündigung für Ihren Laden gekriegt?«
Paul nickte. »Zum Quartalsende.«
»Ich ziehe im nächsten Monat um.«
Das verblüffte Paul. »Ihr Mietvertrag ist doch praktisch unkündbar, Frau Böhnke – das müssen Sie doch nicht …«
»Ich muss auch nicht, ich will!«, erklärte die alte Dame energisch. »Wissen Sie, wie lange ich hier wohne? Über siebzig Jahre! Damals war ich zwölf, als meine Familie hier einzog.«
»Na, eben! Das gibt man doch sicher nicht so leicht auf«, wunderte sich Paul. »Bleiben Sie wenigstens in der Gegend?«
»Wir ziehen ins Grüne, Pelle und ich«, strahlte Frau Böhnke. »In ein generationenübergreifendes Wohnprojekt!«
»Kennen Sie die Leute denn gut?«
»Seit Monaten. Wir haben uns über Facebook zusammengefunden.«
»Sie sind bei Facebook?«
»Sie nicht? Da ist doch jeder heutzutage.«
»Doch, natürlich«, entgegnete Paul halbherzig. Lennart hatte ihm den Account gerade erst letzte Woche eingerichtet – damit sie über einen Kommunikationskanal verfügten, wenn er erst in New York weilte, hatte Lennie gemeint und seinem Vater lang und breit den Umgang damit erklärt. Paul hatte ihm nicht besonders gut zugehört.
»Jedenfalls bin ich den neuen Hauseigentümern beinahe dankbar dafür, dass hier alles abgerissen wird«, erklärte Frau Böhnke. »Ich weiß nicht, ob ich sonst die Energie für so einen Schritt aufgebracht hätte. Irgendwann muss man mal was Neues anfangen! Sonst geht ja immer alles im alten Trott weiter.«
»Ist doch nicht das Schlechteste, jeden Tag das Gleiche«, murrte Paul.

Die Böhnke lachte ihm ins Gesicht. »Wollen Sie etwa jeden Morgen so mies aussehen wie jetzt?«
»Wieso, ich fühl mich wie das blühende Leben«, behauptete Paul.
»Wenn so das Leben aussieht, bin ich froh, dass meins bald vorbei ist«, kicherte die Alte. »Erholen Sie sich, Herr Cullmann. Ich muss jetzt mit meiner neuen WG chatten. Komm, Pelle.«
Der Hund erhob sich artig, trocknete zum Abschied noch einmal seine feuchte Schnauze an Pauls Hosenbein und folgte Frau Böhnke schweifwedelnd und mit weit heraushängender Zunge. Es sah aus, als würde er im nächsten Moment auf seinen eigenen Lappen latschen. Das seltsame Gespann verschwand im Hauseingang, und Paul ging endlich durch den Torweg.
Das Gebäude von »Cullmann Antik & Trödel« beherbergte ursprünglich mehrere Garagen, bis man die Trennwände entfernt und ein paar Fenster eingesetzt hatte. Werkstatt und Verkaufsraum gingen fließend ineinander über, was so viel bedeutete wie: Im Eingangsbereich aufgestellte Möbel waren fertig aufgearbeitet, dahinter reihten sich Einrichtungsgegenstände in unterschiedlichen Stadien des Verfalls. Das Durchqueren der Räumlichkeiten kam dem Erlebnis einer archäologischen Ausgrabung gleich, bei der man sich vom intakten Hier und Jetzt bis in historische Tiefen buddelte, wo alles nur noch aus kryptischem Schrott und Scherben bestand. Paul liebte es, diese alten Sachen zusammenzusetzen, ihrer ursprünglichen Funktion auf die Schliche zu kommen, ihnen zu neuem Glanz zu verhelfen. Wahrscheinlich täte er das auch, wenn ihm niemals jemand etwas davon abkaufen würde. Dass dies dennoch oft genug geschah, um finanziell über die Runden zu kommen, hatte ihn nie über berufliche Alternativen nachdenken lassen.
Daniela schon. Die hatte sich zu Beginn ihrer Ehe vorgestellt, dieser Trödelladen sei erst der Anfang. Sie sah Paul mehr als

Künstler denn als Handwerker. Als jemanden, der aus Antiquitäten exklusive Designerstücke schuf, die sie dann als wohlhonorierte Innenarchitektin betuchten Schnöseln in die noblen Appartements stellem könnte. Das war an Pauls Unlust gescheitert, sich auf solche Projekte mit derartiger Klientel einzulassen. Eigentlich hatten seine Frau – Ex-Frau – und er schon früh recht unterschiedliche Vorstellungen vom Glück gepflegt, gestand sich Paul ein. Nun war Daniela für ihn endgültig Geschichte. Seine letzte Fluchtburg, dieser Trödelladen, demnächst leider auch. Was vielleicht sogar den existenzielleren Verlust darstellte. So preisgünstige Räume fände er bestimmt nicht wieder.

Und dann?

Paul nahm unentschlossen einen schartigen, hölzernen Hocker zur Hand. Ein Melkschemel, ursprünglich dreibeinig, mittlerweile eines Beines verlustig, vom Zahn der Zeit amputiert. Neben dem Schemel lag bereits die Prothese, von Paul gestern frisch gedrechselt und vorlackiert. Müsste nur noch eingesetzt werden, dachte Paul, aber weshalb die Mühe? Um zum Quartalsende wieder auf dem Sperrmüll zu landen, reichten die verbliebenen Beine allemal. Lustlos legte er den Schemel beiseite. Vielleicht sollte er es noch mal mit einem Kaffee probieren.

Die Kaffeemaschine stand ganz hinten in der kleinen Büro-Ecke. Paul benutzte sie weitaus häufiger als den betagten Computer oder das Telefon, die auch dort ihren Platz hatten. Während er mit dem Kaffeefilter hantierte, hörte er, wie jemand seinen Laden betrat.

»Hallo Papa.« Lennart steckte nun wieder in der Sorte Klamotten, in denen er für gewöhnlich herumlief: Jeans und T-Shirt. Obwohl sein Sohn ihm in dieser Kleidung viel vertrauter erschien als gestern im feinen Anzug, kam Lennart seinem Vater

immer noch verblüffend erwachsen vor – als hätte sich dieser Wandel quasi über Nacht vollzogen. Vielleicht hatte die fliederfarbene Sina dabei ihre Hand im Spiel, überlegte Paul. Oder diese Entwicklung kam so langsam, dass sie an mir vorbeigelaufen ist. Er legte den Filter weg und umarmte seinen Sohn freudig. Lennart erwiderte die Geste merkwürdig steif.
»Du bist aber früh unterwegs«, wunderte sich Paul. »Und das nach einer rauschenden Ballnacht …?«
Lennart machte eine abwiegelnde Geste. »Ich hab noch so viel auf dem Zettel vor New York. Da bin ich lieber rechtzeitig nach Hause gegangen.«
»Da war deine Freundin sicher enttäuscht.«
»Sina? Das ist nicht meine … wir sind nur Schulkameraden. Außerdem steckt sie selbst im Abreisestress. Sie geht für ein Spanisch-Semester nach Madrid.«
»Ihr verstreut euch wirklich in alle Winde. Ist dir das nicht ein bisschen unheimlich?«
Lennart lächelte milde. »Wir sind doch alle gut vernetzt. Facebook, WhatsApp, Twitter und so.«
»Hätte mir nicht gereicht, mit 'nem Bildschirm zu knutschen«, wunderte sich Paul. »Aber ich finde es toll, wie du dich selbst um alles gekümmert hast, Lennie. Um dein Wirtschaftspraktikum und diese ganze New-York-Kiste. Wollte ich dir längst mal gesagt haben.«
»Danke.«
»So vernünftig wie du bin ich in deinem Alter bestimmt nicht gewesen. Dass du deine Zukunft selbst so zielstrebig in die Hand nimmst, erleichtert mich ziemlich. Jetzt, wo Mama auch noch weggeht … Macht dir das eigentlich gar nichts aus?«
Lennart zuckte abgeklärt mit den Achseln. »Wieso, wir sind doch alle erwachsen!«
Ihr vielleicht, dachte Paul. Bei sich selbst war er sich da langsam

nicht mehr so sicher. »So muss man das wohl sehen. Trinkst du einen Kaffee mit? Ich wollte gerade welchen aufbrühen.«
»Nein, danke. Ehrlich gesagt hab ich nicht besonders viel Zeit«, wehrte Lennart ab. Er wirkte plötzlich etwas verlegen.
»Schon okay«, meinte Paul, »wir sehen uns ja noch, wenn ich dich zum Flughafen bringe. Oder vorher noch mal? Würde mich freuen.«
»Deshalb bin ich vorbeigekommen«, erwiderte Lennart. »Ich möchte dir eigentlich lieber jetzt schon auf Wiedersehen sagen.«
»Jetzt schon? Warum?«
»Auf dem Flughafen, das ist einfach bescheuert. Das ist halb unterwegs und halb noch zu Hause, keiner weiß, was man sagen soll, und irgendwie machen sich dann alle verrückt – das will ich nicht.«
Paul musste das erst mal verdauen. »Mama kommt auch nicht?«, fragte er schließlich.
Lennart schüttelte den Kopf. »Die fährt selbst am nächsten Tag nach Lyon und muss packen. Ist ihr ganz recht so. Für dich auch okay?«
»Muss ja«, brummte Paul. »Vorher noch mal treffen ist dann wohl auch nicht mehr drin?«
»Echt nicht, tut mir leid, Papa.«
»Okay, was ist schon ein halbes Jahr?« Paul riss sich zusammen. »Alles Gute, Großer. Schreib mir mal.«
»Warte nicht auf den Briefträger«, grinste Lennart. »Post war vorgestern. Guck bei Facebook nach. Du hast hoffentlich nicht vergessen, wie das geht?«
»Du glaubst wohl, meine Generation ritzt ihre Botschaften noch auf Steintafeln.«
»Deine Generation vielleicht nicht«, grinste Lennart. »Dir wäre das zuzutrauen.«

»Hau ab, du Klugscheißer. New York wartet.«
Ihre Umarmung fiel diesmal beiderseits etwas verkrampft aus. Dann war Lennie weg. Endgültig. Jedenfalls für sechs Monate. Und wer wüsste, was danach kam. Paul hatte plötzlich keine Lust mehr auf Kaffee. Keine Lust auf gar nichts. Er ließ sich auf den Bürostuhl am Schreibtisch sinken und starrte Löcher in die Luft. Sebastian fiel ihm ein, der offenbar momentan auch nicht viel mit sich selbst anfangen konnte. Genaueres hatte sein ehemaliger Mitschüler gestern während ihrer heftigen Bier-und-Korn-Therapie zwar nicht offenbart, aber die Aktion an sich sprach ja schon Bände. Sie hatten getrunken, sich angeschwiegen und zwischendurch von den gemeinsam erlebten alten Zeiten geredet – was sich, mangels späterer Berührungspunkte, auf ihre Schulzeit und die Aufzählung diverser Namen beschränkte. Weißt du noch, XY. Was macht der jetzt? Weiß ich auch nicht.
Ich mach auch nichts, dachte Paul. Bald jedenfalls nicht mehr, wenn ich mich nicht darum kümmere. Vielleicht sollte ich mein privates Netzwerk pflegen. Facebook, WhatsApp, Twitter. So löst man heutzutage Probleme.
Er schaltete den PC an und wartete ab, bis sich die Programme hochfuhren und der altersschwache Lüfter seine Arbeitsgeräusche von asthmatischem Pfeifen zu dezentem Röcheln abmilderte. Dann loggte er sich bei Facebook ein. Sieben Freunde, immerhin. Da fühlte man sich doch schon nicht mehr allein. Okay, fast alles Verwandte, aber die musste man auch erst mal haben. Da wäre Lennart. Und Daniela. Danielas Schwester und deren Mann. Plus deren drei Töchter. Also Schwägerin und Schwager und drei Nichten. Sind die eigentlich noch mit mir verwandt, nachdem ich von Daniela geschieden bin?, fragte sich Paul. Wenn nicht, gingen Ex-Schwägerinnen, Ex-Schwager und Ex-Nichten auf Facebook doch locker als Freunde durch.

Mit denen hatte er zwar schon vor der Scheidung eher selten etwas zu tun gehabt, aber Karteileichen waren in sozialen Netzwerken schließlich obligat. Zwei Verwandte, fünf Freunde, bilanzierte Paul – gar nicht mal übel.
Plötzlich entdeckte er in der Statusleiste neben dem Symbol für Freundschaftsanfragen einen kleinen roten Punkt mit einer »1« darin. Wie's aussah, wuchs sein Netzwerk rasant an. Neugierig setzte er den Cursor an die Stelle und klickte darauf.

3

Die Anfrage kam von Pelle, dem hässlichsten Hund der Welt. Warum nicht. Paul bestätigte die Anfrage kurzentschlossen und klickte sich umgehend auf Pelles Seite. Haufenweise Fotos von Pelle in allen Lebenslagen. Pelle beim Fressen. Pelle beim Pennen. Pelle beim Pipi. Da der Köter diese Bilder kaum selbst von sich fabriziert haben konnte, steckte zweifellos Frau Böhnke dahinter. Wie es aussah, dokumentierte sie Pelles Alltag rund um die Uhr. Das fand Paul erschütternd genug, aber die Kommentare unter den Fotos ließen ihn erst recht am Geisteszustand der Menschheit verzweifeln. Unter einem Pelle-Porträt, auf dem der Hund derart grenzdebil in die Kamera linste, als würde er um den Gnadenschuss winseln, überschlugen sich die »Süüüüüüß!!!«- und »Soooo niedlich!!!«-Sprüche. Bei den anderen Fotos fielen die Kommentare ähnlich euphorisch aus. Und sie waren unfassbar zahlreich. Den Rest gab es Paul jedoch, als er die Anzahl der »Freunde« entdeckte, die auf Pelles Seite standen:

Exakt 2187.

Besäße er noch einen Glauben an irgendwas, wäre Paul spätestens jetzt vom selbigen abgefallen. So blieb ihm nichts anderes, als kopfschüttelnd den PC herunterzufahren. Vielleicht sollte er damit anfangen, seine Nase in anderer Leute Hosenbeinen zu schnäuzen. Anscheinend steigerte das die Beliebtheit immens. Möglicherweise aber nur, wenn man dabei gleichzeitig mit dem Schwanz wedeln konnte. Da musste Paul leider passen.

Ein Tag zum Wegschmeißen. Dabei könnte er sich doch ungebremst amüsieren. Sebastian Westhofen hatte das jedenfalls be-

hauptet: »Deine Eltern sind tot, dein Kind ist groß, du bist ledig – du hast es geschafft!«
Paul wusste nicht mehr, wann er zuletzt derart aus vollem Halse gelacht hatte. Nach Sebastians Feststellung war es so weit gewesen. Irre komisch, dass der Schulfreund genau auf die Umstände neidisch war, unter denen Paul am meisten litt. Irre komisch allerdings nur unter akuter Zufuhr von Korn und Pils. Sieh mich an, Basti, dachte Paul, jetzt sitze ich hier – von jedem Amüsement weit entfernt und mit exakt 2180 Facebook-Freunden weniger ausgestattet als der hässlichste Hund der Welt.
Jemand öffnete die Ladentür und schloss sie hinter sich. Einen hoffnungsvollen Moment lang dachte Paul, es wäre Lennie, der nun doch noch Zeit für einen längeren Besuch bei ihm gefunden hätte.
»Hallo? Guten Tag!«
Sebastian. Zum dritten Mal innerhalb von vierundzwanzig Stunden. Eigentlich eine Überdosis Westhofen, fand Paul. Aber mit 2180 Facebook-Freunden weniger als Pelle durfte man nicht wählerisch sein. »Basti?«
Der einstige Mitschüler suchte sich einen Weg durch den Trödel. Auf Sebastians Gesicht zeichnete sich ein schiefes Grinsen ab, als er Paul entdeckte, der tatenlos in der Büro-Ecke an seinem Schreibtisch vor dem dunklen Monitor hockte. »Sieht ja nicht nach viel Arbeit aus …«
»Bier und Korn trinke ich jetzt trotzdem nicht, falls du so was vorschlagen willst«, baute Paul vor.
»Hör bloß auf«, wehrte Sebastian mit Grausen ab. »Das war eine Ausnahmesituation! Eine singuläre Entgleisung, okay?«
»Dann bin ich ja beruhigt. Kaffee? Ohne Schuss?«
»Kaffee ist okay. Etwas anderes geht heute eh nicht …«
Nun war es an Paul, sich zu einem schrägen Grinsen aufzuraffen. Während er mit Filter und Kanne hantierte, erkundigte er

sich: »Hab ich gestern in der Kneipe etwas liegen lassen? Oder benötigst du ein Gebrauchtmöbel?«
»Weder, noch.«
»Die alten Zeiten hatten wir so ziemlich durchgehechelt, oder?«
»Deshalb möchte ich mich heute mit der Zukunft beschäftigen. Die hat allerdings auch mit der Vergangenheit zu tun«, erklärte Sebastian geheimnisvoll.
»Da bin ich aber gespannt«, behauptete Paul und verhehlte dabei kaum, dass so ziemlich das Gegenteil der Fall war.
Sebastian ließ sich nicht beirren. »Die Zukunft, das sind unsere Kinder. Sagt man ja immer. Unsere Kinder mit ihren glamourösen Plänen. Brunnen bohren auf Madagaskar, Au-pair in Neuseeland, Wirtschaftspraktikum in New York. Aber du und ich, wir haben auch eine Zukunft.«
»Ich mache mich nicht gut als Au-pair. Nicht mal in Neuseeland.«
»Wir mussten damals auf unsere große Abschlussfahrt verzichten, weißt du noch?«
Paul setzte die Kaffeemaschine in Betrieb, dann wandte er sich Sebastian zu. »Die Kanutour auf der Weser?«
»Die leider ausgefallen ist, weil der alte Bargfrede krank wurde«, nickte Sebastian.
»Ich dachte, du willst über die Zukunft reden.«
»Genau das«, grinste Sebastian, »mache ich gerade.«
Paul musterte sein Gegenüber scharf. »Kann es sein, dass dir ein wenig Restalkohol zu schaffen macht?«
»Durchaus«, gab Sebastian zu. »Aber das betrifft nur meinen Magen. Mein Kopf ist klar. Wir gehen auf Paddeltour.«
»Du und ich?« Paul starrte Basti an, als hätte der einen gemeinsamen Bankraub vorgeschlagen.
»Du und ich – und alle ehemaligen Mitschüler, die wir erreichen und dafür begeistern können!«

»Du spinnst«, entfuhr es Paul. Dann sah er, wie Sebastian beleidigt die Lippen zusammenkniff. Beinahe tat Paul seine harsche Reaktion leid. »Ich meine, nach all den Jahren … was bringt das?«

»Was das bringt?« Sebastians Blick wanderte über das angehäufte Ensemble von in sämtlichen Verfallsstadien befindlichen Mobiliars. In ihm schien es heftig zu arbeiten, es stand bloß noch nicht fest, was dabei herauskam. Paul ereilte ein Déjà-vu: Diese Miene hatte Basti auch in der Schule zur Schau getragen, wenn ein Lehrer diesen ansonsten eher stillen Vertreter zur konkreten Stellungnahme trieb. In seinen hellen, seltsamen farblosen Augen stand genau der gleiche Ausdruck wie damals, eine seltsame Mischung von Hilflosigkeit und Trotz. Für einen Moment vergaß Paul Sebastians schütter gewordene Haare, die Falten um Mund und Augen und die Brille, die Basti früher nicht gebraucht hatte. Für diesen Moment saßen sie wieder zusammen im Klassenzimmer. Und Paul hätte ihm gern die richtige Antwort zugeflüstert.

Leider kannte er sie selbst nicht.

»Gegenfrage«, äußerte sich Sebastian endlich und wies in den Laden. »Was bringt das hier?«

Paul zuckte mit den Achseln. »Ist mein Leben.«

»Demnächst fliegst du hier raus. Und hast nichts Neues in Sicht. Hast du mir gestern in der Kneipe erzählt.«

»Stimmt. Aber was hat das mit einer Kanutour auf der Weser zu tun?«

»Begreifst du das nicht?« Sebastian beugte sich beschwörend auf seinem Stuhl vor. »Es ist wie damals! Da war die Schulzeit fast vorbei. Und die meisten von uns wussten nicht genau, wie es mit ihnen weitergehen sollte. Du jedenfalls nicht. Und ich auch nicht …«

»Das war damals. Das ist vorbei.«

»Ist es nicht!« Sebastian sprang erregt auf und begann in dem schmalen Raum zwischen Schreibtisch und dem ersten Möbelstapel auf und ab zu wandern. »Wir sind … nie wirklich fertig geworden. Jeder für sich nicht, alle miteinander nicht – verstehst du, was ich meine?«

Paul schüttelte langsam den Kopf. Sebastian atmete tief durch, dann stoppte er seine Wanderung. Paul registrierte, dass es seinen Schulfreund vor Anspannung beinahe schüttelte. Sebastians Hände zuckten nervös.

»Erinnerst du dich wenigstens daran, wie sehr wir uns auf diese Abschlussfahrt gefreut hatten?«

Paul nickte bloß abwartend.

»Wäre unser Klassenlehrer nicht krank geworden … wenn wir losgefahren wären … hätte sich vielleicht manches verändert.«

»Zum Beispiel?«

»Vielleicht wären neue Freundschaften entstanden, prägend fürs ganze Leben. Wir hätten andere Ideen verfolgt, neue Pläne geschmiedet …«

»Haben wir aber nicht. Und die Uhr können wir auch nicht zurückdrehen.«

»Können wir nicht«, räumte Sebastian ein. »Wir könnten uns trotzdem versammeln, nachdem es uns in alle Winde zerstreut hat. Wer sich darauf einlässt, sitzt mit im Boot. Wir fahren eine Woche den Fluss hinunter. Und wer weiß, was dann passiert.«

»Was soll das ändern?«

Sebastian bedachte Paul mit einem Lächeln, in dem sich ein Hauch von Spott verbarg. »Stell dir vor, die Abschlussfahrt hätte stattgefunden. Du wärst in der letzten Nacht mit Ragna Meerbusch im Schlafsack gelandet, und ihr wärt auch nach der Tour zusammengeblieben. Hätte das dein Dasein verändert?«

O ja. Ragna Meerbusch. Paul schluckte, sagte jedoch nichts.

Basti schien seine Gedanken auch so zu lesen, er grinste wissend und zog ein zusammengerolltes Heft aus seiner Jacke.
»Eine Woche, Paul. Um mehr geht es nicht. Was ist los mit dir? Coolman wäre sofort dabei gewesen.« Er ließ das Heft vor Paul auf die Schreibtischplatte fallen. »Sieh dir das einfach mal an. Ich komme morgen wieder, kurz vor Feierabend. Tschüs bis dahin.«
Damit wandte sich Sebastian ab und strebte zum Ausgang. Paul hörte die Tür schlagen, dann war er wieder allein. Coolman. Ein englischer Austauschlehrer hatte Pauls Nachnamen Cullmann immer so ausgesprochen. Zunächst aus Versehen, dann mit Absicht, weil er das enorm witzig fand und die Klasse dabei verlässlich kicherte. Ragna Meerbusch war die Erste gewesen, die Paul dann auch außerhalb der Englischstunden so nannte. Das fiel Paul jetzt wieder ein, und sogar Ragnas Erklärung dafür: Weil er selbst in brenzligen Situationen die Ruhe behielt und dabei aufreizend lässig wirkte. Wenn Ragna so etwas äußerte, wusste man nie genau, ob sie das ironisch meinte oder als Kompliment. Jedenfalls hatten ihn dann alle so genannt. Damals, in diesem letzten Schuljahr, als ihr Klassenlehrer Bargfrede wegen akuter Bandscheibenbeschwerden und anschließender OP die Abschlussfahrt absagen musste. Die Sebastian Westhofen nun nachzuholen gedachte. Was für eine Schnapsidee.
Vielleicht war Basti ja doch noch nicht ganz nüchtern, überlegte Paul. Anders konnte man kaum auf so etwas kommen. Er angelte sich das Heft vom Schreibtisch. Eine Abizeitung. *Ihre* Abizeitung. Gewellt, mit ein paar Knicken und Falten, ansonsten unversehrt und, wie es schien, vollständig. Fotos sämtlicher Klassenkameraden, Gruppenbild und alle einzeln. Neben etlichen der Einzelporträts hatte Sebastian mit Kugelschreiber Telefonnummern, Anschriften oder E-Mail-Adressen vermerkt. Doch keine spontane Schnapsidee – anscheinend hatte der Schul-

freund bereits fleißig recherchiert, also verfolgte er den Plan seit längerem.
Paul entdeckte sich auf dem Gruppenfoto in dritter Reihe stehend, direkt hinter Ragna. Ihre wilden Locken verdeckten seine untere Gesichtshälfte – was ein Segen war, dachte Paul jetzt, bestimmt lächelte er dämlich, weil er in diesem fotogefrorenen Moment sicher nichts anderes beachtet hatte als das Mädchen vor sich. Ihm stand plötzlich deutlich der Duft in der Nase, den Ragnas Haare immer ausströmten, irgendein besonderes Shampoo wahrscheinlich, oder noch wahrscheinlicher wandelte sich jedes beliebige Shampoo durch den Kontakt mit Ragna augenblicklich zu etwas Besonderem.
Ein paar Seiten weiter fand Paul Ragnas Porträtfoto. Wieder diese wilden Haare, ihr großer Mund mit den sinnlich geschwungenen Lippen und die schwärzesten Augen, die man je gesehen hatte. Unter jedem Foto stand neben dem Namen auch noch ein typisierender Ein-Satz-Kommentar: »Rockröhre und Metal-Angel«, las Paul unter Ragnas Bild. Sie hatte wirklich eine außergewöhnliche Stimme und war schon als Fünfzehnjährige Sängerin in einer Band gewesen, deren Instrumentalisten qualitativ bei weitem nicht mit ihrer Frontfrau mithielten. Alle waren sich damals sicher, dass Ragna es damit weit bringen würde. Dass man sie irgendwann im Rampenlicht der großen Bühnen erleben könnte. Paul wäre jede Wette darauf eingegangen. Dann hatten sich ihre Wege getrennt, und er hatte nie wieder etwas von Ragna gehört – schon gar nicht im Radio oder im Konzertsaal.
Paul blätterte weiter bis zu seinem persönlichen Einzelbild. Bei ihm hatte sich die Abizeitungsredaktion für das wenig originelle Prädikat »Paul Cullmann – echt cool, Mann!« entschieden. Neben dem Foto las Paul in Sebastians Handschrift eine Telefonnummer – es war die vom Trödelladen. Basti hätte sich wohl auch bei ihm gemeldet, wenn sie sich nicht gestern zufällig be-

gegnet wären. Erst jetzt betrachtete Paul das Bild. Es war auf dem Schulsportplatz aufgenommen worden, Paul erkannte die Weitsprunggrube im Hintergrund. Und im Vordergrund sich selbst, im Sportdress, rank und schlank. Bestimmt fünfundzwanzig Kilo weniger als heute, schätzte Paul und zog unwillkürlich den Bauch ein. Prompt knurrte sein Magen.
Kein Wunder, ohne Frühstück.
Sie hatten nicht mal den frisch gebrühten Kaffee angerührt, der nun in der Kanne auf der Warmhalteplatte verbitterte. Paul legte das Heft zurück auf seinen Schreibtisch und schaltete die Maschine ab. Nach Kaffee ohne Essen war ihm auch nicht zumute. Beim Bäcker um die Ecke gab es erstklassige Donuts. Scheiß auf die Figur. Coolman war gestern.
Als Paul hinter sich die Ladentür abschloss, fiel ihm ein, dass er seit Sebastians morgendlichem Besuch bis zu diesem Moment nicht mehr an Daniela gedacht hatte. Immerhin. Dafür spukte ihm nun Ragna Meerbusch im Kopf herum. Ob das als Fortschritt zu werten war, stand zu bezweifeln.
Im ersten Stock des Vorderhauses stand Frau Böhnkes Schlafzimmerfenster weit offen, ihre Bettdecke hing zum Lüften über der Fensterbank. Durch den Hinterhof hallte das heisere Kirmeströtengebell von Pelle. Er kriegte sich anscheinend überhaupt nicht mehr ein. Hat wohl gerade sein Bild im Schlafzimmerspiegel entdeckt, vermutete Paul. Obwohl der arme Hund angesichts eines solchen Anblicks eigentlich auf der Stelle tot umfallen müsste.
Beim Bäcker waren die Donuts ausverkauft. Paul entschied sich alternativ für einen Kopenhagener. Und weil man ja nie wissen konnte, ob man im Verlauf des Tages nicht doch einen Riesenschmachter auf Schokolade erleiden würde und ob es in diesem Falle dann beim Bäcker noch Rumkugeln gäbe, kaufte er lieber auch noch eine davon.

Solchermaßen krisenfest bevorratet, trat Paul den Rückweg an. Bereits im Torweg zum Hinterhof hörte er Pelle randalieren, dessen Gebell mittlerweile in durchdringendes Jaulen übergegangen war. Was auch nicht besser klang. Ein Stockwerk über Frau Böhnkes Wohnung hing ein sichtlich genervter Nachbar aus seinem Fenster.

»Blöde Töle!«, schrie der Mann. »Ich hatte Nachtschicht, verdammt!« Er entdeckte Paul unten im Hof und schüttelte mürrisch den Kopf. »Ist doch wirklich eine Zumutung, so was ...«

»Vielleicht klingeln Sie mal bei Frau Böhnke?«, schlug Paul vor.

»Schon passiert«, schimpfte der Nachbar verärgert, »es öffnet keiner. Einfach rücksichtslos!«

Der Mann zog sich zurück und knallte sein Fenster zu, als ob sich das Hundegejaule damit abstellen ließe. Pelle tat ihm nicht diesen Gefallen. Alarmiert äugte Paul zu Frau Böhnkes Wohnung hinauf, wo die Bettdecke immer noch über der Fensterbank auslüftete. Es schien ihm höchst unwahrscheinlich, dass Frau Böhnke irgendwo ohne Pelle hinging. Sie nahm ihn immer mit. Und hätte sie ihn doch mal allein gelassen, würde sie bestimmt zuvor das Fenster geschlossen haben. Frau Böhnke war eine ziemlich couragierte alte Dame, aber vor Einbrechern hatte sie Angst. »Meine Wohnung liegt im ersten Stock, da genügt den Verbrechern eine Leiter, um bei mir einzusteigen«, hatte sie Paul ihre Befürchtungen anvertraut – sie würde ihre Fenster dreimal kontrollieren, bevor sie aus dem Haus ginge.

Da war etwas faul.

Mittlerweile winselte Pelle heiser. Es hörte sich schaurig an.

Paul besaß eine lange Trittleiter. Sie lag im Laden und wurde manchmal von ihm benötigt, um in Altbauten mit extremer Deckenhöhe an Kronleuchtern oder Stuckteilen zu arbeiten. Bevor Paul die Polizei oder andere Rettungskräfte mobilisierte, würde

er selbst einen Blick in Frau Böhnkes offenes Schlafzimmerfenster riskieren.
Pelles Geheul erreichte derart dramatische Frequenzen, dass es Paul im Laufschritt zu seinem Laden trieb, wo er rasch die Kuchentüte ablegte und sich umgehend mit der Leiter bewaffnete. Der Hof war mit Waschbetonfliesen ausgelegt, glücklicherweise auch vor der Hauswand unter Frau Böhnkes Schlafzimmer. Für die Leiter, einmal auseinandergeklappt, fand sich so ein sicherer Stand. Trotzdem musste sich Paul überwinden, die Sprossen zu erklimmen. Sein Bauchgefühl und Pelles Winseln verhießen nichts Gutes.
Als Pauls Hand die Bettdecke von der Fensterbank nach innen schubste und er sich dann selbst durch die Öffnung schob, verstummte der Hund. Paul zog die Beine nach und ließ sich im Schlafzimmer zu Boden gleiten.

4

Der Hund sah zu ihm hoch. Eigentlich müsste er sich doch auf jeden Eindringling stürzen, wunderte sich Paul, aber dafür war Pelle natürlich zu doof. Statt eine Attacke auf Pauls Hosenbein zu starten, bedachte ihn Pelle nur mit einem traurigen Hundeblick und tauchte hinter dem Bett ab. So ein Angsthase.
Erst als er einen Schritt nach vorn machte, bemerkte Paul die Füße. Sie steckten in bestickten Filzpantoffeln, die eindeutig nach Frau Böhnke aussahen. Sie lag regungslos auf dem Fußboden hinter ihrem Bett. Neben ihr hockte Pelle und hechelte stolz, als hätte er die alte Dame soeben erfolgreich apportiert. Paul beugte sich zu Frau Böhnke hinunter – sie atmete, immerhin. An ihrem Kopf blutete eine heftige Schramme, Paul entdeckte auch etwas Blut am Nachtschrank. Das Bettlaken war halb abgezogen, ein Zipfel umschlang noch Frau Böhnkes Hand.
Es hatte sie offensichtlich beim Bettenmachen erwischt.
Ein Herzanfall vielleicht, oder sie war ins Straucheln geraten, gestürzt und mit dem Kopf gegen den Nachtschrank geschlagen. Ein Krankenwagen musste her, sofort.
Pauls Mobiltelefon lag noch im Laden, aber da er schon öfter in Frau Böhnkes Wohnung gewesen war, wusste er, dass ihr Telefon im Wohnzimmer stand. Nach dem Notruf kehrte er sofort ins Schlafzimmer zurück. Es schien, als atmete die alte Dame etwas kräftiger als vorhin. Pelle sah hechelnd dabei zu, wie Paul vorsichtig Frau Böhnkes bettlakenfreie Hand ergriff und sie sanft drückte.
»Frau Böhnke? Ich bin's, Paul Cullmann …«

Ihre Lider flatterten, sie stöhnte leicht. Pelle legte interessiert den Kopf schief.

»Frau Böhnke?«

Sie schlug die Augen auf. »Herr Cullmann?«, registrierte sie verwundert. Dann versuchte sie sich aufzurappeln, brach den Versuch jedoch sofort ab und verzog schmerzlich das Gesicht.

»Bleiben Sie liegen!«, warnte Paul eindringlich. »Vielleicht ist was gebrochen! Ich habe einen Krankenwagen gerufen, die sind gleich da.«

»Verdammt«, stöhnte Frau Böhnke, »ich wollte doch bloß das Bett machen ...«

»Was ist passiert?«

Sie stupste das Bettlaken beiseite. »Bin über das Ding hier gestolpert. Wie blöde kann man sein ...« Sie presste schmerzvoll die Lippen zusammen. Irgendetwas schien höllisch zu schmerzen.

»Kopfweh?«

Sie nickte schwach. »Und meine Hüfte ...«

Frau Böhnke schloss wieder die Augen. Paul hielt einfach weiter ihre Hand, was sollte er sonst tun. Pelle hatte sich so verausgabt, dass ihm auch nichts mehr anderes einfiel als hocken und hecheln. So verharrten sie, bis es an der Wohnungstür klingelte und zwei Rettungssanitäter mit müden Gesichtern die Regie übernahmen.

»Hüfte oder Oberschenkelhals«, diagnostizierte der Ältere von ihnen nach kurzer Untersuchung. »Wahrscheinlich auch eine Gehirnerschütterung.«

»Bringen Sie mich ins Krankenhaus?«, flüsterte Frau Böhnke matt.

»Unbedingt. Möchten Sie, dass wir Ihnen ein paar Sachen zusammenpacken?«

»Nicht nötig. Paul ... Herr Cullmann?«

Paul beugte sich zu ihr herab. »Paul ist okay.«
Sie lächelte schwach. »In der Kammer, neben der Garderobe … dort finden Sie eine blaue Sporttasche. Meine Notfalltasche für Situationen wie diese. Wäsche, Ersatzbrille, Patientenverfügung.«
Paul nickte und holte die Tasche. Insgeheim bewunderte er Frau Böhnkes Organisationstalent und die Voraussicht, so etwas wie diese Notfalltasche bereitzuhalten. Er hatte nicht einmal sein Handy dabei. Von einer griffbereiten Patientenverfügung im Schrank ganz zu schweigen.
Die Rettungssanitäter hatten Frau Böhnke sachte auf eine Trage umgebettet und machten sich bereit zum Anheben. Als hätte er exakt diesen Moment abgewartet, legte sich Pelle quer über den schmalen Körper der alten Dame. Die Sanis ließen die Tragholme los und richteten sich verblüfft auf.
»Pelle.« Frau Böhnkes Hände streichelten das scheckig-kahle Fell ihres Hundes. »Geh runter, Pelle.« Ihr Blick wanderte zu Paul, in den Augen stummes Flehen. »Würden Sie bitte, Paul …?«
Paul fackelte nicht lange, schlang die Arme um den Hund und hob ihn an. Kein leichtes Unterfangen: Pelle war fast so groß wie ein Schäferhund und wog bestimmt dreißig Kilo. Wenigstens zappelte er nicht, sondern hing wie ein schlaffer Sack vor Pauls Brust.
»Halten Sie ihn bitte fest, damit er uns nicht zwischen die Füße läuft«, ordnete der ältere Rettungssanitäter an.
»Ja, bitte, Paul«, bat auch Frau Böhnke. »Und bitte: Kümmern Sie sich um Pelle? Ich versuche, vom Krankenhaus aus telefonisch eine Bleibe für ihn zu organisieren – aber bis dahin? Bitte …«
Und so kam Paul zu Pelle.
Dem hässlichsten Hund der Welt.

»Ist der schon einmal überfahren worden? Und wurde dann schlecht wieder zusammengeflickt?« Sebastian musterte den Hund von Frau Böhnke abschätzig, der lethargisch auf einer alten Wolldecke unter Pauls Schreibtisch lungerte. »Oder ist er etwa krank?«

»Der sieht immer so aus«, erklärte Paul lapidar.

»Ohne Scheiß?«, wunderte sich Sebastian.

»Ohne Scheiß.«

Pelle stemmte sich halb auf die Vorderbeine und baggerte mit der Zunge Wasser aus einem versilberten Blechnapf. Dass dabei wesentlich mehr Flüssigkeit auf der Wolldecke als in seinem Schlund landete, schien den Hund nicht zu stören.

»Würde ich so saufen, müsste ich immer gleich drei Bier auf einmal bestellen.«

»Vielleicht ist es Pelle egal, weil er die Getränke nicht zahlt«, vermutete Paul.

»Vielleicht ist er zu dusselig.«

»Vielleicht auch das«, räumte Paul ein.

Als der Krankenwagen mit Frau Böhnke vom Hof gerollt war, hatte er Pelles Sachen zusammengepackt – Hundedecke, Fress- und Wassernapf, Leine – und ihn mit in den Laden genommen. Die Decke kam gleich unter den Schreibtisch. Dort hatte Pelle mehr oder weniger den Rest des Tages verdöst und höchstens einen Blick riskiert, wenn Paul mit einem Werkzeug geräuschvoll arbeitete. Wahrscheinlich hatten das Dauergebell und die Aufregung um seine verunglückte Bezugsperson den Hund völlig erschöpft.

»Und wie lange hast du den jetzt an der Backe?«, wollte Sebastian wissen.

»Zwei, drei Tage, schätze ich. Meine Nachbarin ist gleich heute operiert worden, ich hab vorhin im Krankenhaus angerufen. Morgen lasse ich sie noch in Ruhe, übermorgen besuche ich sie.

Bis dahin hat sie bestimmt jemanden gefunden, der Pelle nimmt. Und ich bin ihn los.«
»Dann ist ja gut. Ich dachte schon, du erzählst mir jetzt, du könntest nicht mit auf Paddeltour, weil du auf den Hund aufpassen musst.«
»Basti …« Paul seufzte kopfschüttelnd. Der Schulfreund erwies sich wirklich als beharrlich. Nicht nur, dass er seine Ansage, heute kurz vor Feierabend wieder im Laden zu erscheinen, pünktlich eingehalten hatte. Nun fing er auch schon wieder mit dieser Kanufahrt auf der Weser an.
»Du brauchst dich noch nicht mal jetzt für die Tour entscheiden, Paul! Wir organisieren ein Klassentreffen. Heute in einer Woche. Im Kanuclub am Goldbekkanal, dann sind wir schon mal im richtigen Ambiente. Die haben dort einen Gastraum mit Imbissküche. Wir sehen, wer kommt. Dann sehen wir, wer mitfahren möchte. Und dann kannst du immer noch Nein sagen.« Sebastian schnappte sich die alte Abizeitung vom Schreibtisch, die dort immer noch lag, und fuchtelte damit vor Pauls Nase herum. »Wir telefonieren abwechselnd und gehen alphabetisch vor. Wer fängt an?«
»Jetzt sofort?«
»Zwischen achtzehn Uhr und Tagesschau sind die Leute meistens zu Hause! Okay – dann lege ich los.« Sebastian setzte sich an den Schreibtisch, was Pelle nicht weiter störte, und blätterte im Abiheft. »Hier … Thorsten Anklam. Der Erste auf der Liste. Ich hab nur die Telefonnummer seiner Eltern, die wohnen noch unter der alten Adresse …« Sebastian nahm das schnurlose Telefon aus der Ladestation und tippte bereits die Nummer.
Thorsten Anklam. Paul stand sofort ein Gesicht vor Augen, obwohl er an den Namen und dessen Träger seit Jahrzehnten keinen Gedanken verschwendet hatte. Thorsten schwadronierte im Erdkundeunterricht beharrlich von »den Negern, die nichts

auf die Reihe bekämen«, in Politik gern über seine angestrebte Bankkarriere und darüber, dass der freie Markt mit den simplen Mechanismen Angebot und Nachfrage sowieso alles regele und man sich deshalb all die feinsinnigen Diskussionen im Rahmen des Gemeinschaftskundeunterrichts schenken könne.

»Guten Abend, Frau Anklam. Westhofen ist mein Name, Sebastian Westhofen, ich bin mit Thorsten zusammen zur Schule gegangen … Ja, lange her, stimmt – deshalb wollen wir ja auch ein Klassentreffen organisieren! Leider weiß ich Thorstens aktuelle Adresse nicht – könnten Sie vielleicht …« Sebastian brach ab, lauschte, sein Gesicht wurde lang und länger. »Ja dann, tut mir leid. Alles Gute noch, Frau Anklam … Und Gruß an Thorsten, wenn Sie ihn sehen …« Er legte auf und wandte sich erschüttert zu Paul. »Thorsten sitzt im Knast. Noch knapp zwei Jahre. Wegen Unterschlagung.«

»Hat wahrscheinlich der Markt so geregelt.« Die Bemerkung konnte sich Paul nicht verkneifen. »Fängt ja nicht so gut an, unsere Aktion.«

»Mach's besser«, brummte Sebastian und hielt ihm das Telefon hin. Paul nahm es, zog sich einen zweiten Stuhl zum Schreibtisch und sah in das aufgeschlagene Heft. Sandra Bruhns, die Nächste auf der Liste. Paul hätte auch ohne das Foto daneben noch eine Vorstellung von ihr gehabt: ein bisschen pummelig, ein bisschen naiv und überwiegend heiter.

»Heißt die überhaupt noch so?«

»Find's heraus. Ist auch bloß die Nummer ihrer Eltern.«

Paul wählte.

»Bruuuuuhnssss.« Es klang wie das letzte Röcheln eines verendenden Flusspferds.

»Hallo, Herr Bruhns, Paul Cullmann ist mein Name, ich bin mit Ihrer Tochter zur Schule gegangen …«

»Taaaaanjaaaa?«

Stimmt, Sandra hatte eine Schwester, zwei Klassen tiefer. »Nein, mit Sandra, und …«
»Das kann ja jeder behaupten«, kam es plötzlich scharf zurück. Keine Spur mehr von Flusspferd im Endstadium. Eher Flusspferd auf Kollisionskurs. »Außerdem ist meine Tochter noch viel zu klein! Sie geht nicht mit Ihnen aus. Sie geht überhaupt nicht …« Eilige Schritte nahten, Paul hörte eine Frauenstimme klagen: »Papa, du sollst doch nicht ans Telefon!«
Es raschelte, jemand übernahm den Hörer. Die Frau. »Hallo?«
»Hallo«, nahm Paul erneut Anlauf. »Mein Name ist Paul Cullmann …«
»Paul?«, unterbrach die Frau. »Der Coolman? Ist ja irre.«
»Geht so«, fand Paul. »Bist du das, Sandra?«
»Allerdings!«
»Dann bist du aber nicht mehr zu klein zum Ausgehen. War das eben dein Vater?«
Paul hörte Sandra nur seufzen. Dann fragte sie: »Leben deine Eltern noch?«
»Nein.«
»Hast du kleine Kinder?«
»Nein.«
»Glückspilz.«
Das fanden anscheinend alle. Jetzt müsste er es bloß noch selbst glauben.
»Ich habe drei, alle noch in der Schule. Meine Mutter liegt im Krankenhaus, mein Vater … Na, du hast ihn ja eben gehört, der kriegt alles durcheinander, findet aber grundsätzlich, dass er recht hat. Mein Mann ist ständig unterwegs auf Dienstreisen. Und meine liebe, kleine Schwester war so clever, sich von ihrer Firma rechtzeitig nach München versetzen zu lassen. Also gibt die blöde Sandra solo den Troubleshooter vom Dienst. Pflegen, putzen, kochen, räumen. Das Abi hätte ich mir sparen können.«

»Dann könntest du doch eine kleine Ablenkung gebrauchen?«
Sie lachte. »Hey, was wird das? Willst du mit mir ein Date verabreden, weil du seit dreißig Jahren von mir träumst?«
»Also«, druckste Paul, »eigentlich möchten Sebastian und ich nur ein Klassentreffen einfädeln. Morgen in einer Woche, Kanuclub am Goldbekkanal.«
»Ach ja? Ich bin schon froh, wenn ich abends nicht gleich nach der Tagesschau auf dem Sofa einschlafe. Abends ausgegangen bin ich ewig nicht mehr …«
»Dann wäre das Klassentreffen doch eine günstige Gelegenheit, oder?«
»Mal sehen, Paul. Ich versuch's.«
Sebastian rückte an Paul heran und raunte ihm zu: »Frag sie, ob sie noch Verbindung zu irgendjemanden aus der Klasse hat!«
Paul nickte und setzte die Anregung gleich um. »Sag mal, Sandra, triffst du noch ehemalige Mitschüler? Wir brauchen alle aktuellen Kontakte, die wir kriegen können.«
Sandra musste nicht lange überlegen. »Ich habe seit Ewigkeiten keinen von denen gesehen. Merle Striebeck hab ich mal in der U-Bahn getroffen, ist aber schon Jahre her. Telefonnummern haben wir auch nicht ausgetauscht.«
»Was ist mit Isabel?«, fiel Paul plötzlich ein. Isabel und Sandra waren stets im Doppelpack unterwegs gewesen, soweit sich eine Person wie Isabel überhaupt auf Freundschaften einlassen konnte. Sie hatte in diesem ungleichen Duo die strahlende, unnahbare, hochnäsige Schöne gegeben – Sandra das trampelige Begleitpony. »Seid ihr nicht mehr befreundet?«
»Isabel.« Die Verachtung troff förmlich aus dem Telefonhörer. »Isa schwebt in anderen Sphären.«
»War doch schon immer so.«
Wenigstens darüber konnte Sandra lachen. »Ich weiß noch genau, wie es sie aufgeregt hat, wenn du sie ›Bello‹ genannt hast!

Ich glaube, du warst der Einzige, der sie echt aus der Fassung bringen konnte!«

»Die hat ja auch wirklich genervt mit ihrem elitären Gehabe.«

»Tja – irgendwann hab ich das auch gemerkt«, gab Sandra zu. »Aber ihre Telefonnummer kann ich dir geben, falls es noch dieselbe ist wie vor drei Jahren.«

»Immer her damit.«

Sandra suchte die Nummer heraus und diktierte sie Paul. Dann wechselten sie noch ein paar Belanglosigkeiten, bevor Sandra das Gespräch mit dem Versprechen beendete, es wenigstens zu versuchen, beim Klassentreffen aufzulaufen.

Paul legte auf und wedelte mit seinem Notizzettel. »Isabel. Soll ich sie gleich anrufen?«

»Isabel Kramer? Wir gehen alphabetisch vor. K kommt später. Außerdem bin ich jetzt dran«, beharrte Sebastian.

»Pedant.«

»Beamter.«

»Mein ich ja.«

Sebastian übernahm unbeirrt das Telefon und spulte den nächsten Anruf ab. So verging erst eine Stunde, dann noch eine. Und die nächste. Gespräche mit stolzen Müttern (»… erst hat sie den Bachelor in Zürich gemacht, später den Master in New York draufgesattelt, und heute leitet sie ihre eigene Firma …«). Misstrauischen Vätern (»Sind Sie auch einer von denen, die nur an seine Kohle wollen? Er hat nichts mehr …«). Frustrierten Müttern (»… drei Kinder von drei Männern, was ist da bloß schiefgelaufen, können Sie mir das sagen?«). Gut informierten Eltern, die nicht nur selbstverständlich die Telefonnummern ihrer Sprösslinge besaßen, sondern immer noch genau über deren Aktivitäten im Bilde waren (»… Donnerstag, halb acht – da ist unsere Margrit beim Yoga!«). Ahnungslosen Eltern (»… meldet sich nur zu Weihnachten …«).

Sie sprachen auch mit ihren ehemaligen Mitschülern. Mit keinem davon hatte Paul während der letzten Jahre zu tun gehabt. Umso erstaunlicher fand er es, dass sich bei einigen dieser verschütteten Kontakte nach anfänglichem Floskelaustausch sofort eine Art Vertrautheit in der Kommunikation einstellte, als stünde man immer noch täglich gemeinsam auf dem Schulhof. Im Geiste ordnete Paul den Stimmen Gesichter zu. Die Gesichter von vor über dreißig Jahren, die aktuellen kannte er ja nicht. Dabei fühlte sich Paul selbst allmählich jünger und lockerer. Basti hat recht, dachte er, es ist interessant. Die Idee mit der Kanufahrt überzeugte ihn zwar noch immer nicht, aber aufs Klassentreffen begann er sich zu freuen. Einigen Klassenkameraden ging das offensichtlich auch so: Hinsichtlich der Kanufahrt äußerten sich fast alle skeptisch. Aber die meisten versprachen, den Termin an alle ihnen noch bekannten Mitschüler weiterzutrommeln. Ein paar von ihnen pflegten rege Kontakte über soziale Netzwerke und wollten auch auf dieser Ebene aktiv werden.

»Ich glaube, dein Hund muss mal raus.«

Paul sah unter den Schreibtisch, aber da lag Pelle nicht mehr. Sebastian wies in Richtung Ladentür.

»Der ist eben da lang. Sah aus, als ob er die Backen zusammenkneift.«

Jetzt hörten sie Pelle winseln und mit den Pfoten am Holz der Ladentür kratzen.

»Ist sowieso langsam zu spät für Anrufe«, stellte Sebastian fest. »Und die Hälfte haben wir fast geschafft. Morgen den Rest?«

»Bin dabei«, versprach Paul, sah, wie Basti zufrieden lächelte, und setzte grinsend nach: »Aber nur, wenn ich Ragna Meerbusch anrufen darf!«

»Von der habe ich keine Telefonnummer. Aber immerhin eine E-Mail-Anschrift. Du darfst ihr schreiben, von mir aus.«

»Sehr großzügig. Dann ziehen wir jetzt mal lieber los, bevor Pelle mir den Laden vollpieselt …«
So verdruckst, wie der Hund vor der verschlossenen Tür auf sie wartete, fehlte daran offenbar nicht mehr viel. Kaum zog Paul die Tür ein bisschen auf, zischte Pelle durch den Spalt und verschwand in den dunklen Tiefen des Hinterhofs. Dann hörte man es wasserfallartig rauschen.
»Ein Prostataproblem hat die Töle jedenfalls nicht«, stellte Sebastian sachlich fest. »Da könnte man als alter Mann direkt neidisch werden.«
»Irgendwas muss an diesem Hund ja auch mal normal sein.«
Sebastian streckte feierlich die Hand aus. »Bis morgen dann, Alter.«
»Bis morgen.«
Sie wechselten einen Händedruck, dann schritt Sebastian von dannen. Es wirkte fast beschwingt. Paul fühlte sich auch lebendiger als zu jeder anderen Phase dieses ereignisreichen Tages. Warum, hätte er nicht zu sagen vermocht. Er genoss es einfach. Diese halb verschütteten, dennoch altvertrauten Namen: Thorsten Anklam, Sandra Bruhns und all die anderen. Einst vom großen Zufallsgenerator Schicksal zu einer Schulklasse zusammengewürfelt. Und das reichte, um sich noch nach jahrzehntelanger Funkstille aus dem Stand ziemlich intime Dinge am Telefon anzuvertrauen. Erstaunlich. Dass er seinen Laden schließen müsste, hatte Paul zuvor erst wenigen Leuten eröffnet, und das äußerst zögerlich. Sebastian dagegen hatte er es letzte Nacht in der Kneipe sofort erzählt. Und auch heute, während diverser Gespräche mit einstigen Mitschülern, war ihm diese Information freimütig über die Lippen gegangen.
Die haben eben alle selbst ihre eigenen Probleme, dachte Paul. Thorsten mit seinem Knastaufenthalt sowieso, aber auch die meisten anderen. Scheidungen, Krankheiten, Geldsorgen, alles

war dabei. Die meisten rieben sich gleich an mehreren Fronten auf wie Sandra – kranke Eltern, fordernde Kinder, wenig Unterstützung vom Partner.
Sandra, Isabels Begleitpony.
Isabel Kramer.
Isabel hieß jetzt mit Nachnamen Lornsen, wusste Paul von Sandra, die ihrerseits seit drei Jahren keinen Kontakt mehr zu ihrer Schulfreundin hatte. Bei Isa gibt es bestimmt keine Probleme, schätzte Paul. Die hat garantiert reich geheiratet und schwimmt in Geld. Isa bevorzugte schon damals Tennis spielende Junge-Union-Popper mit vaterfinanziertem Sportwagen.
Pelle kam mit hängender Zunge aus der Dunkelheit getrottet, sichtlich erleichtert. Paul wollte ihn gerade anleinen und mit dem Hund nach Hause gehen, da fiel ihm ein, dass es besser wäre, auch Pelles Wolldecke mitzunehmen. Also ging er wieder in den Laden zurück, Pelle folgte ihm artig.
Isabel war kühl bis zur Arroganz. Paul erinnerte sich gut daran, wie oft er sich darüber geärgert hatte. Man wurde nicht schlau aus ihr. Mal gab sich Isa hochnäsig und berechnend, dann wieder brach sie Diskussionen vom Zaun, in denen sie sich verbissener gab als ein Bullterrier – weshalb Paul darauf verfallen war, sie »Bello« zu rufen, was Isa regelmäßig so auf die Palme brachte, dass sich ihre Freundin Sandra dessen sogar heute noch entsann.
Paul bückte sich ächzend – sein Gürtel kniff gemein bei dieser Übung –, zog die Hundedecke unter dem Schreibtisch hervor und faltete sie zusammen. Dann blätterte er in der Abizeitung, die noch neben dem Telefon lag, und fand Isabels Foto. Das Motto darunter bestand aus einem einzigen Wort: »Eisprinzessin«. Damit war alles gesagt, fand Paul. Gut sah sie ja aus, damals jedenfalls. Blondmähnig, sportlich-schlanke Figur, ebenmäßige, klare Gesichtszüge. Jobbte neben der Schule immer

mal als Model, fiel Paul ein. Kein Wunder, wenn man sich das Foto so ansah. Und so gerecht, wie es auf der Welt zuging, würde Isa heute nicht nur in Geld schwimmen, sondern immer noch mit der Figur eines Teenagers herumlaufen – die kniff beim Bücken garantiert kein Gürtel in den Bauch.
Diese Vorstellung ließ ihn nicht kalt, merkte Paul. War er neidisch?
Eher leicht frustriert, fand er. Mit so einem Gefühl sollte dieser Abend nicht enden. Er sah auf die Uhr: Es ging tatsächlich schon auf Mitternacht zu. Unverschämt spät für einen Anruf, aber das war ja der Witz dabei. Vielleicht gelang es ihm einmal mehr, Bello auf die Palme zu jagen. Sebastian würde es ihm wohl verzeihen, wenn er dafür die Reihenfolge nicht einhielt. Für Isabel hatte Basti auch nie viel übrig gehabt.
Paul wählte die Nummer, die Sandra ihm gegeben hatte.
Und ließ es klingeln.
Ausgiebig.
Geradezu penetrant lange.
»Lornsen …«
Die Stimme drang durchs Telefon, als Paul überhaupt nicht mehr damit rechnete und nur noch die Leitung hielt, um ein bisschen Terror zu verbreiten.
»Isabel?«, fragte er überrascht.
»Wer ist denn da?«
Ihre Stimme klang leicht verwaschen, aber es war ja auch spät. Vielleicht hatte er sie aufgeweckt. Vielleicht war das gar nicht Isabel. Paul fragte lieber noch einmal nach: »Isabel?«
»Wer ist denn da?«
Ignorant wie eh und je, dachte Paul. »Ich frag jetzt wieder: Isabel? Du noch mal: Wer ist denn da? Ich dann wieder: Isabel? Was meinst du, wie viele Wiederholungen wir damit schaffen, Bello?«

Eine Weile herrschte Schweigen. Als Paul schon damit rechnete, dass Isa einfach auflegen würde, hörte er sie leise fragen: »Paul? Paul Cullmann?«
»In echt und in Farbe.«
»Warum … warum rufst du gerade jetzt an?«
War da ein Schluchzen in ihrer Stimme?
»Alles okay bei dir?«
»Wie kommst du darauf, ich wär nicht okay?«
Das klang schon beinahe aggressiv. Also doch die alte Bello.
»Ach ja, natürlich«, höhnte Paul. »Wie konnte ich nur. Bei dir ist selbstverständlich immer alles bestens!«
»Das ist eine Frage der Disziplin.« Paul sah förmlich vor sich, wie Isabel sich bei dieser Antwort hochnäsig straffte. »Was willst du, Paul?«
»Sebastian Westhofen und ich planen ein Klassentreffen. Für unseren Abiturjahrgang.«
»Lass mich raten – ich bin die Letzte, die du anrufst?«
»Wir gehen streng alphabetisch vor«, behauptete Paul. »Keine Extrawurst – nicht mal für dich.«
»Wenig schmeichelhaft.«
»Schmeicheleien hörst du sicher genug, Bello.«
»Aber nie von dir, was? Coolman – der Mann der klaren Worte. So von sich selbst überzeugt, dass nichts anders sein darf, als er es sich vorstellt!«
»So was Blödes«, seufzte Paul theatralisch, »ich habe dreißig Jahre ohne deine Sticheleien verbracht. Keine Ahnung, wie ich das überleben konnte.«
»Hättest ja Basti bei mir anrufen lassen können.«
»Der ist schon nach Hause«, gab Paul wahrheitsgemäß zu.
»Aha«, wunderte sich Isabel. »Und du machst ausgerechnet wegen mir Überstunden?«
»Das ist eben auch eine Frage der Disziplin.«

»Inwiefern?«
»Pflichtanrufe erledigt man sofort und versaut sich nicht damit den nächsten Tag.«
»Dumm gelaufen – ist schon nach Mitternacht.«
Die musste wirklich immer das letzte Wort raushauen. Das reizte Paul enorm – damals wie heute. »Man kann eben nicht alles haben. Aber das Gefühl kennst du wohl kaum.«
»Wenn du das sagst, muss es ja stimmen«, erklärte Isabel von oben herab. »Ich habe selbstverständlich alles. Jetzt sogar noch ein Klassentreffen. Wann und wo, sagtest du, findet es statt?«
»Sagte ich noch gar nicht. Nächste Woche, Samstagabend ab zwanzig Uhr, Kanuclub am Goldbekkanal. Vielleicht hast du dann ja gar keine Zeit.«
»Das würde dir durchaus passen, was?«, entgegnete Isabel mit einer gewissen Schärfe. Paul sparte sich die Antwort, sagte gar nichts und rechnete mit der nächsten giftigen Attacke Isas. Stattdessen hörte er sie leise lachen.
»Vielleicht hab ich Zeit. Ich hab ja alles. Gute Nacht, Paul.«
Die Verbindung brach abrupt ab. Isa hatte aufgelegt. Das letzte Wort behalten, war ja klar. Paul legte kopfschüttelnd das Telefon zurück auf den Schreibtisch und sah dann zu Pelle, der es sich auf seiner zusammengefalteten Decke so bequem wie möglich gemacht hatte und ihn mit müden Augen musterte. Was soll der ganze Quatsch, schien dieser Blick zu sagen.
Aber vielleicht war dies nur etwas, was sich Paul selbst sagte.

Das war nun wirklich die Krönung. Ausgerechnet Paul Cullmann. Der Coolman, der immer gnadenlos auf jede schwache Stelle einhieb, die sie ihm bot. Dieser Typ rief nach all diesen Jahren ausgerechnet heute an.
Ausgerechnet in diesem Moment.
Isabel fühlte ein leichtes Schwindelgefühl in sich aufsteigen.

Übel war ihr auch. Ihre Hand tastete sich zum Glas, an dem sie erst genippt hatte, dann zog sie sie zurück. Wenn sie das jetzt trinken würde, müsste sie bestimmt bloß kotzen und sonst gar nichts.

»Nicht mal das kriegst du hin!«, hörte sie eine Stimme in ihrem duseligen Kopf triumphieren. Überraschenderweise hallte diese Stimme nicht in dem Thorsten eigenen, näselnden Tonfall nach. Sie klang nach Paul.

Wirklich die Krönung.

Überraschenderweise war es ihr plötzlich egal, dass sie es nicht hinkriegte. Für den Moment jedenfalls. Sie fühlte sich einfach nur erschöpft. Ab ins Bett – an etwas anderes konnte und wollte sie nicht denken.

Sie raffte sich auf und trug das Glas in die riesige Küche, in der sich indirektes Licht auf edlen Fronten, exklusiven Gerätschaften und penibel arrangierten Accessoires spiegelte. Thorsten hasste es, wenn etwas unordentlich herumlag. Dergleichen trieb ihn zur Weißglut. Isabel schüttete den Cocktail aus sündhaft teurem Single Malt und einer Überdosis Schlaftabletten in den Ausguss und ließ das Kristallglas in voller Absicht auf die Marmorfliesen fallen, wo es beim Aufschlag zersplitterte.

Dann wandte sie sich ab, ließ hinter sich die Scherben liegen und das Licht brennen und tappte, langsam wie eine Schlafwandlerin, in Richtung ihres Schlafzimmers.

Sich umbringen ging auch noch übernächste Woche.

Nach diesem Klassentreffen.

5

Ich bin der traurige Drache!
Ich will nicht, dass ich lache!
Denn wenn wir Drachen lachen,
brennt's fürchterlich im Rachen!
AAAUUUUUWEEEH!«

Ragna Meerbusch startete ihren drachenmäßigen Schmerzensschrei ganz unten im Keller, jagte ihn im Mittelteil locker drei Oktaven in die Höhe, ließ ihn sich überschlagen und jählings zurück in die Tiefe kippen. Ein Fauchen wie aus einem Flammenwerfer toste in ihrem Kopfhörer auf, bis es nur noch rauschte, knisterte und knackte wie loderndes Holzfeuer. Darüber verkündete eine sonore Sprecherstimme: »Halsschmerzen? Schluckbeschwerden? Drachenrachen Halspastillen löschen das Feuer in der Kehle. DRACHENRACHEN Halspastillen!«

»HOHOHOHOHAHAHAHIHIHIIIIIIIEE!«, lachte Ragna in vollendeter Koloratur ins Mikrofon.

»Na bitte – geht doch!«, stellte der sonore Sprecher zufrieden fest, um nochmals zu betonen: »DRACHENRACHEN Halspastillen!«

Durch das Fenster ihrer schalldichten Aufnahmekabine sah Ragna den Tonmeister zufrieden nicken, dann schaltete er sich in ihren Kopfhörer: »Fein gelacht, trauriger Drache. Kannst rauskommen.«

Ha, ha. Ragna zerrte sich den klobigen Sennheiser-Kopfhörer aus der Wuschelfrisur, hängte ihn an den Mikrofonständer und trat aus der Kabine.

Der Tonmeister löste kaum den Blick von seinen Monitoren. »Ich schick's gleich raus an den Kunden.«
»Okay«, erwiderte Ragna müde und schlüpfte in ihre Jacke.
»Vielleicht möchten die nächsten Monat noch einen Spot produzieren. Ich sag dir Bescheid.«
»Mal sehen, ob mein Terminkalender das zulässt«, zickte Ragna übertrieben blasiert.
Horst, der Tonmeister, klickte wie wild mit der PC-Maus herum und kicherte dabei albern. »Guter Witz, Ragna. Ciao.«
»Hasta la vista, Baby.«
Horst kannte sie noch aus besseren Zeiten. Als es so aussah, als käme nach Jahren der Knüppeltour über Zeltfeste und Betriebsfeiern endlich der Karriereknick nach oben. Dann hatte sich plötzlich die ganze Szene geändert. Es kam nicht mehr vor allem auf die Stimme und die Bühnenpräsenz an. Man musste super aussehen. Ragnas Stimme war ausdrucksstark wie eh und je. Auf der Bühne ging sie immer noch ab wie ein Feuerwerk, und ihr Aussehen haute nach wie vor die meisten Männer um – jenseits der vierzig. Und das zählte leider nicht besonders in ihrer Branche. Jung musste man sein, und wenn man es nicht mehr war – die Nächste, bitte. Sängerinnen sind ein stetig nachwachsender Rohstoff, gestand sich Ragna ein, als sie die Straßenbahn nach Hause bestieg.
Wenigstens spülten die gelegentlichen Jobs als Sprecherin für Werbespots, die Horst ihr dankenswerterweise verschaffte, Geld in die Kasse. Im Radio fiel ihr Lebensalter nicht weiter ins Gewicht. Zweiundfünfzig Jahre. Für Ragna eine vollkommen irreale Vorstellung – solange sie nicht in einen Spiegel blickte. Es ging alles so schnell. Jetzt war sie beinahe schon doppelt so alt, wie es, beispielsweise, Janis Joplin überhaupt geworden war. Wenn die schon an ihren ersten siebenundzwanzig Lebensjahren verzweifelt ist, dachte Ragna, was wäre mit der danach noch

passiert? Die nächsten siebenundzwanzig Jahre hätten Janis garantiert komplett in den Wahnsinn getrieben. Der Tod hat ihr einiges erspart. Trotzdem, mit siebenundzwanzig den Löffel abzugeben wie die Joplin, Jimi Hendrix, Jim Morrison oder Ami Winehouse – das war natürlich keine erstrebenswerte Alternative. Nicht für Ragna.

Sie lebte gern.

Die Straßenbahn hielt fast punktgenau vor dem *Stairway to Heaven*. Das Motorrad vor dem Seiteneingang fiel Ragna sofort auf, als sie ausstieg. »Motorrad« schien ihr in diesem Fall eine völlig unzulängliche Bezeichnung zu sein – sogar in geparktem Zustand wirkte dieses Gefährt lebendig wie ein Raubtier, das seine Opfer bloß durch simulierten Dämmerzustand zu täuschen versucht, um jählings brüllend zu attackieren. Die gelb und schwarz lackierten Flanken mit der dynamisch nach vorn geneigten Rennverkleidung verliehen der Maschine etwas Hornissiges. Vom bulligen Tank grüßten beiderseits aufgemalte Totenschädel, deren Grinsen keineswegs freundlich aussah. Ein gleicher Schädel zierte den schwarzen Helm, der auf dem Sitz thronte.

Ragna fragte sich, wem dieses martialische Gerät gehörte. Sie schob sich daran vorbei und wollte gerade die Tür aufschließen, als diese sich öffnete. Ein Kerl mit viel nackter Brust unter offener Lederweste, auf der Stirnmitte ein tätowierter Totenschädel gleichen Aussehens wie die Exemplare auf Motorrad und Helm. Womit sich jede Spekulation um den Halter der Maschine erübrigte.

»Hier ist Parken verboten«, fuhr Ragna den Mann unerschrocken an.

Statt einer Antwort fuhren links wie rechts zwei Hände unter ihre Achseln, rissen sie empor. Der menschliche Gabelstapler drehte die hilflos zappelnde Ragna an sich vorbei, setzte sie wieder ab und blies ihr ins Gesicht.

»Hauch des Todes, du Schnepfe«, grollte er.
Ragna stieß sich grimmig von ihm ab. »Ich nenne so was Mundgeruch!«
Der Klotzkerl lachte nur höhnisch, ging zu seinem Gefährt, stieg breitbeinig auf, stülpte sich den Helm über und ließ den Motor an. Dumpfe Vibrationen beherrschten die Straße, als der Fahrer seinem Monsterbike die Sporen gab. Noch nachdem er sich längst außer Sicht befand, hing ein kehliges Röcheln in der Luft.
Ragna schüttelte sich und ging endlich ins Haus.
Der Gastraum mit Tresen und der kleinen Bühne wirkte trostlos wie immer, wenn ihn nicht pralles Leben füllte. Das war leider nur noch selten der Fall. Tresen gab es überall, und gute Bands traten in Läden auf, die mehr Gage boten als das *Stairway to Heaven.* Ragna stand regelmäßig selbst auf der Bühne und sang sich zu Playback-Arrangements die Seele aus dem Leib. Das war preisgünstiges Programm. Konnte man aber höchstens ein Mal pro Monat anbieten, sonst kam am Ende niemand mehr. Wenigstens hielt die Kohle aus Ragnas Werbe-Jobs den Betrieb halbwegs am Laufen.
Achim saß in seinem winzigen Hinterzimmer-Büro am Schreibtisch. Ragna bekam gerade noch mit, wie er erschreckt zusammenzuckte, als sie die Tür öffnete – und aufatmete, als er registrierte, wer da hereinkam.
»Wer, bitte, ist denn dieser Neandertaler mit dem Motorrad?«, wollte Ragna gleich wissen. »Was wollte der?«
»Du hast Django noch getroffen?«, erwiderte Achim. Es klang merkwürdig. Irgendwie schuldbewusst.
»Django? Mehr Klischee geht ja wirklich nicht. Der ist regelrecht handgreiflich geworden!«, empörte sich Ragna. »Wer ist das überhaupt?«
»Der will nur spielen«, beruhigte Achim lahm, schnappte sich

Ragnas Hand und zog sie zu sich heran. »Ich kenne ihn von früher.«

»Muss ja ziemlich früher gewesen sein«, brummte Ragna und legte ihren freien Arm um Achims Schultern. »Wir beide sind seit fast zwanzig Jahren zusammen, aber Django ist mir neu. Kommt der jetzt öfter?«

Achim lächelte. Gequält, fand Ragna.

»Nein. War nur ein kurzer Besuch. Reiner Zufall.« Er ließ plötzlich ihre Hand los, beugte sich vor, hackte geschäftig auf die Computertastatur ein und erweckte den Monitor zum Leben. »Du hast eine E-Mail bekommen. Ich hab sie gelesen, Entschuldigung – sie kam an unsere Geschäftsadresse. Anscheinend hast du auch alte Freunde, die ich nicht kenne …«

Achim öffnete eine Datei, Ragna beugte sich neugierig vor und las:

Liebe Ragna,
wo immer Du auch bist – wir haben nur diese E-Mail-Adresse von Dir. Am Samstag, den 21. Juni, ab 20 Uhr, trifft sich unsere Abiturklasse in Hamburg im Kanuclub am Goldbekkanal. Neben der Wiedersehensfeier gibt es auch etwas zu besprechen: Sebastian Westhofen plant, unsere Weser-Paddeltour mit 33-jähriger Verspätung doch noch durchzuführen! Es wäre schön, wenn Du dabei sein könntest. Ich freue mich auf Dich!
Liebe Grüße, Paul Cullmann.
P.S.: Bring die Stricknadeln mit – bin völlig aus der Übung …

Darunter folgten Pauls Mobiltelefonnummer und die genaue Anschrift des Kanuclubs.

Ragna schmunzelte.

»Was soll der Quatsch mit den Stricknadeln?«, fragte Achim sie von der Seite.

»War damals total angesagt«, erklärte Ragna, »Stricken im Unterricht. Paul saß in der Schule neben mir, ich hab's ihm beigebracht.«
»Wahrscheinlich wollte der von dir noch was ganz anderes beigebracht kriegen …«
Ragna blickte vom Monitor auf, unangenehm berührt. »Was ist denn mit dir los?«
»Entschuldige. Nicht mein Tag.« Achim sah blass aus, er wirkte gleichermaßen angespannt wie erschöpft. »Fährst du hin?«
»Was dagegen?«
Achim schüttelte müde den Kopf. »Natürlich nicht.«
»Dann bleibe ich hier«, entschloss sich Ragna spontan.
»Und die Paddeltour?«
»Ich fahre doch nicht mit einem Haufen Typen, die ich ewig nicht gesehen habe und von denen mir schon früher die meisten auf den Geist gegangen sind, in Nussschälchen einen Fluss runter!« Ragna kritzelte Pauls Telefonnummer auf einen Zettel und steckte ihn ein. Dann griff sie zur Computermaus und schloss die Mail.
»Und dieser Paul Cullmann? Ist dir der auch auf den Geist gegangen?«
»Paul?« Ragnas volle Lippen kräuselten sich zu einem feinen Grinsen. »Für den Geist ist Paul okay. Dafür geht Paul unmittelbar auf die Nerven.«

Das weiße Oberhemd spannte ziemlich im Bauchbereich. Da müsste er etwas drüber tragen, dann fiel es nicht so auf. Beim Jackett fehlte leider immer noch der Knopf, das kam also nicht infrage. Paul entschied sich für einen dunkelblauen, sommerlich leichten Pullover. Ein Jackett oder gar ein Anzug wäre ohnehin viel zu steif für diesen Anlass. Wer so gekleidet zu einem Klassentreffen kommt, will bloß angeben, nach dem Motto:

Seht her, ihr Nieten – ich trage feinen Zwirn und hab's zu etwas gebracht im Leben. Mal ganz davon abgesehen besaß Paul keinen Anzug.

Jedenfalls keinen, der ihm noch passte.

Und wenn er einen trüge, würde ihm Pelles Sabberschnauze mit Sicherheit die Hosenbeine versauen. Denn Pelle wohnte immer noch bei Paul. Frau Böhnke ging es nach ihrer OP zwar besser, aber sie würde im Krankenhaus bleiben und anschließend etliche Wochen in einer Reha-Klinik verbringen müssen. Sie hatte niemanden gefunden, der Pelle aufnehmen wollte. Wer ist auch so bescheuert, dachte Paul, außer mir. Ein paar Altweibertränen und ein bisschen Gejammer, schon hatte ihn die Böhnke weichgeklopft. »Sie sind ein echter Tierfreund, so ein guter Mensch, ein wirklich guter!«, hatte die alte Dame sein abgepresstes Einverständnis bejubelt, und ein paar Minuten lang hatte sich Paul gefühlt wie die Reinkarnation des heiligen Franz von Assisi persönlich.

Wie gesagt, nur ein paar Minuten.

Seitdem wohnte Pelle bei ihm. Was bedeutete: Pelle wich ihm nicht von der Seite. Sobald Paul außer Sicht geriet, wurde der Hund unruhig. Begann ihn zu suchen, verlangend zu bellen und, wenn das alles nichts half, zu heulen wie ein mondsüchtiger Coyote. Bestenfalls im Badezimmer blieb Paul für sich, da akzeptierte sogar Pelle einen Rest von Privatsphäre. Aber er baute sich in so einem Fall direkt vor der Tür auf und wartete, bis Paul wieder herauskam.

Auch jetzt saß der Hund auf seinem Posten.

»Ich werde dich mitnehmen müssen«, knurrte Paul ihn grimmig an, »benehme dich bloß halbwegs anständig!«

Pelle reckte sich, trottete zur Wohnungstür und setzte sich neben Pauls ausgehfertig auf Hochglanz polierte Schuhe. Paul ließ den Hund nicht aus den Augen. Pelle neigte dazu, auf

Schuhen herumzuknautschen wie auf einem Gummispielzeug. Eine Form von Fetischismus, vermutete Paul und nutzte die Gelegenheit, um Pelle Halsband und Leine umzulegen.
Dann brachen sie auf.
Basti und er hatten noch zwei weitere Abende damit verbracht, ehemalige Mitschüler anzurufen. Mittlerweile freute sich Paul auf das Treffen. Es lenkte ihn davon ab, noch mehr an seinen Sohn zu denken, als er es ohnehin schon tat. Vorgestern war Lennart abgeflogen, sie hatten sich tatsächlich nicht mehr gesehen. Wenigstens hatte Lennie gestern gemailt, er sei gut gelandet.
Eigentlich hatte Paul nicht nur in Erwartung einer Nachricht vom Sohn die E-Mail abgerufen. Von Ragna Meerbusch war auch noch keine Antwort gekommen. Und das, gestand sich Paul ein, machte ihm zu schaffen. Auf Ragna freute er sich am meisten. Nicht bloß, weil sie sich so lange nicht gesehen hatten und er neugierig war, wie sie jetzt aussah und was sie machte. Ragna brach jeden Trott und stellte alles so lange auf den Kopf, bis es passte. Paul spürte, sein Leben könnte einen Schuss davon vertragen.
Im Kanuclub am Goldbekkanal gab es eine kleine Imbiss-Küche mit urigem Verzehrtresen, eingebaut in einen Gastraum für Feierlichkeiten – wie, zum Beispiel, für ihr Klassentreffen. Sebastian Westhofen schob bereits Tische zusammen, als Paul eintrat.
»Da bist du ja endlich«, begrüßte ihn Basti. »Hoffentlich reichen die Stühle. Notfalls gibt es noch welche irgendwo hinten im Bootshaus. Wo willst du denn den Köter lassen?«
»Pelle bleibt unter meinem Stuhl.«
»Da passt er doch gar nicht drunter.«
»Dann eben unterm Tisch.«
Sebastian schaute skeptisch. Wie um ihn dafür zu bestrafen, verzog sich Pelle ohne weitere Zwangsmaßnahme unter den Tisch, an dem sich Paul nun niederließ.

»Den hast du ja gut im Griff«, wunderte sich Basti.
»Bin eben eine Respektsperson«, behauptete Paul fest.
»Ha, ha.«
So blödelten sie eine Weile vor sich hin. Bis Paul sein Handy zückte, um nach eventuellen Nachrichten zu sehen, und dabei registrierte, dass auch Basti zum wiederholten Mal nervös auf die Armbanduhr blickte.
»Wie spät?«
»Fünf nach acht«, gab Basti zu Protokoll. »Bei dir irgendwelche Absagen?«
»Fehlanzeige.« Paul steckte das Telefon weg. »Das hätte ich nicht gedacht, nach all den Anrufen.«
»Noch ist nicht aller Tage Abend«, versuchte Basti die Hoffnung am Leben zu halten. »Wir haben gesagt: Ab acht Uhr, das ist ein relativer Begriff …«
»Relativ deutlich.«
»Kann überhaupt nicht sein, dass keiner kommt!«, regte sich Sebastian plötzlich auf, aus dem Stand von Null auf Hundert. »Wofür macht man das alles? Man rackert sich ab, für nichts und wieder nichts …«
Paul hatte das Gefühl, dass Basti damit nicht bloß die Ignoranz ihrer Mitschüler beklagte, aber er fragte lieber nicht nach. »Ist noch nicht aller Tage Abend.«
Sebastian zog sich die Armbanduhr vom Handgelenk und knallte sie wütend auf den Tisch. »Bis Viertel nach. Wenn bis dahin keiner da ist …«
»Bis um halb.«
»Zwanzig nach!«, trotzte Basti.
»Okay.«
Eine Weile schwiegen sie beide, starrten die Uhr auf dem Tisch an, sahen die Sekunden heruntertickten.
»Was ist mit Ragna?«, wollte Sebastian wissen.

»Hat sich nicht gemeldet.«
»Falsche E-Mail-Adresse?«
»Gab keine Fehlermeldung, ist also wohl angekommen.«
Schweigen.
Noch mehr Schweigen.
»20 Uhr 19«, verkündete Basti mit dumpfer Grabesstimme. »Das war's …«
»Tag, die Herren«, grüßte ein hohes Stimmchen. Durch die Tür schlurfte eine Gestalt, lang, hager und mit riesig erscheinenden Augen hinter einer klotzigen Hornbrille. Unverkennbar …
»Jens Grossmann!« Sebastian schrie es beinahe, so erleichterte ihn dieser Besuch.
Jens lächelte verlegen, trat zu ihnen an den Tisch und schüttelte Hände. »Sebastian, hallo … Paul? Du bist doch Paul Cullmann?«
»Bin ich«, entgegnete Paul und zog unwillkürlich den Bauch ein, um seine Silhouette ein wenig mehr dem Schulzeit-Paul anzugleichen und so den Wiedererkennungswert zu steigern.
»Hätte dich bei einer Zufallsbegegnung auf der Straße vielleicht nicht gleich erkannt«, gestand Jens.
Nur wegen der paar Kilo, ärgerte sich Paul. War schon immer ein Blindfisch, der Kerl. »Ich dich schon. Trägst ja immer noch die gleiche Brille!«
»Ja«, schlug Basti sofort in die gleiche Kerbe, »aber jetzt ist sie endlich modern.«
Jens blinzelte verwirrt durch die flaschenbodendicken Gläser. »Nee, das ist längst eine andere …«
»Eine erstklassige Nerd-Brille«, sattelte Paul drauf.
»Ach was. Die ist bloß von Fielmann«, bekannte Jens treuherzig. Einmal Trottel, immer Trottel, dachte Paul. Jens ließ verwundert seinen Blick durch den Raum schweifen. »Wo sind die andern?«

Paul konnte es nicht lassen. »Alle schon wieder weg.«
»Echt?«, staunte Jens. »Wie schade! So spät bin ich doch gar nicht …«
»Huuuhuuu, ihr Süßen!«
Eine kleine Person wirbelte herein. Eigentlich ging sie normal geradeaus wie andere Menschen auch. Trotzdem sah es immer so aus, als hielte ein innerer Tornado Merle Striebeck permanent auf voller Drehzahl – hart am roten Bereich. Wahrscheinlich führte diese Binnenrotation zu einer Sogwirkung, die vor allem in Erscheinung trat, sobald Merle ihren Kleiderschrank öffnete: Die Klamotten flogen ihr dann um den Leib wie die Eisenfeilspäne an einen Magneten. Anders war die Farb- und Stilkombination ihrer Bekleidung kaum zu erklären. Merle trug grundsätzlich an beiden Füßen unterschiedliche Socken, besaß eine Schwäche für neonfarbene Accessoires und bevorzugte bei Stoffen stets die schrillste Variante. Auch in ihrem momentanen Outfit hätte Merle jederzeit auf der Autobahn eine Nachtbaustelle einrichten können, ohne überfahren zu werden.
Vergnügt ignorierte sie die ausgestreckten Begrüßungshände und warf sich ihren ehemaligen Klassenkameraden der Reihe nach um den Hals. Vor allem beim stocksteif erstarrten, ellenlangen Jens gab das ein geradezu groteskes Bild ab. »Jungs, bin ich zu früh? Ich hab geglaubt, ich krieg den Bus sowieso nicht, aber dann kommt der doch tatsächlich pünktlich, klappt sonst niemals …« Sie ließ endlich vom verdatterten Jens ab und fragte noch einmal: »Bin ich zu früh dran?«
Jens wirkte überfordert. »Die anderen … die sind längst weg«, stammelte er.
»Red keinen Scheiß, Alter«, klärte Sebastian auf. »Ihr seid die Ersten. Setzt euch …«
Das taten sie. Während Jens am Tresen eine Runde Getränke besorgte, plapperte Merle ohne Punkt und Komma. Sie ver-

diente ihren Lebensunterhalt mit wechselnden Bürojobs, meistens vermittelt durch Zeitarbeitsfirmen. Langfristige Anstellungen waren ihr nicht vergönnt, irgendwas sei ja immer, kommentierte Merle diese Tatsache lapidar. Paul und Basti wechselten einen ahnungsvollen Blick und mussten beide unwillkürlich grinsen. Merle war eine in die Praxis umgesetzte Chaostheorie. Während ihrer gemeinsamen Schulzeit hatte sie diverse Katastrophen verursacht. Das Beinahe-Abfackeln des Chemielabors und eine versehentliche Flutung des Mädchenduschraums im Schullandheim waren noch die relativ harmlosesten davon gewesen. Wie die es geschafft hat, über fünfzig Jahre alt zu werden, ohne die Welt zu vernichten oder wenigstens sich selbst, dachte Paul, ist mir ein Rätsel.

Merle stürzte sich auf Sebastian, um im Schnellverfahren alles aus ihm herauszubohren, was ihm seit dem Abitur widerfahren war. Selbst in komprimierter Form hörte sich das für Paul sterbenslangweilig an: Verwaltungsstudium, Liegenschaftsamt. Melanie geheiratet, Kind eins, Kind zwei, dann drei, dann vier. Noch keine Rente vor der Tür. Punkt.

Jens Grossmanns Biografie strotzte auch nicht vor Sensationen. Er arbeitete in der Forschungsabteilung eines Chemieunternehmens. »Hauptsächlich entwickeln wir Kunststoffe«, berichtete er und ließ eine längere Abhandlung über seinen Fachgebietsschwerpunkt Gummi-Kunststoffverbindungen folgen, die im Gegensatz zu Metall-Kunststoffverbindungen signifikante Vorteile bezüglich ihres Gewichts und der Korrosionsbeständigkeit böten und … Pauls Gehirn schaltete spätestens an dieser Stelle auf Notstopp – ähnlich wie früher im Mathe- oder Physikunterricht. Erst, als Merle Jens zu seinen persönlichen Lebensverhältnissen befragte, schob sich das merkwürdige Piepsstimmchen des einstigen Mitschülers wieder in den Vordergrund seines Bewusstseins.

»Momentan lebe ich alleine.«
»Mal verheiratet gewesen?«
Jens schüttelte den Kopf.
»Ich auch nicht«, erklärte Merle freimütig. »Männer gab's genug, aber irgendwie halten es die Kerle nie lange bei mir aus.«
Jetzt grinste sogar Jens einvernehmlich mit Basti und Paul. Merle bemerkte es nicht – sie blickte plötzlich zur Tür.
»Sieh an, da kommt doch noch jemand.«

6

Es war nicht Ragna, erkannte Paul. Die Enttäuschung darüber stand ihm anscheinend ins Gesicht geschrieben, denn Isabel grüßte nur kurz in die kleine Runde und nahm ihn sofort spöttisch ins Visier. »Hallo Paul – so verstört, weil ich nun doch da bin?«

»Erschüttert wäre die angemessene Formulierung.«

Durchaus auch ein bisschen verstört, aber das behielt Paul für sich. Verstört darüber, dass Isabel nicht nur immer noch ihre schlanke Figur bewahrt hatte, sondern auch sonst wesentlich jünger aussah als alle anderen hier am Tisch. Die blonden Haare hatte sie zu einer damenhaften Frisur aufgesteckt, ihre Kleidung saß perfekt. Paul kannte sich mit dergleichen nicht gut aus, aber alles an Isa wirkte elegant und teuer. Allein das filigrane Handtäschchen sah schon aus, als müsste man dafür mindestens einen Monatsumsatz aus Pauls Laden veranschlagen.

»Gut siehst du aus, Isa«, schnatterte Merle gleich wieder los, »komm, setz dich zu uns!«

»Die liebe, alte Merle«, stellte Isabel amüsiert fest und ließ ihren Blick über die bunt gekleidete Erscheinung wandern, als betrachte sie ein seltenes Insekt. »Stilsicher wie eh und je. Hallo Jens. Sebastian …«

Ihre hübschen Schühchen kosten bestimmt auch ein Vermögen, schoss es Paul durch den Sinn. Und dann fiel ihm Pelle ein, der immer noch so brav unter dem Tisch lag, dass ihn die anderen noch gar nicht entdeckt hatten. Freundlichst grinsend zog er den Stuhl neben sich einladend zurück. »Merle hat recht: Setz dich doch, liebe Isabel! Falls du dich an meine Seite traust …«

Isabel zog nur belustigt eine Braue hoch, nahm das Angebot an und setzte sich. Dann ging alles rasend schnell: Isabels Füße stießen unter dem Tisch auf undefinierbaren Widerstand, dann fühlte sie sich am rechten Schuh gepackt. Mit schrillem Kampfschrei stieß sie ihren Stuhl zurück, bückte sich, lupfte die Tischdecke und sah sich einer hässlichen Schnauze gegenüber, aus der ein riesiger, nasser Lappen schoss und ihr übers Gesicht wischte. Isabel fuhr entsetzt zurück, sprang auf und schrie Paul an: »Was ist das?«

»Dein Make-up erinnert an Alice Cooper«, grinste Paul gelassen. »Die liebe, alte Isa – stilsicher wie eh und je!«

Schnaubend vor Wut und Ekel wandte sich Isabel ab und eilte im Stechschritt in Richtung der Damentoilette – was schon deshalb nicht sehr elegant aussah, weil sie nur auf einem Schuh lief. Den anderen bearbeitete gerade Pelle in seiner feuchten Schnauze. »Braver Hund!«, lobte Paul, entwand Pelle aber lieber den Schuh, bevor der teure Treter ernstlich Schaden nahm. Wahrscheinlich kostete das Ding kaum weniger als Isas Handtäschchen, und das war ihm der Spaß dann doch nicht wert.

»Der ist ja süüüüß!« Merle stürzte sich gleich auf den Hund und kraulte ihm inbrünstig die Nackenröllchen. »Ist das deiner, Paul?«

»Eigentlich nicht. Ich passe nur ein paar Wochen auf ihn auf.«

Damit war jede weitere Konversation für die nächsten Minuten passé. Es gab nur noch Pelle und Merle, die sich quiekend und prustend und miteinander balgend über den Fußboden rollten. Isabel kehrte zurück – barfuß, mit dem verbliebenen Schuh in der Hand. Das von Pelle verschmierte Make-up hatte sie sich komplett abgewischt, erkannte Paul. Isas Gesicht schimmerte noch leicht rötlich vom kalten Wasser, und Paul fand es immer noch schön – wenn auch ohne Schminke nicht mehr ganz so jung, stellte er befriedigt fest. Er hielt Isabel den zweiten Schuh

entgegen. Doch als sie danach griff, zog er ihn zurück, wischte ihn umständlich mit dem herunterhängenden Tischtuch ab und bot ihn Isa erneut an, garniert mit einem unschuldigen Grinsen. Sie bedachte ihn mit finsterem Blick, schnappte sich den Schuh, schlüpfte wieder in die edlen Treter und setzte sich, hoheitsvoll wie eine Königin, zurück an den Tisch. Merle rappelte sich atemlos auf und nahm ebenfalls Platz, während Pelle hechelnd zu Paul trottete, auf der Suche nach dem nächsten Unterhaltungsknüller. Paul hakte seine Finger hinters Hundehalsband.
Isabel rückte ein wenig von ihm ab. »Was ist das für eine Kreatur?«
Paul tätschelte das Hundehaupt. »Pelle, das ist Bello. Bello – Pelle. Wuff wuff.«
»Gab's den wenigstens billiger?«
»Pelle, du darfst den anderen Schuh auch haben.«
Pelle verstand mal wieder gar nichts, trollte sich unter den Tisch und rollte sich zusammen. Alle anderen wandten sich dem Geschehen oberhalb der Tischplatte zu, plötzlich alle etwas verlegen – so, als finge dieser Abend jetzt erst an.
»Mist, dass nur so wenige von uns gekommen sind«, beklagte Merle.
»Wäre bei einem schickeren Treffpunkt vielleicht anders gelaufen«, meinte Isabel mit abfälligem Rundblick. »Warum treffen wir uns ausgerechnet in einem piefigen Kanuvereinsheim?«
»Hat Paul dir das nicht schon am Telefon gesagt?«, fragte Sebastian.
»So weit sind wir nicht gekommen«, offenbarte Paul.
»Mir habt ihr nur irgendwas von einer Kanutour erzählt«, funkte Merle dazwischen. »Ich hab das aber nicht so genau verstanden. Was habt ihr vor?«
»Die Weserfahrt, die damals wegen Bargfrede ausgefallen ist«, meldete sich Jens zu Wort. »Daran erinnerst du dich wohl noch,

Merle. Wir holen die jetzt nach. Ich finde die Idee übrigens echt gut, Leute.«
Sebastian strahlte, als hätte er den Lotto-Jackpot abgeräumt, und klopfte Jens erfreut auf die Schulter. »Nicht wahr? Also, Folgendes: Diese Idee hatte ich schon vor Jahren. Und warum soll man damit warten?«
»So richtig länger? Nicht nur für einen Tag oder so?«, hakte Merle nach.
»Eine Woche«, bestätigte Sebastian.
»Du hast einen Schuss«, stellte Isabel sachlich fest. »Mich wundert's nicht mehr, dass die anderen nicht da sind.«
»Und du gehst jetzt auch?«, erkundigte sich Paul hoffnungsfroh.
»Würde dir passen, wie?«
»Man darf doch noch Träume haben.«
»Das muss gut geplant sein«, gab Jens zu bedenken, ohne das Geplänkel zwischen Paul und Isa auch nur irgendwie zu beachten – wie in der Schule, schoss es Paul durch den Kopf, da hat auch keiner mehr hingehört, wenn wir uns gefetzt haben. »Wo kriegen wir Boote her?«, fuhr Jens fort. »Wo übernachten wir? Wer bringt was mit? Und so weiter …«
»Wir fahren nach Höxter. Dort gibt es einen Kanuverleih mit eigenem Hotel, direkt am Fluss. Wir übernachten, lassen uns samt Booten und Gepäck am nächsten Morgen nach Kassel bringen und auf geht's – in sechs Tagen bis Grohnde, das wären lockere Etappen …«
»Sind die Übernachtungen alle im Hotel?«, fragte Merle.
»Wir nehmen Zelte mit«, erklärte Sebastian. »An einigen Orten könnte man sicher auch Zimmer buchen, wenn es denn sein muss.«
»Für Queen Isabel müsste es bestimmt ein Zimmer sein«, stichelte Paul. »Ich glaube nicht, dass sich Isa morgens in ei-

nem Gemeinschafts-Waschraum ihren Hundert-Euro-Duft auflegt.«

Isa zeigte ihm einen Vogel. »Da täuschst du dich aber.«

»Du gehst morgens in einen Campingplatz-Waschraum?«

»Ich benutze keinen Duft für läppische hundert Euro.«

»Wer von euch würde denn überhaupt mitfahren?«, warf Jens in die Runde und brachte damit alle zum Schweigen.

»Na ja … vorstellen kann ich mir das«, tastete sich Merle als Erste aus der Deckung.

»Ich mir auch«, erklärte Jens. »Käme natürlich darauf an, wann.«

»Und mit wem«, bemerkte Paul spitz. Bevor Isa das kommentieren konnte, signalisierte Pauls Mobiltelefon den Eingang einer Nachricht. Eine SMS.

Von Ragna, erkannte Paul und las: »Lieber Paul, schön, von dir zu hören! Das war wie ein Ruf aus anderer Zeit. Aber: *The times they are a-changin'* – Dylan hat recht. Ich kann leider nicht zum Treffen kommen, bitte grüß alle von mir. Und falls ihr wirklich auf Kanutour geht: Nicht die vorletzte Zeile der ersten Strophe bei Dylan vergessen! P.S.: Stricken habe ich auch längst verlernt. LG, Ragna.«

Paul ließ die Hand mit dem Mobiltelefon sinken und blickte in die Runde. »Ragna sagt für heute ab und kommt auch nicht mit paddeln.«

»Ooooch«, klagte Isa hämisch, »ist das Paulchen traurig …«

»Was genau schreibt sie denn?«, fragte Basti.

Paul kümmerte sich nicht weiter um Isabel und trug Ragnas Nachricht laut vor.

»Hat jemand eine Ahnung, was sie mit der vorletzten Zeile bei Dylan meint? Was sollen wir nicht vergessen?«, wunderte sich Jens.

»Muss wohl aus diesem Song sein. ›*The times they are a-chan-*

gin'‹.« Paul zuckte mit den Schultern. »Kenne ich nicht auswendig.«
»*Then you better start swimmin' or you'll sink like a stone*«, schmetterte Merle plötzlich lauthals. »*For the times they are a-changin'* … Das ist die Zeile. Weiß ich ganz genau.«
»Typischer Ragna-Humor. Von wegen, *times they are a-changin'* – diese Frau ändert sich nie«, äußerte sich Isabel abfällig.
Paul verspürte das dringende Bedürfnis, Ragna irgendwie in Schutz zu nehmen. Aber für den Moment fehlten ihm die Worte dafür. Diese ganze Veranstaltung lief sich gerade tot, erkannte er, so als hätte Ragnas Nachricht allen die Absurdität ihres Vorhabens geradewegs in dem Augenblick ins Bewusstsein gerufen, als sie es ernst nehmen wollten.
Den anderen schien es ähnlich zu gehen. »Glaubt ihr, es kommt noch jemand?«, fragte Merle zweifelnd. Paul zuckte mit den Schultern, Jens und Isa sagten nichts – das sagte viel. Sebastian saß ebenfalls still auf seinem Stuhl, doch Paul kannte ihn nun schon wieder gut genug, um zu sehen, wie sehr es in Basti brodelte. Die rechte Hand des Freundes zuckte nervös, bis er die Linke darüber presste, wie um sie auf die Tischplatte festzunageln. Dann fixierte er Paul mit einem bohrenden Blick aus seinen farblosen Augen.
»Merle und Jens wären dabei. Und du?«
Paul wollte es nicht tun. Dann tat er es doch: Schulterzucken. Mehr war für ihn nach Ragnas Absage nicht drin. Sebastians Mundwinkel zuckten enttäuscht, dann nahm er Isabel ins Visier: »Isa?«
»Nichts für mich. Sorry, Basti.«
»Okay, Leute!« Sebastian sprang auf, beugte sich vor und stützte sich dabei trotzig auf dem Tisch ab. »Ich sag euch, was jetzt passiert: Ich gehe nach Hause!«
»Komm, Alter, setz dich«, versuchte Paul ihn zu beruhigen.

»Wir trinken ein Bier und quatschen alle noch ein bisschen zusammen …«
Sebastian schüttelte energisch den Kopf. »Ich trinke gerne Bier und quatsche mit euch. Aber nicht hier!«
»Lokalwechsel?«
Merle wollte ebenfalls aufspringen, aber Basti winkte ab. »Ich fahre einen dunkelblauen VW-Bus, einen T4. Groß genug für uns alle zusammen. Morgen um sechzehn Uhr stehe ich damit hier draußen an der Straße vor dem Club. Zelte besorge ich, persönliche Klamotten bringt jeder selbst mit, alles andere kriegen wir unterwegs. Ich warte nur eine Viertelstunde. Wenn keiner kommt, fahre ich allein. Gute Nacht!«
Sprachlos verfolgten sie, wie sich Sebastian abwandte, zur Tür marschierte und unterwegs seine Zeche beglich, indem er lässig einen Geldschein auf den verwaisten Tresen abwarf. Dann war er weg.
»Starker Abgang«, kicherte Isabel in sich hinein.
»Ja gut. Dann geh ich auch mal.« Jens Grossmann erhob sich ebenfalls.
Merle versuchte, ihn zurückzuhalten. »Das ist doch schade! Wir haben uns so lange nicht gesehen und sind gerade erst hier …«
»Wir sehen uns doch morgen«, versetzte Jens trocken. »Außerdem muss ich noch packen.«
»Du bist also dabei? Morgen sechzehn Uhr?«, staunte Paul. »Was ist mit deinem Job? Kannst du da einfach eine Woche wegbleiben?«
»Habe Urlaub«, erklärte Jens nur und verabschiedete sich mit knapper Verbeugung. »Man sieht sich, Leute.«
»Wohl kaum«, murmelte Isabel verstohlen, was außer ihr selbst nur Paul hörte. Während Jens ebenfalls einen Schein auf dem noch immer nicht besetzten Tresen deponierte und das Lokal

verließ, raffte Merle ihre bunte Sommerjacke von der Stuhllehne. »Wenn ich's recht bedenke«, verkündete sie, »gehe ich auch nach Hause und packe!«
»Du hast auch Urlaub?«
»Gestern gefeuert worden«, grinste Merle. »Passt super, nicht? Bis morgen, ihr beiden!« Beschwingt tänzelte sie dem Ausgang entgegen, stutzte, unternahm einen Abstecher an den Tresen und schnappte sich die dort liegenden Geldscheine. »Ich brauch noch Bargeld für … na ja, ich brauch's halt. Ihr regelt das mit der Rechnung? Kriegt ihr während der Tour wieder. Tschüüüüsi!«
Fort war sie. Isabel schüttelte amüsiert den Kopf. »Nur noch wir beide, Coolman.«
»Du hast Pelle vergessen.«
Sie lupfte vorsichtig die Tischdecke und warf einen Blick auf den Hund, der sich zu Pauls Füßen hingefläzt hatte, behaglich schnarchte und sogar im Schlaf vor sich hin sabberte. »Der ist unvergesslich.«
»Wie wir.«
»Kommt drauf an. An dich habe ich wirklich jahrelang nicht gedacht.«
»Wie schmeichelhaft. Aber du hast mir auch nicht gefehlt.«
Isabel nickte bedächtig. »Damit ist das Klassentreffen wohl beendet, was?«
»Schätze, ja.«
Paul erhob sich vom Stuhl, Isabel ebenfalls. Pelle erwachte, streckte sich und versuchte seine Schnauze an Isas Strümpfen abzuwischen, was sie durch beherztes Beiseitehüpfen zu vermeiden wusste. Paul grinste, nahm Pelle jedoch an die Leine. Am Tresen lauerte bereits ein nervöser Wirt mit der Gesamtzeche.
»Die anderen Herrschaften sind schon gegangen? Deren Rechnungen sind noch offen …«

Paul zögerte etwas zu lange. Isabel entging das keineswegs. »Lass stecken. Ich hab ja alles«, raunte sie ihm augenzwinkernd zu, trat zum Wirt und beglich die Zeche. Paul ärgerte sich. Die paar Getränke hätten seine – zugegebenermaßen nicht rosige – Finanzlage auch nicht wesentlich verschlechtert. Bloß weil er nicht besonders gut verdiente, saß ihm die Brieftasche nicht locker. Ein Gefühl, das Isa natürlich nicht kannte. Ein Grund mehr, sie nicht zu mögen. Eigentlich schade, dachte Paul, als sie gemeinsam das Lokal verließen: ein wunderschöner, warmer Sommerabend, eine attraktive Frau, ein Spaziergang am Kanal – normalerweise wäre das ein Spitzenprogramm.

Aber nicht in dieser Besetzung.

Ein plötzlicher Ruck an der Hundeleine riss Paul beinahe von den Füßen. Pelle gebärdete sich wie wild, knurrte und fletschte sein Gebiss. »Was ist denn mit dir los?«, schimpfte Paul, als der Hund sich wieder heftig gegen die Leine stemmte.

»Da ist jemand!« Isa wies zur Hausecke, zu der es Pelle offensichtlich auch hinzog. Bevor sich Paul darüber wundern konnte, wie verängstigt Isabel plötzlich aussah, geriet sie ins Straucheln und rempelte ihn an. Dabei streifte sie Paul die Hundeleine aus der Hand – dreißig Kilo geballter Pelle-Power schossen vom Startblock und bürsteten um die Hausecke. Man vernahm einen unterdrückten Aufschrei.

Dann ein lautes Platschen.

Als Paul lossprintete und den Ort des Geschehens erreichte, war nur noch in einiger Entfernung der Hinterkopf eines Schwimmers zu sehen, der mit eiligen Kraulschlägen die trüben Fluten des Goldbekkanals durchpflügte und sich auf diese Weise rasch vom Bootssteg entfernte, von dem aus Pelle dem Flüchtenden seinen Triumph übers Wasser nachbellte.

»Brauchen Sie Hilfe?«, rief Paul dem Schwimmer zu, während er sich wieder die Hundeleine krallte. Ohne auf das Angebot zu

reagieren, strebte der Schwimmer dem gegenüberliegenden Ufer zu, verschwand unter dem ausladenden Geäst einer knorrigen Trauerweide und geriet so vollends aus Pauls Blickfeld.
»Ist er weg?« Isabel kam heran und spähte angestrengt übers Wasser.
»Ist er«, bestätigte Paul. Dann fiel ihm wieder ein, wie verängstigt Isa eben noch gewirkt hatte. »Kennst du ihn vielleicht?«
»Nein. Der kam nur so plötzlich um die Ecke, da bin ich erschrocken. Der Hund wahrscheinlich auch ...«
Sie sah ihn bei dieser Erklärung gefasst an, Paul entdeckte keine Spur mehr von Angst in Isas Gesicht. Vielleicht verstellt sie sich bloß, dachte Paul – und wenn, es kann mir eigentlich auch egal sein. »Wird wohl so gewesen sein. Und dann hatte der Kerl so viel Schiss vor Pelle, dass er lieber die Kanalseite wechseln wollte.«
»Ist doch ganz brauchbar, dein Hundchen«, schmunzelte Isabel.
Paul blinzelte argwöhnisch. »Hast du mir eben etwa absichtlich die Leine aus der Hand geschlagen?«
»Unsinn. Bin gestolpert, wahrscheinlich auch vor Schreck.« Sie schien mit sich zu kämpfen, dann gab sie sich einen Ruck. »Paul ... würdest du mir den Gefallen tun, mich nach Hause zu begleiten? Es ist nicht wie ...«
»Wenn du das unbedingt willst«, entgegnete Paul überrascht.
»Ja, das will ich«, nickte Isabel und zog Paul, der seinerseits den widerstrebenden Pelle hinter sich her zog, vom Bootssteg in Richtung Straße. »Frag bitte nicht, warum. Und bilde dir nicht ein, dass das etwas bedeutet. Am besten sagst du gar nichts.«
Sag ich halt gar nichts, dachte Paul. Schweigend gingen sie nebeneinander durch die laue Sommernacht, begleitet vom nun wieder friedlichen Pelle – wie ein altes Ehepaar jenseits der Silberhochzeit, das sich nichts mehr zu sagen hat und auch nicht

miteinander spazieren gehen würde, gäbe es da nicht den Hund. Silberhochzeit ist nach fünfundzwanzig Jahren, rechnete Paul, ich kenne Isabel schon über vierzig Jahre. Und wusste schon damals nicht, worüber ich mit ihr reden sollte. Mit ihr zu schweigen war allerdings ganz okay.

»Fährst du wirklich nicht mit zur Kanutour?«

»Ich sag nichts«, sagte Paul.

»Blödmann.«

»Eigentlich wollte ich mit«, gab Paul zu. »Ich kann mich bloß noch nicht endgültig dazu aufraffen.«

»Vor allem nicht, weil Ragna nicht mitfährt, stimmt's?«

»Das hat damit gar nichts zu tun!«, patzte Paul. »Wieso fährst du denn nicht mit?«

»Vielleicht mache ich das ja.«

»Ha, ha.«

»Das ist alles so kindisch, Paul«, stöhnte Isabel entnervt.

»Das konntest du noch nie, was?«

»Was denn, bitte?«

»Kindisch sein. Du bist doch erwachsen auf die Welt gekommen. Oder jedenfalls als das, was in deinen Kreisen als erwachsen gilt!«

»In meinen Kreisen«, wiederholte Isabel gedehnt. »Davon hast du natürlich Ahnung, du Experte!«

»Ich benutze keinen Duft für läppische hundert Euro!«, flötete Paul in überspitzter Isa-Manier. »Weißt du eigentlich, was du manchmal für Dinger raushaust?«

Isabel blieb stehen. »Auf Wiedersehen, Paul.«

Paul stutzte. »Wolltest du nicht nach Hause begleitet werden?«

»Wir sind da.«

Paul sah auf das Appartementhaus, vor dem sie standen. Edel, großzügig, modern, waren die ersten Prädikate, die sich bei diesem Anblick aufdrängten. Gefolgt von: teuer, teuer, teuer.

»Liegt dahinter nicht gleich der Rondeelteich?«, entfuhr es ihm, wider Willen.
»Ich habe eben alles, sogar eine gute Aussicht«, entgegnete Isa schlicht. »Danke für die überwiegend charmante Begleitung.«
»Wir haben überwiegend geschwiegen.«
»Eben.« Sie wandte sich ab. »Gute Nacht, Paul.«
»Gute Nacht, Isa.« Paul blickte der Schulkameradin nach, bis sie im Hauseingang verschwunden war. Dann ging er seines Weges, begleitet von Pelle. Vielleicht, kam es ihm in den Sinn, war es das nun und ich sehe sie nie wieder.
Irgendwie fand er diese Perspektive auch unbefriedigend.

Das Appartement lag im Dunkeln, stellte Isabel gleich nach dem Aufschließen der Wohnungstür erleichtert fest. Nirgendwo ein Lichtschein, kein Laut. Sie legte ihre Handtasche auf dem Sideboard im Flur ab, huschte hinüber zum Schlafzimmer und öffnete leise die Tür.
Schon beim ersten Schritt über die Schwelle traf sie etwas hart im Gesicht.

7

Warm. Stickig.
Dabei lag sie kaum noch unter ihrer Decke, die hatte sie längst weggestrampelt. Ragnas Hand tastete sich vorsichtig zur Seite. Da lag noch eine Decke, aber niemand darunter. Was schon mal erklärte, warum im Zimmer so dicke Luft herrschte: Achim öffnete normalerweise beim Zubettgehen stets das Fenster. Da er offensichtlich noch nicht im Bett lag, war es also noch verschlossen. Wie spät war es überhaupt?
Ragna tastete schlaftrunken nach ihrem Handy. Es lag irgendwo auf dem Fußboden neben dem Bett, Nachttische waren etwas für Spießer. Sie fand es, drückte eine Taste und las im aufleuchtenden Display die Zeit ab: Viertel nach vier. Im langsam wieder verglimmenden Lichtschein erkannte sie außerdem, dass Achim sein Bett in dieser Nacht tatsächlich noch nicht benutzt hatte, seine Decke lag glatt über Laken und Kissen.
Diese Erkenntnis weckte sie vollends. Achim ging gar nicht selten eher als Ragna zu Bett und schlief auch morgens länger. Irgendetwas stimmte da nicht. Schon die ganze Woche nicht. Genau genommen: Seit dem Tag, als dieser fiese Klotz auf seinem giftigen Motorrad hier in ihrem *Stairway to Heaven* aufgetaucht war. Wenn Achim sich Sorgen machte und schlecht schlief, hatte es meistens etwas mit ihrer chronisch angespannten Finanzlage zu tun.
Trotzdem hatten sie nie die Hoffnung auf bessere Zeiten verloren. Für sie beide waren ihre Liebe und ihr Vertrauen zueinander sowieso immer viel wichtiger gewesen als die schnöde Kohle. Liebe schloss Sex ein, und Sex mit Achim war immer – o là

là, durchrieselte es Ragna warm bei diesem Gedanken. Wenn sie denn Sex hatten. In dieser Woche herrschte in dieser Hinsicht Fehlanzeige, und auch das war nicht normal.
Irgendetwas stimmte nicht.
Ragna glitt aus dem Bett und tappte zum Lichtschalter. Die aufflammende Deckenleuchte enthüllte, was sie ohnehin bereits wusste: Achim war nicht da. Sie schlüpfte in ihren Bademantel und verließ das Schlafzimmer. Ihre Wohnung lag im Obergeschoss, direkt über dem *Stairway.* Ragna fand alle Zimmer verlassen vor, auch das Badezimmer. Sie stieg leise die Treppe hinunter, durchquerte den Club und bemerkte den Lichtschein unter der Tür von Achims kleinem Hinterzimmerbüro. Sie trat ein, ohne anzuklopfen.
Achim saß an seinem Schreibtisch und fuhr erschrocken auf, als Ragna hereinkam. Im ersten Moment befürchtete sie, ihn mit einer anderen Frau ertappt zu haben, aber Achim war allein. Anscheinend hatte er sich nur gerade zu einer Schreibtischschublade heruntergebeugt, die er jetzt hastig schloss, um sofort aufgeschreckt hochzufahren.
»Ragna, Himmel noch mal, was geisterst du hier herum?«, grollte er.
»Die Frage geht an dich«, konterte sie trocken.
»Konnte nicht schlafen.« Achim wischte sich müde über die Augen.
Ragna erinnerte sich an das unberührte Bett. »Hast es ja nicht einmal versucht …«
»Zwecklos.«
»So schlimm?«
Er pochte mit geballter Faust auf die prall gefüllte Ablage vor sich – prompt kam die Lawine ins Rutschen, die Schreibtischplatte füllte sich mit Papieren. »Rechnungen, Rechnungen, Rechnungen …«, stöhnte Achim entnervt.

»Nächste Woche hat Horst wieder einen Sprecherjob für mich«, versuchte Ragna zu trösten und wehklagte dramatisch: »Ich bin der traurige Drache!«
»Ein Hoch auf die Drachenrachen Halspastillen«, grinste Achim gequält, »wir brauchen wirklich jeden Cent.«
»Du kriegst jeden Cent«, beruhigte ihn Ragna. »Alles, was ich habe. Mehr geht nun mal nicht. Und jetzt hör auf, dir Sorgen zu machen.«
Das Telefonklingeln ließ sie beide zusammenzucken. Ungläubig sah Ragna zum Apparat hinüber, der auf dem Schreibtisch vor sich hin lärmte. Achim griff sich den Hörer und meldete sich, als wäre ein Anruf um diese Zeit die normalste Sache der Welt. »Ja?«
Obwohl sich Achim dabei, scheinbar ganz unauffällig, mit dem Hörer von ihr abwandte und Ragna nicht verstehen konnte, was der Anrufer von sich gab, identifizierte ihr musikalisch geschultes Ohr Tonfall und Rhythmus sofort: Es war der Kerl mit dem Motorrad. Django. Ragna war sich ganz sicher. Sie hatte damals zwar nur ein paar Worte von ihm zu hören bekommen, aber dieses dumpfe Grollen in der Stimme ließ sie immer noch erschauern.
»Nein, geht in Ordnung, wir machen das so«, hörte sie Achim sagen. »Alles wie geplant … Ja, bis dann.« Er legte auf.
»Django will nur spielen?«, fragte Ragna spitz. »Morgens um halb fünf?«
»Ist ne Nachteule«, versuchte Achim zu relativieren.
»Was geht in Ordnung? Was heckt ihr da aus?«
»Es geht bloß … um einen Gefallen. Und vielleicht verdienen wir sogar daran.«
»Drogen? Mach keinen Scheiß, Achim!«
Achim lachte gepresst. »Quatsch! Django möchte bloß sein Motorrad verkaufen. Ich kann ihm vielleicht einen Interessenten vermitteln, gegen Provision …«

Er zog Ragna zu sich heran, sie ließ sich auf seinem Schoß nieder und küsste ihn. Achim küsste zurück, schien aber nicht ganz bei der Sache zu sein. Aus den Augenwinkeln beobachtete Ragna, wie seine Fußspitze langsam die unterste Schreibtischschublade zuschob, die noch einen Spalt breit offen gestanden hatte. Erst danach widmete sich Achim ihrem Geknutsche mit voller Aufmerksamkeit. So innig, dass Ragna binnen Sekunden alle Zweifel beiseite wischte und die lang entbehrte Zärtlichkeit genoss. »Los, ab nach oben«, ordnete sie zwischen zwei langen Küssen an, und Achim ließ sich nicht lange bitten. Eine Minute später zerwühlten sie ihr Bett.

Fünf Minuten später lagen sie still nebeneinander.

Achim war über sie hergefallen wie ein brünftiger Hirsch, aber als Ragna im Zentrum des Geschehens Hand anlegte, erinnerte dieser Hotspot eher an ein verhuschtes Bambi. Als sie schon nicht mehr mit der Auferstehung rechnete, tat sich doch noch etwas – ein paar leichte Zuckungen, dann war der Spaß vorbei, der, genau genommen, kaum begonnen hatte. Achims wohlvertraute Atemzüge signalisierten ihr, dass er bereits schlief. Ragna hätte heulen können, aber dazu neigte sie nicht.

Irgendetwas stimmte da ganz und gar nicht.

Ragna wartete noch ein paar Minuten, um sicherzugehen, dass Achim wirklich völlig weggetreten war. Dann ging sie zum zweiten Mal in dieser Nacht auf Expedition ins Erdgeschoss. Den Weg bis zu Achims Hinterzimmerbüro kannte sie blind, erst dort knipste sie Licht an. Das Telefon stand inmitten des Papierchaos. Achim hatte von dem Anruf Djangos keineswegs überrascht gewirkt, fand Ragna – Achim hatte den Anruf erwartet. Dass ein Typ wie Django nächtliche Telefonate verabredete, in denen es lediglich um Motorradverkäufe ging, vermochte selbst ein naiver Mensch kaum zu glauben. Und, trotz all ihrer Schwächen: Naiv war Ragna nie gewesen.

Mit den Papieren auf dem Tisch hielt sie sich nicht weiter auf. Sie trat hinter den Schreibtisch, bückte sich und zog die unterste Schublade auf – genau jene, die Achim vorhin so verstohlen mit seiner Fußspitze verschlossen hatte. Zunächst entdeckte sie nichts Verdächtiges: noch mehr Papier, ein altes Ladegerät, Briefmarken, eine Rolle Tesafilm, Büroklammern. Dann zog sie eine pralle Papiertüte von der Größe eines Din-A4-Umschlags hervor. Weich, knisternd. Gefüllt mit Geldscheinen. Fünfziger, Hunderter, Zweihunderter, Fünfhunderter. Auch Tausender.

Mehr als genug, um ihre Lieferantenrückstände und offenen Stromrechnungen zu begleichen. Weitaus mehr, als Ragna mit ihren Studiojobs verdiente. Und viel zu viel, um eine Entschuldigung dafür zu finden, warum Achim ihr eine solche Summe verschwieg. Das würde er erklären müssen.

Auf der Stelle.

Ragna schnappte sich die Tüte und eilte zur Treppe. Erst auf den obersten Stufen verlangsamte sich ihr Schritt, und abgrundtiefe Enttäuschung verdrängte ihre Empörung. Dieses Geld konnte nur durch ein krummes Geschäft in Achims Schreibtisch gespült worden sein. Drogen, schätzte Ragna. Es hatte in der Vergangenheit schon einmal den Versuch einer Gang gegeben, das *Stairway to Heaven* mit all den feierwütigen Besuchern als Umschlagplatz zu nutzen. Man hatte ihnen auch damals Geld geboten, aber sie hatten kategorisch mit der Polizei gedroht und sich dem Bestechungsversuch verweigert. Jetzt war Achim schwach geworden. Fast noch mehr traf Ragna dabei die Erkenntnis, dass er es hinter ihrem Rücken tat. Offenbar spielten Liebe und Vertrauen in ihrer Beziehung nicht mehr die größte Rolle.

Dann ist es aus, wusste Ragna plötzlich. Diskussionen, Heulen und Zähneklappern – bringt alles nichts. Vorbei ist vorbei. Sie

schlich sich ins Badezimmer, wo ihre Klamotten von gestern über einem Stuhl lagen, und zog sich an. Packte einen kleinen Beutel mit Zahnbürste, Waschzeug, Schminkutensilien. Schlich sich wieder hinaus und nahm ihre Jacke vom Garderobenhaken, ertastete darin Portemonnaie, Papiere und Mobiltelefon. Mehr brauchte sie nicht, alles andere war bloß Ballast. Vorsichtigen Schrittes stieg Ragna die Stufen hinunter und verließ das Haus. Warf keinen Blick zurück auf ihren Club, für den sie jahrelang gelitten, geschuftet und sich die Seele aus dem Leib gesungen hatte. Sie würde nicht lamentieren, aber für all das nahm sie etwas mit: die zusammengequetschte Papiertüte mit dem Geld, wohlverborgen unter ihrer weiten Jacke.
Die erste Straßenbahn hielt gerade vor dem *Stairway to Heaven,* als ihr Handy vibrierend den Eingang einer SMS signalisierte.

Paul checkte noch ein letztes Mal seine Mails. Nichts Neues dabei. Lennarts letzte Nachricht aus New York stammte von vorgestern und beschränkte sich auf floskelhafte Formulierungen wie »läuft alles« und »interessante Stadt«. Paul war selbst noch nie in New York gewesen, stellte sich aber vor, ein Neunzehnjähriger müsste beim ersten Besuch im »Big Apple« weitaus mehr empfinden als das, was Lennie zu berichten hatte. Also wollte es der Junge ihm offenbar nicht mitteilen, oder er war schlicht zu faul dafür. Traurig, traurig. Im Gegenzug behielt es Paul für sich, dass er selbst sozusagen auf gepacktem Koffer saß. Okay, kein Koffer, sondern auf einer voluminösen Reisetasche und einem prall gepackten Rucksack. Letzterer vor allem deshalb prall, weil sich darin der Hundefutterdosenvorrat für eine Woche stapelte. Plus Wassernapf, Futternapf und Pelles geliebter Hundedecke, die Paul ihm sozusagen unterm Hintern hatte wegziehen müssen, um sie zu verpacken. Jetzt hockte Pelle, quasi mit Schnauzenkontakt, direkt vor dem Rucksack und

ließ das Gepäckstück nicht aus den Augen. Er wusste genau, dass seine Sachen da drin waren.
Von Daniela war auch eine Mail gekommen. Sie beinhaltete kaum mehr als ihre neue Adresse in Lyon – »c/o Jean-Luc Labry«. Und liebe Grüße, das war's. Banale Botschaften von Lennart und Daniela, den beiden Menschen, die Paul jahrzehntelang die Welt bedeuteten und für die er sich jederzeit hätte zerreißen lassen.
Deprimierend eigentlich, aber Paul fühlte sich nicht so. Nicht, seit er heute Morgen irgendwann vor sechs Uhr aufgewacht war, weil Pelle noch lauter schnarchte als er – und plötzlich gewusst hatte, dass er sich auf Sebastians schräge Kanutour einlassen würde. Er fühlte sich wie ein startklarer, noch am Boden verankerter Fesselballon, der an den Halteleinen zerrte. Der Vormittag stand voll im Zeichen seiner Reisevorbereitungen. Er musste Frau Böhnke im Krankenhaus besuchen. Die alte Dame zeigte sich entzückt darüber, dass ihr Hund mit auf eine Reise durfte – kein Wunder, dachte Paul, alternativ wäre für Pelle nur das Tierheim infrage gekommen. Dann Sachen besorgen, Sachen packen, Sachen erledigen. Mit jedem abgehakten Punkt auf der Liste riss eine Halteleine nach der anderen, fühlte Paul sich leichter.
Der PC fuhr das Betriebssystem herunter, der röchelnde Lüfter verstummte, auf dem Monitor breitete sich Schwärze aus. Paul zog einen Bogen Papier aus dem Drucker, nahm einen dicken, schwarzen Paketmarker zur Hand und schrieb mit schwungvollen, großen Druckbuchstaben das Wort »BETRIEBSURLAUB« darauf.
Die letzte Halteleine riss.
Paul schwebte.

»Du bist also doch dabei!« In Sebastian Westhofens Gesicht leuchtete es, als Paul sein Gepäck schwer atmend vor dem VW-Bus absetzte. »Das freut mich wirklich, Paul!«
»Mal sehen, ob du das auch noch sagst, wenn Pelle dir den Bus vollsabbert«, grinste Paul.
Basti winkte ab. »Kein Problem. Aber ist das Vieh überhaupt seetauglich?«
»Na klar!«, behauptete Paul im Brustton der Überzeugung. »Hunde wie Pelle haben als Expeditionsbegleiter Tradition. Denk mal an Roald Amundsen und die Entdeckung des Südpols …«
»Soviel ich weiß, hat Amundsen seine Schlittenhunde unterwegs gegessen.«
»Auch in dieser Hinsicht ist an Pelle einiges dran.«
»Na, schönen Dank«, schüttelte sich Sebastian.
»Ich nehme mal an, an den zivilisierten Gestaden der Weser lässt sich die Verpflegungsfrage anders regeln«, schmunzelte Paul. Gemeinsam betrachteten sie den Hund, der sich seinerseits wieder ganz auf die lückenlose Überwachung des Dosenfutter-Rucksacks konzentrierte.
»Und falls nicht, könnten wir immer noch Jens Grossmann grillen«, stellte Basti sachlich fest. »Da kommt er nämlich.«
Jens trug etwas über der Schulter, das sehr an eine rote Fleischwurst in Übergröße erinnerte – ein länglicher Plastiksack, den er jetzt vor seinen Füßen absetzte, um Paul und Basti bewegt die Hand zu schütteln. »Wir stechen zusammen in See, ist das zu fassen?«
»Was ist das?« Paul stieß mit der Fußspitze gegen die Plastikwurst.
Jens rückte seine Brille zurecht und plierte ihn über deren Rand verwirrt an. »Mein Gepäck. Eins a wasserdicht. Verschweißte Nähte, reißfester Kunststoff …«

»… und wenn man drin schläft, gut gegen Falten!«, krähte Basti albern dazwischen, und Paul ergänzte: »Bloß nicht Merle erzählen, die kriecht rein und findet nie wieder raus – dahinten kommt sie …«

Für Merle ließ Pelle sogar seinen Verpflegungsrucksack im Stich. Vielleicht übte auch Merles Bekleidung – ein grasgrünes T-Shirt über einer langen Hose, die aussah, als wäre sie aus Signalflaggen zusammengenäht – magische Anziehungskraft auf ihn aus. Pelle sprintete ihr entgegen und hüpfte wie ein Gummiball um Merle herum. Dass er sie nicht ansprang, um ihr das Gesicht abzuschlecken, verwunderte Paul nicht weiter. Merle war derartig mit Einkaufstaschen und Plastiktüten aller Art und Farbe behängt, dass man bei ihr kaum noch vorn und hinten zu unterscheiden vermochte. Zu dritt eilten sie ihr entgegen und befreiten sie von der Last.

»Danke, Jungs«, lächelte sie erleichtert.

»Hast du keinen Koffer oder so?«, wunderte sich Jens.

»Wenn man ein großes Gepäckstück wählt, packt man lauter Sachen ein, die man nicht braucht«, dozierte Merle. »Wir fahren im Kanu, da wollte ich nicht so viel mitnehmen!«

»Da bin ich aber froh«, bemerkte Basti lahm.

»So wenig ist das hier aber auch nicht«, wandte Paul ein, »das hätte locker zwei Koffer gefüllt …«

»Na ja.« Merle blickte kleinlaut auf ihr zahlreiches Gepäck. »Ich hatte erst eine Tüte. Dann noch eine. Und dann war da immer noch mehr, was ich mitnehmen wollte … Es macht doch nichts aus, oder? Im Wagen ist noch Platz?«

»Wir kriegen das hin«, beruhigte Sebastian und begann, erste Gepäckstücke in den VW-Bus zu verladen. »Vier Leute, ein Hund, alles kein Ding.«

»Fünf Leute«, versetzte Paul gelassen.

Ein Taxi stoppte an der gegenüberliegenden Straßenseite. Der

Fahrer stieg aus, öffnete den Kofferraum, hob einen voluminösen Louis-Vuitton-Koffer heraus und stellte ihn auf dem Gehweg ab. Dann hielt er mit großer Geste die Tür zum Fond auf, und dem Wagen entstieg eine elegante Erscheinung in perfekt abgestimmter Rock-Bluse-Kombination, mit schimmernd blonden Haaren und einer strassglitzernden Sonnenbrille, die ohne weiteres Audrey Hepburn während eines Frühstücks bei Tiffany zur angemessenen Zierde gereicht hätte.

Isabel.

Sie wartete, bis das Taxi davonfuhr. Dann entspross ihrem noblen Koffer auf diskreten Knopfdruck ein Zuggeschirr, Isabel legte Hand an und zog das Gepäckstück hinter sich her und über die Straße. Der Koffer rollte so mühelos leicht, dass sogar das elegant aussah. Vor der offenen Busladeluke stoppte Isabel und reckte herausfordernd den Kopf.

»Ist noch was frei?«

»Der Shuttle zum Wellness-Hotel hält eine Ecke weiter, gnädige Frau«, erklärte Paul mit übertriebenem Bedauern.

»Sehr witzig, Coolman. Ich möchte bloß mitfahren.« Isabel nahm langsam ihre glitzernde Riesensonnenbrille ab, den anderen stockte der Atem: Ihr rechtes Auge war zur Hälfte zugeschwollen, das Gewebe drumherum violett verfärbt. »Und keine Fragen, bitte.«

Sebastian fuhr, Paul saß neben ihm auf dem Beifahrersitz. Jens und Merle hatten es sich auf der ersten Rückbank bequem gemacht. Mit der Einschränkung, dass Pelle zu ihren Füßen lagerte und wechselweise beiden in den Schoß hechelte, um sich den Kopf kraulen zu lassen – eine Taktik, die bei Merle hervorragend funktionierte, bei Jens eher nicht. Aber Pelle blieb beharrlich.

Isabel saß für sich auf der hinteren Sitzbank, die Augen wieder hinter der dunklen Brille verborgen. Paul hatte ihren Koffer wortlos in den Wagen gewuchtet und sie danach in Ruhe gelassen. Auch die anderen stellten keine Fragen. Vorerst jedenfalls nicht.

»Nur noch ein Kilometer«, verkündete Sebastian endlich nach stundenlanger Fahrt, »dann sind wir in Höxter!«

»Zelten wir heute schon?«, erkundigte sich Merle.

Sebastian schüttelte den Kopf. »Wir übernachten im Hotel. Das gehört dem Kanuvermieter.«

»Und liegt auch nicht in, sondern bei Höxter«, ergänzte Paul, der sich Sebastians Plan schon im Vorfeld der Tour mehrfach hatte anhören müssen. »Bootshaus und Hotel befinden sich auf dem Gelände des Klosters Corvey.«

»Hauptsache, Dusche«, bekannte Merle freimütig und rümpfte witternd die Nase. »Jens müffelt.«

»Das ist der Hund!«, begehrte Jens auf.

»Ab morgen kannst du ihn unterwegs ins Wasser schubsen«, griente Paul.

»Den Hund? Oder Jens?«, erkundigte sich Merle unschuldig.

»Frechheit, so was!«, empörte sich Jens. Paul beobachtete im Rückspiegel, wie das harmlose Geplänkel wenigstens den Hauch eines Lächelns auf Isabels Lippen zauberte. Wer der wohl eine verpasst hat, grübelte er. Dann fiel ihm plötzlich wieder Isas verängstigter Gesichtsausdruck ein, als sie gestern das Kanuvereinsheim verlassen hatten und dieser unbekannte Mann überraschend um die Ecke gebogen war. Die ist nicht gestolpert, dachte Paul. Die hat absichtlich dafür gesorgt, dass ich Pelle loslasse. Dass man ihr offenbar eine gescheuert hat, ist nicht okay. Aber wahrscheinlich ist sie mit ihrer Art jemandem so auf die Nerven gegangen, dass die Sache eskaliert ist.

Der VW-Bus bog von der Hauptstraße ab. In der Dämmerung des Juniabends fuhren sie eine Allee hinunter, bis auf einer Seite

der Straße eine Mauer aufragte, die sich eine Strecke weit hinzog und dahinter den Blick auf eine Schlossanlage und die trutzigen Doppeltürme einer Kirche freigab.
»Kloster Corvey, gegründet als Reichsabtei Corvey im Jahre 823 durch den Kaiser Ludwig der Fromme«, deklamierte Sebastian im Stile eines Fremdenführers. »Bibliothek mit vierundsiebzigtausend Bänden. Hoffmann von Fallersleben, Textdichter der deutschen Nationalhymne, war hier als Bibliothekar tätig. Sein Grab liegt neben der Abteikirche!«
»Durchsage vom Lehrer«, kicherte Merle, »ist ja wie auf Klassenreise!«
»Das *ist* eine Klassenreise«, behauptete Sebastian würdevoll.
»Dann sind wir aber ziemlich oft sitzengeblieben«, blödelte Paul.
Sebastian grinste nur und lenkte den Bus in eine Einfahrt zwischen den Mauern. »Hier muss es sein, sagt mein Navi …«
Sie holperten über altes Pflaster in einen weiträumigen Hof, gesäumt von alten Remisen und Lagerräumen. Vor einem offenen Bootslager hoben zwei Männer mehrere Kanus von einem Trailer. Sebastian ließ den Bus in ihrer Nähe ausrollen, stieg aus, ging zu den Männern hinüber, redete mit ihnen und kam zurück.
»Alles klar so weit, wir können den Bus hier stehen lassen, das Gepäck später holen und erst zur Rezeption gehen.«
Sie stiegen aus und gingen zu einer Glastür, neben der ein Schild auf das Hotel hinwies. Pelle trottete mit. Paul registrierte, dass Isabels eleganter Auftritt erheblich unter den Schwierigkeiten litt, die ihr das Kopfsteinpflaster bereitete. Auf Highheels zur Kanutour, das musste man auch erst mal bringen. Wenn Madam zusätzlich zum blauen Auge demnächst noch eine Knöchelblessur davontrug, würde es Paul nicht wundern.
Das Hotel war, wie der Kanuverleihbetrieb, in den eigens dafür

ausgebauten und renovierten Räumlichkeiten eines ehemaligen Wirtschaftsgebäudes untergebracht. Von einem langen Flur gingen Zimmer ab, deren Türen teilweise offen standen und den Blick auf Einrichtungen enthüllten, die dem gehobenen Standard einer Jugendherberge entsprachen: Stockbetten, gefaltete Wolldecken, Kleiderspind. Paul beobachtete vergnügt, wie sich Isas Gesicht angesichts des rustikalen Ambientes in die Länge zog. An der Rezeption griff die Enttäuschung dann auf alle über, als die freundliche Dame hinterm Tresen bedauernd den Kopf schüttelte und gestand: »Es tut mir leid – die Zimmer sind alle belegt.«

»Hast du nicht reserviert, Basti?«, fragte Paul.

»Ich wusste ja nicht genau, wie viele wir werden«, antwortete der Angesprochene zerknirscht. »Ich hatte nur nach Kanus gefragt. Aber davon sind genug da, das klappt also sicher!«

»Sie können auf unserer Zeltwiese campen – sofern Sie Zelte dabeihaben …«, schlug die Rezeptionsdame vor.

»Wäre zu überlegen«, meinte Paul. Aus dem Flur trat jetzt ein junger Mann, offensichtlich ein weiterer Mitarbeiter. Er trug ein T-Shirt mit dem Emblem des Hotels. Angesichts der Gruppe vorm Tresen stutzte er und sprach sie an: »Reisegruppe Westhofen?«

Sebastian lächelte verlegen. »Kann man so sagen, ja …«

»Wir haben einen neuen Gruppenraum im Dachgeschoss. Noch nicht ganz fertig ausgebaut, aber Betten stehen schon drin. Dafür nur halber Preis. Für Ihr Tour-Management war das okay. Wenn Sie mir bitte folgen möchten …«

Der junge Mann wandte sich bereits ab und strebte zurück in den Flur. Die anderen wechselten verwunderte Blicke, setzten sich dann aber ebenfalls in Bewegung und folgten nach, inklusive Pelle.

»Tour-Management? Reisegruppe Westhofen?«, raunte Paul

Basti fragend zu – der zuckte nur ratlos mit den Schultern. Sie trabten durch lange Flure, dann gelangten sie zur Treppe, die ins Obergeschoss führte und auf einer Galerie endete. An der Wand vor den obersten Stufen stand ein reich verzierter, wuchtiger Kleiderschrank, den Paul im Vorbeigehen bewundernd musterte.

»Echt antik«, murmelte er und strich mit der Hand übers alte, rissige Holz. »Müsste mal aufgearbeitet werden.«

»Beherrsch dich, du hast Urlaub«, gab Basti zurück.

Die Karawane zog am Schrank vorbei und durch die angrenzende Zimmertür. »Da wären wir«, verkündete der Hotelangestellte und wies mit großer Geste auf das Ensemble in einer geräumigen Dachkammer aufgestellter Stockbetten. Bevor Paul, Basti, Merle, Jens oder Isabel das kommentieren konnten, erhob sich von einem der Betten eine zierliche Gestalt mit wildem Lockenkopf und den schwärzesten Augen, die die Welt je gesehen hatte. Ihre geschwungenen Lippen verzogen sich zu einem breiten Grinsen.

»Da seid ihr ja endlich.«

8

Paul hat mir heute früh eine SMS geschickt. Deshalb wusste ich, dass ihr losfahrt. Und wo ihr übernachtet. Wo *wir* übernachten.«

»Danke fürs Tour-Management«, bemerkte Sebastian mit einem Seitenblick auf Paul. Der grinste bloß verzückt. Eigentlich grinste er seit Ragnas Überraschungsauftritt in der Dachkammer, fand Sebastian.

Sie alle hatten Ragna begrüßt – Merle überschwänglich wie stets, Jens hölzern wie immer, Paul und Sebastian mit herzlicher Umarmung. Isabel hatte sich immerhin zum beiläufigen Händedruck aufgerafft. Paul hätte es nicht gewundert, wenn dieser flüchtige Körperteilkontakt zwischen Isa und Ragna zum funkensprühenden Kurzschluss geführt hätte – Pluspol und Minuspol, unterschiedlicher als diese beiden Frauen konnte man kaum sein.

Sie hatten die Dachkammer gebucht, ihre Sachen untergebracht und sich in Sebastians VW-Bus auf den Weg nach Höxter gemacht. Nun saßen sie unter Kastanienbäumen in einem lauschigen Biergarten vor ihren Gläsern und warteten aufs Essen. Pelle ruhte unter dem Tisch zu Pauls Füßen.

»Und du singst immer noch, Ragna? In deinem eigenen Club in Freiburg? Das finde ich soooo aufregend!«, schnatterte Merle enthusiastisch.

»Ja, ist ganz okay«, entgegnete Ragna bedächtig. »Ändert sich vielleicht demnächst.«

»*The times they are a-changin',* nicht wahr?«, spöttelte Isa. »Scheint bei dir öfter vorzukommen. Gestern hast du noch abgesagt, jetzt bist du hier …«

»Ich bin eben flexibel. Nicht so stur wie Leute, die noch bei Nacht mit Sonnenbrille herumlaufen. Oder bist du die Schwester von den Blues Brothers?«
Isabel nagte stumm an ihrer Unterlippe, die anderen sahen betreten ins Nichts. Ragna blickte verwirrt in die Runde. »Was ist? Hab ich was Falsches gesagt?«
»Isa hat ein blaues Auge«, erklärte Paul vorsichtig.
»Und – wer von euch war's?«, erkundigte sich Ragna ungerührt.
Die anschließende Stille währte nur wenige Sekunden, dann platzten alle vor Lachen. Alle, bis auf Isabel. »Ich bin gegen meine Kleiderschranktür gerannt! Was ist daran komisch, verdammt?«
Die allgemeine Heiterkeit verebbte rasch.
»Das sagen sie alle, Schätzchen«, sagte Ragna süffisant. »Es glaubt bloß nie jemand.«
»Im Schlafzimmer war es dunkel. Ich hatte vergessen, dass die Tür vom Kleiderschrank offen stand, und bin dagegen gedonnert. Ob du es glaubst oder nicht!«
»Oder nicht.« Ragna zog eine zuckersüße Schnute und klapperte schelmisch mit den Augenlidern. Es sah brüllend komisch aus, aber für den Moment traute sich keiner zu lachen. Paul stellte sich innerlich bereits darauf ein, dass Isabel sich gleich auf Ragna stürzen würde und er sie rechtzeitig festhalten müsste. Aber Isa hatte sich wieder gut im Griff und schenkte ihrer Kontrahentin ein liebenswürdiges Lächeln.
»Der Erfahrungshorizont einer Nachtclubsängerin sieht als Ursache für Hämatome natürlich ausschließlich Handgreiflichkeiten vor. Niemand kann aus seiner Haut, nicht wahr, liebe Ragna?«
Er würde Ragna festhalten müssen, entschied Paul gerade – als an anderer Stelle des Biergartens lärmender Tumult ausbrach. Ein vollbeladenes Tablett landete unter Klirren und Scheppern

auf dem Boden, derbe Flüche aus mehreren Kehlen erschollen. Und verfolgt von etlichen Wurfgeschossen – Serviettenringe, Besteck, Kochlöffel – flitzte eine buschige Kreatur zwischen Tischen und Stühlen umher, im Maul eine Kette mit Würsten. Bevor Paul nach Pelle rufen konnte, flüchtete der Hund durch eine offene Pforte und verschwand. Paul sprang auf und stand Momente später bereits ebenfalls auf der Straße. Laut nach dem Hund rufend, spähte er in alle Richtungen, doch von Pelle war längst nichts mehr zu sehen. Die Straße verlief zwischen alten Fachwerkmauern, überall zweigten schmale Gassen ab – von hier aus war da nichts zu machen. Paul hastete zurück zu seinen Gefährten. Kaum erreichte er ihren Tisch, baute sich ein erboster Wirt neben ihm auf.

»Hören Sie, das war doch Ihr Hund! Unverschämtheit, so was – das Vieh einfach in die Küche laufen zu lassen! Sie haften für den Schaden, und außerdem …«

»Gestatten, der Herr …«

Isabel erhob sich würdevoll von ihrem Platz, und ein gewisses Etwas in ihrem damenhaften Auftritt ließ den Wirt in seiner Tirade verstummen. Isabel würdigte das mit der Andeutung eines Lächelns.

»Guter Mann, haben Sie sich diesen Hund genau angesehen?«

»Dazu hatte ich leider Gelegenheit, allerdings!«, schnaubte der Wirt – immerhin schon mit leicht gedrosselter Empörung.

»Dann«, nickte Isabel huldvoll, »dürfte Ihnen kaum entgangen sein, um was für eine hässliche Kreatur es sich dabei handelt?«

»Hässlich oder nicht – er hat mein Geschirr zerbrochen, und dafür muss der Besitzer zahlen!«

»Keine Frage. Aber glauben Sie wirklich, jemand wie ich würde mit so einer Missgeburt von Köter herumlaufen?« Isabel trat an Pauls Seite, hakte sich vertraulich bei ihm unter und reckte das Näschen hoheitsvoll gen Himmel. »Dergleichen würde mir

mein Mann niemals zumuten. Wir besitzen überhaupt keinen Hund. Niemand von uns hier besitzt einen.«
Am Tisch herrschte gespannte Stille. Die Empörung des Wirts brach in sich zusammen, ratlos blickte er in die mehr oder weniger überzeugend aufgesetzten Unschuldsmienen der Gefährten. »Aber ...«, stammelte er schließlich, »ich dachte ... mein Kellner sagte ... Sie hatten den Hund vorhin doch bei sich am Tisch ...«
»Der lag da schon«, schaltete sich Ragna ein. »Wir dachten, der gehört irgendwie hierher.« Sie blinzelte besorgt. »Huch, hoffentlich hatte der keine Flöhe!«
»Iiieh, die können Krankheiten übertragen!«, ekelte sich Merle.
»Bekanntestes Beispiel dafür ist die Übertragung des Pesterregers *Yersinia pestis* durch den Hundefloh *Ctenocephalides canis*«, dozierte Jens sachlich. »Hat seinerzeit halb Europa ausgerottet.«
Sebastian kratzte sich bereits ausgiebig den Knöchel. »Ich glaube, mich hat's erwischt, Leute!«, ächzte er dramatisch.
»Unerhört!«, lederte Paul los. »Angesichts der desaströsen hygienischen Umstände sollten wir unbedingt eine Schadenersatzklage gegen dieses zweifelhafte Etablissement in Erwägung ziehen! Was meinen Sie, Dr. Westhofen?«
»Bringt mich hier raus!«, stöhnte Basti, immer noch mit verzerrtem Gesicht den Knöchel reibend. »Auf der Stelle ...«
Er breitete theatralisch die Arme aus und ließ sich von Paul und Jens vom Stuhl helfen. Dann humpelte er, gestützt auf ihre Schultern, davon. Die drei Damen folgten – Isabel aufrecht und mit stolz gerecktem Kinn, Merle besorgt um die Gruppe herumflatternd. Ragna bildete die Nachhut. Als der verdatterte Wirt sich zu einem letzten Rechtfertigungsversuch anschickte und ihr in den Weg trat, wehrte sie ihn mit ausgestreckten Armen ab und schlug dann mit der Rechten ein hastiges Kreuzzeichen, als verkörpere er den Satan persönlich. Paul bekam das

bei einem Blick über seine Schulter mit und wäre vor unterdrücktem Lachen beinahe explodiert.
Das Gelächter holten sie nach, als sie sich glücklich auf der Straße und eine Ecke weiter für den Wirt außer Sicht befanden. Dann allerdings schlug die Heiterkeit hohe Wellen. Als die allmählich abebbten, bemerkte Sebastian glucksend: »Wie's aussieht, haben wir gerade die Zeche geprellt!«
»Nur zur Hälfte. Ich hab nicht ausgetrunken«, bekannte Jens trocken, was die nächste Lachsalve auslöste. Danach wandte sich Merle besorgt an Basti: »Was macht dein Knöchel?«
Verblüfft stierten sie sie alle einen Moment lang an. Dann fragte Ragna zögernd: »Hase – das ist jetzt nicht dein Ernst, oder?«
»Wieso, juckt doch scheußlich, so ein Flohstich«, entgegnete Merle treuherzig und wunderte sich, dass es ihre Gefährten auf der Stelle wieder dahinfegte. Pflichtschuldigst lachte sie mit, ohne wirklich zu wissen, warum, bis sich Paul endlich die Lachtränen aus den Augenwinkeln wischte, sie umarmte und schallend auf die Wange küsste. »Merle, Merle«, keuchte er atemlos. »Du machst das Leben wirklich bunt!«
»Ich bemühe mich«, sagte Merle artig und lächelte verlegen. »Aber jetzt müssen wir Pelle finden.«
Diese Bemerkung verscheuchte den letzten Rest der allgemeinen Heiterkeit. »Am besten, wir teilen uns auf und gehen jeder in eine andere Richtung«, schlug Paul vor. »Eigentlich ist Pelle ziemlich faul. Ich glaube nicht, dass er weit weg ist.«
Sebastian zückte sein Mobiltelefon. »Und wenn einer ihn sieht, Nachricht an alle.«
»Ich benutze mein Handy nicht.«
Alle blickten überrascht zu Isabel, die diesen Einwand vorbrachte. »Warum nicht?«, fragte Paul.
Isabel zuckte mit den Achseln. »Ich habe meine Gründe.«
»Ich möchte meins auch nicht gerne benutzen«, schlug sich

jetzt erstaunlicherweise ausgerechnet Ragna auf ihre Seite. »Wollen wir nicht einfach den Hund suchen, und dann treffen wir uns in einer halben Stunde am Auto?«
»Von mir aus«, erklärte sich Paul einverstanden. Basti, Jens und Merle nickten einvernehmlich.
»Ich gehe dann schon gleich zum Auto«, erklärte Isabel. »Mit mir würde der Hund sowieso nicht mitkommen. Außerdem bringen mich meine Schuhe um.«
»Deine Schuhe sind nicht die Einzigen, wenn das so weitergeht«, zischelte Ragna – was, wegen der wohldosiert unterdrückten Lautstärke, nur der neben ihr stehende Paul verstand. Weitere Kommentare fielen nicht. Sebastian drückte Isabel die Wagenschlüssel in die Hand, dann trennten sich ihre Wege.
Paul schlug die Richtung zur alten Stadtmauer ein. Dort zogen sich Grünanlagen entlang der historischen Befestigungen, und Paul stellte sich vor, dass sich der Hund dort irgendwo verkroch, um ungestört seine Beute zu vertilgen. Zum Glück war es Juni und demzufolge auch noch um kurz nach einundzwanzig Uhr ziemlich hell. Während er aufmerksam in unübersichtliche Winkel und unter Buschwerk peilte, plagten Paul Gewissensbisse: Er hatte im Trubel ihrer Ankunft und in seiner Euphorie über Ragnas plötzliche Anwesenheit völlig vergessen, Pelle zu füttern. Nun hatte der Hund für sich selbst gesorgt, das konnte man ihm kaum verübeln. So viel Cleverness hatte Paul ihm gar nicht zugetraut. Vielleicht war es aber auch bloß pure Verfressenheit, dachte er.
Ernsthaft Sorgen bereitete ihm Pelles Flucht noch nicht. Das änderte sich allerdings, als er nacheinander auf Jens, dann Merle und Ragna traf, die alle keine Schwanzspitze von Pelle gesichtet hatten. Gemeinsam zogen sie suchend weiter und stießen an der Weserbrücke schließlich auf Sebastian, der angesichts der anderen auch noch bedauernd die Schultern hob.

»Der arme Pelle!« Merle zerfloss fast vor Mitleid. »Wir müssen unbedingt weitersuchen!«
»Wir gehen noch mal am Biergarten vorbei und dann zum Auto«, entschied Paul.
»Genau«, pflichtete Ragna ihm bei und setzte grimmig hinzu: »Und dann sucht Madame Isabel gefälligst mit. Und wenn sie barfuß latscht!«
»Am Biergarten drücken wir uns aber schnell vorbei«, empfahl Sebastian. »Sonst holt der Wirt noch die Polizei.«
Das fand keiner mehr witzig. Eiligen Schrittes marschierten sie den Weg zurück durch die ruhigen Altstadtgassen, passierten unbehelligt den Biergarten und kehrten zurück zu dem kleinen Platz, an dem sie den VW-Bus geparkt hatten. Die Seitenschiebetür stand weit offen, während Isabel entspannt vorn auf dem Beifahrersitz saß. Dazu dudelte leise Musik aus dem Autoradio.
»Ich schleif sie an den blonden Haaren aus der Karre.« In Ragnas schwarzen Augen funkelte nackte Gewaltbereitschaft.
»Nicht nötig«, bremste Sebastian. »Seht mal – da ist Pelle!«
Tatsächlich: Zwischen Vordersitzen und erster Rückbank lungerte Pelle auf dem Fußboden und linste den Ankommenden müde entgegen. Er sah satt und ziemlich zufrieden aus. »Pelle, du Räuber!«, begrüßte ihn Paul erleichtert. »Wo hast du ihn gefunden, Isa?«
Isabel entstieg gemessen dem Bus und erklärte beiläufig: »Ich habe ihn nicht gefunden. Ich habe ihn erwartet.«
»Wie bitte?«, fragte Merle ungläubig und sprach damit nur aus, was die anderen dachten.
»Wenn man sich in fremder Umgebung verirrt, kehrt man zum letzten bekannten Punkt zurück – in diesem Fall das Auto. Das schafft sogar ein dämlicher Hund. Hättet ihr euch eigentlich auch sagen können.«

»Hättest du uns vielleicht sagen können«, brummte Sebastian. »Vorher!«

»Aber sicher«, erwiderte Isabel schnippisch. »Und ihr hättet natürlich, wie immer, auf mich gehört …«

Paul staunte immer noch. »Du hast einfach die Schiebetür geöffnet und gewartet, bis Pelle irgendwann in den Wagen springt?«

»Die Töle hockte schon vor dem Bus, als ich ankam. Die Schiebetür habe ich offen gelassen, weil dein Hund ekelhaft vor sich hin furzt.«

Jens, der sich eben in den Bus schwang, an Pelle vorbeidrängte und wieder auf der ersten Rückbank Platz nahm, schnupperte und verzog das Gesicht. »Stimmt. Riecht ungut.«

Paul schnupperte ebenfalls. »Muss an der geklauten Wurst liegen. Gut, dass wir in dem Laden nichts gegessen haben.«

»Seht ihr? Pelle hat uns gerettet!«, jubelte Merle und wuschelte dem Hund enthusiastisch das Fell, was er lethargisch über sich ergehen ließ. »Du liebes Hundi, du …«

»Schön, dass Pelle satt ist«, meldete sich Ragna zu Wort. »Ich bin es leider nicht.«

»In der Hinsicht sind wir heute Abend alle zu kurz gekommen«, bedauerte Paul. »Tut mir leid, ich meine, ist ja sozusagen mein Hund …«

»Wir sitzen alle in einem Bus«, winkte Sebastian großzügig ab, »das schließt Pelle mit ein! Kohldampf habe ich allerdings auch. Schade, dass Pelle nicht ein paar Würstchen für uns mitgeklaut hat.«

»Dann würdest du jetzt genauso pervers furzen«, stellte Ragna kurz und bündig fest. »Ich habe aber auch einen Bärenhunger. Aber so, wie ich diese Kleinstädte einschätze, kriegen wir hier nichts mehr. Die klappen gleich kollektiv die Bürgersteige hoch.«

»Ich hab eine Salami und zwei Dosen Pumpernickel im Gepäck«, ließ sich Jens vernehmen.
Merle wandte sich einen Moment von Pelle ab und verkündete: »In irgendeiner meiner Tüten ist ein Riesenstück Feigenkäse! Salzstangen müssten da auch sein …«
Paul grinste. »Ich habe nur Hundefutter und Kekse – aber dafür drei Pullen Rotwein.«
»Das Hundefutter ist für Bello«, stichelte Ragna sofort. Isabel keilte postwendend zurück: »Gebt Ragna die drei Flaschen – dann ist sie vielleicht mal ausgeglichen!«
»Schaltet endlich runter, Mädels«, funkte Paul entnervt dazwischen. »Außerdem würde es Pelle niemals dulden, dass sich jemand an seinem Futter vergreift – nicht einmal, wenn er pappsatt ist.«
»Und damit der Frieden auch hält«, meldete sich jetzt Sebastian zu Wort, »lege ich eine Flasche Grappa drauf. War für medizinische Notfälle bestimmt.«
»Verhungern gilt als medizinischer Notfall«, behauptete Paul.
Ragna kletterte zu Jens in den Wagen. »Wenn wir nicht bald losfahren, sind wir zu schwach, um die Korken aus den Flaschen zu ziehen. Los, Leute …«
Merle trennte sich von Pelle und setzte sich ganz nach hinten, gefolgt von Isabel. Sebastian klemmte sich hinters Steuer, Paul auf den Beifahrersitz – schon rollten sie den kurzen Weg über die Corveyer Allee zurück zur Klosteranlage, wo sie den Bus wieder auf dem Hof abstellten. Während die anderen – einschließlich Pelle – schon im Hotelflur verschwanden, hielt Paul Isabel noch vor der Tür zurück.
»Danke, Isabel.«
Sie musterte ihn verwundert. »Wofür?«
»Für deine Hilfe vorhin. Beim zornigen Wirt im Biergarten. Das war richtig gut, wie du mir geholfen hast.«

»Bilde dir nichts ein. Ich hab's für den Hund getan.«
»Du magst ihn?«
»Nein. Aber er hatte etwas gut bei mir.«
»Weswegen?«
»Wegen dem Typen gestern Abend. Der vom Goldbekkanal.«
Paul fiel der Kerl am Bootshaus ein, den Pelle ins Wasser getrieben hatte. Das war tatsächlich erst gestern gewesen?
»Der Schwimmer?«
Isabel nickte stumm. Paul sah ihr forschend ins Gesicht, das noch immer teilweise hinter der großen Sonnenbrille verborgen lag.
»Isa … Du hast den Kerl erkannt, stimmt's? Das war nicht irgendein Fremder für dich?«
Sie schüttelte langsam den Kopf. »Nein. Es war mein Mann.«
Spontan langte Paul nach Isabels Sonnenbrille und zog sie ihr vorsichtig ab. Sie ließ es zu und zuckte auch nicht zurück, als er jetzt die Fingerspitzen ausstreckte und damit leicht, ganz sanft, über ihre geschwollene Augenbraue strich.
»Und das? War das auch dein Mann?«
Isabel nahm ihm die Sonnenbrille aus der Hand und setzte sie wieder auf. Dann sagte sie schlicht: »Erzähl es nicht Ragna, okay?«

»Freunde, das hat großartig geschmeckt.« Sebastian strich sich wohlig über den gesättigten Bauch. »Ich könnte mich gleich nach hinten fallen lassen und auf der Stelle einpennen.«
»Vorher rückst du aber gefälligst wieder die Betten auseinander«, kommandierte Ragna. »Nicht, dass du nachts auf dumme Ideen kommst, wenn du mir so nah liegst …«
Sie saßen in ihrer Dachkammer auf den jeweils unteren Matratzen der drei Stockbetten, die sie zum Kreis zusammengeschoben hatten wie eine Wagenburg. Auf einem kleinen Tisch in der

Mitte lagen die Reste der Mahlzeit – viel war nicht übrig geblieben. Vom Wein gar nichts mehr. Auch der Pegelstand der Grappaflasche strebte gen Normalnull.
»Ich finde dieses Übernachtungsarrangement sowieso grenzwertig«, betonte Isabel, um deutliche Aussprache bemüht. Trotzdem hörte man ihr den Schwips an. Aber den hatten sie letztlich alle, mehr oder weniger. »Ich meine, wir kennen uns doch eigentlich gar nicht!«
Das fanden sie alle brüllend komisch. Sogar Isa, letztendlich. Nur Sebastian wirkte beleidigt. »Wie kommst du darauf«, nahm er Ragna aufs Korn, »dass ich auf dumme Ideen komme, wenn du neben mir liegst? Das könnte doch genauso andersherum laufen.«
Ragna gackerte Koloratur, die anderen lachten mit. Das brachte Sebastian vollends auf. »Was gibt es da zu lachen? Bin ich so hässlich oder was?«
Ragna legte ihm besänftigend die Hand aufs Knie. »Ach, Basti. Du bist zweiundfünfzig …«
»Na und? Du doch auch!«
Isabel kicherte albern. »Bloß, du siehst auch so aus, Basti …«
»Ausgesprochen charmant, die Damen.« Sebastian verschränkte eingeschnappt die Arme vor seiner Brust. »Eigentlich hatte ich mir von dieser Reise ein wenig Spaß und Zuspruch erhofft.«
»Also, Spaß hatten wir doch heute schon reichlich – die Fahrt, dieses irre Hotel im Kloster und das Abenteuer mit Pelle«, sprudelte es aus Merle hervor, die schon etwas glasig aus den Augen schaute. Sie vertrage nicht viel Alkohol, hatte sie bei beim Entkorken der ersten Flasche Wein angekündigt. Dafür hatte sie im Laufe des späten Gelages ganz schön zugelangt.
»Wenigstens furzt der jetzt nicht mehr«, fügte Jens mit einem Seitenblick auf den Hund hinzu, der es sich in ihrer Mitte bequem gemacht hatte – unter dem Tisch.

»Der weiß eben, was sich gehört«, behauptete Paul, griff nach der Grappaflasche und schwenkte sie demonstrativ. »Finalrunde. Medizinische Indikation: Basti aufheitern. Einverstanden?«
Ragna nahm ihm die Flasche aus der Hand und verteilte den restlichen Grappa reihum in die Gläser – Pappbecher, die sie sich an der Rezeption organisiert hatten. Als alle die Becher erhoben, prostete Ragna versöhnlich Sebastian zu. »Entschuldige, Basti. Auf dich. Und unsere nächste Flasche geht auf mich, okay?«
»Ist ein Wort«, erwiderte Sebastian besänftigt.
Sie kippten den Tresterbrand. »Wann geht es morgen früh los, Basti?«, wollte Paul wissen.
»Um acht Uhr werden die Kanus aufgeladen.«
»Ach du Scheiße«, hörte man Merle murmeln.
»Dann ab in die Federn, würde ich sagen«, entschied Paul.
Dieser Vorschlag erwies sich als konsensfähig. Während sich die Damen ins Bad zurückzogen – es handelte sich dabei um eine Gemeinschaftseinrichtung mit Dusche, zwei Waschbecken und einer Toilette, ein Stockwerk unter der Dachkammer –, rückten Paul, Sebastian und Jens artig die Betten auseinander. »Drei Etagenbetten«, spekulierte Sebastian. »Drei Frauen, drei Männer. Da bleibt auf jeden Fall eine gemischte Besetzung übrig.«
»Auf unterschiedlicher Höhe«, schmunzelte Paul. »Eher nicht so prickelnd.«
Die Frage klärte sich von allein, als die Damen zurückkehrten. Isabel, gewandet in ein blickdichtes Nachthemd, legte sich in das untere Bett in der entferntesten Ecke. Ragna, sehr scharf anzusehen in Slip und knappem Shirt, kletterte aufreizend langsam in das Bett über Isabel, verfolgt von den Blicken aller anwesenden Herren.
»Ausgerechnet über Isa?«, wunderte sich Paul. »Hätte ich nicht drauf gewettet.«

»Taktik«, grinste Ragna verschmitzt. »Von hier aus muss ich sie nicht sehen. Und als Dame von Welt verbreitet Isa nur gute Düfte. Hoffe ich zumindest.«
Merle, die einen Pyjama trug – in zwei verschiedenen Neonfarben –, sagte überhaupt nichts mehr, sie wirkte reichlich angeschlagen und kroch in die nächstgelegene Unteretage. Als die Männer ihrerseits aus dem Waschraum zurückkamen, hörten sie Merle schon von weitem schnarchen. Auch Isabel und Ragna schienen zu schlafen. Pelle hatte seine Hundedecke neben Merles Bett gezogen, also bezog Paul die Etage über ihr. Jens und Sebastian belegten das letzte freie Stockbett. Es dauerte nur Sekunden, dann schnarchten sie um die Wette.
Paul erwachte von einem entfernten Rumoren. Er blinzelte benommen, vernahm heftiges Poltern und dann einen dröhnenden Knall.
Erschrocken fuhr er auf.

9

»Was war das?«
Das kam von Jens. Sein Bett stand unmittelbar neben der Tür, also auch nahe am Lichtschalter, den er mit ausgestrecktem Arm zu erreichen vermochte. Eine Neonröhre flammte auf, verschlafene Gesichter wühlten sich aus Decken und Kissen.
»Wasnlos?« Ragnas Wuschelhaare sträubten sich nach allen Seiten.
»Es hat eben höllisch geknallt«, informierte sie Paul.
»Ist dein Köter explodiert?«, erkundigte sich Isabel verschlafen.
Paul beugte sich aus dem Bett und sah nach unten: Pelle lagerte friedlich auf seiner Hundedecke und hechelte mit heraushängender Zunge freundlich in die Runde. So viel zum Thema Wachhund, dachte Paul.
»Merle ist nicht da«, meldete jetzt Sebastian. Das sah Paul nun auch, als er sich noch weiter vorbeugte und das leere Bett unter sich erblickte. Merles Decke lag zurückgeschlagen auf der verwaisten Matratze. Paul sah zur Zimmertür: Sie war nur angelehnt. »Wahrscheinlich ist sie pinkeln«, mutmaßte er.
Plötzlich durchdrang ein Geräusch die nächtliche Stille – ein Seufzen, Stöhnen, seltsam hohl und gedämpft, wie eine Klage aus dem Jenseits. Es fuhr ihnen durch Mark und Knochen. Selbst Pelle merkte jetzt auf und stellte das Hecheln ein.
»Habt ihr das gehört?«
Während Sebastian noch diese Frage stellte, glitt Paul bereits vom Hochbett und sauste zur Tür. Die Galerie draußen lag im Dunkeln, aber Paul erkannte eine massive, schwarze Masse vor

sich auf dem Fußboden, unmittelbar vor der Treppe nach unten.
Der wuchtige, antike Kleiderschrank.
»Licht!«, brüllte er. Sofort flammten auch auf der Galerie die Lampen auf. Jens war ihm gefolgt, hatte den Schalter bedient und stand nun neben ihm. »Ach du Scheiße«, hörte Paul ihn entsetzt murmeln.
Der Schrank war nach vorn gekippt und lag, mit der Rückseite nach oben, auf dem Boden. Von Merle keine Spur. Paul zwang sich, genau hinzusehen, in angespannter Erwartung, jeden Moment unter dem Antikmöbel frischrotes Blut hervorquellen zu sehen. Wenn Merle da drunter liegt, schoss es ihm durch den Sinn, ist sie platt. Ende, aus.
»O Gott, Merle …«
Die anderen standen jetzt ebenfalls bei ihnen und erfassten erschrocken die Lage. Da ertönte das hohle, jenseitige Stöhnen nochmals. Direkt vor ihren Füßen. Dann kratzte und rumorte es im Schrank.
»Merle!«
»Hoch mit dem Ding!«
Paul, Jens und Sebastian drängten sich an dem Möbel vorbei auf die Treppe, packten die obere Kante und drückten den Schrank nach oben. Ragna und Isabel zogen an den Seiten, so gut es ging. Langsam richteten sie das schwere Gerät auf. Plötzlich schwang eine der Türen auf, eine neonfarbene Gestalt purzelte heraus und landete ärschlings auf dem Fußboden. Merle blinzelte ins Licht und lallte: »Hallo, Leute …«
Sie schien, überraschenderweise, unverletzt zu sein. Mit einem finalen Ruck schoben die Männer das Möbel zurück an die Wand. Es stand schief und nach vorn geneigt, aber das war ihnen für den Moment egal. Sie wandten sich so schnell wie möglich ihrer Reisegefährtin zu, die sich bereits mit Isabels und Rag-

nas Unterstützung aufrappelte, während Pelle aufgescheucht zwischen ihnen herumwuselte. »Alles klar? Ist sie heil?«
»Sieht so aus«, meinte Ragna.
»Blöder Schrank«, jammerte Merle, »hat mich nicht rausgelassen ...«
»Dich sollte man überhaupt nicht rauslassen«, stellte Paul kopfschüttelnd fest. »Du bist wirklich gemeingefährlich.«
»Ich war doch bloß zur Toilette!«, beschwerte sich Merle.
»Du hast in den Schrank gepisst?«, erkundigte sich Ragna, nun doch bereits wieder leicht amüsiert.
»Quatsch! Natürlich unten, im Waschraum. Dann bin ich wieder rauf, aber es war stockdunkel. Ich wollte kein Licht machen, wollte euch nicht stören. Wusste ja: Ich geh nur die Treppe hoch und durch die erste Tür ...«
»Und dann bist du die Treppe hoch und hast die Schranktür mit der Zimmertür verwechselt«, sagte Paul ahnungsvoll.
Merle nickte kleinlaut. »So war's wohl ...«
Isabel tippte sich an die Stirn. »Aber an der Schranktür ist doch nicht mal eine Klinke! Wie kann man das verwechseln?«
»Genau das fand ich ja so gemein«, erklärte Merle eifrig. »Ich dachte, das ist wieder so ein bescheuerter Schulstreich, typisch Klassenreise – ich geh zur Toilette, und ihr schraubt schnell die Klinke ab, bloß um mich auf die Schippe zu nehmen. Also hab ich an der Tür gerüttelt wie eine Blöde, und irgendwann ging sie auch auf ...«
Paul sah sich bei diesen Worten den Schrank genauer an: Er stand nur noch auf drei Füßen und deshalb auch schief – der vierte Fuß lag abgebrochen auf dem Boden. Wahrscheinlich schon vorher locker gewesen, dachte er, und die Rüttelei hat dann den Rest besorgt.
»Ich also rein und knalle heftig die Tür zu, damit ihr alle vor Schreck aus den Betten fallt«, fuhr Merle fort und unterfütterte

ihren Bericht mit lebhaften Gesten. »Doch dann kriege ich mit, dass etwas nicht stimmt. Überall Wände, und die Tür geht auch nicht mehr auf, obwohl ich mich dagegen werfe! Dann kippt plötzlich der ganze Raum …«

»Edgar Allan Poe«, murmelte Sebastian ergriffen. »Gruselfilm.«

»Den Rest wisst ihr ja«, schloss Merle ihren Bericht und piepste verlegen. »Und äh, ja – danke für eure Hilfe.«

Ragna schüttelte fassungslos den Kopf. »Ich fand ja schon, der Hund ist nicht ganz dicht. Aber du schießt echt den Vogel ab, Merle.«

»Danke«, sagte die Genannte tatsächlich, offenbar immer noch nicht ganz bei sich. Die anderen brachen in Gelächter aus, und das löste die letzten Reste ihrer Anspannung.

»Wir sollten zusehen, dass wir noch eine Mütze voll Schlaf erwischen, bevor die Tour morgen früh richtig losgeht«, meinte Paul schließlich. Sie kehrten in ihre Dachkammer zurück und krochen in die Betten, Pelle trollte sich wieder auf seine Decke.

»Wenn die Tour erst morgen richtig losgeht, möchte ich nicht wissen, was noch passiert«, hörte man den langen Jens murmeln, bevor er seinen Arm nach dem Schalter ausstreckte und das Licht löschte.

»Alles ganz einfach: Reinsetzen, mit der Strömung fahren, paddeln nicht vergessen. Hat von euch jemand schon mal im Kanu gesessen?«

Hatten sie eigentlich alle schon mal, auch wenn es bei den meisten lange her war und sich die Erfahrungen auf sporadische Nachmittags-Picknickfahrten mit Familie, Freunden oder Kollegen beschränkten.

»Ich nur ganz kurz«, piepste Merle verlegen, »zum Sitzen bin ich gar nicht gekommen.«

Ihr persönlicher Einweiser vom Kanu-Verleih, der sich burschikos als »Tino« vorgestellt hatte und stark sächselte, grinste ahnungsvoll. »Gleich in den Bach gefallen?«
Merle nickte verschämt.
»Deswegen trägt diese Frau Sicherheitskleidung«, behauptete Tino unverfroren und wies auf Merles T-Shirt, das, wie üblich bei ihr, in krassesten Neonfarben leuchtete. »Damit erkennt ihr sie sogar unter Wasser! Und damit auch alle anderen nicht verloren gehen, kriegt jeder eine Schwimmweste verpasst. Bitte zur Anprobe, hier ist für jeden was dabei!«
Sie trabten müde hinter Tino her in das offene Bootslager und wühlten zwischen den an einer Garderobestange hängenden, säuberlich nach Größen sortierten Schwimmwesten nach passenden Exemplaren. Nach der nächtlichen Aufregung um Merle hatten zwar alle noch geschlafen. Trotzdem war die Nacht sehr kurz gewesen.
Paul hatte den Hotel-und-Bootsverleih-Chef über den beschädigten Schrank informiert. Der Mann hatte es gelassen zur Kenntnis genommen, vor allem, als Paul ihm anbot, den abgebrochenen Schrankfuß sofort zu reparieren. Leim und das nötige Werkzeug gab es im Bootshaus, und mit tatkräftiger Unterstützung von Jens, der handwerklich durchaus versiert schien, war der Schaden bereits vor dem Frühstück behoben. Ihr Appetit hielt sich ohnehin in Grenzen. Es war einfach viel zu früh. Insbesondere nach dieser Nacht.
Nach der Schwimmwestenwahl verstauten sie ihr persönliches Gepäck im Transporter des Bootsverleihs, dann halfen sie Tino beim Verladen der Kanus auf den Trailer, der schließlich an den Transporter gekoppelt wurde.
»Einsteigen, Abfahrt!«, kommandierte Tino endlich. »Ich muss ein bisschen Gas geben, hab noch andere Gruppen heute!«
Die Ansage erwies sich als nicht zu viel versprochen: Tino gab

Gas. Am klapprigen Transporter schepperte jedes Blech, als ihr Fahrer das Gespann durch die engen Kurven der Straße jagte, die in ihrem Verlauf den Windungen des Flusses folgte. Paul erwartete jeden Moment, das sich der Trailer oder wenigstens die Kanus darauf verabschieden würden, um auf kürzestem Wege in der Weser zu verschwinden – eine Katastrophe, an der dann ausnahmsweise mal nicht Merle die Schuld trüge. Ein Wunder, dachte Paul immer noch, dass sie ihr Abenteuer im Schrank ohne jede Blessur überstanden hat. Merle saß mit Jens vor ihm und kraulte Pelles Fell. Der Hund hatte es sich wieder zu ihren Füßen bequem gemacht, ihn schien die hektische Autofahrt nicht zu stören – was Paul hoffen ließ, dass sich Pelle auch als kanutauglich erweisen würde.
Paul sah, wie sich Basti vorn auf dem Beifahrersitz in einer Rechtskurve beidhändig am Türgriff festkrallte, um nicht durch die Fliehkraft auf Tinos Schoß geschleudert zu werden. Tino selbst hing ganz entspannt hinterm Steuer – eine Hand am Lenkrad, in der anderen qualmte eine Zigarette – und sächselte den bleichen Sebastian mit irgendwelchen Anekdoten zu.
Paul seinerseits klemmte zwischen Isabel und Ragna. Pluspol und Minuspol, eigentlich müsste er braten. Tatsächlich wurde ihm allmählich warm. So räumlich nah war er Ragna selbst zu Schulzeiten kaum gekommen. Das lag natürlich bloß an der drangvollen Enge auf der Sitzbank, aber man durfte ja träumen … Sie lehnte an seiner rechten Seite und hielt die müden Augen dösend geschlossen. Ein paar ihrer vorwitzigen Wuschellocken ringelten sich über Pauls Schulter und kitzelten ihn am Hals. Paul bildete sich ein, aus ihnen einen aufsteigenden Hauch dieses ganz speziellen Ragna-Dufts wahrzunehmen, der ihm schon früher regelmäßig die Sinne betört hatte.
Auch an Pauls Backbordseite war einiges geboten. Isabel hatte knappe, sportliche Shorts angelegt, und der Anblick ihrer ma-

kellosen, leicht gebräunten Schenkel wirkte umgehend pulsbeschleunigend. Ist doch bloß Bello, rief sich Paul ins Bewusstsein. Aber im Moment hielt Isa die Klappe – da reduzierte sich die Wahrnehmung auf ihre körperlichen Vorzüge, und die waren nicht zu übersehen. Auch nicht nördlich ihrer sensationellen Beine. Der Ausschnitt ihrer sommerlich weit aufgeknöpften Bluse verschob sich bei jeder Kurvenfahrt und ließ so spektakuläre Einblicke auf noch viel spektakuläreres Terrain zu. Paul musste sich sehr beherrschen, um seinen Blick nicht permanent zwischen beiden Frauen hin und her irrlichtern zu lassen, als verfolge er ein Tennismatch. Andererseits, verpassen wollte er auch nichts. Das hier war gerade mehr Sex, als er seit Monaten gehabt hatte.

»Da ist schon die Fulda«, schrie Sebastian jetzt durch den Motorenlärm nach hinten.

»Wir wollten doch auf der Weser paddeln?«, fragte Merle prompt zurück.

Jens seufzte und erklärte: »Machen wir auch. Aber nicht heute. Heute paddeln wir auf der Fulda nach Hannoversch Münden. Da fließt die Fulda mit der Werra zusammen, von da an heißt es dann Weser.«

»Wenn du es sagst«, brummelte Merle ergeben. »Sieht hier sowieso nicht anders aus als an der Weser.«

Ausnahmsweise blickte Paul aus dem Fenster auf die vorbeifliegende Landschaft: Bewaldete Hänge. Dörfer und kleine Ortschaften, in denen Fachwerk dominierte und die Zeit stillzustehen schien. Ein Fluss, dessen Windungen auch die Straße zu Biegungen zwangen – was, egal ob Links- oder Rechtskurve, dazu führte, dass sich ein warmer Frauenleib an Paul presste. Schöne Gegend.

Trotzdem blieb Paul der Einzige, der es bedauerte, als die Fahrt ein Ende nahm und Tino das Gespann auf einer kleinen Fläche

unmittelbar am Fuldaufer abstellte. Die Gefährten quollen aus dem Transporter und reckten die fahrtsteifen Glieder.
»Wo sind wir hier genau?«, erkundigte sich Ragna und blinzelte in die Sonne.
»Spiekershausen«, erklärte Tino und räumte mit Sebastians Hilfe das erste Kanu vom Trailer. »Auf dieser Seite ist Niedersachsen, am anderen Ufer liegt Hessen. Die Grenze verläuft mitten im Fluss, das geht fast bis Hannoversch Münden so.«
»Sieht man gar nicht«, staunte Merle leise. Die anderen schüttelten nicht einmal mehr den Kopf darüber, und Tino bekam es nicht mit – es gab genug zu tun.
Endlich lagen alle drei Boote, umlagert von sämtlichen Gepäckstücken, vor einer Betontreppe, deren Stufen vom Ufer bis ins Wasser reichten.
»Hier sind noch wasserdichte Tonnen, für jedes Boot eine«, verkündete Tino und lud drei Plastikgefäße mit breiten Schraubdeckeln aus. »Da bitte alles hineinpacken, was man im Falle einer Kenterung ungern verliert – Handys, Schlüssel, Brieftasche und so. Eurem Sebastian hier habe ich unsere Notfallnummer und ein kleines Tourenbrevier mit Flusskarte gegeben. Ein Flusswanderbuch hat er selbst, damit seid ihr gut gerüstet. Immer der Strömung nach, da kann man sich gar nicht verfahren.« Er grinste fröhlich in die Runde. »Dann viel Spaß, Leute.« Damit kletterte Tino in den Transporter zurück, und schon rumpelte das Gespann davon.
»Sechs Leute, drei Boote!«, rief Sebastian unternehmungslustig und trat neben das vorderste Kanu. »Wie teilen wir uns auf?«
»Ich möchte mit Pelle fahren!«, vermeldete Merle nachdrücklich. Arschkarte, dachte Paul, wahrscheinlich gehen wir schneller unter, als ich »SOS« schreien kann.
»Ragna mit mir?«, setzte Sebastian hoffnungsfroh nach und

wurde nicht enttäuscht – Ragna warf ihre kleine Reisetasche achselzuckend in Bastis Kanu.
»Sag mal«, erkundigte sich Isabel interessiert, »ist das eigentlich alles, was du mithast? Diese winzige Tasche?«
Ragna warf ihrer Reisegefährtin einen scheelen Blick zu. »Ich bin gern mit leichtem Gepäck unterwegs. Muss mir ja nicht stündlich ein neues Outfit verpassen wie gewisse andere Leute.«
»Stimmt, jetzt seh ich's auch: Du hast ja dasselbe an wie gestern!«, tat Isabel überrascht. »Und da sah es schon so aus wie von vorgestern …«
»Ich kaufe meine Klamotten unterwegs«, erklärte Ragna von oben herab. »Im Gegensatz zu dir bin ich nämlich spontan.«
Da es plötzlich sehr danach aussah, als würde Isabel Ragna ganz spontan eine kleben wollen, schnappte sich Paul eine der wasserdichten Plastiktonnen und schob sich beherzt zwischen die beiden Kampfhühner. »Meine Damen, Ihre Wertsachen bitte! Schlage vor, ich nehme alle Handys. Wenn's klingelt, weiß man dann wenigstens, wo man suchen muss. Geld, Papiere und Schlüssel verteilen wir auf die anderen Tonnen. Also bitte …«
Ragna bedachte Isabel mit einem letzten giftigen Blick, dann atmete sie durch, bückte sich zu ihrer kleinen Reisetasche, kramte ein Mobiltelefon hervor und reichte es Paul. Der wollte es gerade in die Tonne legen, da stutzte er. »Ist abgeschaltet, Ragna – Absicht?«
»Na klar. Ragna hat Urlaub und ist gern spontan!« Isabel gab keine Ruhe.
Wütend nahm Ragna Paul das Mobiltelefon aus der Hand, schaltete es ein, entsperrte es und legte es in die Tonne. Kaum lag es dort, machte es Radau. Ragna zerrte das Gerät heraus, warf einen Blick aufs Display und drückte das Gespräch weg.
»Willst du nicht rangehen?«, wunderte sich Paul.
Ragna schüttelte nur den Kopf und platzierte ihr Telefon wieder

in der Tonne. Kaum lag es darin, rappelte es erneut los. Paul erkannte im Klingelton die Melodie des Led-Zeppelin-Hits *Stairway to Heaven.* Da Ragna keine Anstalten machte, erneut nach dem Telefon zu greifen, langte Paul zu und reichte es ihr. Sie nahm es wortlos entgegen, wandte sich zum Fluss, holte aus und warf das Handy in hohem Bogen von sich. Sprachlos verfolgten die Gefährten die Flugbahn des unentwegt plärrenden Teils, bis es in der trüben Fulda verschwand und vom Ort des Einschlags nur noch ein paar kleine Wellenringe zeugten, die sich alsbald verliefen.

»Respekt. Spontan bist du wirklich.« Um Isabels Mundwinkel zuckte ein koboldhaftes Lächeln.

»Nicht wahr?« Ragna gab ein kaltes Lächeln zurück. »Wie sieht's denn mit deinem Handy aus? Du benutzt es nicht, hast du uns doch gestern so großspurig verkündet?«

»Genau, liebe Ragna. Ich benutze es nicht. Deshalb ist es auch abgeschaltet, Paul, durchaus mit Absicht.« Isabel fingerte ihr Mobiltelefon – ein sündhaft teures Gerät, erkannte Paul – aus der Handtasche und legte es in die Tonne. Isabel blieb Pauls Blick nicht verborgen. »Dient nur als Statussymbol. Hat man einfach in meinen Kreisen.«

»Wer sollte dich auch anrufen?«, spottete Ragna.

»Jetzt die anderen Handys«, ordnete Paul laut an, in der Hoffnung, damit abzulenken. »Und Brieftaschen, Papiere, Schlüssel …«

Glücklicherweise kamen die anderen der Aufforderung sofort nach. Sogar Ragna und Isabel entledigten sich ihrer Wertgegenstände, ohne ein weiteres Mal übereinander herzufallen. Nur Merle kramte endlos in ihren diversen Tüten, bis sie die Suche aufgab. Seufzend deponierte sie ein klobiges Handy in der dafür vorgesehenen Tonne.

»Vintage-Look, uuuiiieh!«, kommentierte Isabel belustigt.

Diese Spitze verstand sogar Merle. »Teure Handys sind nichts für mich, Isa«, verteidigte sie sich. »Bei mir gehen die sofort kaputt.«
»Entschuldige bitte, Merle.« Isabels Gesicht färbte sich tatsächlich ein wenig rot. Immerhin merkt sie noch was, dachte Paul empört. »Ist doch okay, Merle. Was ist mit Geld, Schlüssel und so?«
Sie blickte verlegen zu Boden. »Ich glaube … Also, es sieht so aus … als hätte ich das alles zu Hause vergessen, Geld, EC-Karte …«
»Deinen Wohnungsschlüssel auch?«, staunte Jens.
»Ich zieh die Tür immer bloß hinter mir zu! Ist aber nicht schlimm, passiert mir öfters – deshalb liegt ein Ersatzschlüssel bei meiner Nachbarin. Nur mit dem Geld, das ist natürlich echt blöde …«
Zur Überraschung aller umarmte Isabel Merle ganz spontan. »Mach dir keine Sorgen. Ich zahl für dich mit, und wir regeln das nach der Reise, ja?«
Auf Merles Gesicht ging die Sonne auf. »Echt? Danke, Isa!«
»Dann kann's ja endlich losgehen«, drängte Sebastian. Er hatte sein persönliches Gepäck bereits ins Kanu verfrachtet und lud nun weitere Packen ein. »Bei uns ist Platz für die drei Zelte, Ragna hat ja so gut wie kein Gepäck«, erklärte er dabei. Auch Pauls Rucksack und Reisetasche waren rasch verstaut, dann half er Merle bei ihrem Tüten-Arsenal. Pelle jagte aufgeregt zwischen den Booten hin und her. Er spürte, hier passierte Aufregendes.
Jens hatte es mit seinem Gepäck am einfachsten: Den roten Plastiksack ins Kanu fallen lassen – fertig. Dann half er Isabel dabei, ihren Koffer unterzubringen und möglichst mittschiffs auszurichten. Paul beobachtete dieses Unterfangen aus den Augenwinkeln und hatte Mühe, nicht in schallendes Gelächter

auszubrechen: Das edle Louis-Vuitton-Teil wirkte in dem rustikalen Ambiente so deplatziert wie ein Smaragd in einem Haufen Kieselsteine. Sogar Isabel schien die Komik dieser Collage zu erkennen. »Sieht aus wie ein Hotelschiff«, bemerkte sie mit Blick auf ihr Boot.

»Und wenn ihr absauft, habt ihr ein Rettungsboot von Louis Vuitton. Das gab's nicht mal auf der Titanic«, grinste Paul.

»Dafür habt ihr genug Tüten zum Wasser schöpfen an Bord, wenn ihr Leck schlagt«, frotzelte Isabel zurück.

Paul verteilte die orangefarbenen Rettungswesten, die sie gleich anlegten.

»Jetzt tragen wir alle Merle-Style«, grinste Ragna.

Mit vereinten Kräften schoben sie die Boote die Treppenstufen hinunter ins Wasser, wo Ragna die Kanus an den Bugleinen hielt, bis die Besatzungen nacheinander auf den Sitzbänken Platz nahmen – was zwar nicht ohne Schreckmomente, aber immerhin ohne Kenterung abging. Pelle ließ sich zunächst nicht zum Einstieg bewegen, aber nachdem sowohl Paul als auch Merle in die schwankende Nussschale überstiegen und außerdem Pelles Hundedecke – quasi als Landeplatzmarkierung – in der Bootsmitte ausbreiteten, überlegte er es sich und folgte vorsichtig, um sich eingeschüchtert auf der Decke zusammenzurollen. Als Letzte stieg Ragna zu Sebastian ins Boot – dann legten sie ab.

Paul trieb sein Kanu mit einigen kräftigen Paddelschlägen in die Flussmitte. Merle saß im Bug und unterstützte den Kurs mit gleichmäßigen Zügen. Sie machte das gut, stellte Paul erleichtert fest. Auch die anderen kamen einigermaßen zurecht, obwohl jeder zunächst mit sich selbst und dem eigenen Paddelrhythmus beschäftigt war. Erst als sie nach dem ersten Flusskilometer unter den Schatten zweier Eisenbahnbrücken hindurchglitten, begann Paul ihre Umgebung allmählich wahrzunehmen.

Zuerst spürte er die Wärme. Der Vormittag war bereits weit fortgeschritten, die Junisonne brannte vom Himmel. »Hat jemand Sonnencreme dabei?«, brüllte er übers Wasser. Sebastian, der Planer, hatte – von den anderen hatte keiner daran gedacht. Sie steuerten die drei Kanus Bord an Bord, verhakten die Paddel unter dem Süllrand des jeweiligen Nachbarboots und ließen sich treiben, während die Sonnencreme reihum ging. Ohne ihre Paddelschläge herrschte Stille auf dem Fluss. Paul rieb sich Gesicht und Gliedmaßen ein, reichte die Sonnencreme an Merle weiter, lehnte sich auf seinem Sitz zurück und schloss die Augen. Ein Gefühl stieg in ihm auf, das er lange nicht so bewusst verspürt hatte: Frieden. Die Gefährten schienen ähnlich zu empfinden. Keiner machte Anstalten, nach dem Paddel zu greifen, bis Sebastian die Ruhe störte und mit seiner Tourenkarte raschelte. »Wir sind gleich bei der Flussschleife mit dem Naturschutzgebiet Kragenhof. Es gibt da drei kleine Inseln mit Anlandeverbot, wir müssen links daran vorbei.«

Das beendete die kleine Pause. Trotzdem ging nun beides: Paddeln und Aussicht genießen, und die gab etwas her. Als sie durch die Außenkurve der engen Fuldaschleife an den ersten Inseln vorbeiglitten, vernahmen sie krächzende, kehlige Laute. Paul sah, wie sich Pelles Ohr spitzte – natürlich nur das eine, das andere hing, wie bei ihm üblich, chronisch durch –, und konnte den Hund gerade noch mit beherztem Griff ins Halsband davon abhalten, sich in die Fluten zu stürzen. Dann erblickte er, was Pelle längst entdeckt hatte: eine ganze Kolonie Kormorane, die ihre Nester in den Bäumen der Insel gebaut hatten. Unwillkürlich hielten alle die Paddel still und starrten wie Pelle auf das Naturschauspiel, bis die Strömung ihre Boote daran vorübergetrieben hatte. Erst dann tauchten die Stechpaddel wieder ins Wasser, ohne dass jemand das Gesehene kom-

mentierte. Hier ist jeder für sich alleine unterwegs, fuhr es Paul durch den Sinn. Egal, er genoss es trotzdem.
Vor der Schleuse Wahnhausen und dem angrenzenden Wehr kam die Strömung fast zum Erliegen. Sebastian stellte bereits in Aussicht, dass sie die Boote hier um das Hindernis herumtragen müssten, aber sie hatten Glück: Eine kleine Motoryacht fuhr gerade in die Schleusenkammer ein, dahinter gab es reichlich Platz für die drei Kanus. Hinter ihnen schloss sich das Tor. Von den Wänden rieselte es kühl und feucht, als das Wasser aus der Kammer langsam, aber stetig talabwärts abgelassen wurde. Die Boote sackten ab, über ihnen wuchsen die Mauern in die Höhe.
»Wie in einer Gruft«, bemerkte Merle schaudernd und war sich in dieser Ansicht offensichtlich mit Pelle einig, dem das auch nicht geheuer zu sein schien und der deshalb im Boot nach vorn robbte, um seinen Kopf unter Merles Sitzbank zu verstecken. Alle anderen genossen das kleine Spektakel.
Dann öffnete sich das vordere Schleusentor, und sie schwärmten wieder aus ins gleißende Sonnenlicht, hinaus auf den Fluss. Sie redeten immer noch nicht viel miteinander. Kurz darauf nutzten sie die Anlegestelle in einem Örtchen mit dem schönen Namen Wahnhausen, um sich – in Sichtweite der Boote – in einem Bistro zu stärken.
»Wir nehmen nur die Tonnen mit«, schlug Sebastian vor. »An den übrigen Sachen wird sich schon keiner vergreifen.«
Das sahen alle genauso, sogar Isabel war einverstanden. Nur Ragna wirkte unschlüssig. Schließlich gab sie sich einen Ruck und entnahm ihrer kleinen Reisetasche eine pralle Papiertüte, die schon etwas ramponiert aussah. »Hast du eine Plastiktüte für mich über?«, fragte sie Merle. Die Angesprochene entnahm ihrem Arsenal eine kaum gefüllte Tüte, füllte deren Inhalt kurzerhand in den nächsten halbleeren Plastikbeutel um und reichte das freigeräumte Exemplar an Ragna weiter. Die nickte dan-

kend und stopfte ihre Papiertüte hinein, unter den verwunderten Blicken der Gefährten.
»Kaum Klamotten dabei, aber so was mitschleppen?«, fragte Isabel neugierig. »Was ist denn so wichtig?«
»Geht dich nichts an«, erwiderte Ragna knapp.
»Bitte.« Isabel zuckte beleidigt mit den Achseln.
»Los, Essen gehen!«, trieb Paul an, um das Wortgefecht abzukürzen. Außerdem hatte er wirklich Hunger. Den anderen ging es ebenso, und deshalb gingen sie die paar Schritte hinüber zum Bistro – Isabel vorneweg, die Männer jeder mit einer Tonne in der Hand, Ragna trug ihre Tüte, Merle führte Pelle an der Leine.
Das Essen verlief ziemlich einsilbig. Isabel wirkte beleidigt, Ragna ziemlich abwesend. Jens sagte aus Gewohnheit nicht viel, und Merle spielte mit Pelle herum, nachdem Paul ihm eine Wurst spendiert hatte. Sebastian war ganz in seine Tourenkarte vertieft.
»Das nächste Wehr ist in Wilhelmshausen«, gab er bekannt.
»Wieder mit Schleuse?«, fragte Paul.
Sebastian nickte, fügte jedoch an: »Ist aber gerade wegen Bauarbeiten geschlossen, hat Tino mir erzählt. Rechts vom Wehr gibt's eine Bootsgasse. Kann sein, dass die für unsere beladenen Boote zu heikel ist. Wir sollen auf jeden Fall vorher anlegen und die Lage peilen.«
»Dann mal los. Alle fertig?«

Sie erreichten Wilhelmshausen nach gemächlicher Fahrt – die meiste Zeit hatten sie sich treiben lassen – am Nachmittag. Vor ihnen lag das durch eine Kette abgesperrte Wehr. Am rechten Ufer, wie angekündigt, war noch vor Beginn der engen Bootsgasse ein Anleger. Dort stiegen alle aus. Während Ragna wieder die Bugleinen hielt und dafür sorgte, dass die Kanus nicht abtrieben, warfen alle anderen vom Kai aus einen Blick auf die Bootsgasse, in der das Wasser ziemlich aufgewühlt dahinschoss.

»Beladen wird die Durchfahrt schwierig«, konstatierte Sebastian verdrießlich.
»Vor allem mit Louis Vuitton an Bord«, konnte sich Paul nicht verkneifen, was ihm einen scharfen Blick von Isabel eintrug.
»Dann laden wir die schwersten Sachen aus und fahren mit leichten Booten durch«, schlug Jens vor.
»Sachdienlicher Vorschlag«, bestärkte ihn Isabel.
Merle verzog das Gesicht. »Muss ich mit? Mir ist das zu wild …«
»Musst du nicht«, beruhigte sie Paul. »Ist auch gut, wenn du Pelle nimmst.«
Sie kehrten zu den Booten zurück, luden die schweren Teile aus und trugen sie über den langen Kai bis zum Anleger hinter der Bootsgasse. Dabei missbrauchten sie Isabels Rollkoffer als Transportwägelchen, was die allgemeine Stimmung allmählich wieder hob und reichlich Anlass zum Sprücheklopfen bot.
»Wozu das Ding doch gut ist!«
»Louis, der Schieber.«
»Rettungsboot, Sackkarre – das reinste Multitool!«
Endlich war der Umzug erledigt. Während die Damen in Begleitung von Pelle auf dem Pier wandelten, bestiegen die Herren kühn ihre Kanus und fühlten sich bei der Einfahrt in die Bootsgasse mindestens so wagemutig wie ein Pionier bei der Erkundung eines Wildwassers. Leicht von der Gischt genässt und mit ein paar kleinen Pfützen in den Booten erreichten sie lachend den Anleger hinter der Gasse und warfen Ragna die Bugleinen zu.
»Einsteigen, bitte!«
Merle verteilte schon eifrig die Gepäckstücke zurück in die Boote, bloß Isabel ließ sich noch Zeit und öffnete ihren Koffer, um ihm eine Haarbürste zu entnehmen, mit der sie sich umgehend die blonde Mähne striegelte.
»Einsteigen, bitte!«

Das Gepäck war bei allen verstaut, Merle saß bereits an ihrem Platz vor Paul. Sogar Pelle lag schon wieder auf seiner Hundedecke im Kanu. Einzig Ragna stand noch ungeduldig auf dem Kai. Und Isabel, die sich in aller Ruhe die Haarpacht ausbürstete.

Bis Ragna endgültig der Kragen platzte.

»Loreley ist woanders, du eitle Gans!«

Ragna riss Isa erbost die Bürste aus der Hand, schmiss sie in den Koffer zurück, klappte den Deckel zu und hämmerte die Schlösser zu. Als sie sich auch noch anschickte, den Koffer hochzuwuchten und in Jens' Kanu zu verfrachten, riss Isabel ihr das klobige Gepäckstück aus der Hand. Atemlos beobachteten Paul, Merle, Sebastian und Jens von ihren Logenplätzen aus, wie die Kontrahentinnen schoben, drückten, zerrten und sich um den Koffer balgten, den keine von beiden loslassen wollte. Plötzlich geriet Isabel ins Taumeln, trat über der Kaimauer ins Leere und wäre unweigerlich abgestürzt, hätte Ragna sie nicht im letzten Moment abgefangen. Der schwere Koffer entglitt Isabels Hand, knallte zwischen den Booten aufs Wasser und trieb im Schwell des Wehres sofort ab. Paul wollte sein Kanu gerade von der Mauer abstoßen, um die Verfolgung des schon weit entfernten Koffers aufzunehmen – da klackten die Verschlüsse auf. Sofort bekam Louis Vuitton Schlagseite. Kleidungsstücke quollen heraus, saugten sich im Nu voll Wasser, gingen unter. Der Koffer kantete sich auf wie zum letzten Lebewohl, sackte ab, schickte noch mit einem etwas unanständigen Geräusch eine letzte Luftblase an die Oberwelt.

Und ward nicht mehr gesehen.

10

Wir bauen die Zelte auf, dann melde ich uns an ...«, schlug Sebastian bedrückt vor, während er die Handys und Portemonnaies austeilte.

»*Ihr* baut die Zelte auf.« Das war, abgesehen von einigen gar nicht damenhaften Flüchen unmittelbar nach dem Totalverlust, der erste Satz, den sie von Isabel zu hören bekamen, seit Louis Vuitton die »Titanic« gegeben hatte.

Die Strecke von Wilhelmshausen bis zum Etappenziel Hannoversch Münden hatten sie alle kaum noch miteinander geredet. In sich gekehrt paddelten sie die Strecke lustlos herunter, als ob mit Isabels Koffer jedes Motiv für die gemeinsame Reise untergegangen wäre. Weil keiner Lust verspürte, eine Pause vorzuschlagen, in der vermutlich sowieso nur der nächste Streit ausbrechen oder – fast noch unangenehmer – man sich nur anschweigen würde, erreichten sie ihr Tagesziel bereits nachmittags. Der örtliche Campingplatz lag auf einer flachen, rasenbedeckten Insel inmitten der Fulda. Sie hatten die Kanus an Land gehievt, entladen und standen nun neben ihren Habseligkeiten. Abgesehen von Isabel, mangels Gepäck.

»*Ich* besorge mir neue Kleidung. Und dann ein Hotelzimmer.«

»Wozu die Umstände?«, fauchte Ragna. »Reise doch gleich ab!«

»Die Option halte ich mir offen«, verkündete Isabel. »Aber das sage ich euch noch.«

»Nicht nötig«, kartete Ragna nach – aber da strebte Isabel bereits der Brücke entgegen, die Insel und Altstadt miteinander verband. Achselzuckend wandte sich Ragna den anderen zu. »Bauen wir die Dinger eben ohne Madame auf. Olle Zicke.«

»Vielleicht wäre sie etwas weniger zickig, wenn du dich bei ihr entschuldigen würdest.« Ragna starrte ihn entgeistert an, und Paul biss sich fast die Zunge ab beim untauglichen Versuch, das Gesagte noch nachträglich zu verschlucken. Unfassbar, jetzt nahm er auch noch Bello in Schutz. Andererseits, es stimmte einfach – ohne Ragna wäre der Koffer niemals in der Fulda gelandet. Ohne Isabel allerdings auch nicht.

»Weißt du was, Paul«, zischte Ragna ihn an, »wenn ich jemanden brauche, der mir sagt, was ich tun soll – schaue ich in den Spiegel! Dann baut mal schön …« Sie schnappte sich ihre Plastiktüte und enteilte wütend. Sprachlos sahen ihr die anderen nach, bis nun auch Ragna die Brücke überquerte und in den Altstadtgassen verschwand.

»Schönen Dank auch, Paul.« Sebastian hockte sich enttäuscht auf den Rasen.

»Was denn? Krieg ich jetzt die Schuld?«, ereiferte sich Paul.

»Jetzt fangt ihr nicht auch noch an, übereinander herzufallen«, bremste Jens, was ihm einen dankbaren Blick von Merle eintrug. Paul sah, wie Sebastian den Kopf hängen ließ, und sparte sich weitere Ausfälle. Stattdessen trat er vor ihn hin und streckte versöhnlich die Hand aus. Basti blickte auf, lächelte schwach, schlug ein und ließ sich von Paul hochziehen. Er wirkte müde und erschöpft, und als sich ihre Hände voneinander lösten, sah Paul Sebastians Rechte wieder unkontrolliert zittern.

»Melde uns gleich auf dem Platz an, Basti«, meinte Paul. »Lass dir ruhig Zeit dabei. Jens und ich stellen die Zelte auf. Merle, hältst du uns Pelle vom Leib?«

Ragna stapfte grollend übers Kopfsteinpflaster, geriet an einer Unebenheit ins Straucheln und hätte am liebsten wütend mit dem Fuß aufgestampft wie ein verzogenes Kleinkind. Dabei konnte sie nicht einmal sagen, auf wen sie wütender war – auf

Isabel, auf Paul oder auf sich selbst. Wahrscheinlich Letzteres, vermutete sie. Ragna fühlte sich müde und leer, und in diesem energielosen Zustand kam sie sich nutzlos vor.
Das hasste sie.
Die Altstadt Hannoversch Mündens wirkte wie ein Freilichtmuseum. Kaum eine Fassade jünger als aus dem siebzehnten Jahrhundert, da geriet jeder Spaziergang zur Zeitreise. Normalerweise hätte Ragna das genossen und sich auf den belebten Plätzen rund um Rathaus und Sankt-Blasius-Kirche ins Getümmel geworfen. Aber wahrscheinlich würde sie in ihrem jetzigen Gemütszustand nur unschuldige Passanten anrempeln. Deshalb hielt sie sich an die kleinen, einsamen Gassen, bis sie wieder an einem Fluss stand, über den sich eine alte Steinbrücke spannte. Die Werra, las Ragna auf einer Hinweistafel. Und die Brücke war wirklich sehr alt – geschätzte siebenhundertfünfzig Jahre. Hat schon einiges mitgemacht, dachte Ragna und lenkte ihre Schritte auf das trutzige Bauwerk. Die Brücke war für Kraftfahrzeuge gesperrt, es ließ sich also in Ruhe darauf lustwandeln.
Und nach Ruhe verlangte es Ragna.
Wo Brückenpfeiler die geschwungenen Bögen trugen, beulten kleine Bastionen das steinerne Geländer aus. Ragna trat in eine davon, stützte sich auf der Balustrade ab und sah hinunter auf den Fluss, der hier über ein langes Wehr schoss und auf eine kleine, langgezogene Insel traf, welche die Fluten in zwei Ströme teilte. Und je länger sie in die tosenden Wirbel starrte, desto ruhiger wurde sie – als saugte der Fluss mit seinen Strudeln Zweifel, Angst und Wut aus ihrem Gemüt, um sie in seinem wilden Lauf ein für alle Mal zu begraben.
So spontan, wie sie bei Nacht und Nebel von zu Hause aufgebrochen war, hatte sich Ragna dafür entschieden, ihre alten Klassenkameraden auf der Bootstour zu begleiten. Ragna war

nicht berechnend wie, zum Beispiel, Isabel. Sie hatte keinen Plan B. Sie wusste nur, dass sie nicht länger bei Achim bleiben konnte. Sie wollte auch nicht bei guten Freunden unterschlüpfen, denn Achim und sie waren eine Ewigkeit zusammen gewesen – alle Freunde, jedenfalls die engen, waren gemeinsame Freunde, und Ragna wollte nicht über Achim reden, solange sie selbst bezüglich ihrer Zukunft völlig im Trüben fischte.
Allein sein wollte sie allerdings auch nicht. So gesehen, boten Paul und die anderen genau die richtige Gesellschaft: keine Fremden, aber auch nicht informiert über ihre persönlichen Lebensverhältnisse. Sie begegneten sich quasi als unbeschriebene Blätter – fast noch einmal so wie damals in der Schule, bevor die Lebenswege auseinanderdrifteten. Wobei, gestand Ragna sich ein, dass Bild mit den »unbeschriebenen Blättern« leider trog, damals schon. Schließlich hatten jeden von ihnen bereits zu Schulzeiten Besonderheiten geprägt, die sie voneinander unterschieden. Merle war immer schon chaotisch gewesen, Isabel hatte bereits als Teenie genervt. Und Paul besaß auch früher die fatale Angewohnheit, Dinge anzusprechen, die Ragna eigentlich nicht hören wollte, obwohl sie möglicherweise stimmten – wahrscheinlich sogar, *weil* sie stimmten.
Vielleicht wäre sie etwas weniger zickig, wenn du dich bei ihr entschuldigen würdest.
Ja, Paul.
Könnte sein.
Bestimmt ließe sich eine Person wie Isabel besser ertragen, wenn ich ein paar Sorgen weniger hätte, dachte Ragna. Ihre Hand krampfte sich um den Griff der kleinen Plastiktüte, in der wiederum die Tüte mit dem Geld steckte. Sie hatte es gezählt, in einer Bahnhofsklokabine, Schein für Schein.
Es waren exakt fünfundzwanzigtausend Euro.
Sie fragte sich nicht mehr, mit welch finsterem Deal Achim zu

diesem Geld gekommen war. Es war alles, was aus ihrem früheren Leben mit ihm übrig geblieben war. Und deshalb würde sie es ganz pragmatisch für sich selbst nutzen. Zum Beispiel, um sich neu einzukleiden. Schon, damit Bello nicht wieder so blasiert ihre penibel gestutzten Brauen hochziehen konnte, wenn Ragna den dritten Tag hintereinander im selben Dress aufliefe.
Sie wandte sich vom Anblick des strömenden Wassers ab und orientierte sich: Aus der Altstadt war sie gekommen. Das gegenüberliegende Werraufer war ebenfalls dicht besiedelt, hier standen allerdings modernere Bauten. Ragna schlenderte darauf zu. Die gegenüber der Brücke einmündende Straße weitete sich zu einem Parkplatz. Vielleicht gibt es dort ein paar gute Geschäfte, überlegte Ragna. Boutiquen und einen Schuhladen, zum Beispiel. Sie überquerte die Uferstraße, erreichte den Parkplatz und fühlte plötzlich ihren Herzschlag aussetzen, bevor sie den Grund dafür wirklich begriff: Auf der Fläche vor ihr standen drei schwarz-gelb lackierte Motorräder in abgezirkelter Dreiecksformation wie ein kampfbereites Hornissengeschwader. Die zuvorderst geparkte Maschine mit der dynamisch nach vorn geneigten Rennverkleidung war unverkennbar. Ebenso die beiderseits vom bulligen Tank grinsenden Totenschädel. Auch der mit gleichem Motiv bemalte Helm, mittels eines Ringschlosses am Sattel befestigt, ließ keinen Zweifel daran offen, wem dieser Höllenstuhl gehörte.
So etwas gab es nicht doppelt.

Isabel tupfte sich vorsichtig kaltes Wasser auf Stirn und Augen, um nicht ihr Make-up zu zerstören. Dabei verbarg sie einen wesentlichen Teil ihres Gesichts ohnehin gleich wieder hinter der großen Sonnenbrille – die Schwellungen ums rechte Auge herum waren zwar zurückgegangen, aber die Verfärbungen noch so stark, dass selbst Schminke nichts half. Der Schlag war heftig gewesen, Isabel verfügte in dieser Hinsicht durchaus über Vergleichsmöglichkeiten. Thorsten war nicht zum ersten Mal handgreiflich geworden, und Isabel hatte keinen Hieb je vergessen. Aber sich, in gewisser Weise, daran gewöhnt. Obwohl sie sich – trotz der Schläge – lange nicht hatte eingestehen können, dass es immer wieder passieren würde. Dass Thorsten ein echter Schläger war. Echte Schläger, das waren – Isabels früherer Vorstellung nach – besoffene Typen im dreckigen Unterhemd, mit aufgepumptem Bizeps und kaputter Biographie. Thorsten war ein vorzüglich bezahlter Topanwalt mit gepflegtem Aussehen und geschliffenen Manieren.

Er schlug sie trotzdem. Immer wieder.

Und sie hielt es aus. Sie bemühte sich, seinen Ansprüchen zu genügen. Das lohnte sich auch. Thorsten konnte ausgesprochen charmant sein, wenn Isabel in seinem Sinne funktionierte. Das war für sie so viele Jahre lang in Ordnung gewesen – warum nun nicht mehr? An diesem Abend neulich, als sie um ein Haar Tabletten geschluckt hatte. Hätte Paul nicht angerufen, wäre es für sie wahrscheinlich vorbei gewesen.

Dann hätte ich wenigstens nicht das Problem, wohin ich jetzt soll, dachte Isabel. Sie stand seit einer halben Stunde in diesem Bahnhofsklo, unschlüssig, ob sie sich eine Fahrkarte nach Hause kaufen sollte oder nicht. Zu Hause verdrischt mich Thorsten – hier hacken alle auf mir herum. Allen voran Ragna.

Isabel atmete tief durch und verließ den Toilettenraum. Sie verließ auch den Bahnhof und ging zurück in Richtung Altstadt. Plötzlich verspürte sie nagenden Hunger. Das war wenigstens ein klares Verlangen, damit ließ sich etwas anfangen. Sie würde irgendwo eine Kleinigkeit essen. In der Altstadt gab es genug Gelegenheiten dafür.

Am Ende der Bahnhofstraße bog Isabel nach links ab, schwenkte dann wahllos in eine kleine Gasse. *Fahrradhotel* las sie an einer der prächtig restaurierten Fassaden. Davor stand ein Pulk abgestellter Fahrräder auf dem Fußweg, vom Hollanddrahtesel bis zur Rennmaschine war hier alles vertreten. Isabel drängte sich daran vorbei und hatte bereits die nächste Straßenecke erreicht, als jemand ihr nachrief.

»Isabel?«

Sie erkannte die Stimme sofort. Nicht umdrehen, nicht laufen, ganz normal weitergehen, bezwang sie sich – und schaffte es mit Mühe. Doch kaum war sie um die Ecke, rannte sie los wie von Furien gehetzt und schaffte es gerade noch, sich im Eingang eines Cafés zu verdrücken, bevor ihr Verfolger auftauchte.

Thorsten rannte ebenfalls. Und er hatte ihr Versteck entdeckt, jedenfalls steuerte er direkt darauf zu. Isabel riss die Tür auf und eilte auf der Suche nach Deckung durch den Gastraum. Die gab es hier nicht, aber einen kleinen Flur mit dem Hinweisschild »Toiletten«. Isabel hetzte hinüber, fand die Tür für Damen, flüchtete sich in eine der Kabinen und riegelte hinter sich ab. Dann blieb ihr nichts anderes, als zu warten und ihren keuchenden Atem zu unterdrücken.

Die Tür zum Flur wurde geöffnet. Jemand betrat den Waschraum.

Isabel hielt die Luft an.

»Iiiisaaaabeeel …«

Langsam, jede Silbe genüsslich in die Länge gedehnt. Es jagte Isabel einen kalten Schauer über den Rücken.

»Komm raus, Isabel.«

Kalt, sachlich, emotionslos. Gleich würde Thorsten explodieren und die Tür eintreten. Isabel starrte gebannt auf den schmalen, schwachen Riegel, der sie nicht vor Schmerz und Demütigung bewahren würde.

Eine weitere Person betrat die Damentoilette, hielt sich nicht mit Konversation auf – sondern schrie. Und wie: Der Ton

schrillte in ungeahnte Höhen, schwoll dort mächtig an, ließ Wände erzittern und Trommelfelle beben, kippte dissonant, fing sich und tremolierte, bis Isabel im Hintergrund eine Tür schlagen hörte.
Sofort brach der Heulton ab, und es herrschte gespenstische Stille.
Vorsichtig tastete Isabel nach dem Riegel, zog ihn langsam zurück. Öffnete die Tür einen Spalt – und erstarrte ungläubig.
»Wer ist denn dein hartnäckiger Verehrer?«, grinste ihr Ragna entgegen. Isabel stieß erleichtert die Kabinentür auf, als der nächste Besucher hereinplatzte – ein aufgeschreckter Wirt.
»Was ist hier los? Warum haben Sie geschrien?«
Ragna musterte den Mann mit hochgezogenen Brauen. »Kakerlaken. So große.« Sie demonstrierte mit den Händen eine Insektengröße von mindestens einem halben Meter. Dann reckte sie empört das Kinn und rauschte an dem konsternierten Wirt vorbei aus dem Waschraum.
Isabel folgte ihr auf dem Fuße.

Basti sah nicht gut aus. Er saß kraftlos im Gras zwischen den beiden Zelten, die Paul zusammen mit Jens aufgestellt hatte. Das dritte Zelt lag noch verpackt im Transportsack. Niemand verspürte Lust, Isabel oder auch Ragna die Arbeit des Zeltaufbaus abzunehmen. Es war ja nicht einmal abzusehen, ob die beiden überhaupt zurückkamen. Merle tollte immer noch mit Pelle herum, sie balgten sich um den Gummihammer, mit dem sie eben noch Zeltnägel in den sommerhart getrockneten Boden getrieben hatten. Jens knabberte in sich gekehrt an einem Schokoriegel. Paul fühlte sich irgendwie fehl am Platze – ein Gefühl, das er früher nie gekannt hatte, während der letzten Monate aber immer öfter empfand. Für eine Midlife-Crisis war er eigentlich zu alt. Doch was war es dann?

»Wie wär's – soll ich losziehen und Proviant für morgen einkaufen?«, schlug er vor. »Danach können wir ja essen gehen. Vielleicht sind Isa und Ragna bis dahin zurück.«
»Soll ich dir tragen helfen?«, bot Jens an.
»Ist vielleicht nicht schlecht«, nickte Paul. »Wir brauchen jede Menge Wasserflaschen.«
»Ist es okay, wenn ich hierbleibe?«, schaltete sich Sebastian ein. »Ich bin ziemlich erledigt. Vielleicht penne ich eine Runde ...«
Merle wand Pelle den vollgesabberten Gummihammer aus dem Maul und kam heran. Im vergeblichen Versuch, den Hammer zu erreichen, den Merle nun am ausgestreckten Arm in die Luft reckte, sprang der Hund ein ums andere Mal an ihr hoch und warf sie fast um dabei. Merle quietschte vor Vergnügen. Dann schleuderte sie den Gummihammer von sich, Pelle kanterte begeistert los, um ihn sich zu schnappen. Merle wischte sich mit der Hand Schweißperlen vom geröteten Gesicht und trat lachend zu den Gefährten.
»So viel Spaß hatte ich lange nicht!«
Wenigstens eine, der es hier gut geht, dachte Paul. »Das ist schön, Merle. Dann übernimmst du mit Pelle die Lagerwache. Basti ruht sich aus, Jens und ich gehen einkaufen. Einverstanden?«
In der Tat waren damit alle einverstanden – sogar Pelle. Paul war sich durchaus nicht sicher gewesen, ob ihn der Hund ziehen ließe. Aber solange Merle bei ihm blieb, war für Pelle offenbar alles in Ordnung. So ging Paul zusammen mit Jens los.
»Willst du gleich zum Supermarkt?«, fragte der Lange, als sie die Einfahrt zum Campingplatz hinter sich ließen und die Fuldabrücke überquerten.
»Du nicht?«
»Ich würde mir gerne noch etwas ansehen, wenn wir schon mal hier sind.« Jens wies auf einen runden, schlanken Turm, der unweit von ihnen aus der alten Stadtmauer ragte. »Den da.«

Paul sah zum Turm hinüber, der auf den ersten Blick keine Sensationen versprach. »Was gibt's da Besonderes?«
»Wirst du sehen, wenn wir drin sind.«
Paul seufzte. »Na gut. Warum nicht.«
Der Turm entpuppte sich als Museum. Natürlich besaß er eine eigene Geschichte als Teil der städtischen Wehranlage, aber man hatte ihn in der Vergangenheit auch zu technischen Zwecken genutzt. Auf den diversen Ebenen im Inneren des Turms stand eine Ausstellung unterschiedlichster Gerätschaften. Jens erwies sich als bestens informiert und erklärte begeistert: »Hier wurde früher Bleischrot im Turmhagelverfahren hergestellt!«
»Ich kenne bloß das Verfahren Sternhagelvoll ...«, blödelte Paul lahm.
»Unten ist ein Brunnen. Manchmal wurde auch bloß ein großer Wasserbehälter aufgestellt.« Jens war offensichtlich in seinem Element und nicht zu bremsen. »Oben in der Turmkammer hat man Blei bis zur Verflüssigung erhitzt, dann durch ein Sieb gegossen. Die Tropfen fallen herunter, runden sich dabei zur Kugelform und kühlen nach dem Aufschlag im Wasserbecken ab. Danach nur noch herausfischen – fertig ist die Munition! Einfach genial.«
Jens freute sich, als hätte er das Verfahren gerade höchstpersönlich erfunden. Paul musterte den Langen nachdenklich. »Das ist echt dein Ding, was? Technik, Mechanik, Physik, Maschinen ...«
»Na und? Ich mag das eben.« Das klang fast ein wenig trotzig.
»Ist ja nichts dagegen einzuwenden«, beschwichtigte Paul. »Ich versuche bloß zu verstehen, was du daran findest.«
»So etwas hier ...« Jens wies mit einer ausholenden Geste auf die ausgestellten Apparaturen. »Das funktioniert. Alles wie geplant. Wenn's mal nicht funktioniert, geht man den Plan durch und guckt nach, was kaputt ist. Das repariert man – schon funktioniert es wieder.«

»Nicht gerade wie im richtigen Leben, was?«, schmunzelte Paul.
Jens lächelte zurück. »Das richtige Leben sollte sich davon mal 'ne Scheibe abschneiden! Wer hat das bloß konstruiert?«
Sie grinsten immer noch, als sie hintereinander die steilen Treppen des Turms in Angriff nahmen. So viel wie eben hatte er Jens noch nie reden hören, dachte Paul. Und dann noch mit Witz, der hat ja sogar Humor. In der Schule war der Lange ein stiller Vertreter gewesen und hatte sich kaum zu Wort gemeldet. Außer vielleicht in Physik oder Chemie, aber da hatte Paul eher weniger zugehört.
Humor blieb nicht die einzige Überraschung, die Jens ihm bot. Obwohl sich Paul unmittelbar an Jens' Hacken geheftet hatte, als sie den Aufstieg begannen, musste er nach kurzer Zeit feststellen, dass ihm der Lange enteilte. Als Sportskanone hatte sich Jens früher nie ausgezeichnet, das war eher Pauls Sache gewesen. Paul blieb schwer atmend auf einem Treppenabsatz stehen, während Jens weit über ihm ebenfalls stoppte und besorgt herabrief: »Ist was?«
Paul bändigte mühsam seine Schnappatmung und bemühte sich um möglichst lässige Aussprache – kein leichtes Unterfangen. »Alles klar! Muss bloß mein Handy checken …«
Jens nahm seinen unwiderstehlichen Trab wieder auf. Ich könnte ja auch, wenn ich wollte, redete sich Paul ein. Ich will bloß nicht. Außerdem sollte ich tatsächlich mal aufs Handy sehen. Vielleicht gibt's was Neues von Lennie.
Er keuchte möglichst geräuscharm vor sich hin und beschäftigte sich mit seinem Mobiltelefon. Mails: Fehlanzeige. Auch bei den Facebook-Nachrichten nichts von seinem Sohn. Oder von irgendjemandem. Klar, das Leben in New York ist aufregend. Schöne neue Welt. Da schreibt man nicht täglich an den Vater. Von Daniela natürlich auch keine Nachricht. An die hatte Paul

selbst schon gar nicht mehr gedacht. Wie schnell das ging – aus den Augen, aus dem Sinn. Er fühlte sich trotzdem einsam. Wenigstens bekam er allmählich wieder Luft.
Er steckte das Handy ein und ging wieder auf Klettertour. Diesmal etwas langsamer, in seinem eigenen Tempo. So schaffte er die zweite Hälfte des Aufstiegs in einem Stück und war trotzdem nicht so außer Atem wie bei der ersten Etappe.
Na bitte, ging doch.
Oben erwartete ihn eine Plattform mit grandioser Aussicht. Jens hatte bereits in alle Richtungen gespäht und ließ es sich nicht nehmen, auf die Höhepunkte des Panoramas hinzuweisen – bis Paul ihn bremste. »Ist ja gut, Jens. Lass mich einfach mal genießen.«
Jens zeigte sich keineswegs beleidigt, sondern lehnte sich neben Paul an die Brüstung. Unter ihnen breitete sich die Altstadt aus. Und obwohl Paul ansonsten meist davon absah, etwas als »malerisch« zu empfinden, kam ihm genau dieses Prädikat in den Sinn. Rote Dächer, schachbrettartig angelegte Gassen, alles im Schutz der umfassenden Stadtmauer. Kirche und Marktplatz in der Mitte, ein prächtiges Welfenschloss als Zugabe und alles eingekuschelt zwischen Fulda und Werra, die sich am Nordwestzipfel der Altstadt zur Weser vereinten. Das hatte etwas. Es sah gleichermaßen perfekt wie gemütlich aus.
»Sieht aus wie Modellbau«, meinte Jens. »Würde ich am liebsten gleich nachbasteln.«
»Mach mal Pause«, griente Paul. »Da muss man nichts basteln. Das ist perfekt so.«
»Wenn du meinst …«
Paul schlenderte ein Stück weiter auf der Plattform. Südwärts schweifte der Blick über die Fulda. Von dort waren sie vorhin gekommen, drei Kanus mit Menschen, die sich nichts zu sagen hatten. Von hier oben sah für Paul alles wieder etwas anders

aus. Es vermittelte ihm den richtigen Abstand zu ihrem kleinkarierten Gezänk. Warum sollte man diese Tour nicht einfach genießen?

Auf der Straßenbrücke über der Fulda staute sich jetzt der Verkehr. Paul sah genauer hin und entdeckte mehrere Trecker mit angehängten Wagen, die in Kolonnenfahrt gemächlich dahinzuckelten. Die Seitenwände der geschlossenen Wagen waren bunt bemalt, Paul erahnte in den Motiven lanzenbewehrte Ritter, sich aufbäumende Streitrösser und wehende Fahnen. Der letzte Trecker zog einen offenen Pritschenwagen, auf dessen Ladefläche eine Vorstellung geboten wurde: Zwei Schwertkämpfer in mittelalterlicher Kleidung lieferten sich einen Schaukampf. Dabei ging es offenbar um die holde, blonde Maid, die in einer wallenden Robe auf einem Strohballen thronte und die Kämpfer frenetisch anfeuerte. Paul sah etwas am Mund des Mädchens im Sonnenlicht aufblitzen – ein Piercing, vermutlich. Das erinnerte ihn vage an etwas. Dann knallten die Schwerter zusammen, dass er sogar noch hier oben auf der Plattform das metallische Klirren zu hören glaubte. Die Kämpfer wichen voneinander zurück und umkreisten sich wie in einer einstudierten Choreografie. Der eine war von untersetzter Gestalt und bärtig. An seinem Gegner, der gerade eine Finte schlug und wieder zurück tänzelte, blieb Pauls Blick hängen: Ein junger Mann, schlank und hochgewachsen. Dunkle, gewellte Haare …

Lennart?

Das konnte nicht sein. Das war unmöglich …

Paul wischte sich über die Augen und spähte wieder hinunter. Der schlanke Schwertkämpfer bewegte sich nun mit dem Rücken zu ihm. Und selbst, als er sich für ein paar Momente im Profil und dann sogar frontal präsentierte, war sich Paul nicht eindeutig darüber im Klaren, ob er Lennart vor sich hatte. Die Distanz war einfach zu groß, um das sicher zu erkennen.

Jetzt ließ der Konvoi die Fuldabrücke hinter sich, bog ab und verschwand aus Pauls Gesichtsfeld. Paul holte tief Luft und atmete langsam wieder aus. Bestimmt ein Irrtum. Eine gewisse Ähnlichkeit, und dann die Entfernung … Und was das Mädchen betraf, junge Damen mit Lippenpiercing gab es reichlich. Die fliederfarbene Sina weilt ja auch in Madrid, fiel es Paul wieder ein, für ein Spanisch-Semester. Olé. Und Lennie ist in New York.

»Guck mal, man kann unsere Zelte sehen!«, hörte Paul nun Jens rufen, der einige Meter von ihm entfernt Ausschau haltend an der Balustrade stand. Und dann: »Ach du Scheiße – was ist denn da los?«

11

Mit ein paar schnellen Schritten stand Paul neben dem Langen. »Wo denn?«
»Da! Das Zelt …«
Pauls Blick folgte Jens' ausgestrecktem Zeigefinger. Dort unten umfloss die Fulda die kleine Flussinsel, auf der ihr Campingplatz lag. Ihre beiden dort aufgebauten Zelte waren deutlich zu sehen – eigentlich, erkannte Paul jetzt, stand aber nur noch eins davon. Das andere schoss – teilweise zumindest – als bunter Stoffbeutel über den Platz, gezogen von einer auch auf diese Entfernung unverkennbaren Dreißig-Kilo-Lokomotive namens Pelle. Anscheinend hatte der Hund nur die äußere Zeltplane im Schlepp. Das Innenzelt stand noch, hing aber einseitig durch. Aus dem Inneren wühlten sich soeben zwei Gestalten, beide nur mit Shorts bekleidet. Während sich Sebastian damit abmühte, das Zelt zu richten, rannte Merle hinter dem Hund her. Ihre Rufe drangen nicht bis zur Turmplattform herauf, aber ihre weißen Brüste schwangen so deutlich sichtbar im Laufrhythmus, dass es Paul nicht weiter erstaunt hätte, dezenten Glockenschlag zu vernehmen.
»Wieso sind die halbnackt?«, fragte Jens auch noch naiv.
»Naturwissenschaft«, murmelte Paul, »die praktische Anwendung. Funktioniert nicht immer, wie man sieht …«
Pelle schlug ein paar Haken, aber dann verhakte sich die Zeltplane in einem Busch, was der wilden Jagd abrupt ein Ende machte. Merle erwischte Hund und Plane mit einem gewagten Hechtsprung. Für ein paar Sekunden rollte alles als buntes Knäuel über die Zeltwiese – sehr zur Freude einer feixenden

Grillrunde, die sich unweit des Geschehens zwischen zwei Wohnwagen einer ungezügelten Bratwurstorgie hingab und nun richtig was zu feiern hatte. Merle griff nach Pelles Hundeleine, deren Handschlaufenende mit der Zeltleine verknotet war. Dann erst wurde sie sich anscheinend ihrer Blöße und des Publikums bewusst und schlang sich hastig die Plane um den Leib. Kerzengerade, planenumwickelt und lose Zeltleinen nach sich schleppend wie einen obskuren Brautschleier, schritt Merle majestätisch zurück zu ihrem Lager – eskortiert vom hässlichsten Hund der Welt, der dabei andauernd über die eigene Leine stolperte, was auch ziemlich dusselig aussah. Paul sah die ersten Bratwurstjünger vor Lachen aus den Campingstühlen rollen.

»Wie die es immer wieder schafft, sich zum Affen zu machen«, staunte Paul kopfschüttelnd, »das ist auch ein Talent!«

Dem langen Jens stand der Mund offen. Das schien alles weit über seinen Horizont zu gehen. »Wieso … liegen die zusammen … halbnackt im Zelt?«, stammelte er verwirrt.

Mein Gott, dachte Paul, so dämlich ist der doch eigentlich gar nicht. Klassischer Fall von Inselbegabung: Quantenphysik erklären können, aber vom Vögeln nie was gehört. Mannomann. »Weißt du, Langer«, begann er vorsichtig, »da gibt es Dinge zwischen Mann und Frau, also so Dinge …«

»Weiß ich auch, Paul«, blaffte ihn der sonst so ruhige Jens plötzlich an, um sofort wieder in Ratlosigkeit zu verfallen. »Aber Merle und Basti, die mögen sich doch nicht mal besonders! Oder habe ich ihren Flirt übersehen?«

Da war etwas dran, gab Paul insgeheim dem Langen recht. Wenn Sebastian diese Reise in amouröser Absicht eingefädelt hat, würde ich eher auf Ragna als Objekt der Begierde tippen. Vielleicht war Merle für Basti nur so eine Art Beifang. Oder die Initiative war von ihr ausgegangen, wäre ja auch möglich. Paul

sah, wie Merle jetzt ihr Lager erreichte und Sebastian, der sich immer noch am eingeknickten Zelt abmühte, die Hundeleine in die Hand drückte. Dann entglitt sie ihrer Planenschleppe wie einem Kokon und schlüpfte in das verbliebene, unversehrte Zelt – vermutlich, um sich etwas anzuziehen. Paul wandte sich achselzuckend ab.
»Ist ja nicht unsere Sache. Wir wollten doch einkaufen gehen – lass uns mal machen, sonst kriegen wir nichts mehr.«

Mit Jens einen Großeinkauf zu erledigen, erwies sich als nobelpreisverdächtige Aktion. Paul brauchte lediglich einen Einkaufswagen durch die Gänge zu schieben, während der Lange in Windeseile den voraussichtlichen Pro-Kopf-Verbrauch an Feststoffnahrung und Flüssigkeit errechnete – unter strenger Berücksichtigung der physiologischen Belastung beim Paddeln und geschlechtsspezifisch unterschiedlicher Kalorienverwertung bei Mann und Frau. Diesen Bedarf setzte Jens umgehend in Relation zum vorhandenen Warenbestand, erweiterte die Formel durch die Komponenten A = Sonderangebote und B = vorhandenes Budget und entwickelte so eine praxisorientierte Strategie für den effizienten Konsumgütererwerb. Während Paul von Jens' knapp erläuterter Theorie noch der Kopf schwirrte, stapelten sich im Wagen bereits Einkäufe von Knäckebrot bis Klopapier. Paul ließ den Langen gewähren und sorgte nur dafür, dass auch ein paar Flaschen Wein an Bord kamen. Alkohol schien in Jens' Einkaufsgleichung keinen Platzhalter zu haben.
An der Kasse verblüffte der Lange durch die Präsentation der abgezählten Endsumme in bar, und zwar noch bevor die Kassiererin den letzten Artikel über den Scanner zog. Die konsternierte Frau suchte noch die versteckte Kamera, als Paul und Jens ihre Vorräte längst in etlichen, frisch erworbenen sowie ökolo-

gisch korrekten Jutebeuteln verstaut hatten und mit der Last von dannen zogen.
»Du bist echt ein Irrer«, schmunzelte Paul. »Kaufst du immer so ein?«
»Wie denn sonst?«, kam es verwundert zurück.
»Na ja – einfach mal gucken, was da ist, sich vom Angebot inspirieren lassen …«
»Hab ich doch gemacht.«
»Gewissermaßen, okay«, gab Paul zu und grinste. »Nächstes Mal gehst du zusammen im Team mit Merle los – das gibt bestimmt ein unvergessliches Einkaufserlebnis …«
Jens ging darauf nicht weiter ein. Ihn beschäftigte etwas anderes. »Glaubst du«, begann er zögernd, »Merle und Basti haben sich ineinander verknallt?«
»Vielleicht hatten sie bloß Langeweile.« Paul bemerkte, dass Jens ihn fassungslos ansah. Deshalb setzte er eine Blödelei obendrauf: »Möglicherweise lief es bei ihnen so, wie bei anderen Leuten beim Einkaufen: Gucken, was da ist – und sich vom Angebot inspirieren lassen …«
»Einfach so?«
»Ein bisschen Herumknutschen ist doch wesentlich netter als nutzlos herumzusitzen, oder?«
»Aber Basti ist verheiratet«, kommentierte der Lange nachdenklich.
»Herrje. Dann frag ihn, was er sich dabei denkt.« Paul verlor allmählich die Geduld. »Oder lieber nicht. Ist schließlich Privatsache. Dergleichen passiert eben.«
Jens ließ nicht locker. »Dir auch schon mal?«
»Himmel, Jens!« Paul blieb entnervt stehen. »In welchen Sphären schwebst du eigentlich? Du bist seit mehr als einem halben Jahrhundert unterwegs – da wirst du schon mal erlebt haben, dass die Hormone verrückt spielen und einen einfach mitreißen!«

Jens stellte die Einkaufstaschen auf dem Boden ab, senkte sein Haupt und murmelte: »Eigentlich nicht.«
»Immer bloß Sex nach Vorschrift?«
»Eigentlich nicht …«
»Sondern?«
»Kein Sex.«
Paul starrte den Langen entgeistert an. »Gar keinen?«
Jens schüttelte langsam den Kopf. »Noch nie. Glaube ich jedenfalls …«
»Du glaubst es?«, fragte Paul fassungslos. »Ist vielleicht im Traum mal eine auf dich draufgefallen, oder wie soll ich mir das vorstellen?«
»Am besten, du stellst dir das gar nicht vor.« Jens raffte seine Taschen hoch und setzte sich wieder in Bewegung. »Du hast recht – reden wir nicht darüber. Und ich wäre dir sehr verbunden, wenn du den anderen gegenüber die Klappe hältst.«
Erschüttert setzte Paul dem Enteilenden nach, der mit langen Schritten voranzog. So ein schräger Typ, dachte er, das musste man erst mal verdauen.
Die nächste Überraschung wartete kurz vor dem Campingplatz. Die Schranke vor der kleinen Fuldaschleusenbrücke war geschlossen, weil soeben ein Fahrgastschiff aus der Kammer flussaufwärts tuckerte. An Deck beobachteten zahlreiche Ausflügler das Manöver, vor der Schranke warteten zwei Frauen auf das Ende der Schleusung. Die eine blondmähnig, die andere mit dunklen Wuschellocken. Paul erwartete jeden Moment, dass sich die beiden gegenseitig ins Wasser schubsten. Aber als sich Jens und er näherten, vernahmen sie fröhliches Gelächter und angeregte Unterhaltung.
»Scheint ja wieder alles im Lot zu sein«, bemerkte Jens. »Versteh einer die Frauen …«
Diese Feststellung war konsensfähig, fand Paul. Gerade als sich

die Schranke öffnete und ihnen den Weg zum Campingplatz freigab, erreichten sie ihre Reisegefährtinnen.

»Entschuldigen Sie, meine Damen«, sprach Paul sie an, »dürfte ich auch etwas von der Droge, mit der man Sie so erfolgreich ruhiggestellt hat?«

»Sie und Sancho Pansa dürften bestenfalls unsere Taschen tragen«, erwiderte Ragna hochnäsig und traf dabei exakt den Tonfall einer genervten Isabel. Überraschenderweise reagierte die so Imitierte nicht mit spontaner Handgreiflichkeit, sondern mit hellem Gelächter.

»Keine Hand frei«, bedauerte Paul in kaum verhohlener Befriedigung. Dann betrachtete er die beiden prallgefüllten Sporttaschen, von denen Ragna und Isabel jeweils eine am Tragegurt über der Schulter hing – zwei baugleiche Fabrikate, weinrot und mit dem Emblem eines Sportartikelherstellers versehen. »Partnerlook?«

»So ist das, wenn Mädels zusammen shoppen gehen«, verkündete Isabel schmunzelnd.

»Wir haben Essen gekauft«, erklärte Jens überflüssigerweise – die Lebensmittel in ihren Jutetaschen waren nicht zu übersehen.

»Brav«, kicherte Ragna albern, »Hunger haben wir übrigens auch …«

Gemeinsam näherten sie sich ihrem Zeltlagerplatz. Sebastian hatte das eingeknickte Gestänge irgendwie gerichtet, stellte Paul fest, und die von Pelle verschleppte Außenplane lag ordentlich darüber, als wäre nichts geschehen. Der Hund lag, andächtig an einer Sandale knabbernd, neben Merle im Gras. Die saß im Schneidersitz – und vollständig bekleidet, abgesehen von der Sandale, die sich Pelle gemopst hatte – vor dem zweiten Zelt und meditierte. Jedenfalls sah es so aus. Sebastian war auf den ersten Blick nicht zu entdecken. Aber als Pelle

nun sein Ersatzherrchen sichtete und ihm begeistert bellend entgegenjagte, sah Paul Basti aus dem ersten Zelt krabbeln. Dann musste Paul rasch die Taschen fallen lassen, um sich Pelles ebenso stürmischer wie feuchter Sympathiebekundungen zu erwehren.
»Wenigstens einer, der dich liebt«, spottete Isabel.
»Mit mir zusammen sind das schon zwei – das reicht für eine glückliche Paarbeziehung.« Paul schüttelte den Hund ab und schnappte sich die Taschen wieder. »Ist vielleicht mehr, als andere haben …«
»Touché, Coolman«, grinste Ragna hintergründig. »Und nun bleibt friedlich, Kinder.«
Und das ausgerechnet von Ragna, die sonst immer nur zu gern noch einen Schuss Öl ins Feuer spritzte, wunderte sich Paul. Was war da passiert? Sebastian und Merle kamen heran und nahmen ihm und Jens ein paar Taschen ab. Sie freuten sich beide sichtlich über die friedliche Rückkehr Ragnas und Isabels, sprachen sie jedoch nicht darauf an. Auch im Umgang miteinander wirkten Merle und Basti gehemmt, fand Paul. Pelles Zeltplanenraub und Merles Nacktflitzersprint über den halben Campingplatz ließen beide unerwähnt, und so verloren auch Paul und Jens kein Wort darüber.
»Benötigen wir nicht noch ein Zelt?«, bemerkte Isabel.
»Ist noch verpackt«, antwortete Sebastian. »Wir waren uns nicht ganz sicher, ob ihr zurückkommt. Aber das ist schnell gemacht …« Er zerrte einen Leinensack aus dem Gepäckhaufen zwischen den Plastiktonnen hervor.
»Wie belegen wir denn die Zelte?«, wollte Merle wissen.
»Das ist für Isa und mich.« Ragna schnappte Sebastian resolut den Zeltsack aus der Hand und winkte Isabel heran. »Komm, Püppi – ein Zelt aufstellen kannst du hoffentlich?«
»Ich lese dir die Gebrauchsanleitung vor.«

Ragna fetzte kichernd die Einzelteile aus dem Packsack, dann machten sich die beiden Frauen eifrig über Planen, Gestänge und Zeltheringe her. Paul sah auf das übrige Gepäck neben den Tonnen: Seine Tasche und sein Rucksack, Ragnas kleine Reisetasche, der wasserdichte Plastiksack von Jens sowie noch vier zusammengerollte Isomatten. Basti hatte sechs Stück davon mitgebracht, zwei fehlten also. Die Sachen von Sebastian und Merle lagen ebenfalls nicht mehr herum. »Ihr habt eure Schlafplätze anscheinend schon bezogen«, kombinierte Paul. »Welches Zelt ist denn für Jens und mich übrig?«

»Wie kommst du darauf, dass Merle und ich ein Zelt teilen?«, ereiferte sich Sebastian. »Ich dachte, du pennst bei mir.«

Paul wechselte einen schnellen Blick mit Jens. In den Augen des Langen flackerte leichte Panik. Da muss er durch, dachte Paul. »Einverstanden«, meinte er knapp und raffte seine Tasche und den Rucksack zusammen, um sie in das Zelt zu legen, aus dem Sebastian vorhin gekrochen war.

Jens wandte sich verlegen Merle zu. »Dann … dann bleibe ich wohl übrig«, stammelte er.

»Wie schön!«, lachte Merle ihn unbefangen an. »Sonst müsste ich allein schlafen, das wäre doch langweilig auf einer Klassenreise!«

»Ja, äh«, lächelte Jens debil, »wenn man es so sieht …«

Sie richteten sich in den Zelten ein, auch Ragna und Isabel, die ihre Stoffbehausung überraschend schnell und reibungslos aufbauten. Sebastian hatte, in weiser Voraussicht, bei der Anmeldung an der Rezeption zwölf Duschmünzen erworben und verteilte sie unter den Mitreisenden.

»Ohne Münze kein warmes Wasser. Eine für heute, eine für morgen früh.«

»Wie lange reicht die denn?«, wollte Merle wissen.

»Drei Minuten Laufzeit. Kann man aber portionsweise einset-

zen. Wenn man das Warmwasser zwischendurch abdreht, tickt die Uhr nicht weiter.«
»Reicht«, konstatierte Jens genügsam.
»Für dich vielleicht«, mokierte sich Isabel.
»Kannst ja mit mir zusammen duschen, dann kriegen wir sechs Minuten am Stück«, bemerkte Sebastian anzüglich.
»Träum weiter«, bügelte ihn Isabel ab. »Ich besorge mir auf dem Weg zum Waschhaus noch ein paar Münzen an der Rezeption. Noch jemand?«
Merle und Ragna schlossen sich an, die Herren der Schöpfung bevorzugten das Wassersparprogramm.
»Dann seid ihr eher fertig als wir und könntet schon mal alles fürs Abendbrot richten«, schlug Ragna vor.
»Doch nicht Essen gehen?«, erkundigte sich Paul.
»Muss nicht sein«, erwiderte Ragna und schüttelte ihre Lockenmähne.
»Ich würde lieber hierbleiben«, meldete sich nun Isabel zu Wort. »Und für Pelle ist das bestimmt auch besser – denkt mal an gestern …«
Dieses Argument überzeugte auch Merle. Jens war es egal, Sebastian sagte gar nichts dazu. »Kein Problem, also rustikales Campingleben«, fügte sich Paul, »der Lange und ich haben genug zu futtern besorgt, schätze ich.«

Im Waschraum für Damen wallte der Dampf. Alle Duschkabinen waren belegt.
»Warteschleife.« Ragna legte ihr Waschzeug auf einem Wandbord ab. »Wie anno dazumal im Schullandheim …«
Isabel rümpfte das Näschen. »Hoffentlich sind die Kabinen einigermaßen sauber.«
»Ich finde es okay hier«, ließ sich Merle vernehmen. »Aber ihr seid so etwas nicht gewöhnt, nicht wahr?«

»Du denn?«
Merle zuckte unbestimmt mit den Schultern. »Hin und wieder …«
Ragna lachte. Es klang nur mäßig fröhlich. »Ich war so oft auf Tour, mit Bands oder solo – glaubt mir, was ich da schon an Unterkünften erlebt habe, dagegen ist das hier eine Wellness-Oase!«
»Also, Wellness-Oasen sehen deutlich anders aus«, warf Isabel ein.
»Das kannst du sicher beurteilen«, stellte Ragna süffisant fest.
»Allerdings.«
»Nun streitet euch bloß nicht wieder«, bremste Merle.
»Keine Sorge, Merlemaus«, beruhigte sie Ragna. »Isa und ich verstehen uns blendend.«
Isabel reagierte darauf mit dem Lächeln einer Sphinx. Merle musterte ihre beiden Gefährtinnen verwundert. »Wie kommt das eigentlich? Ich meine, vorhin hättet ihr euch noch am liebsten gegenseitig die Augen ausgekratzt.«
»Ach was. Isas Auge ist schon lädiert genug«, lästerte Ragna. Unwillkürlich nahm Isabel ihre Sonnenbrille ab und blickte prüfend in einen der an der Wand befestigten Spiegel. Die Schwellungen sahen schon wieder erträglicher aus, ein Stück besser als vorhin. Sie setzte die Brille nicht wieder auf, sondern verstaute sie in ihrer nagelneuen Kulturtasche.
»Ragna hat sich bei mir entschuldigt«, erklärte sie Merle. »Wir haben neue Klamotten gekauft, und damit ist die Sache abgehakt.«
»Finde ich prima, wenn man sich verträgt«, freute sich Merle. »Und nun schlaft ihr sogar zusammen in einem Zelt!«
»Tut mir ein bisschen leid für dich«, sagte Isabel, »dass wir dich damit vorhin so überfahren haben und du mit Jens übernachten musst.«

»Ach, das ist nicht schlimm«, wehrte Merle ab.
»Hättest ja auch Basti fragen können«, spottete Ragna. »Der sagt garantiert nicht nein, wenn du dabei die Hüften schwingen lässt …«
Merle schüttelte nur stumm den Kopf und sagte nichts mehr, auch die beiden anderen schwiegen jetzt. Ein weiteres Gespräch wäre auch schon deshalb schwierig gewesen, weil die angeregte Unterhaltung dreier Damen, schrillstimmig über die Abtrennung ihrer Duschkabinen hinweg geführt, die akustische Lufthoheit im dampfgeschwängerten Salon übernahm. Die eine überschlug sich in Superlativen über ihre Enkelkinder und einen heute getätigten Ausflug zur Sababurg, vom Volksmund auch als »Dornröschenschloss« bezeichnet.
»Die kleine Mia hat gemeint, wenn sie groß ist, will sie auch Dornröschen sein. Und da hat sie der kleine Tom an die Hand genommen und tatsächlich gesagt: Dann komme ich als Ritter und befreie dich! Ist das nicht total süüüüüß?«
Das fanden ihre Duschnachbarinnen auch und quittierten das angemessen mit spitzen Schreien wonniger Verzückung. Ragna fasste sich an den Kopf. »Wenn Tom groß ist«, zischte sie den anderen verschwörerisch zu, »mault er bestimmt schon rum, wenn Dornröschen ihm sagt, er soll die Hecke im Reihenhausgarten stutzen!«
Isabel grinste, legte sich aber den Zeigefinger über die Lippen – denn die Duschen standen jetzt alle still und jedes gesprochene Wort hallte laut durch den Waschraum.
»Was habt ihr denn heute gemacht?«, wollte die stolze Großmutter nun von ihren Nachbarinnen wissen. »Ihr wolltet doch grillen?«
Statt einer Antwort gellte erst einmal eine hysterische Lachsalve. Dann erfolgte die Berichterstattung. »Stell dir vor, wir sitzen mit der ganzen Truppe am Grill, Heinz hat gerade die Nacken-

steaks in Arbeit, die waren übrigens vorzüglich, also, Nackensteaks marinieren kann der Mann, das muss man ihm ja lassen …«

»Was war denn nun?«

»Stell dir vor: Wir sitzen da, plötzlich rast dieser Hund übern Platz …«

»Das hässliche Vieh? Von den Kanuten, die heute angekommen sind?«

»Genau der! Rast übern Platz, zieht seine Leine hinter sich her, und daran hängt ein halbes Zelt …«

Brüllendes Gelächter im Trio sorgte für eine kurzfristige Unterbrechung der Reportage. Isabel und Ragna wechselten einen verblüfften Blick, dann sahen beide zu Merle – die blickte zu Boden. Unter dem Haaransatz färbte sich ihre Stirn rot.

»Ist ja der Hammer!«, prustete die stolze Großmutter.

»Das Beste kommt ja noch«, wieherte ihre Nachbarin. »Eine von denen bückelt wie eine Besengte hinter dem Vieh her …«

»Welche? Das dürre Topmodel oder dieser Lockenfeger?«

Isabel spitzte die Lippen und sog die Luft ein. Ragna errötete nun ebenfalls – vor Wut.

»Keine von beiden. Der Trampel mit den bunten Klamotten. Das heißt, Klamotten hatte sie fast keine an. Nur ein Höschen. Und kam direkt aus dem kaputten Zelt geschossen, zusammen mit ihrem Macker, der war auch halbnackt. Und weißt du, was Heinz in dem Moment sagt? Klassischer Fall von Coitus interruptus! Wir haben gebrüllt, sag ich dir …«

Genau das taten sie jetzt auch, alle drei. Eine Woge ungezügelter Heiterkeit flutete den Waschraum. Isabel beugte sich zu Merle hinüber.

»Coitus interruptus?«

Merle sah gequält auf, kam jedoch nicht dazu, Rede und Antwort zu stehen – denn in diesem Moment öffneten sich die Türen der Duschkabinen. Drei Frauen traten heraus, in Bademäntel gehüllt, in den Händen Shampooflaschen und voluminöse Kulturtaschen. Rüstige Damen um die sechzig, stämmige Gestalten mit ledriger, von zahlreichen Campingsommern gegerbter Haut und immer noch lauthals lachend. Angesichts der drei Wartenden verstummte ihr Gelächter allerdings auf der Stelle, jedenfalls bei zweien. Die dritte, offenbar die stolze Großmutter, lachte noch ein paar Sekunden weiter und brach dann irritiert ab, weil sich ihr plötzlich ein personifiziertes Stoppsignal mit gefährlich funkelnden Augen in den Weg stellte.

In einer fließenden Bewegung schnappte Ragna ihrem Gegenüber die Shampooflasche aus der Hand, klappte den Verschluss auf und leerte den Inhalt über dem Haupt der verdutzten Frau.

»Schöne Grüße vom Lockenfeger!«

Dann brach die Hölle los.

12

Paul trat aus der Duschkabine und vor den Spiegel, um sich die nassen Haare zu kämmen. Keine große Aufgabe, gestand er sich selbstkritisch ein – so viele Haare waren es nun auch wieder nicht mehr. Jens hatte bereits vor ihm geduscht, damit er Paul als Hundehüter ablösen konnte – der Lange wartete mit Pelle vor der Tür, traute sich jetzt aber zu Paul hinein, weil außer den Gefährten niemand in der Männerabteilung war und der Hund draußen unruhig wurde und an der Tür kratzte. Hier drinnen hockte er sich brav auf die Fliesen und beobachtete interessiert, wie sich Paul die Frisur striegelte.

Hinter Paul verließ Sebastian triefend, ein Handtuch lässig über die Schulter gehängt, die Dusche. »Keine Ahnung, was die Mädels unter der Dusche veranstalten«, sagte er und rubbelte sich genüsslich den Rücken trocken. »Eine Münze reicht völlig.«

»Ach so, deshalb hast du Isa vorgeschlagen, mit dir zusammen zu duschen«, grinste Paul. »Du wolltest empirische Feldforschung betreiben …«

»Quatsch. Hab ich überhaupt nicht nötig.«

»Haben wir gesehen«, platzte es aus Jens heraus.

Sebastian unterbrach seine Trocknungsaktion und musterte den Langen ertappt. »Was habt ihr gesehen?«

»Vor unserem Einkauf waren wir auf dem Turm«, erklärte Paul. »Den, den man von den Zelten aus sehen kann.«

Sebastians Gesicht wies plötzlich eine Färbung auf, die sogar den leichten Sonnenbrand übertönte, den er heute davongetragen hatte.

»Das bedeutet«, fuhr Paul gelassen fort, »dass man vom Turm

aus auch die Zelte sehen kann. Die Aussicht war ziemlich spektakulär. Ich schätze, Jens' Bemerkung zielte darauf ab.«
»Ist ja deine Sache, Basti. Entschuldige bitte, dass ich das überhaupt erwähnt habe«, haspelte der Lange. Vor Verlegenheit piepste seine Stimme noch heller als ohnehin schon.
Sebastian legte das Handtuch beiseite, angelte sich Unterhose und Shorts und stieg bedächtig hinein. Dann sagte er: »Es war nicht so, wie es vielleicht ausgesehen hat ...«
Paul zog amüsiert die Brauen hoch. »Dann erzähl doch mal.«
»Ich liege im Zelt und döse vor mich hin, da schaut Merle hinein und labert irgendwas von verspanntem Nacken vom Kanufahren und ob ich sie vielleicht mal ein bisschen durchkneten könnte ...«
»Ein Fall für Dr. Westhofen.«
»Ich sag, okay, von mir aus. Sie bindet den Hund mit der Leine irgendwo am Zelt fest und kommt rein, haut sich neben mich auf die Matte und zieht sofort ihr Oberteil aus. Ich frag noch lahm: Wo tut's denn weh? – da geht sie schon in den Clinch, küsst mich und stöhnt wie eine Irre ...«
»Sie hat gestöhnt?« Jens folgte den Ausführungen Sebastians gebannt. Da haben sich ja zwei gefunden, fuhr es Paul durch den Sinn. Mister Jungfrau und Casanova-Basti.
»Das sollte wohl Leidenschaft sein«, bestätigte Sebastian. »Aber es hat Pelle von einem Moment auf den anderen völlig kirre gemacht! Er ist durchgedreht und abgehauen. Den Rest habt ihr ja offenbar gesehen.«
»Wahnsinn«, entfuhr es Jens erschüttert. »Was ist da bloß in Merle gefahren?«
»Tja.« Sebastian strich sich mit einer eitlen Geste ein paar Haare aus der Stirn – dabei sprossen auf seinem Kopf auch nicht mehr besonders viele, registrierte Paul befriedigt. »So etwas geschieht eben.«

»Passiert dir das öfter?«, staunte der Lange. »Ich meine, dass eine Frau … einfach so … zu dir …«

Sebastian streifte sich ein frisches Polohemd über und beschränkte seine Antwort auf ein weltmännisches Lächeln.

»Wahnsinn«, wiederholte sich Jens, gebührend beeindruckt.

»Kommt wieder runter, Jungs.« Paul hatte sein Bündel aus Handtuch, Schmutzwäsche und Waschzeug bereits zusammengerollt und nahm nun Jens die Hundeleine aus der Hand. »Und legt mal einen Zahn zu. Wir haben den Damen Abendbrot versprochen. Liebe geht ja bekanntlich auch durch den Magen.«

Sebastian rollte dramatisch die Augen und kreuzte die Zeigefinger vor der Brust. »Bewahre! Mehr davon vertrage ich heute nicht mehr …«

»Angeber.«

»Nur keinen Neid.«

Auch Sebastian und Jens sammelten nun ihre Sachen zusammen. Zusammen gingen sie aus dem Männer-Sanitärbereich und wollten gerade das Gebäude verlassen, da brach hinter einer benachbarten Tür heftiger Tumult aus – Schreie, Gebrüll, Beschimpfungen aus etlichen Kehlen. Ragnas gesangsstundengestähltes Organ klang allerdings deutlich heraus.

»Nimm das, blöde Plantschkuh!«

Dann matschte ein Wurfgeschoss gegen die Innenseite der Tür. Paul tippte auf einen nassen Waschlappen. Er beschäftigte sich jedoch nicht lange mit Spekulationen darüber, sondern drückte Jens wieder Pelles Leine in die Hand und stieß kurzerhand die Tür zum Damenwaschraum auf, wo eine wilde Schlacht tobte: Sechs mehr oder weniger leicht bekleidete Frauen prügelten mit Handtüchern aufeinander ein. Fünf von ihnen fuhren zum Eindringling herum und kreischten unisono, während Ragna die Kampfpause geistesgegenwärtig dafür nutzte, eine weitere Shampooflasche an sich zu reißen und über die Frisur einer

Kontrahentin zu gießen. Die gelbliche Flüssigkeit troff zäh übers nassdunkle Haupthaar, was Paul einen surrealen Moment lang an Schokopudding mit Vanillesoße erinnerte. Hinter ihm reckten Sebastian und Jens neugierig die Köpfe durch die offene Tür. Die Frauen verstummten plötzlich, als hätte ein unsichtbarer Dirigent die Kakophonie entnervt abgeklopft.
»Cool. Frauencatchen«, sprach Paul in die Stille hinein.
»Haut ab, wir kommen alleine klar«, fauchte Ragna. Eine der rüstigen Camperinnen fingerte ein Handy aus ihrem Bündel, drückte eine gespeicherte Nummer und schrie sofort los, als sie Anschluss bekam.
»Heinz! Sofort zum Waschhaus! Und bring Klaus und Robert mit, dalli!« Sie legte auf, steckte das Telefon ein und warf Ragna einen triumphierenden Blick. »Jetzt gibt's Saures!«
Ragna zwinkerte Paul bedauernd zu. »Okay. Wir kommen doch nicht alleine klar.«
»Ach du Scheiße«, hörte Paul den Langen hinter sich murmeln, dann schob sich Sebastian an ihm vorbei.
»Darf man fragen«, erkundigte er sich betont höflich, »was die Damen so echauffiert?«
Merle brach aus dem Stand in Tränen aus. »Das war so ein schöner Tag bis vorhin«, schluchzte sie, um dann plötzlich Sebastian anzugehen: »Du bist schuld daran, das weißt du!« Sie schnappte sich ihre Sachen und flüchtete aus dem Waschraum. Kaum war sie verschwunden, drängte eine ganze Meute herein – drei Männer gesetzten Alters, eifrig darum bemüht, ihre gemütlichen Bauchansätze mit grimmigen Mienen zu überspielen.
»Was ist hier los, Gisela?«
Gisela erwies sich als die Frau mit dem Mobiltelefon. »Heinz«, schrie sie erleichtert, um dann sofort den gestreckten Zeigefinger auf Isabel und Ragna zu richten, »diese ordinären Weibsbilder haben uns beleidigt und geschlagen!«

»Huch, sie benutzt Fremdwörter!«, ätzte Isabel. »Vielleicht kennt sie sogar die Bedeutung von ›vulgär‹?«
»Die Alte hat uns als dürres Topmodel, Trampel und Lockenfeger bezeichnet«, grollte Ragna. »So etwas wird bestraft!«
»Immerhin, Topmodel«, versuchte Paul zu vermitteln, wurde aber sofort vielstimmig niedergebrüllt. Schließlich setzte Giselas Kommandostimme den vorläufigen Schlusspunkt.
»Heinz – du regelst das! Auf der Stelle!«
Heinz sah nicht glücklich aus, nickte aber pflichtschuldig. »Wir regeln das.«
»Aber nicht in der Damendusche«, intervenierte Paul entschieden.
»Ich will zugucken, wie mein Heinz euch fertigmacht«, keifte Gisela.
Paul zog den Bauch ein, drückte die Brust heraus und versuchte ein Gesicht zu schneiden wie der Terminator, wenn er »Ich komme wieder« sagt.
»Es wird hart und blutig«, verkündete er. »Deshalb gehen wir Männer jetzt dorthin, wo uns keiner sieht. Und die Damen ziehen ihrer Wege – nach Parteien getrennt, bitte schön!«
»Das ist doch …«, plusterte sich Gisela auf. Auch ihre Freundinnen reckten sich zum Protest, aber Heinz nahm Pauls Steilvorlage an und vollstreckte.
»Gisela: So wird's gemacht!«
Gisela klappte den Mund wieder zu, reckte stolz ihr Haupt und setzte sich in Bewegung. Ihre Freundinnen folgten ihr auf dem Fuß.
Isabel sah Paul besorgt an. »Meinst du wirklich …?«
Paul zwinkerte ihr so verstohlen zu, dass Heinz und Konsorten es nicht mitbekamen. Dann sagte er nur: »Geht Merle trösten. Macht schon.«
»Dann viel Glück, Tiger – zeig's ihnen!« Ragna richtete eine

imaginäre Pistole aus Daumen und Zeigefinger auf Heinz, warf sich mit ruckartiger Kopfbewegung die widerspenstigen Locken aus der Stirn, hakte Isabel unter und zog sie mit sich aus dem Raum.

Für einen Moment herrschte dankbares Schweigen.

»Wo wollen wir denn hin?«, erkundigte sich Jens nervös. Seine Piepsstimme passte so gar nicht zum Ernst der Lage. Wobei jetzt, nach dem Auszug der Walküren, irgendwie der Dampf aus der Situation entwichen zu sein schien. Die Atmosphäre war eher von allgemeiner Ratlosigkeit bestimmt, witterte Paul.

»Ans Fuldaufer«, bestimmte er, »unter die Brücke. Hinter dem dicken Pfeiler sind wir außer Sicht.« Er wandte sich an Heinz und dessen Begleiter, die sich immer noch krampfhaft um Wahrung ihrer bedrohlichen Haltung bemühten. »Einverstanden?«

Heinz blinzelte verunsichert, raffte sich jedoch auf. »Einverstanden.«

Sie zogen los. Hintereinander, sechs Mann in Reihe. Paul übernahm von Jens wieder die Hundeleine samt Pelle und marschierte an der Spitze. Dieselbe Straßenbrücke, auf der vorhin die Traktorkarawane mit den Schwertkämpfern über die Fulda gerollt war, spannte sich übers südliche Ende des Campingplatzes. Einige ihrer mächtigen Pfeiler gründeten sich auf der kleinen Flussinsel. Paul führte sein Gefolge zum Pfeiler mit der exponierten Randlage. Mit der massigen Betonstütze hinter, der Brücke über und dem stadtabgewandten Flussarm vor sich waren sie vor allen neugierigen Blicken sicher.

Dort blieben sie stehen. Niemand äußerte etwas, bis Pelle ratlos von einem zum anderen äugte und an der Leine zerrte, um Heinz zu beschnüffeln. Der wich sicherheitshalber einen Schritt zurück.

»Mit Hund ist unfair.«
»Der will nur spielen.« Paul zog Pelle zurück. »Erst mal hinsetzen?«
Das taten sie. Einvernehmlich ließen sich die Männer nieder – auf herumliegenden Steinen oder im Gras. Das wirkte gleich viel entspannter. Paul streckte die Hand aus.
»Ich bin übrigens Paul.«
Heinz starrte überrascht auf die dargebotene Hand – dann beugte er sich vor und schlug ein, sichtlich erleichtert. »Heinz! Und das da sind Klaus und Robert.«
»Sebastian, Jens«, stellte Paul weiter vor. »Und Pelle, nicht zu vergessen.«
»Der ist aber wirklich hässlich«, traute sich Robert aus der Deckung.
»Manche Leute sind ja auch nicht schöner«, feixte Sebastian.
Heinz funkelte ihn misstrauisch an. »Das geht jetzt aber nicht wieder gegen uns, oder?«
»Pelle ist ein Therapiehund«, erklärte Paul eilig. »Sein Aussehen ist sozusagen Teil des Programms.«
»Welches Programms?«, wollte nun Klaus wissen. Er schien Tiere zu mögen und überwand gerade spielend alle Berührungsängste, indem er Pelle den Wanst kraulte. Der Hund grunzte genüsslich und rollte sich auf den Rücken wie ein toter Käfer.
»Es geht um unsere Frauen …«
»Die haben ganz schön randaliert«, meinte Heinz nun doch anmerken zu müssen.
»Das kann man von euren Frauen auch behaupten«, urteilte Jens gelassen.
»Ja, aber von denen ist keine halbnackt übern Platz gerannt!«
»Da hätte euch doch wirklich Schlimmeres passieren können«, entgegnete Sebastian scharf.
Bevor sich die Angelegenheit wieder aufschaukelte, glättete

Paul die Wogen: »Tja, anscheinend haben wir es alle nicht leicht mit unseren Mädels.«
»Kann man wohl sagen«, entfuhr es Robert. Heinz und Klaus hatten gegen diesen Stoßseufzer nichts einzuwenden.
»Wir schon mal gar nicht«, tastete sich Paul weiter. »unsere Frauen sind Lehrerinnen …« Aus den Augenwinkeln sah er, wie Jens verblüfft stutzte und Basti die Brauen hochzog. »Lehrerinnen mit Burn-out. Sie haben sich in der Therapiegruppe kennengelernt.«
»Da kommt der Hund ins Spiel?«, hakte Klaus nach. Er kraulte immer noch Pelles Plauze. Der Hund schnurrte, als sei er ein Kätzchen.
»Genau. Die heutige Jugend macht die Lehrer in der Schule nämlich dermaßen fertig, die brechen reihenweise zusammen. Scheitern unweigerlich an den eigenen Ansprüchen. Denen geht das Selbstbewusstsein komplett flöten. Unseren Frauen auch. Die waren abwechselnd am Boden zerstört oder wurden aggressiv …«
»Vor allem aggressiv«, behauptete Sebastian, sich zwanghaft das Lachen verkneifend.
»Was hat das mit dem Köter zu tun?«, fragte Heinz.
»Der zeigt ihnen jeden Tag in seiner Hässlichkeit, dass man nicht perfekt sein muss, um eine stabile Persönlichkeit zu entwickeln.«
»Aha.« Heinz schien nicht ganz folgen zu können. »Und warum macht ihr das nicht zu Hause, diesen ganzen Therapiekram?«
Paul hob bedauernd die Schultern. »Der Arzt meinte, eine gemeinsame Paddeltour sei genau das Richtige. Teambuilding, Stärkung des Selbstvertrauens. Er empfahl uns, Pelle mitzunehmen.«
»Selbst macht der Gehirnschlosser jetzt bestimmt Ferien unter Palmen«, legte Sebastian mitleidheischend nach.

»Von unserem sauer verdienten Geld«, stimmte Paul bedauernd ein.
»Und wir verballern unseren Jahresurlaub mit Gruppentherapie«, haute Jens nun in dieselbe Kerbe. »Dabei kennen sich eigentlich nur unsere Frauen richtig!«
Bei Heinz und Konsorten wechselte augenblicklich die Stimmungslage. »Da macht man was mit«, seufzte Robert verständnisvoll, und Heinz ergänzte mit grimmigen Unterton: »Alles für die Weiber …«
Klaus schoss so abrupt hoch, dass Pelle vor Schreck ebenfalls ansatzlos auf die Pfoten sprang.
»Männer«, verkündete er entschlossen und blickte in die Runde, »ich brauch ein Bier!«

Wenigstens heulte Merle nicht mehr, von gelegentlichem Schniefen abgesehen. Vorsichtig zog Isabel ihren Arm von Merles Schultern zurück. Als Trostmutti agierte sie sonst eigentlich nie – bei wem auch, dachte sie: keine Kinder, Patenkinder, Nichten oder Neffen. Aber Merle war so unverfälscht in ihren Emotionen, das haute einen unweigerlich um. Auch wenn sie heulte. Was sie nun, glücklicherweise, nicht mehr tat.
Sie lagen zu dritt bäuchlings nebeneinander in Merles Zelt, eingekeilt zwischen ihren zahlreichen Taschen und Tüten sowie den Sachen von Jens. Ragna wühlte sich nun auf den Rücken, setzte sich auf und sah zum offenen Zelt hinaus.
»Ist wirklich gemein von Sebastian. Erst vögelt ihr, und dann will er dich nachts nicht in seinem Zelt haben.«
»So ist das nicht. Ich will gar nicht in seinem Zelt schlafen! Wir haben auch nicht gevögelt!«, dementierte Merle.
»Warum flennst du dann?«
Jetzt setzte sich auch Merle auf. »Ich weiß nicht, wie ich das erklären soll …«

»Versuch's«, ermunterte sie Isabel geduldig und rappelte sich ebenfalls hoch.
Merle kräuselte nachdenklich ihre Stirn. »Wisst ihr noch, die komischen Vögel vorhin?«
Ragnas Miene verfinsterte sich schlagartig. »Die alten Weiber im Duschraum?«
Merle kicherte. »Quatsch! Beim Kanufahren – auf dieser kleinen Insel …«
»Kormorane«, half Isabel ihr auf die Sprünge.
»Genau, die Kormorane! Ihre Stimmen – dieses heisere, dunkle Krächzen … so was habe ich vorher noch nie gehört. So viele, alle durcheinander! Und als wir dann vorbeigetrieben sind, waren alle plötzlich still. Wir in den Booten, die Kormorane auf ihrer Insel. Sogar Pelle hat nur geguckt.«
»Der hatte Schiss«, warf Ragna ein.
»Wenn wir die Kanus treiben ließen, konnte man den Fluss murmeln hören«, fuhr Merle versonnen fort, ohne Ragnas Einwand zu beachten. »Und wenn wir dann wieder die Paddel eingetaucht haben, gab es kleine, runde Strudel. In der Schleusenkammer fuhren wir hinab wie in einem Fahrstuhl. An den feuchten Wänden wuchsen überall kleine Algenbüschel aus den Mauerritzen, es tropfte und gluckerte so gruselig und wurde plötzlich so kühl. Aber dann schwang das Tor auf, und die Sonne hat uns wieder aufgewärmt …«
»Und dann war mein Koffer weg«, entfuhr es Isabel unwillkürlich.
Jetzt legte Merle spontan den Arm um Isabels Schultern und lächelte entwaffnend. »Den Koffer brauchst du doch überhaupt nicht, Isa.« Sie zog den Arm wieder zurück. »Eigentlich braucht man gar nichts, wenn man so friedlich auf dem Fluss dahingleitet …«
»Ein paar Paddel sind hilfreich«, murmelte Ragna.

Merle ignorierte auch diese Bemerkung. »Jedenfalls war es auf dem Fluss toll. Das Schönste, was ich seit langem erlebt habe. Umso mehr hat mich die ganze Streiterei danach runtergezogen. Erst der Krach zwischen euch beiden. Mit Basti hatte ich mich danach auch in der Wolle …«

»Weshalb denn nun eigentlich?«

»Ach, ist schon erledigt!« Merle winkte unwirsch ab. »Und dann noch die Keilerei eben, das hat mir den Rest gegeben …«

Für ein paar Momente hingen sie alle ihren Gedanken nach, dann begann Isabel leise vor sich hin zu glucksen. »Wie der Tussi das Shampoo übers dumme Gesicht gelaufen ist – das hat dermaßen dusslig ausgesehen …«

Erst kicherte Ragna, dann Merle, schließlich platzten sie alle drei vor Lachen, bis sich Ragna als Erste die Lachtränen aus dem Gesicht wischte.

»Isa als handtuchschwingende Rachegöttin hat auch ein großartiges Bild abgegeben«, sagte sie, noch leicht außer Atem.

»Und Merle, wie sie den nassen Feudel durch die Gegend gepfeffert hat«, hechelte Isabel. Merle lächelte ihren Reisegefährtinnen glücklich zu, schon wieder zutiefst gerührt. »Danke, ihr Lieben. Für mich hat sich noch nie jemand geprügelt!«

»Für mich auch nicht«, meinte Ragna und reckte kokett das Näschen. »Normalerweise prügelt man sich *um* mich!«

»Gib nicht so an, Lockenfeger«, versetzte Isabel trocken und löste damit prompt den nächsten kollektiven Lachanfall aus.

Diesmal sammelte sich Merle als Erste. »Hoffentlich kriegen die Jungs jetzt nicht dafür aufs Maul …«

»So gefährlich sahen Heinz und Co. eigentlich nicht aus«, beruhigte Ragna, und Isabel fügte hinzu: »Paul hat mir so komisch zugezwinkert. Ich glaube, der führt was im Schilde.«

»Der Bursche hat immer was im Sinn«, schmunzelte Ragna.

»Glaubst du?« Merle wirkte einigermaßen beruhigt.

»Aber sicher. Paul hat es faustdick hinter den Ohren«, behauptete Ragna im Brustton der Überzeugung. »Die Frage ist: Was machen wir?«
Isabel hob den Arm, schnupperte demonstrativ an ihrer eigenen Achselhöhle und rümpfte angewidert die Nase. »Wir wollten doch duschen gehen, oder?«

13

Diesmal lief beim Duschen alles unfallfrei, abgesehen davon, dass Merle ihre Ersatzduschmünze verloren hatte – was sie erst bemerkte, als sie, shampoobedeckt und mit schaumverkleisterten Augen, vergeblich danach tastete. Glücklicherweise steckte in Ragnas Dusche noch genug Restguthaben. Nach kurzem Palaver und anschließendem Kabinenwechsel ließ sich die Panne beheben, und die drei Frauen kehrten erfrischt und gehobener Stimmung zu den Zelten zurück.

Die Männer glänzten noch immer durch Abwesenheit.

Merle und Isabel sichteten die Vorräte, die die Männer besorgt hatten, und improvisierten einen Abendbrottisch auf einer ausgebreiteten Wolldecke. Ragna organisierte beim Platzwart drei Klappstühle, die drei Plastiktonnen gaben weitere Sitzgelegenheiten ab.

»Allmählich mache ich mir Sorgen«, meinte Merle, als es nichts mehr zu tun gab.

»Unbegründet«, beruhigte Isabel, »da kommen sie!«

Sie kamen tatsächlich. Paul führte Pelle an der Leine, Jens und Sebastian folgten ihm Seite an Seite.

»Ihr seht ja noch ganz heil aus«, empfing sie Isabel.

»Enttäuscht?«, grinste Paul frech und ließ sich, zusammen mit allen anderen, um den »Tisch« nieder.

»Und ihr riecht nach Bier«, ergänzte Ragna schnuppernd.

»Viel Bier.« Merle witterte nun auch.

»Mussten wir ja trinken«, verteidigte sich Jens.

»Ihr *musstet?*«

»Wir hatten Durst nach der Schlacht. Es war … anstrengend,

sagen wir mal«, erklärte Paul, jetzt todernst. »Aber wir haben es für euch getan.«
»Nur für euch«, nickte Sebastian feierlich.
»Ehrensache«, bekräftigte Jens.
»Aha.« Ragna blinzelte misstrauisch. »Und nun sollen wir wohl dankbar sein, was?«
»Freundliche Worte zur Begrüßung zumindest wären durchaus angebracht«, räumte Paul ein.
»Absolut angemessen«, fand Jens.
»Nonverbale Gesten der Sympathiebekundung wären ersatzweise willkommen«, bot Sebastian großzügig an. »Ihr dürft uns gerührt um den Hals fallen.«
Ragna tippte sich an die Stirn. »Ihr kriegt Käsebrot. Das muss reichen.«
»Mach lieber den Wein auf«, forderte Paul schmunzelnd. »Käsebrot wirft uns um Lichtjahre zurück.«
Merle hielt es vor Neugierde nicht länger aus. »Nun sagt schon – habt ihr es den Kerlen dieser widerlichen, alten Schachteln ordentlich gegeben?«
Jens wollte darauf antworten, doch Paul hielt ihn mit einer Geste zurück und riss die Berichterstattung an sich. »Kaum waren wir alle raus aus der Waschhütte und unten am Fluss, sind sie sofort auf uns losgestürmt!«
»Echt?«, hauchte Merle erschrocken.
»Der eine hat schon seinen Daumen auf meinem Auge und will zudrücken, da fegt ihn Jens mit einem Roundhouse-Kick von den Beinen! Inzwischen knallt Basti die Köpfe der anderen beiden Knaben zusammen, dass es klingt wie der Kölner Dom …«
»Hättet ihr eigentlich bis hierhin hören müssen«, bestätigte Sebastian unverfroren.
Ragna und Isabel brachen in Gelächter aus. »Ihr verarscht uns!«

»Echt?« Merle war sich noch nicht ganz sicher.
Paul klopfte ihr beruhigend auf die Schulter. »Entschuldige bitte, liebe Merle – Isa und Ragna tippen richtig. Zum Glück.«
»Puuuh.« Merle atmete auf.
»Wir haben uns natürlich nicht geprügelt. Männer können auch diplomatisch sein. Diese hier wenigstens.« Pauls Zeigefinger wies im Rundflug auf Sebastian, Jens und sich selbst. »Und nachdem uns Heinz das von der Therapie erzählt hatte, gab es ja auch gar keinen Grund mehr für Handgreiflichkeiten …«
»Was für eine Therapie?«, sprang Ragna prompt darauf an. Sebastian verschanzte sich augenblicklich hinter einem Pokergesicht, Jens blinzelte verwirrt.
»Waschzwang«, erklärte Paul gelassen. »Gisela und die beiden anderen Damen leiden unter Waschzwang. Sind seit Jahren deswegen in Behandlung.«
»Waschzwang?« Merle bekam den Mund nicht mehr zu.
»Eine Spielart der Zwangsneurose«, nahm Sebastian den Ball auf.
»Absolut tragisch«, nickte Jens plötzlich eifrig.
Allmählich finden die Jungs ins Spiel, registrierte Paul erfreut und legte eine Schippe drauf: »Die gehen täglich etliche Male duschen. Waschen sich viertelstundenlang die Hände. Scheuern, fegen, wischen alle naslang und beginnen von vorn, kaum dass sie fertig sind. Sagrotan als Lebenselixier, sozusagen. Die reinsten Putzteufel.«
»So sehen die auch aus«, murrte Ragna.
Paul überging diesen Einwand. »Jedenfalls sind die Frauen in ein und derselben Therapiegruppe …«
»Die Männer kennen sich untereinander eigentlich gar nicht richtig«, ergänzte Sebastian, und Jens fügte animiert hinzu: »Aber sie unterstützen die Therapie selbstverständlich.«
»Und verballern ihren Jahresurlaub mit der vom Therapeuten

empfohlenen Gruppentherapie auf dem Campingplatz«, lamentierte Sebastian sofort.
»Therapieren müssen die Männer nach vorheriger Anleitung, während der Gehirnschlosser Ferien unter Palmen macht«, beklagte Jens, »von ihrem sauer verdienten Geld!«
»Therapie auf dem Campingplatz?«, fragte Isabel ungläubig. »Höchst ungewöhnlich …«
»Das macht in diesem Fall absolut Sinn«, übernahm Paul die Antwort. »Ein Wohnwagen ist als Arbeitsfläche wenigstens überschaubar. Gisela und ihre Leidensgefährtinnen sind ja nicht mehr die Jüngsten. Zu Hause putzen die sich mehrmals täglich durch hundertfünfzig Quadratmeter Eigenheim, das geht ganz schnell an die Substanz!«
»Und ins Geld, wenn man bedenkt, was qualitativ hochwertige Putzmittel kosten«, gab Jens zu verstehen.
»Wirklich tragisch, das Ganze«, ließ sich Sebastian nochmals vernehmen.
»Dann hab ich der Alten ja noch einen Gefallen getan, als ich sie mit Shampoo übergossen habe«, stellte Ragna fest. »Zusatzreinigung, sozusagen!«
»Falsch, Ragna«, widersprach Paul, »du hast sie bekleckert, also: beschmutzt! Du hast verdammt viel Glück, dass sie nicht völlig ausgerastet ist!«
»*Das* war noch nicht völlig ausgerastet?«, wunderte sich Isabel.
»Gisela war, laut Aussage ihres Gatten, heute extrem gut drauf«, erklärte Paul in getragenem Ernst. »Normalerweise wäre Blut geflossen.« Obwohl sich beide gut im Griff hatten, bemerkte Paul, dass Jens' Mundwinkel unkontrolliert zuckten und auch bei Sebastian verschärft eine unmittelbare Lacheruption drohte. »Schwamm drüber, Themenwechsel«, verfügte er und griff beherzt nach der Weinflasche. »Trinken wir auf unseren ersten Tag auf See! Jens: Du darfst jetzt *La Paloma* pfeifen.«

Der Lange versuchte es tatsächlich.
Und Sebastian konnte nun wenigstens so tun, als lache er nur darüber.

Wann er seinen Schlafsack zum letzten Mal benutzt hatte, wusste Paul nicht mehr. Musste anlässlich irgendeines Musikfestivals gewesen sein. Vor Lennarts Geburt, höchstwahrscheinlich. Hurricane-Festival, fiel es ihm plötzlich wieder ein, ein feierwildes Wochenende mit Daniela – sie waren damals gerade erst ein paar Wochen zusammen gewesen. Paul schnupperte. Dem Innenfutter entströmte leichter Muffgeruch, aber das gab sich bestimmt nach ein paar Tagen neuerlicher Benutzung, hoffte er. Hätte ja netterweise gerne noch nach meiner Ex-Frau riechen können, dachte Paul und versuchte, sich an einen Daniela-typischen Geruch zu erinnern. Es fiel ihm keiner ein. Und die Bezeichnung Ex-Frau fand er auch nicht mehr so problematisch wie noch neulich auf Lennarts Abiturfeier.
Lennie.
Sein Sohn fehlte ihm. Anscheinend so sehr, dass Paul heute sogar für einige Momente lang geglaubt hatte, ihn vom Turm aus leibhaftig zu sehen. Sebastian war noch nicht vom Zähneputzen zurück, deshalb fingerte Paul noch einmal sein Handy hervor und überprüfte den Posteingang. E-Mail von Lennie. Direkt aus New York. Es ging ihm gut. Das Zimmer sei okay, die Kollegen in der Firma freundlich, und dann folgte die weitschweifige Beschreibung eines Ausflugs nach Staten Island sowie eines Besuchs des *Museum of Modern Art.* Paul entnahm der Adresszeile, dass Lennie dieselbe Mail seiner Mutter geschickt hatte.
Moderne Kommunikationsökonomie.
Sebastian kroch auf allen vieren ins Zelt, wobei er sich an Pelle vorbeidrängen musste. Paul hatte die Hundedecke so ausgebreitet, dass sie über den offenen Innenzelteingang direkt ans

Fußende seiner Isomatte anschloss. Pelle lagerte darauf mit dem Kopf bei ihnen im Schlafzelt, während sein massiger Rumpf das Vorzelt füllte.
Sebastian entblätterte sich bis auf Unterhose und T-Shirt und wühlte sich in seinen Schlafsack. Nachdem er jede Menge Radau veranstaltet hatte, erkundigte er sich überflüssigerweise: »Schläfst du schon?«
»Gute Nacht, Basti.«
»Nacht, Paul.«

Isabel hätte sich ganz gerne noch ein wenig über alles Mögliche unterhalten. Aber Ragna schien, ihren Atemzügen nach, schon zu schlafen. Es war ja auch ein Wahnsinnstag, dachte Isabel, eigentlich bin ich selbst viel zu müde zum Reden. Erst feuert Ragna ihr eigenes Handy in den Fluss, dann ist mein Koffer dran. Und später die Begegnung mit Thorsten …
Es schauderte Isabel immer noch, wenn sie daran dachte, wie hilflos und ausgeliefert sie sich gefühlt hatte, als sie in der Toilettenkabine festsaß, belagert von Thorsten. Es war ein Fehler gewesen, ein Riesenfehler, ihm zu verraten, dass ihre Kanufahrt auf der Weser stattfinden würde. Aber als sie nach dem Abend im Kanuclub nach Hause gekommen war und Thorstens Faust in ihrem Gesicht landete, um aus ihr herauszuprügeln, zu was für einer Verabredung sie sich geschlichen hatte und wer ihr Begleiter auf dem Heimweg gewesen sei, da war sie bei der unverfänglichen Wahrheit geblieben: ein harmloses Treffen ehemaliger Schulkameraden, die eine Kanufahrt auf der Weser planen. Thorsten hatte ihr sofort unterstellt, sie selbst hätte diese Idee angeregt, weil es in der Gruppe jemanden – vielleicht sogar mehrere! – gäbe, dem sie sich an den Hals zu werfen gedenke. Wenn sich Thorsten in solche Wahnvorstellungen hineinsteigerte, setzte bei ihm das logische Denken aus. All ihre Beteue-

rungen, dass keiner seiner Vorwürfe gerechtfertigt sei, nützten Isabel nichts.
Erst am Morgen danach hatten Schmerz, Demütigung und Wut ihren spontanen Entschluss geformt, den Koffer zu packen und mitzufahren. Sie hatte damit gewartet, bis Thorsten in die Kanzlei aufgebrochen war. Und war gegangen, ohne eine Nachricht zu hinterlassen. Aber Thorsten hatte sich die Zusammenhänge offenbar zusammengereimt.
Darin war er gut. Ein sehr erfolgreicher Anwalt.
Ragna hatte sie gerettet. Danach hatten sie darauf geachtet, immer unter Leuten zu sein, aber nicht auf dem Präsentierteller zu stehen. Ragna passte dabei mit auf, ohne mit Nachfragen zu nerven, wer denn Isabels Quälgeist wäre und warum er ihr folge. So viel Rücksichtnahme und Fingerspitzengefühl hätte Isabel der ehemaligen Mitschülerin niemals zugetraut. Bislang hatte sie Ragna immer nur als vorlaut, aggressiv und feindselig empfunden. Jetzt lagen sie hier einträchtig nebeneinander in einem Zelt. Das verlieh Isabel ein Gefühl von Sicherheit. Trügerisch vielleicht, aber immerhin.
Besser als allein zu Hause. Allein mit Thorsten.
Übers Zelt an sich dachte Isabel lieber nicht nach. Nur eine hauchdünne Lage Stoff zwischen ihrem Bettlager und der freien Natur – das war ihr nicht geheuer. Isabel verbot es sich, an Käfer zu denken, an krabbelnde Spinnen oder kriechende Würmer. Zum Glück wurden ihr die Lider schwer …
Ein vernehmliches Klatschen schreckte Isabel auf. Jemand grunzte unterdrückt. Im ersten Moment dachte Isabel an den Hund, aber das Zelt von Paul und Basti stand links von ihr. Die Geräusche kamen von rechts.
Aus dem Zelt von Merle und Jens.
Isabel lauschte angespannt, doch dann war nichts mehr zu hören außer grollenden Schnarchgeräuschen. Von links. Paul oder

Basti, garantiert alle beide, schätzte Isabel. Jens oder Merle haben wahrscheinlich bloß eine Mücke gekillt.
Isabel rückte sich behaglich auf der Matte zurecht und schlief innerhalb von Sekunden wieder ein.

Noch vor sieben Uhr heizten die frühen Sonnenstrahlen ihre Zelte dermaßen auf, dass an weiteren Schlaf nicht mehr zu denken war. Der Tag versprach heiß zu werden. Paul hätte es allerdings auch bei Schlechtwetter kaum länger auf der harten Unterlage ausgehalten. Jeder Knochen schmerzte ihn. Und so, wie sich die anderen nach dem Verlassen ihrer rustikalen Nachtlager erst einmal unter mehr oder weniger großem Ächzen die steifen Glieder reckten, schienen alle ähnlich zu leiden.
»Diese Matten sind einfach zu alt«, erklärte Sebastian und rieb sich mit schmerzverzerrter Miene die Hüfte. »Ich hätte mal neue besorgen sollen …«
Paul versuchte, mit kreisenden Bewegungen seine verspannten Schultern zu lockern. Mit mäßigem Erfolg. »Die Matten sind okay. Wir sind zu alt.«
»Uns kann man aber nicht in Neu besorgen«, merkte Ragna an. »Und wenn, wären wir doch nur wieder ganz die Alten, oder?«
Paul schlug sich in gespielter Verzweiflung die flache Hand vor die Stirn. »Ragna-Philosophie. Ohne Frühstück kaum zu ertragen.«
»Danach auch nicht«, meinte Sebastian.
Ragna ignorierte die Frotzelei. Vielleicht war sie auch noch nicht munter genug für überflüssiges Geplänkel. »Gegen Frühstück wäre nichts einzuwenden.«
»Mir noch zu früh«, lehnte Isabel ab.
Merle und Jens sagten gar nichts. Sie wirkten befangen und sahen einander kaum in die Augen, fiel Isabel auf. Sie erinnerte sich an die nächtlichen Geräusche aus dem Nachbarzelt – hat-

ten sich die beiden irgendwie gestritten? Für eine Auseinandersetzung war das eigentlich zu wenig Tumult gewesen, entschied Isabel.
»Dann macht sich jeder etwas selbst aus den Vorräten zurecht«, schlug Paul vor. »Oder eben nicht. Wir können ja auch unterwegs Futterpausen einlegen. Wohin geht es heute überhaupt, Basti?«
»Bad Karlshafen vielleicht. Gibt aber auch vorher ein paar Möglichkeiten, die Etappe zu verkürzen.«
»Dann ist ja Zeit genug.«
Trotzdem trödelte keiner herum. Es drängte sie alle aufs Wasser, nicht zuletzt wegen der stetig zunehmenden Hitze. Pelle bekam sein Futter und schlabberte gleich mehrere Wassernäpfe leer – wobei er, wie üblich, die Hälfte der Menge um sich verteilte. Die anderen bedienten sich, je nach Bedarf, an den vom Vortag übrig gebliebenen Vorräten und machten sich nebenbei daran, ihre Sachen zu verpacken und die Zelte abzubrechen.
Als Paul die am Wasser liegenden Boote zu beladen begann und gerade Merles Tüten-und-Taschen-Sammelsurium wieder in seinem Kanu verstauen wollte, hielt sie ihn zurück.
»Ich würde heute gerne bei Jens mitfahren«, erklärte Merle bestimmt und wandte sich an den Langen, nun doch etwas unsicher. »Du hast doch nichts dagegen?«
Jens stand da wie ertappt, schüttelte aber den Kopf. »Nein …«
Paul sah zu Isabel. »Ist der Tausch für dich okay?«
»Warum nicht«, akzeptierte sie achselzuckend und pfefferte die neue weinrote Sporttasche in Pauls Kanu.
»Ihr zwei in einem Boot«, amüsierte sich Ragna. »Mal sehen, ob ihr euch auf einen Kurs einigt. Wahrscheinlich fahrt ihr ständig im Kreis. Oder im Zickzack.«
»Vielleicht fahren wir gar nicht erst los«, sagte Paul ahnungsvoll. »Wir kriegen nämlich Besuch.«

Aus Richtung der Wohnwagen näherte sich eine ganze Prozession: Gisela und Heinz, gefolgt von Robert und Klaus nebst ihren Frauen. Paul beobachtete, wie sich Ragnas Stirn runzelte und sie ihr Paddel ergriff. »Beherrsch dich!«, raunte er ihr zu. »Denk dran: Die sind schon genug vom Schicksal gebeutelt …«

Ragna ließ das Paddel sinken, behielt es aber sicherheitshalber in der Hand. »Reine Schutzmaßnahme«, behauptete sie.

Gisela trug ein voluminöses Päckchen, umwickelt mit Alufolie, auf der die Sonne funkelnde Lichtreflexe zauberte. Verlegen lächelnd trat sie samt Gefolge zu den Kanureisenden heran.

»Guten Morgen, Heinz«, brach Paul das Eis. »Und guten Morgen, die Damen …«

Sebastian und Jens schüttelten bereits die Hände von Klaus und Robert. Heinz zwinkerte ihnen verschwörerisch zu.

»Frühstücksbier, bevor ihr ablegt?«

Paul unterdrückte ein Schaudern. »Lass mal stecken – ist noch ein bisschen früh …«

Heinz schmunzelte gutmütig. »Mit manchen Sachen kann man gar nicht früh genug anfangen!«

»Deswegen brechen wir heute ja auch rechtzeitig auf«, lachte Sebastian.

»Wie ihr meint. Dann gute Reise!« Heinz tippte seiner Frau sachte seinen Zeigefinger auf die Schulter. »Gisela, du wolltest doch noch …«

Gisela gab sich einen Ruck und visierte Ragna. Die trat vorsichtshalber einen Schritt zurück. »Ich … wir …«, begann Gisela stotternd, sich ersatzweise Isabel und Merle zuwendend, »… also, meine Freundinnen und ich – wir möchten uns entschuldigen und Ihnen auch eine gute Reise wünschen. Wir ahnten ja nicht, wie nötig Sie die haben! Tut uns wirklich leid …«

»Wieso leid?«, wollte Isabel wissen, aber Merle plapperte aufgedreht dazwischen: »Äh, danke, eine gute Reise kann man ja immer brauchen. Und Ihnen dann auch viel Erfolg noch bei Ihrer … ich meine, viel Erfolg mit …«

»… mit der nächsten Dusche!«, versuchte Isabel zu retten. »Also, wenn wir gleich weg sind. Dann haben Sie die Dusche wieder für sich. Ist doch prima.«

Gisela nickte verwirrt. »Ja, prima. Hier, kleine Stärkung für unterwegs …«

Sie drückte der verblüfften Isabel schwungvoll das mitgebrachte Päckchen mit der leider doch nicht nahtlos flächendeckenden Alufolienverpackung in die Hand. Ein fettiger Soßentropfen spritzte heraus und landete als hässlicher Fleck auf Isabels blütenweißem, nagelneuem Top.

Die drei Camperinnen verfielen augenblicklich in aufgescheuchte Hühnerhaufenpanik. Gisela zückte ein Taschentuch und rubbelte wie eine Verrückte der überrumpelten Isabel auf dem Bauch herum, im verzweifelten Versuch, den Schandfleck zu tilgen – während ihre Freundinnen mantramäßig die Markennamen probater Fleckenentferner beschworen.

»Waschzwang«, flüsterte Merle entsetzt und zog Jens mit sich, um mit dessen Hilfe ihr Kanu in den Fluss zu schieben. Pelle lief mit und wurde von Merle in Pauls Kahn gescheucht, wo schon seine Hundedecke für ihn bereitlag. Ragna wich ebenfalls fluchtartig bis zu ihrem Boot zurück, gefolgt von Sebastian. Der haut bloß ab, weil er sonst einen Lachkrampf kriegt, spekulierte Paul – das sah man Bastis krampfhaft zuckenden Schultern sogar von hinten an. Beherzt schob er Gisela samt Rubbeltuch sanft, aber entschlossen beiseite und flüsterte ihr zu: »Bitte, das muss meine Frau selber hinkriegen – angeschlagenes Selbstbewusstsein, Sie wissen schon.«

Gisela nickte verständnisvoll und musterte Isabel bedauernd. »So ein Jammer. Aber das wird schon! Nur Mut, meine Liebe.«

»Ist doch bloß ein Fleck«, winkte Isabel ab. »Aber klar, für je-

manden wie Sie ist das natürlich eine Katastrophe, das verstehe ich!«
Gisela merkte misstrauisch auf. »Ist das jetzt wieder eine Frechheit?«
»Meine Frau hat einen anstrengenden Morgen hinter sich«, wiegelte Paul ab. »Wir müssen jetzt los, die anderen legen bereits ab. Auf Wiedersehen!«
Damit legte er den Arm um Isabels Schultern – was weniger als Zärtlichkeit, sondern eher als Anschubhilfe gedacht war. Das schien ihr zu widerstreben, trotzdem ließ sie sich von Paul abführen, während sich hinter ihnen Heinz, Gisela und Konsorten wieder zurück zu ihren Wohnwagen trollten. Paul beließ seinen Arm auf Isabels Schultern. Sicherheitshalber, dachte er.
Fühlte sich aber auch nett an.
»Warum geben wir uns andauernd als Ehepaar aus?«, monierte Isabel. »Vorgestern im Biergarten auch schon.«
»Weil wir sonst andauernd was auf die Fresse kriegen würden«, gab Paul lakonisch zurück.
»Davor schützt einen die Ehe auch nicht.«
Paul sah, wie Isabel bei diesen Worten unbewusst mit einem Finger die heute kaum noch sichtbaren Verfärbungen am Auge berührte. Er zog seinen Arm von ihren Schultern zurück und blickte ihr offen ins Gesicht.
»Passiert dir das öfter, Isa? Schläge?«
Sie lächelte fein. Möglicherweise sollte das maliziös aussehen, aber auf Paul wirkte es lediglich bitter. »Vielleicht verdiene ich die ja.«
»Glaube ich kaum.«
»Glaubst du.«
»Kommt endlich!«, schrie Sebastian von weitem. Die beiden anderen Kanus trieben bereits in einiger Entfernung, die Strömung war ziemlich stark. Isabel beendete das Gespräch, indem

sie Paul eine Schwimmweste zuwarf und sich selbst die eigene überstreifte. Aus dem Boot witterte ihnen der Hund entgegen. Vor allem interessierte sich Pelle für das Alufolienpäckchen, welches Isabel noch immer mit sich trug – aber Isabel verstaute das Paket vorn im Bug und quetschte sich vor dem Hund auf die vordere Bank, während Paul ächzend den beladenen Kahn vollständig ins Wasser schob. Als das Kanu frei schwamm, kletterte Paul rasch hinein, was beträchtliches Schaukeln auslöste. Isabel konnte mit geschickter Gegenbewegung ein Kentern vermeiden. Doch kaum saß Paul endlich auf der Heckbank und griff mit seinem Paddel ins Geschehen ein, drohte die nächste Gefahr.

Sie hatten die Boote auf dem stadtabgewandten Flussarm der Fulda eingesetzt. Hier floss das Wasser zwar recht munter, das ließ jedoch, vom Ufer aus betrachtet, keine Probleme erwarten. Auf dem Wasser sah es anders aus. Vor allem, wenn man in einem beladenen Kanu saß. Vor allem, gestand sich Paul insgeheim ein, wenn sich unter den Passagieren ein kapitaler Hund sowie ein gewisser Jemand mit kaum zu verleugnendem Übergewicht befanden. Eine kleine Diät wäre vielleicht wirklich ganz angezeigt. Allerdings fiel Paul keine ein, die ihm per Sofortwirkung aus der Klemme zu helfen vermochte.

Die Kiesbänke, über denen sich der Fluss so pittoresk kräuselte, erwiesen sich als fiese Barrieren. Die flotte Strömung erforderte schnelle Paddelmanöver, und dafür fehlte Paul, der als Hintermann fürs Steuern zuständig war, einfach die Übung. Über die ersten Hindernisse schrammten sie noch so gerade eben hinweg, wobei der Bootsrumpf vernehmlich die knapp unter dem Wasserspiegel verborgenen Felsbrocken touchierte. Dann war ihr Glück anscheinend ausgereizt. An der nächsten Kiesbarre kam Paul nicht mehr vorbei. Da blieb nur noch der Frontalangriff.

»Vollgas voraus!«, schrie er nach vorn.
Isabel reagierte flink und zog ihr Paddel kräftig durch, Paul tat es ihr nach. Das Kanu schoss voran, bis die ansteigende Kiesbarre es aus dem Wasser hob und bremste. Trotzdem rutschten sie weiter. Der Bug mit Isabel darin war bereits buchstäblich übers Gröbste hinweg und schwamm schon wieder frei – da rammte sich das Heck, jämmerlich knirschend, in Sand und Geröll fest. Von hinten toste die Strömung gegen das neue Hindernis, funkelnde Gischt nässte Pauls Rücken. Pelle sprang auf die Beine und verbellte die Wellen. Anscheinend spürte er, dass etwas schieflief.
Oder er lacht mich einfach aus, dachte Paul.
Isabel drehte sich zu ihm herum – halb amüsiert, halb ratlos. »Was nun?«
Paul streifte bereits seine Sandalen ab. »Ich steige aus!«
»Meinst du wirklich?«
»Ist sowieso das richtige Badewetter«, blödelte Paul und hielt prüfend eine Hand in den Fluss. »Ah, angenehm temperiert!«
Isabel stocherte mit ihrem Paddel im Wasser herum. Es ließ sich bis zum Griff eintauchen. »Hier ist es wieder tief. Kein Grund zu spüren.«
»Tja. Hier leider schon.«
Nun versuchte Isabel, das Kanu durch ruckartige Bewegungen vom Grund loszurütteln. Paul unterstützte sie dabei. Der Kahn rührte sich nicht vom Fleck.
»Sitzt bombenfest. Ich steig aus.«
»Halt bloß das Boot fest, wenn du rausgehst!«
Für wie dämlich hältst du mich, wollte Paul noch sagen, während er über Bord stieg und mit nackten, wasserumspülten Füßen festen Stand im weichen Grund suchte, den Süllrand des Kanus fest im Griff. Doch kaum war das Boot um Pauls Körpergewicht entlastet, ging es durch wie ein Packesel, der seine

Ladung abgeschüttelt hatte. Der jähe Ruck brachte Paul ins Straucheln, er trat auf einen spitzen Kiesel, die Strömung besorgte den Rest. Plötzlich hatte er alle Hände voll damit zu tun, sich unter Wasser ins Geröll zu krallen, damit der Fluss ihn nicht einfach wegzog. Dann endlich fanden auch seine Füße Halt und stemmten sich gegen den Strom. Auf allen vieren erklomm er die höchste Stelle der Barre, richtete sich mühsam auf und wischte sich das triefende Flusswasser aus dem Gesicht.

Unerreichbar fern trieb sein Kanu, in dem sich Isabel ebenso verzweifelt wie vergeblich abmühte, es unter höchstmöglichen Paddeleinsatz flussaufwärts zu bewegen. Oder es wenigstens halbwegs auf der Stelle zu halten – was ebenso wenig funktionierte. In der Bootsmitte hechtete Pelle, verzweifelt bellend, rappelig hin und her.

»Bist du okay?«, hörte Paul sie schreien. Er winkte Isabel beruhigend zu. Das war leider alles, was ihm einfiel. Ansonsten stand er hier tropfnass auf seiner Insel wie ein schiffbrüchiger Robinson Crusoe.

Bloß der, fiel ihm ein, hatte wenigstens noch seinen Hund bei sich gehabt.

14

Isabel gab alles.
Dabei war es schon schwierig genug, den Kahn vorm Kentern zu bewahren. Der Hund gebärdete sich dermaßen außer Rand und Band, dass sich Isabel höllisch darauf konzentrieren musste, seine hektischen Bewegungen auszugleichen. Sie versuchte, das Kanu irgendwie ans Ufer zu steuern. Leider saß sie vorn im Boot. Mit ihren wilden Paddelschlägen bewirkte sie nur, dass sich das Kanu auch noch um die eigene Achse zu drehen begann wie eine durchgeknallte Kompassnadel. Sie dachte daran, nach hinten zu klettern, um ihre Steuerposition zu verbessern – aber dann müsste sie sich an Pelle vorbeiquetschen. Am Ende landen wir beide im Bach, kalkulierte Isabel und verwarf diese Option.
Dann drehte sich das Boot wieder in Fahrtrichtung, und etwas wischte Isabel durchs Gesicht. Blätter. Zweige. Die Krone eines umgestürzten, im Wasser liegenden Baumes.
Bevor Isabels Hände zupacken konnten, schien die Chance schon wieder vertan. Es ging zu schnell – der Bug und damit die darin sitzende Isabel schossen bereits unter dem Geäst hindurch und ins Freie, als sie endlich auf die Idee kam, danach zu greifen.
Zu spät. Unerreichbar.
Wenn auch nicht für Pelle. Mit einem Satz sprang er ins Bootsheck. Sein Gebiss blitzte auf und schnappte nach einem Ast. Die Hundekiefer verbissen sich wie ein Schraubstock im Holz, gleichzeitig stemmte Pelle seine Vorderläufe gegen Pauls verwaiste Sitzbank und hielt so das Kanu auf Position. Das würde

er sicher nur für Momente durchhalten, erkannte Isabel. So schnell wie nur möglich, ohne das fragile Fahrzeug zum Kentern zu bringen, kroch sie durchs Boot nach hinten zum Hund und langte nach dem nächsten Ast. Erhaschte ihn. Klammerte sich daran und ans Boot. Ende der unkontrollierten Schussfahrt.

Keuchend vor Anstrengung, in inniger Umarmung mit dem rettenden Ast, lag Isabel halb über die Sitzbank hingestreckt. Seite an Seite mit Pelle, der ebenfalls nicht lockerließ. So nah war sie diesem Hund noch nie gekommen, schoss es Isabel durch den Sinn. So nah war sie einem Hund überhaupt noch nie gekommen – sie war in dieser Hinsicht immer etwas ängstlich und auf Abstand bedacht gewesen. Und speziell Pelle sah ja nun wirklich nicht so aus, wie man sich ein Kuscheltier wünschte. Merkwürdige Proportionen. Fell wie ein mottenzerfressener Persianermantel. Ohr auf Halbmast. Und eine unglaublich feuchte Schnauze, Isabel konnte nur froh sein, dass die jetzt anderweitig zu tun hatte und sie nicht vollsiffte.

Doch wie sie jetzt neben dem Hund vor der Rückbank kauerte, beide aufs Äußerste darauf bedacht, dass alle Stränge hielten, empfand Isabel Pelles Nähe nicht bloß als tröstlich. Es beglückte sie sogar. Aus nächster Nähe wirkte Pelles Hässlichkeit auch weniger abstoßend. Als wäre er vielleicht bloß noch der zweithässlichste Hund der Welt. Von ihrer Position aus konnte Isabel nur in das eine, ihr zugewandte Hundeauge sehen. Es schimmerte warm und goldbronzen. Ruhe lag darin und keine Spur von der planlosen Trotteligkeit, die dieser Hund sonst gewöhnlich an den Tag legte. Pelle schien ihr mit diesem Auge sogar verschmitzt zuzuzwinkern.

Isabel ertappte sich dabei, dass sie zurückzwinkerte.

Es plätscherte im Fluss. Isabel hob den Kopf und sah Paul herankommen. Über flache Stellen konnte er sogar aufrecht hinweg spazieren. Andere Passagen bewältigte Paul, indem er sich in seiner Schwimmweste treiben ließ und seine Kräfte geschickt dafür einsetzte, Kurs aufs Boot zu nehmen. Dann war er da, klammerte sich neben Isabel außenbords am Kanu fest. Pelle ließ den Ast los, und begrüßte sein Ersatzherrchen begeistert bellend.

»Weiter festhalten!«, rief Paul. Isabel nickte angestrengt. Mit Paul an der Seite bot das Kanu der Strömung noch mehr Angriffsfläche. Und diese Last stemmte Isabel nun allein, während sich Paul an der Reling entlang bis zum Bug hangelte. Mit einem Einstieg von der Seite her würde er den Kahn samt Besatzung unweigerlich umkippen, so viel war ihm klar. Ob sein Geschick und seine Konstitution es allerdings zuließen, sich akrobatisch und unfallfrei über die Bugspitze ins Kanu zu ziehen, bezweifelte Paul leise.

Am Bug angekommen, spürte er glücklicherweise Grund unter den Füßen. Jetzt setzte er alles auf eine Karte – federte in den Knien, stieß sich kraftvoll ab und packte zu. Das Bootsheck hob sich aus dem Wasser, obwohl Isabel und Pelle darin hockten. Paul zog sich über den Bug an Bord und platschte unelegant ins Innere, begleitet von einem Schwall einbrechenden Flusswassers.

Egal. Gerettet.

Paul rappelte sich auf die Sitzbank und griff sofort zum Paddel.

»Loslassen, Isa!«

Isabel lockerte ihren Griff, der Ast peitschte ihr aus den Händen. Das Kanu ritt augenblicklich auf dem Strom, doch bevor es wieder zu dessen Spielball werden konnte, brachten sie es auf Kurs. Nun saß Isabel hinten, Paul klitschnass vorn und in der Mitte schwabbelte fingerdick Wasser über Pelles Hundedecke – aber sonst sah es ganz souverän aus.

»Hey – alles in Ordnung?«

Erst hörte Paul Sebastians besorgten Anruf, dann entdeckte er die beiden anderen Kanus am Ufer – vor der Strömung geschützt, lagen sie im Kehrwasser hinter einem Bootsanleger. Kaum in Sicht, tauchten Merle, Jens, Ragna und Sebastian die Paddel ein, stießen zurück in den Strom und brachten sich Seite an Seite mit Isabel und Paul.

»Seid ihr etwa umgekippt?«, erkundigte sich Merle überflüssigerweise.

»Schau genau hin, Merle«, wies Ragna sie belustigt zurecht. »Paul ist nass, Isa ist trocken – wahrscheinlich hat sie ihn reingeschubst. Das musste ja so kommen, wenn die in einem Boot sitzen!«

»Ich habe Badeurlaub gebucht – dann will ich auch Badeurlaub«, erklärte Paul launig. »Aber wenn gleich mal eine geeignete Stelle in Sicht kommt, würde ich mir trotzdem gern trockene Sachen anziehen.«

Das musste aber noch warten, erkannte Paul. Ihre Boote erreichten gerade das Ende der Flussinsel. Von rechts strömte ein weiterer Wasserlauf heran und vereinigte sich mit der Fulda. Sie hielten im Paddeln inne und genossen den Anblick.

»Darf ich vorstellen, Leute«, verkündete Sebastian großspurig und wies auf die Fluten, »die Werra.«

»Ab jetzt: die Weser!«, ergänzte Jens.

»Ja ja, schon gut, ich hab's nun begriffen«, murmelte Merle.

»Dies ist eine Klassenreise«, erinnerte Sebastian, »da darf die Bildung nicht zu kurz kommen!«

Ragna sah über die Schulter zurück auf die heranflutende Werra. Weiter hinten erahnte sie die alte Werrabrücke, auf der sie gestern gestanden hatte. Weiter links ging es zum Parkplatz, und dort hatte es gestanden – das schwarz-gelbe Motorrad mit der Totenschädellackierung. Unwillkürlich legte Ragna die Hand auf ihre weinrote Sporttasche. Ganz unten zwischen ihren Sachen, gut umschnürt und in Plastik gewickelt, lag das Geld. Sie wandte sich rasch wieder ab und verdrängte alle Gedanken daran. An Achim, ans *Stairway to Heaven* und an den Motorrad-Gorilla.

»Badeurlaub, Klassenreise«, meldete sie sich zu Wort, »wollen wir nicht einfach mal paddeln? Auf geht's!«

Sie hämmerte ihr Paddel ins Wasser, dass es nur so spritzte. Die Gefährten folgten ihrem Beispiel. Getragen von der Strömung, pflügten die Kanus durchs Wasser. Es ging unter einer hohen Straßenbrücke hindurch, an Häusern und Gärten vorbei. Nach einer Weile wurden die Ufer einsamer.

»Lass uns mal kurz rechts ran«, rief Paul den anderen zu. »Klamottenwechsel.«

Sie fanden eine geeignete Stelle, um die Boote halb auf die Böschung zu ziehen. Während sich alle anderen darum kümmerten, Pauls Kanu ganz an Land zu hieven, zu entladen und umzudrehen, um das eingedrungene Wasser ablaufen zu lassen, suchte Paul nach einer geeigneten Umkleidekabine. Es gab nur ein paar einsame, krüppelige Büsche, als Sichtschutz ziemlich dürftig. Immerhin verlief die Straße weit entfernt. Und keine Leute in Sicht. Nur seine ehemaligen Schulkameraden, und die waren beschäftigt.

Trotzdem fühlte sich Paul unwohl, als er sich mühsam aus seinen nassen Klamotten schälte. Warum nur?, fragte er sich. Verklemmt oder auch nur schüchtern war er nie gewesen. Zum Beispiel hatte er schon oft nackt gebadet, in die Sauna ging er auch hin und wieder. Früher hätte ihn diese Situation wohl sogar gekitzelt – sich hier zu entblättern, so gut wie unmittelbar vor den Augen schöner Frauen wie Ragna und Isabel. Aber das, dachte Paul, war vermutlich genau der Punkt. Ragna und Isabel waren natürlich auch älter geworden, sahen aber immer noch so verdammt gut aus.

Und er?

Merle tobte derweil ausgelassen mit Pelle herum. Isabel nutzte die Gelegenheit, um die fuldadurchtränkte Hundedecke auszuwringen.
»Ausgerechnet du machst dir daran die Finger schmutzig?«, staunte Ragna.
»Es ist die Reise der großen Überraschungen, nicht wahr?«, konterte Isabel gelassen.
Ragna kicherte. »Wie wahr. Manche möchte man erleben – andere nicht …« Dabei nickte sie verstohlen in Richtung Gebüsch, wo zwischen löchrigem Blattwerk ziemlich viel Paul durchschimmerte. Isabel kicherte mit und fühlte sich plötzlich so, als wäre sie fünfunddreißig Jahre jünger, stünde in der Schulturnhalle und erhasche verstohlen Einblick in den Jungenumkleideraum.
»An Selbstbewusstsein hat es ihm ja nie gemangelt.«
»Typisch Coolman eben«, stimmte Ragna zu. »Und wenn sich sein Selbstbewusstsein so entwickelt hat wie seine Figur, dann hat es noch zugenommen.«
»Du Schandmaul«, prustete Isabel.
»Das braucht Frau in einer Männerwelt«, behauptete Ragna.
»Du hast die Männer doch sowieso im Griff!«
»Meinst du?«, kokettierte Ragna. »Na ja …«
»Bist du eigentlich fest mit jemandem zusammen?« Isabel fand ihre Nachfrage gar nicht so bedeutsam. Ragnas zögerliche Reaktion verwunderte sie deshalb, veranlasste Isabel aber auch sofort zum Rückzieher: »Schon gut, geht mich ja nichts an.«
Ragna winkte ab. »Sagen wir mal, mein Beziehungsstatus ist derzeit unklar. Aber du bist verheiratet, nicht wahr?«
Isabel nickte langsam. Sie soll es wissen, entschloss sie sich. Ragna hatte ihr schließlich aus der Klemme geholfen. »Du hast meinen Mann übrigens bereits kennengelernt. Gestern.«
Ragnas Augen weiteten sich kullerrund. »Überraschung …«, murmelte sie gedehnt.

»Wie du schon sagtest: Manche möchte man erleben – andere nicht.« Isabel wandte sich Paul zu, der nun in trockenen Shorts und locker darüber hängendem Sommerhemd zurückkehrte.
»Die Hundedecke wird noch ein bisschen trocknen müssen«, erklärte sie ihm.
»Legen wir am besten mittschiffs übers Gepäck in die Sonne, das wird Pelle schon verstehen«, meinte Paul. Der Hund tat allerdings gerade wieder so, als verstünde er gar nichts. Er hatte unter den ausgeladenen Sachen das alufolienumwickelte Päckchen entdeckt und war von Merle kaum davon abzubringen, es zu schnappen und damit Reißaus zu nehmen. Paul rettete es im letzten Moment und hielt es außerhalb von Pelles Reichweite.
»Was ist da eigentlich drin?«, fragte Jens neugierig.
Paul riss die Folie herunter, enthüllte einen beladenen Pappteller und lächelte verzückt. »Sechs gegrillte Nackensteaks, drei mariniert, drei natur. Sieht lecker aus. Isa, du ernährst dich bestimmt überwiegend vegetarisch …«
»Für mich bitte natur.« Isabel trat zu Paul und nahm eines der unmarinierten Stücke mit spitzen Fingern vom Teller. Dann hielt sie es dem Hund entgegen. »Hier, für dich.«
Pelle schaute einen Augenblick lang mindestens so ungläubig wie Paul – dann schnappte er zu und zog sich mit seiner Beute sicherheitshalber hinter einen Strauch zurück.
»Gib bloß schnell eins rüber, bevor sie den Rest verfüttert«, bat Sebastian konsterniert, während Merle ihre Reisegefährtin begeistert anstrahlte.
»Das war lieb von dir, Isa! Möchtest du mein Stück haben?«
»Nein danke«, antwortete Isabel spitz, sah dabei aber Paul an. »Ich ernähre mich überwiegend vegetarisch!«
»Na, dann …« Paul sicherte sich ein Nackensteak und biss in aller Gemütsruhe hinein. Auch die anderen bedienten sich jetzt. Abgesehen von Isabel.

»Eine Frage, Jungs.« Ragna entschied sich doch erst für einen Bissen, kaute, schluckte – und fuhr fort: »Was habt ihr Gisela und den anderen Schrauben eigentlich über uns erzählt?«

Paul, Jens und Sebastian wechselten schnelle Blicke. Ertappt.

Ragna witterte Unrat. »Die kommen angekrochen und schenken uns ihr Gegrilltes, das machen die doch nicht einfach so! Also? Raus mit der Sprache!«

Paul versuchte, eine möglichst ernste Miene aufzusetzen. Es gelang ihm einigermaßen. »Wir haben gesagt, ihr seid menopausenbedingt hormonell total von der Rolle, notorisch streitsüchtig, derzeit nur auf Bewährung draußen und in der Resozialisationsphase. Was mir wirklich zu denken gibt: Sie haben es sofort geglaubt.«

Ragnas Wutschrei gellte über die Weser. Das Steak fiel ihr aus der Hand – dann flog sie wie eine Kanonenkugel auf Paul zu und riss den Überrumpelten mit sich zu Boden. Dort versuchte Ragna, sich rittlings auf ihm zu platzieren, um mit geballten Fäusten einen Trommelwirbel auf seinem Brustkorb zu veranstalten. Paul unterband dieses Unterfangen mit inniger Umklammerung. Unter Quietschen, Gelächter und Geschrei rollten sie so durchs lange Ufergras.

Und schließlich über die Böschung.

Dann klatschte es vernehmlich.

Sekundenbruchteile später krochen zwei Gestalten auf allen vieren zurück an Land, schlammverschmiert und triefend wie die Monster aus dem Sumpf. Ragna spuckte Sand und Wasser und schimpfte wie ein Rohrspatz. Paul ergriff großmütig ihre Hand und zog sie über die rettende Böschung.

»Hör auf zu motzen, sonst schmeiß ich dich zurück in den Bach!«

»Du Büffel!«

»Wasserbüffel, bitte sehr.«

Unvermittelt schüttelte sich Ragna aus vor Lachen. Das steckte sofort alle an: Sie wieherten im Kollektiv – was Pelle umgehend ausnutzte, um sich die herabgefallenen Steakreste zu haschen. Das sorgte für den nächsten Heiterkeitsausbruch.
»Hast du überhaupt noch trockene Klamotten?« Ragna wischte sich noch Lachtränen aus dem Gesicht, während Paul bereits in seiner Reisetasche wühlte.
»Passt schon«, meinte er nur, angelte sich die Sachen sowie ein kleines Handtuch und marschierte wieder zurück zum spärlichen Gebüsch. Kaum stand er blank hinter Blättern, hörte er Ragnas Stimme hinter sich.
»Wenn du guckst, knall ich dir eine.«
Paul fuhr auf der Stelle herum. Ragna knallte ihm keine, sondern zog sich lasziv das nasse Shirt über den Kopf und ließ es zu Boden flattern. Als Nächstes schwangen sich ihre Hüften aufreizend aus Shorts und Slip. Splitternackt trat Ragna bis auf einen Schritt an den ebenfalls unbekleideten Paul heran und fabrizierte einen unschuldigen Augenaufschlag.
»Soll ich dir jetzt eine knallen?«
Pauls Kehle war trocken. »Schätze, das wäre es wert«, krächzte er heiser.
Ragna lächelte fein. »Hormonell total von der Rolle. Also ehrlich, Coolman. Obwohl …«, sie senkte ihren Blick und fixierte eine Stelle südlich von Pauls Bauchnabel, »so cool bist du ja zum Glück gar nicht.«
Plötzlich wandte sich Ragna ab, fuhr blitzschnell in trockene Shorts, streifte ein frisches T-Shirt über ihren Astralleib und tänzelte beschwingt von dannen. Paul stand verdattert da und sah an sich herab.
Stimmte auffallend.
So cool war er gar nicht.

Es plätscherte. Paul blinzelte schläfrig in die Sonne, hob den Kopf, blickte nach vorn und fokussierte seine Pupillen auf ein ewig langes, wohlgeformtes, sanft gebräuntes Frauenbein. Es hing nach außenbords, der dazugehörige Fuß zog eine silbrige Schneise durchs Wasser und sorgte für das Geräusch, welches Paul aus seinem Dämmerzustand gerissen hatte. Dann hob Isabel den Fuß wieder aus dem Nass und streckte ihr Bein lang auf der Reling aus. Auch dort machte es sich ausgesprochen gut, fand Paul.

Die drei Kanus trieben nebeneinander, geschoben vom Strom. Sie hatten es sich darin auf ihren Sitzbänken mit Hilfe diverser Polster aus Gepäckstücken, Decken und gefalteter Schwimmwesten so bequem wie möglich gemacht. Paul lag mehr, als dass er saß. Über dem Fluss lastete schwere Sommerhitze. Die Weser verlief hier wie ein gewundenes Flatterband zwischen den steilen Buntsandsteinhängen des Bram- und des Reinhardswaldes. Gelegentlich vernahm man die quakende Beschwerde einer aufgescheuchten Ente oder andere Vogelstimmen. Einmal röhrte in einiger Entfernung eine Landmaschine. Das war es auch schon. Hier und jetzt fühlte sich Paul frei von allen Sorgen und Verpflichtungen. Er staunte selbst, wie leicht das war und wie schnell das ging. Am liebsten würde er diesen Moment einfrieren, fuhr es ihm durch den Sinn – leider wäre die perfekte Sekunde vermutlich auch bei Kühlung nur begrenzt haltbar. Bei der heutigen Hitze sowieso.

Frieden. Ruhe. Entspannung. Kilometerweit, stundenlang.

Und wenn doch mal ein paar Häuser am Ufer auftauchten, dann sahen die aus wie vorhin, als ihre Kanus ein dörfliches Fachwerkensemble passierten – Vaake hieß der Ort, erinnerte sich Paul. Eine Uferfront wie aus dem Bilderbuch, urig, gemütlich, aus der Zeit gefallen. Nicht von dieser Welt. Jedenfalls, wenn man als Maßstab für Zeit und Welt das großstädtische

Lebensumfeld setzte, welches Paul gewohnt war. Eigentlich eine überhebliche, selbstherrliche Perspektive, dachte er. Einfach so selbstverständlich anzunehmen, nur dort, wo man selbst lebt, ticke die Normaluhr. Vielleicht ticken die Uhren genau hier richtig, und ich bin es, der aus der Zeit gefallen und nicht von dieser Welt ist.

Leise, ohne mit der Verpackung zu knistern, zog Paul einen Keks aus der geöffneten Rolle, die neben ihm im Boot lag. Sie waren hinter dem Anleger der Seilfähre Hemeln-Veckerhagen für eine kurze Pause angelandet, hatten ihre Futtervorräte aufgefrischt und Kaffee getrunken. Das war ein Weilchen her, Paul verspürte längst wieder Hunger.

Na gut, Hunger war übertrieben. Appetit vielleicht. Naschlust. Dann erschien vor seinem geistigen Auge das Bild der nackten Ragna. Zierlich, rank, wohlproportioniert. Die Gedankenkamera zog hoch auf Totale und umfing nun die komplette Ansicht: die zierliche, wohlproportionierte, nackte Ragna – gegenüber er selbst, ebenfalls nackt. Eine wahrlich ernüchternde Perspektive, erkannte Paul und knipste umgehend sein Kopfkino aus. Außerdem schob er den Keks konsequent in die Rolle zurück. Es knisterte vernehmlich.

»Isst du schon wieder einen?«, erkundigte sich Ragna süffisant aus dem Nachbarboot. Ohren wie ein Luchs, verdammt. Paul nahm die Keksrolle und warf sie Ragna vor den Latz.

»Danke, Pauli«, grinste sie nur und reichte die Rolle an Sebastian weiter.

»Danke, Pauli«, wiederholte der gelassen und bediente sich.

Paul sagte nichts, sondern nahm einen Schluck aus seiner Wasserflasche. Vor ihm döste Pelle auf seiner längst wieder trockenen Hundedecke. Im Bug lag Isabel, eine Galionsfigur der besonders ansehnlichen Art: beide Beine langgestreckt auf dem Süllrand, das Top bis zum Brustansatz heraufgeschoben, ließ sie sich die Sonne auf den schönen Leib bratzen. Prima Aussicht, dachte Paul und fing einen Blick Sebastians auf, der in dieselbe Richtung ging und Ähnliches zu besagen schien. Als Nächstes fiel ihm auf, dass die Sonne gar nicht mehr ungebremst schien. Ein paar Dunstschleier webten Schatten. Auch ganz angenehm, das weckte die Lebensgeister.

»Wie sieht's aus, Leute – wollen wir wieder die Paddel schwingen?«

Allgemeines Gähnen und Gliederstrecken, dann rafften sich allmählich alle auf und bezogen ihre Positionen. Sogar Pelle erhob sich schweifwedelnd von seiner Decke und hechelte freundlich. Ihm schien es im Kanu zu gefallen. Hätte deutlich schlechter mit dem Hund laufen können, fand Paul und beschloss, nachher mal eine freundliche SMS an Frau Böhnke zu senden.

Die Kanus nahmen Fahrt auf. Heute wirkte ihre Paddelarbeit schon deutlich eingespielter, obwohl sie nicht in den gleichen Teams fuhren wie gestern. Paul wunderte es ein wenig, warum Merle darauf bestanden hatte, mit Jens zusammen im Boot zu sitzen. Sie wandte sich kaum zum Langen um, miteinander gesprochen hatten die beiden heute auch noch nicht viel. Ob Merle bloß vermeiden wollte, wieder mit Paul ein Paddelteam zu bilden? Das konnte er sich eigentlich nicht vorstellen, es gab zwischen ihnen keine Reibereien. Außerdem war Merle immer noch völlig verrückt nach Pelle, und der reiste bei Paul mit im Kanu. Versteh einer die Frauen, seufzte Paul innerlich und konzentrierte sich lieber wieder auf die Landschaft. Da gab es genug zu entdecken.

Langsam zog sie der Fluss an wechselnden Panoramen vorbei. Eine Burgruine krönte den Steilhang des Bramwalds. Bald darauf schimmerte der Doppelturm einer trutzigen Abteikirche durch die Uferböschung. Kloster Bursfelde, las Sebastian auf seiner Landkarte und verkündete das auch gleich den Gefährten.

»Pssst – sei bitte leise«, stoppte Merle diese Ausführungen. Überrascht tat Sebastian ihr den Gefallen. Merle schaute eine Weile in sich versunken und stumm übers Wasser zum Kloster hinüber – bis irgendwo auf einer fernen Straße ein Moped vorüberknatterte.
Merle schreckte auf wie aus einem Traum. Dann erklärte sie beglückt: »Das war irre. Bevor das Moped kam, hat man nur Naturgeräusche gehört und Bauten gesehen, die schon seit Ewigkeiten hier stehen. Als wären wir an einem Tag vor fünfhundert Jahren unterwegs!«
»Zeitreise«, lächelte Paul.
»Ach nee«, versetzte Ragna trocken. »Noch mal Abitur machen, nein danke.«
Isabel kicherte vor sich hin. »Du hast wirklich schräge Gedanken, Merle …«
»Was ist daran schräg? Sciencefiction finde ich spitze«, ließ sich Jens plötzlich vernehmen. »Wissenschaft muss Grenzen verschieben. In dieser Hinsicht stellen Zeitreisen eine echte Herausforderung dar!«
Merle wandte sich zum Langen um und schenkte ihm ein warmes Lächeln, in dem man das brechende Eis förmlich knistern hörte. »Danke! Dann magst du bestimmt auch so gerne Filme darüber gucken wie ich?«
Während sie weiterpaddelten, monologisierte Jens über Wanderer zwischen den Welten und erfreute Merle mit den Inhaltsangaben sämtlicher Kinofilme, die er zu diesem Thema gesehen hatte. Der schieren Menge nach zu urteilen, musste er sich auch noch die abseitigsten Streifen dieses Genres reingezogen haben, schmunzelte Paul innerlich. Da hatte Merle ein Fass geöffnet. Eine halbe Stunde später war der Lange immer noch am Schwadronieren.
»Oft wird der Zeitsprung durch ein Unwetter ausgelöst«, be-

lehrte er gerade sein Publikum. »Paradebeispiel: Der Film *Der letzte Countdown,* Regie: Don Taylor.«
»Ha, den hab ich auch gesehen«, funkte Sebastian dazwischen. »Ist mit Martin Sheen und Kirk Douglas!«
»Und mit dem Flugzeugträger!«, ergänzte Merle enthusiastisch.
Jens nickte. »Genau. Der Flugzeugträger USS *Nimitz* ist im Jahr 1981 im Pazifik unterwegs, in der Nähe von Pearl Harbor. Plötzlich zieht sich über den Himmel eine riesige, schwarze Wolkenwand …«
»So wie die da vorne?«, unterbrach Paul.
Seine Gefährten hoben überrascht die Köpfe. Ihre Paddelschläge stockten wie auf Kommando. »Heilige Scheiße«, ließ sich Ragna vernehmen, allen anderen verschlug es sekundenlang die Sprache. Während sich hinter ihnen noch ein überwiegend heiterer Himmel spannte, hatten sich über ihnen bereits dichtere Wolken zusammengezogen. Direkt vor ihnen sah es dagegen völlig gruselig aus: Fette, finstere Wolkenberge quollen über einen Höhenzug hinunter ins Wesertal und verdunkelten den Horizont. Paul sah, wie Jens bei diesem Anblick schluckte, und hörte ihn murmeln: »Wenn wir da reinfahren, kommen wir wahrscheinlich 1950 wieder raus.«
»Sag nicht so was«, bettelte Merle. »Das macht mir Angst!«
»Wenn wir da nicht reinfahren, kommt es her«, stellte Isabel fest. »Es zieht in unsere Richtung.«
»Wir sind doch eben an einem Campingplatz vorbeigekommen. Vielleicht sollten wir da raus«, schlug Ragna vor, doch Paul schüttelte den Kopf.
»Das schaffen wir nicht gegen den Strom. Schon gar nicht rechtzeitig. Basti, was sagt die Karte? Kommt bald was, oder müssen wir unter die Bäume kriechen?«
Sebastian studierte fieberhaft die Tourenkarte. »Oedelsheim.

Ungefähr zwei Kilometer. Da gibt's eine Seilfähre. Und ein Gasthaus. Rechtes Ufer.«

»Ab die Post«, sagte Paul nur – und die Post ging ab. Ihre Paddel hackten im Gleichtakt ins Wasser, jeder gab, was zu geben war. Paul fühlte, wie sich sein Puls beschleunigte und pochte, wie seine Arme allmählich erlahmten und sein Atem jeden Paddelzug keuchend begleitete.

Dann hob er den Kopf und sah, wie vor ihnen eine Wand aus Wasser den Fluss aufpeitschte.

15

Es war, als würde man plötzlich unter einen gewaltigen Wasserfall treten.
Die Regenkante verlief quer durch den Fluss, wie an der Schnur gezogen. Während Paul gerade noch im Trockenen saß, bohrte sich der Bug seines Kanus ins Nasse. Er sah, wie sich Isabels Schultern plötzlich nach oben zogen, wie sich von einem Augenblick zum anderen die Farbe ihres blütenweißen Tops in nasses Grau verwandelte. Einen Sekundenbruchteil später erwischte der Schwall von oben auch Paul. Das waren keine Regentropfen, das waren Strahlen. Während Pelle versuchte, zumindest den Kopf unter Pauls Sitzbank in Deckung zu bringen, versuchte Paul irgendetwas voraus oder wenigstens am Ufer zu sichten. Eine Ewigkeit lang, die vielleicht nur eine halbe Minute währte, gelang es ihm kaum, das Ufer überhaupt zu erkennen. Es war beinahe nicht mehr zu unterscheiden, ob sie sich noch über oder bereits unter Wasser befanden.
Dann endlich lichtete sich der Wasservorhang, der Regen schrumpfte auf Normalmaß. Gerade noch rechtzeitig: Rechts von ihnen sah Paul jetzt Häuser, dann den Anleger der Seilfähre. Beinahe wären sie daran vorbeigejagt.
»Rechts raus!«, rief Paul Isabel und den anderen zu. Alle drei Kanus nahmen Kurs auf den Anleger, der frei vor ihnen lag – der Fährprahm war glücklicherweise am gegenüberliegenden Ufer befestigt. So lag die Rampe frei, und Paul trieb das Kanu ohne Rücksicht auf Schrammen auf die Schräge. Isabel hüpfte flink aus dem Boot, packte die Bugleine und zog es ein Stück weiter aus dem Fluss, bis sich Paul auf festen Boden kantete

und mit anpackte. Danach gingen sie den anderen zur Hand, die mittlerweile ebenfalls anlandeten.

»Los, rüber zum Gasthaus!«, schrie Paul durch den Regen.

»Was ist mit unserem Gepäck?«, rief Ragna unschlüssig zurück.

»Hierlassen! Bis auf die Wertsachen.« Paul zog die kleine Tonne mit den Handys aus dem Kanu. Sebastian trug den Behälter mit den übrigen Wertgegenständen bereits in der Hand. Dann liefen alle, Pelle voran, geduckt unterm permanenten Regenbeschuss, die Rampe hinauf. Fast alle, bemerkte Isabel, als sie sich nach Ragna umsah. Die hockte neben dem Kanu, nestelte an ihrer roten Reisetasche herum, zog etwas heraus, steckte es in den Hosenbund ihrer Shorts und verbarg es hinter dem hängenden Saum ihres klatschnassen T-Shirts. Die Plastiktüte, die sie von Merle bekommen hat, erkannte Isabel. Zum wasserdichten Päckchen zusammengefaltet. Und darin steckt vermutlich ihre Papiertüte, die wiederum prall gefüllt ist mit irgendwas. Mit irgendetwas, das Ragna dermaßen wichtig ist, dass sie es nicht unbewacht liegen lässt.

Isabel verlangsamte ihren Laufschritt und wartete, bis Ragna heranhetzte und zu ihr aufschloss. »Was war denn noch?«, fragte Isabel neugierig. Ragna schüttelte nur den Kopf. »Nichts. Los, ins Trockene!«

Sie liefen über eine Terrasse, vorbei an verwaisten Tischen, Stühlen und zusammengeklappten Sonnenschirmen. Die anderen standen bereits regengeschützt in einem überdachten Windfang, im Gespräch mit einem sympathisch lächelnden Kellner, der ihnen trotz allen bekundeten Mitleids bedauernd den Zutritt verwehrte.

»Wir haben drinnen nur Teppichböden und Polsterstühle, das trocknet stundenlang nicht«, erklärte er.

»Wir trocknen garantiert auch stundenlang nicht«, stöhnte

Merle und wrang demonstrativ einen Zipfel ihrer quietschbunten Schlabberbluse aus. Sie molk einen kapitalen Wasserstrahl, der sich auf der Fußmatte als Kleingewässer sammelte. Zum Glück ein genopptes Gummiteil, dachte Paul und lenkte den Kellner rasch mit einem Vorschlag vom unerfreulichen Anblick der Pfütze ab.

»Ich nehme an, auf der Terrasse wären wir willkommen?«

»Es wäre mir eine Ehre«, erklärte sich der Kellner kompromissbereit. »Nass sind Sie ja ohnehin schon …«

Paul blickte prüfend ins Freie. Der Regen ließ allmählich nach, der Himmel klarte sich langsam auf. »Vielleicht erbarmen Sie sich dazu, zwei Sonnenschirme aufzukurbeln. Die schieben wir zusammen, zwei Tische drunter, und dann schauen wir mal, was Ihre Küche hergibt.«

»Gerne!«

Der Kellner bewaffnete sich mit einem Regenschirm und begleitete die Durchnässten nach draußen, wo es sich schnell zeigte, dass die Sonnenschirme auch als Regenschutz taugten. Zumal es alsbald nur noch tröpfelte. Warm genug war es sowieso, selbst nach dem Unwetter. Die Sonne brach schon wieder durch die Wolken und verwandelte Wasserlachen in Dampfschwaden. Während sich Pelle das Fell schüttelte und sich dann unter Pauls Tisch verzog, verteilte der freundliche Kellner Speisekarten und nahm die Bestellungen entgegen.

»Ist es denn für uns wenigstens möglich, die Toiletten zu benutzen?«, erkundigte sich Ragna und setzte launig hinzu: »Oder sind die Brillen auch gepolstert?«

Der Kellner lachte. »Nein, kein Problem. Zu den Toiletten kommen Sie gleich hinter dem Eingang nach links, der Flur dorthin ist gefliest. Absolut wasserfest.«

»Dann gehe ich gleich«, verabschiedete sich Merle. Ragna und Isabel schlossen sich an.

»Dass sich Mädchen immer nur im Rudel zum Klo trauen«, wunderte sich Paul, als die drei im Gebäude verschwanden.
»Die wollen eben auch mal in Ruhe über uns reden«, vermutete Sebastian.
Jens wischte verlegen ein paar Wassertropfen von der Armlehne seines Stuhls. »Meinst du?«
Paul musterte den Langen prüfend. »Hört sich an, als hättest du damit ein Problem?«
Jens zuckte gequält mit den Achseln. »Ich kann ohne weiteres jeden Motor auseinandernehmen und wieder zusammensetzen. Aber ich weiß nie, was Frauen denken.«
Sebastian lächelte mild. »Da bist du nicht der Einzige. Es gibt einen schönen Ausspruch von Peter Ustinov.«
»Dem Schauspieler?«
Sebastian nickte.
»Und? Was hat der gesagt?«
»Frauen sind so unberechenbar, dass man sich nicht einmal auf das Gegenteil dessen verlassen kann, was sie sagen.«
Paul lachte laut auf. »Das ist mal eine Aussage …«
»Viel mehr als das«, erklärte Sebastian gewichtig. »Das ist ein Naturgesetz.«

»Wir gehen breitbeinig wie Cowboys nach drei Wochen Viehtrieb«, stellte Isabel fest, als sie über den langen Flur schlurften und dabei deutliche Wasserspuren hinterließen. »Alles nass, sogar die Unterhose. Bei euch auch?«
»Schlimmer als vor einem Date mit George Clooney«, behauptete Ragna anzüglich. Isabel kicherte.
»Vielleicht hätten wir uns Wechselklamotten aus den Kanus holen sollen«, meinte Merle, die den Witz anscheinend gar nicht verstand. »Vielleicht sollten wir das jetzt noch machen …«
»Zwecklos«, erwiderte Ragna. »Das ganze Gepäck steht im

Wasser, die Boote sind vollgelaufen wie Badewannen. In meiner Sporttasche ist auch alles nass.«
Stimmt, fiel Isabel ein – das hatte Ragna ja feststellen können, als sie vorhin ihre ominöse Plastiktüte mitnahm. Das längliche Päckchen steckte immer noch in Ragnas Hosenbund. Unter dem darüber hängenden, durchweichten Shirt zeichnete es sich deutlich ab. Im Gehen tippte Isabel mit dem Finger darauf.
»Pass auf, dass dir das gleich nicht ins Klo fällt.«
Ragna legte unwillkürlich die Hand schützend über das verborgene Gut.
»Liebesbriefe?«, bohrte Isabel nach. »Bei solcher Wertschätzung muss der Typ ja mindestens so heiß sein wie George Clooney …«
Ragna stieß die Tür zur Damentoilette deutlich derber auf als nötig. »Frag nicht.«
»Und wenn doch?«
Ragna fuhr angriffslustig zu Isabel herum. »Ich fand dich fast schon sympathisch. Hoffentlich bleibt's dabei!« Sie wandte sich abrupt ab, verschwand in einer der Toilettenkabinen und knallte die Tür zu.
»Hängt nicht bloß von mir ab, Ragna!«, schickte Isabel ihr giftig hinterher und verschloss sich ihrerseits in einer Kabine.
Dass die sich immer in die Wolle kriegen, dachte Merle traurig. Immer und immer wieder streiten die sich. Und meistens wegen nichts. Merle fand das bedrückend. Sie versuchte grundsätzlich, in jeder Situation und in allen Menschen nur das Gute zu sehen. Aber Isabel und Ragna schafften es wirklich aus dem Stand, einen runterzuziehen und die Stimmung auf den Nullpunkt zu senken.
Merle bezog die nächste freie Kabine und zog sich ihre alten, ausgefransten Shorts und den Slip herunter – ein mühsames Unterfangen, die feuchten Lappen abzustreifen. Dann war es

geschafft, und erleichtert seufzend ließ sie sich auf die Klobrille sinken. Dort verblieb sie allerdings keine Sekunde. Ihr Allerwertester war so regennass, dass sie über die Kunststoffoberfläche der Brille sauste wie ein Stück Schmierseife mit Rückenwind. Ein vernehmliches Aufklatschen, und Merle fand sich mit blankem Hintern auf dem Kachelboden wieder.

»Merle?«, hörte sie Isabel rufen.

»Ist dir was passiert?«, scholl es nun auch besorgt aus Ragnas Kabine.

»Nichts, schon gut«, erwiderte Merle, rappelte sich auf und setzte sich auf die Toilette – diesmal langsam und vorsichtig. Sie fühlte sich miserabel. Ihr Hintern tat auch weh. Gibt bestimmt einen blauen Fleck, dachte sie. Nebenan betätigte man die Spülung, dann rauschte noch eine. Türen öffneten sich, Merle hörte, wie sich Isabel und Ragna die Hände wuschen.

»Alles in Ordnung, Merle?«, ließ sich Isabel nochmals vernehmen. »Wir gehen schon, okay?«

»Ja ja«, gab Merle zurück.

Ihre Reisegefährtinnen verließen den Raum. Lediglich das Gebläse des Händetrockners röhrte noch vor sich hin. Merle stützte die Ellenbogen auf ihren Oberschenkeln ab und vergrub das Gesicht in den Händen. Streit, Spannungen und Unfrieden vertrug sie einfach nicht. Dergleichen zog ihr den Stecker und beraubte sie augenblicklich aller Energie. Konflikte hielt sie nicht aus, das war immer schon ihr Problem gewesen. Eines meiner Probleme, verbesserte sich Merle. Mit der Einzahl kam sie leider nicht aus, wenn sie ihre persönliche Mängelliste durchging. Leichtgläubigkeit stünde ebenfalls in der Aufzählung ihrer Konstruktionsfehler, ziemlich weit oben sogar. Sie erkannte nie den doppelten Boden, wenn Leute ihr etwas sagten. Sie nahm alles für bare Münze. So, wie in Hannoversch Münden auf dem Campingplatz, als sie Sebastian von ihrem verspannten Rücken

erzählt hatte. Basti hatte Merle sofort angeboten, sie zu massieren, und sogar eine Sportsalbe hervorgezaubert, mit der er sie einreiben wollte. Doch kaum hatte sie sich im Zelt hingelegt und den Oberkörper freigemacht, fing er eifrig damit an, auf ihr herumzuknutschen, und war kaum abzuschütteln, bis der panische Pelle das Zelt zum Einsturz brachte und sie sich auf dem ganzen Campingplatz lächerlich gemacht hatte. Das, dachte Merle, ist mein nächstes Problem: Ich kann meistens gar nichts dafür und kassiere trotzdem immer die volle Breitseite.
Oft begriff sie wenigstens im Nachhinein, woran es lag, wenn mal wieder etwas komplett schiefgelaufen war. Ihr unschönes Erlebnis mit Jens in der vergangenen Nacht verstand Merle allerdings selbst jetzt noch nicht. Und das war auch ein Problem für sie.
Alles in allem, konstatierte Merle, fühlte sie sich nicht gut. Und das noch mit nassen Hosen – das war wirklich mies. Sie befühlte Shorts und Slip. Ekelhaft nass. Bei der Vorstellung, sich diese vollgesogenen Schwämme gleich wieder überziehen zu müssen, grauste es ihr. In diesem Moment schaltete sich der Händetrockner automatisch ab, Stille breitete sich aus.
Und das brachte Merle auf eine grandiose Idee, die schlagartig ihre Lebensgeister aktivierte.
Außer ihr befand sich niemand in der Damentoilette. Sicherheitshalber fragte Merle laut nach: »Hallo?«
Als eine Antwort mangels anderer Anwesender ausblieb, traute sie sich aus der Kabine – mit entblößtem Unterkörper, denn ihre Shorts und den Slip trug sie in der Hand. Merle trat vor den an der Wand befestigten Händetrockner und inspizierte das Gerät eingehend. An der Unterseite gab es eine Düse, aus der die Heißluft schoss, wenn man das Gerät aktivierte. Das geschah, indem man auf der Frontpartie einen dicken, vorstehenden Knopf eindrückte. Dann rödelte das Gebläse los.

Merle zog dem Trockner von unten ihren Slip über. Als Nächstes schaltete sie das Gerät ein. Prompt rauschte warme Luft ins Höschen. Merle kicherte begeistert. Die Art und Weise, wie sich die Düse im Schritt abzeichnete, war echt unanständig. Leider, stellte sie fest, lief der Trockner nicht besonders lange. Es klickte, der Startknopf sprang heraus und die Maschine stand still. Sie müsste also den Knopf andauernd aufs Neue niederdrücken, um das Gebläse in Betrieb zu halten. Dafür müsste sie davor stehen bleiben. Leider würde sie bei dem Lärm, den das Gerät verursachte, nicht hören können, wenn sich jemand über den Flur näherte und in die Toilette kam. Das wäre ihr dann doch ziemlich peinlich, wenn man sie mit blankem Hintern in dieser Situation ertappen würde, überlegte Merle.
Und dann verfiel sie auf die nächste Idee.
Merle streifte ihre nassen Shorts über den Slip. Nun war der Trockner nicht bloß seriös bekleidet, sondern das Bündchen der kurzen Hose zog sich stramm über die Gehäusefront. Zuerst saßen die Shorts noch recht locker und drohten unter dem permanenten Heißluftbeschuss abzustürzen. Keine Spur von Taille, so ein Trockner, dachte Merle. In Shorts erinnerte das Gerät im Aussehen jetzt enorm an »Bernd das Brot«. Sie platzierte das Bündchen genau über dem eingedrückten Startknopf, zog die im Saum eingearbeitete Kordel ordentlich stramm und verknotete sie. Diese Konstruktion verhinderte das Herausspringen des Startknopfs und zwang das Gerät zum Dauerbetrieb. Merle wartete ab – das Gebläse fauchte unermüdlich.
Es funktionierte.
Sie zog sich wieder in eine Toilettenkabine zurück, schloss deren Tür und nahm Platz. Zwei tolle Ideen auf einmal in die Tat umgesetzt, das konnte man schon als durchkonstruierten Plan bewerten. Sie wäre die Einzige, die in trockenen Hosen weiterpaddelte. Die anderen würden sich wundern. Merle räkelte sich

stolz auf der Klobrille zurecht. Auf der Suche nach der bequemsten Position lehnte sie sich an den Wasserkasten und schloss die Augen. Das Trocknergebläse röhrte friedlich vor sich hin. Merle fühlte sich plötzlich richtig gut.
Und dann döste sie ein.

Es schmeckte ihnen großartig.
Paul hatte sich heldenhaft gegen die Versuchung gestemmt, das XXL-Schnitzel aus der Karte zu bestellen, und sich stattdessen einen großen Salat mit gegrillten Putenstreifen geordert. Jens und Sebastian füllten sich mit Currywurst ab, aber zumindest der Lange kämpfte ja auch nicht mit Übergewicht. Ragna und Isabel, die etwas einsilbig vom Toilettengang zurückgekehrt waren, leisteten sich Pasta und sahen schon weitaus gnädiger aus.
Ja, es schmeckte großartig.
Außerdem schien wieder die Sonne. Gut, ihre Kleidung war noch nicht wirklich trocken, aber das konnte man aushalten. Von ihren Tischen auf der Terrasse aus ließ sich der Fluss überblicken. Am gegenüberliegenden Ufer breiteten sich Wiesen und Felder aus, dahinter stiegen die grünen Höhen des Reinhardswaldes an. Paul fühlte sich wohl wie seit langem nicht. Leider war sein Salat im Nu alle. Ein paar von den Putenstreifen hatte er unter dem Tisch an Pelle durchgereicht, was er nun bereute. Vielleicht gibt mir Merle ja noch ein paar von ihren Putenstreifen ab, dachte Paul. Die hatte den gleichen Salat bestellt, der Teller stand vor ihrem leeren Platz.
Jens vertilgte gerade andächtig sein letztes Stück Currywurst und sah dann ebenfalls zum verwaisten Stuhl hinüber. »Wo bleibt Merle denn?«, wunderte er sich laut.
»Trödelt herum«, erklärte Ragna lapidar und wickelte sich elegant ein paar Spaghetti um die Gabel. »Die tickt auf ihrem eigenen Level. Ist doch nichts Neues.«

»Sie weiß ja, wo wir sitzen«, fügte Isabel hinzu. »Und auf dem kurzen Weg vom Klo bis hierher könnte sich eigentlich nicht mal Merle verirren.«
»Dafür würde ich meine Hand nicht ins Feuer legen«, lachte Sebastian.
Jens schob seinen Stuhl zurück und erhob sich. »Ich gehe auch mal …«
»Zum Damenklo?«, spottete Ragna.
»Quatsch. Aber ich werde dort mal anklopfen. Oder durch die Tür nach Merle rufen.«
Jens stiefelte mit langen Schritten los. Merle ist wirklich merkwürdig, dachte er. Voller krauser Gedanken, abstrus im Handeln, planlos und ohne jede erkennbare Logik. Das überforderte ihn maßlos. Ich weiß nie, was Frauen denken, hatte er vorhin zu Paul und Basti gesagt – das stimmte auch. Vor allem stimmte es in Bezug auf Merle. Die verwirrt mich komplett und immer wieder, dachte Jens. Die schafft es, dass ich so blöde Sachen mache wie letzte Nacht. Obwohl, gestand Jens sich zerknirscht ein, sein Verhalten in erster und einziger Linie dämlich von ihm selbst gewesen war und er seiner einstigen Mitschülerin schwerlich die Schuld dafür zuweisen konnte. Merle war gleich eingeschlummert, nachdem sie sich im Zelt zur Ruhe gelegt hatten. Dann hatte sich Merle im Schlaf auf die Seite gerollt und ihr Gesicht war plötzlich nur noch ein paar Zentimeter von dem seinen entfernt gewesen. Die Nacht war hell genug, um auch im Zelt, vor allem aus der Nahdistanz, noch alle Einzelheiten zu erkennen. Merle war keine Schönheit, bei weitem nicht so attraktiv wie Ragna oder Isabel. Ihre Haarfarbe präsentierte sich so undefinierbar wie ihre Klamotten bunt. Ihre Figur war vom Model-Maß weit entfernt, aber trotzdem mehr als einen Blick wert – Jens erinnerte sich nur zu gut an das, was er von der Turmplattform aus gesehen hatte. Merles Blick vermittelte zu-

meist eine Mischung aus entwaffnender Offenheit und grenzenloser Naivität – das haute Jens regelmäßig um. Nun hielt Merle die Augen geschlossen, und ihr Mund – hübsche Lippen, stellte Jens fest – lächelte im Schlaf.
Ihre Lippen schienen immer näher zu kommen.
Bis Jens sie küsste.
Nur ein bisschen. Ganz sanft, weil er Merle nicht aufwecken wollte.
Das war leider schiefgegangen. Sie wachte auf, klebte ihm eine, und den Rest der Nacht wandten sie einander die Rücken zu, unter Wahrung größtmöglichen Abstandes zueinander.
Umso überraschender war es für Jens gewesen, dass Merle heute darauf bestanden hatte, ausgerechnet mit ihm zusammen im Boot zu sitzen. Das hatte ihn gefreut, auch wenn er ihre Beweggründe dafür nicht verstand.
Verwirrend.
Jens ging den langen Flur entlang zu den Toiletten. Vor der Damentoilette blieb er stehen. Er überlegte noch, ob er sich darauf beschränken sollte, anzuklopfen und von draußen nach Merle zu rufen, oder die Tür einen Spalt breit öffnen sollte – da ertönte hinter der Tür ein markerschütterndes Alarmpiepsen.
Und dann hörte er Merle um Hilfe schreien.

16

Ohne zu zögern, stieß Jens die Tür zur Damentoilette auf und eilte entschlossen hinein. Ihm bot sich ein Anblick, unvergesslich für die Ewigkeit: An der Wand illuminierte ein brennender Händetrockner die Szene, unerklärlicherweise mit den schwelenden Resten einer Hose bekleidet – vermutlich Merles Shorts, denn die stand mit freiem Unterkörper davor und schickte sich gerade an, den Brandherd mit dem Inhalt eines wassergefüllten Papierkorbs zu übergießen, während über ihr ein Feuermelder fiepte.

»Merle! Nein! Nicht!«

Zu spät.

Der Wasserschwall traf zischend auf Flammen, heißes Metall und verschmorte Elektronik. Ein Knall – und es herrschte verqualmte Dunkelheit. Nur der Feuermelder nervte unverdrossen weiter.

»Lebst du noch?«

Jens hörte Merle schluchzen und tastete sich zu ihr. Sie saß auf ihrer blanken Kehrseite, der Kurzschluss hatte sie offenbar umgehauen. Allerdings schien das mehr eine Folge des Schrecks zu sein, stellte Jens erleichtert fest, als Merle sich jetzt mit seiner Hilfe aufrappelte und hinaus auf den Flur führen ließ – wo dem herbeieilenden Kellner angesichts ihrer Erscheinung prompt der Feuerlöscher aus der Hand fiel.

»Das Bermudadreieck liegt anscheinend direkt in der hiesigen Damentoilette«, spekulierte Paul. »Erst verschwindet Merle, dann Jens …«

»Wir waren auch dort«, widersprach Ragna, »uns hat es verschmäht.«
»Ihr seid sogar für Allesfresser ungenießbar«, behauptete Sebastian.
»Zu welcher Spezies gehörst du denn, Basti?« Ragna lächelte kokett. »Du würdest uns doch ausgesprochen gern vernaschen, oder?«
Sebastian stieg die Schamröte ins Gesicht, was Ragna schmunzelnd registrierte. Isabel sah zum Eingang des Gasthauses hinüber und bemerkte unwillig. »Der Kellner lässt sich auch nicht mehr blicken. Ich möchte zahlen, wir müssen bald mal weiter und …«
Isabel stockte plötzlich der Atem, die anderen drei folgten ihrem Blick und staunten ebenfalls: Der Lange bot schon einen leicht verwegenen Anblick mit seiner kurzen Sporthose in Kombination mit freiem Oberkörper. Merles Outfit toppte das in puncto Verwegenheit jedoch mühelos. Sie trug zwei T-Shirts, ihr eigenes und das von Jens. Letzteres allerdings wie eine Pluderhose: Merles nackte Beine ragten auf Kniehöhe aus den kurzen Ärmeln, der Rest verhüllte sackartig ihren Unterleib und wurde von ihr im Saum beidhändig gerafft gehalten, um nicht dem Gesetz der Schwerkraft zu erliegen. Beim Näherkommen erwies sich diese »Hose« als nur unzureichend blickdicht. Dafür waren Merles Gesicht und Arme rußbeschmiert wie mit einem Tarnanstrich. Macht Sinn, dachte Paul – wer so herumläuft, sorgt besser dafür, unerkannt zu bleiben …
»Sagt nichts«, fand Ragna als Erste wieder zu Worten, als die beiden ihren Tisch erreichten. »Oder beantwortet vielleicht doch eine Frage: Schatzi, wo ist deine Hose geblieben? Und was, bitte schön, wird man erblicken, wenn man hier hineinguckt?«
Ragna beugte sich vor und streckte die Hand aus, als wolle sie

das Kragenloch von Merles improvisierter Shirt-Hose eingehender untersuchen. Merle sprang vor Schreck in heftiger Bewegung einen Satz zurück, was die Konstruktion beinahe zum Absturz brachte.

»Das … das ist … alles nicht so leicht zu erklären«, stotterte Jens.

Paul blickte unbestimmt ins Nirgendwo, um Fassung bemüht. »Zweifellos nicht.«

»Ich wollte doch bloß meine Hosen trocknen«, heulte Merle los. Und dann liefen die Tränen, während Pelle, um Trostspendung bemüht, an Merle hochzuspringen versuchte und dabei das Hosenshirt ins Rutschen brachte, bis Jens seine aufgelöste Reisegefährtin auf ihren Stuhl drückte und die weitere Berichterstattung übernahm.

Mittlerweile stellte sich auch der Kellner auf der Terrasse ein. Er wirkte längst nicht mehr so freundlich wie anfangs.

Durchaus nachvollziehbar, fand Paul.

»Ein zerstörter Händetrockner, eine kaputte Sicherung«, zählte der Kellner streng auf, als Jens seine Schilderung des Dramas abgeschlossen hatte. »Verrußte Wände. Überschwemmung vorm Waschbecken …«

»Wenn wir schon beim Addieren sind«, unterbrach Paul, freundlichst lächelnd, »für mich noch einen Cappuccino, bitte.«

»Sie kriegen hier gar nichts mehr!«, empörte sich der Kellner. »Außer, Sie kommen für den Schaden auf!«

»Ich kann das nicht«, schniefte Merle entsetzt. »Ihr wisst doch, ich hab mein Geld vergessen …«

»Keine Sorge, Kleines.« Isabel kramte bereits ihre Brieftasche aus der Plastiktonne, entnahm drei Fünfzigeuroscheine und schob sie dem Kellner über den Tisch. Der griff rasch zu, lamentierte aber weiter.

»Das wird kaum reichen. Wie gesagt, da sind Malerarbeiten und ein neuer Trockner fällig …«

»Guter Mann.« Wie Isabel das betonte und wie sie dabei ihr Kinn hob, war jedem Anwesenden sofort vollkommen bewusst, dass dieses Prädikat keine andere Interpretation erlaubte als: du nichtswürdiger Kretin. Unnachahmlich, belustigte sich Paul. Und ausgesprochen wirkungsvoll. Der Kellner jedenfalls verstummte auf der Stelle und musterte Isabel eingeschüchtert.

»Guter Mann. Dieses Geld begleicht lediglich unseren Verzehr sowie Ihre Unannehmlichkeiten. Sie erwarten wohl kaum, dass ich Ihnen auf Ihre bloße, laienhafte Vermutung hin eine phantastische Entschädigung auf den Tisch blättere, die jeglicher Expertise und der zweifellos erforderlichen Begutachtung durch Fachkräfte entbehrt.«

»Ja … nein … natürlich nicht«, stammelte der Kellner beeindruckt.

Isabel schenkte ihm ein herablassendes Lächeln. »Bitte lesen Sie. Hier ist mein Ausweis. Isabel Lornsen.« Sie zog ihren Personalausweis aus der Brieftasche und legte ihn auf die Tischplatte. Dann reichte sie dem Kellner eine Visitenkarte. »Und hier ist die Anschrift meiner Kanzlei. Lornsen, Thode & Karkhoff. Rechtsanwälte, sehen Sie? Lassen Sie die Maler antraben, ordern Sie einen neuen Händetrockner – und dann schicken Sie die Rechnung an diese Adresse. In Ordnung?«

»In Ordnung!« Der Kellner lächelte erfreut und wandte sich diensteifrig Paul zu. »Cappuccino, sehr wohl, kommt sofort.«

»Nein danke, lieber doch nicht«, wehrte Paul ab. »Wer weiß, ob hier nicht auch noch die Kaffeemaschine durchbrennt …«

Er erhob sich, schob den Stuhl zurück und gab so das Startsignal für seine Reisegefährten. Der Kellner fand zur routinierten Höflichkeit zurück und wünschte ihnen eine gute Weiterreise, während sie ihre Sachen aufnahmen und abmarschierten –

Merle immer noch mit beidhändigem Rettungsgriff am »Bündchen« der Improvisationshose, was ihr die befremdeten Blicke einer kleinen Gruppe Fahrradtouristen eintrug, die gerade ihre Drahtesel abgestellt hatten und an den Kanureisenden vorbei auf die Restaurantterrasse drangen. Die meisten dieser Radler trugen Helme und große Sonnenbrillen, und daher erkannte Isabel ihren Ehemann erst, als er schon fast vor ihr stand und Pelle neben ihr plötzlich gefährlich zu knurren begann.
Thorsten. Ihr Puls begann zu rasen.
Paul beugte sich rasch zu Pelle hinab und hakte ihm geistesgegenwärtig die Finger seiner Rechten ins Halsband. Der Hund beruhigte sich, und Paul wollte dem Radler eine entschuldigende Bemerkung zuwerfen, da drängte sich Isabel an seine freie Seite und hakte sich bei ihm unter.
»Fahren wir beide wieder zusammen, Paul?«
Paul wunderte sich über die zärtliche Geste, vor allem aber über Isabels Blick – die himmelt mich ja regelrecht an, dachte er, rätselte jedoch nicht lange über ihre Gründe, sondern genoss es einfach. Geärgert hatte er sich über Isa, weiß der Himmel, in seinem Leben schon oft genug. Er richtete sich auf, nutzte die Gunst der Stunde, löste seinen Arm aus dem Haken und legte ihn Isabel um die schlanke Taille.
»Na klar fahren wir zusammen, wir beide.«
Es geschah wie im Zeitraffer: Thorsten unternahm einen raschen Schritt auf das umschlungene Pärchen zu, was Pelle postwendend als Bedrohung einstufte und seinerseits lospreschen wollte – hätte ihn nicht der beherzte Zugriff Merles an seinem Halsband zurückgehalten. Diese Rettungsaktion rächte sich, indem die nunmehr frei schwebende Hemdhose abrutschte und ihr als Bodendecker um die Knie schlabberte. Es währte eine Sekunde staunender Sprachlosigkeit – dann erbebte die Restaurantterrasse im Donner allgemeinen Gelächters.

Wenigstens jetzt reagierte Paul schnell und krallte sich das Hundehalsband, bevor es Merle vor Schreck losließ, um ihre Blöße hektisch erneut mit dem T-Shirt zu bedecken. Mit hochrotem Kopf stürmte sie voran, gefolgt von ihren Reisegefährten – herunter von der Terrasse, weg vom Gelächter, hin zu den Kanus am Weserufer. Im Gehen warf Isabel rasch einen Blick zurück über die Schulter: Thorsten stand mit verschränkten Armen abseits der noch immer heiterkeitsgeschüttelten Radlergruppe und starrte ihr nach, obwohl sich das wegen seiner verspiegelten Sonnenbrillengläser nicht exakt einschätzen ließ. Aber wohin hätte er sonst starren sollen.

Isabel wandte sich ab und fing dabei einen abschätzenden Blick von Ragna ein. Die hatte Thorsten anscheinend auch erkannt, äußerte sich aber nicht dazu. Vorerst wenigstens.

Den Moment bestimmten ohnehin andere Dinge. Merle drängte auf schnellstmögliche Weiterfahrt, weil man sich immer noch im Blickfeld der schadenfrohen Meute auf der Restaurantterrasse befand. Isabel war ebenfalls darauf erpicht, möglichst rasch abzulegen. Doch zuvor mussten die Kanus alle komplett entladen, umgedreht und entwässert werden, was ein paar Minuten in Anspruch nahm. Dabei erwies sich Ragnas Einschätzung leider als zutreffend: Alles, was nicht wasserfest in Tonnen oder Plastik verpackt war, war eher mehr als weniger nass geworden.

»Ich denke, wir schmeißen erst mal wieder alles in die Boote, paddeln los und suchen uns eine sonnige, ruhige Stelle«, schlug Paul vor. »Und dann breiten wir den ganzen, nassen Kram zum Trocknen aus.«

»In sieben Kilometern gibt's schon den nächsten Ort mit Fähre. Lippoldsberg.« Sebastian studierte bereits die Landkarte.

»Nicht schon wieder«, murmelte Merle und griff dankbar nach einem großen und – vor allem – trockenen Handtuch, welches

Jens ihr reichte, damit sie es sich zusätzlich um die Hüften wickeln konnte und nicht länger bloß im zweckentfremdeten T-Shirt dastand. Jens' Sachen waren in seinem Plastik-Packsack natürlich alle knochentrocken geblieben.
»Ein Fähranleger wäre vermutlich kein besonders diskreter Platz, um die Klamotten zu trocknen«, warf Ragna ein. Isabel registrierte als Einzige, dass Ragna bei diesen Worten vielsagend zu ihr und dann zum noch immer reglos auf der Terrasse verharrenden Thorsten blickte.
»Weiß ich auch«, beantwortete Sebastian den Einwand. »Ich meine ja auch gar nicht, dass wir in Lippoldsberg anlegen müssen.« Er tippte mit dem Finger auf die Karte. »Hier, diese Stelle wäre ideal. Kleines Wäldchen am Feldrand – Schatten für uns, Sonne fürs nasse Zeug ...«
Jetzt beugte sich auch Paul über die Karte. »Dort, am rechten Ufer?«
»Genau. Die Bundesstraße verläuft am linken Ufer und liegt dort weit vom Fluss entfernt, weil sie die Weserschleife schneidet – schön ruhig also.«
Paul bestätigte das nickend. »Und der Weserradweg führt hier auch nicht direkt am Ufer entlang, dann nerven uns die Brüllaffen nicht gleich wieder!«
Isabel merkte auf. »Weserradweg?«
»Ein Klassiker für Radwanderer«, klärte Paul sie auf. »Fast fünfhundert Kilometer lang, geht von Hannoversch Münden bis Bremerhaven und in der Verlängerung noch weiter zur Elbmündung rüber nach Cuxhaven. Die Lachsäcke da oben«, Paul wies mit dem Daumen über die Schulter, ohne sich zur Restaurantterrasse umzudrehen, »sind garantiert auch auf dieser Route unterwegs.«
Isabel schluckte. »Dann bin ich sehr für diesen Lagerplatz abseits vom Weserradweg.«

»Sag ich doch. Diskretion ist Trumpf.« Ragna lächelte hintergründig, während Jens das letzte Gepäckstück zurück ins Boot pfefferte.
»Klar zum Ablegen!«
Paul legte Isabel wieder seinen Arm um die Taille und lachte sie offen an: »Wir beide wieder zusammen!«
»Ihr Turteltäubchen«, spottete Ragna, während Isabel nur unbestimmt lächelte und sich anschickte, zusammen mit Paul das Kanu ins Wasser zu ziehen. Als sie nach Paul und Pelle ins Boot stieg, riskierte sie einen schnellen Blick zurück zur Restaurantterrasse.
Thorsten stand immer noch dort.

Der Marienkäfer erklomm einen Grashalm, erkannte, dass ihn dieser Weg unweigerlich in die Sackgasse führen würde, und machte auf halbem Wege kehrt. Nach einer Kletterpartie über ein Löwenzahnblatt erreichte er eine massive Barriere aus Fleisch und Blut. Paul beobachtete träge, wie sich der kleine Krabbler auf die Hinterbeine stemmte, Männchen machte und mit den Vorderfüßen den Unterarm des leise schnarchenden Sebastian befühlte, der aus Käfersicht unbezwingbar aussehen mochte wie die Eigernordwand.
»Hier sind jede Menge Viecher unterwegs!«, beschwerte sich Ragna und schnippte sich eine Ameise vom Bauch.
»Dafür keine Radfahrer«, murmelte Merle. Und Isabel setzte verschlafen hinzu: »Ist es nicht herrlich?«
In der Tat, dachte Paul und sah zu, wie der Marienkäfer nun von der Armbesteigung Abstand nahm und stattdessen haarscharf an Pelles Schnauze vorbeimarschierte. Der Hund lagerte direkt unter dem Ast, über dem seine geliebte Decke zum Trocknen hing. Fürs Erste hatte sich Pelle einfach ins Gras gelegt – genau wie sie alle. Für Marienkäfer schien er sich nicht zu

interessieren, diesen hier ließ er jedenfalls unbehelligt von dannen ziehen.
Die Boote hatten sie weit hinter die Uferböschung gezogen und umgedreht gelagert, damit auch die letzten Wassertropfen ablaufen konnten. Der Platz erwies sich tatsächlich als gut gewählt: geschützt zwischen einem Wäldchen und einem Maisfeld gelegen und jenseits allen Lärms und Straßenverkehrs. Sie hatten sämtliche durchweichten Sachen am Rande des Felds in der Sonne ausgebreitet und sich selbst danebengelegt – Merle allerdings erst nach einem Abstecher in den Wald, wo sie sich mit einer halbwegs trockenen Ersatzshorts wieder seriös bekleidet hatte.
So dösten sie in den Nachmittag hinein. Paul hatte keine Ahnung, wie spät es sein mochte. Es interessierte ihn einfach nicht.
Der Marienkäfer prallte auf einen Feldstein, umging ihn in großem Bogen und stand schon vor dem nächsten Brocken, der ihm den Weg versperrte. Das überstieg sein Maß an Geduld offensichtlich – er breitete die Flügel aus und schwirrte davon.
Warum nicht gleich so, wenn man's doch kann, dachte Paul, reckte sich wohlig und setzte sich auf. »Eigentlich ist es hier genauso zeitlos wie vorhin an diesem Ort, an dem Merle das Gefühl hatte, einen Moment vor fünfhundert Jahren zu erleben. Wie hieß es noch …«
»Kloster Bursfelde«, vermeldete Sebastian prompt, ohne die Augen zu öffnen. Anscheinend schnarchte der auch im Wachzustand, registrierte Paul belustigt.
»Macht euch nicht darüber lustig«, ließ sich Merle jetzt vernehmen. Sie setzte sich ebenfalls auf und blinzelte in die Sonne. »Ich finde es großartig, dass es Plätze gibt, an denen sich nicht immer rasend schnell alles ändert.«
»Dann hättest du vielleicht Jens' T-Shirt als Hose anbehalten sollen«, lästerte Ragna. »An so einem Publikumsknüller sollte man eigentlich für die Ewigkeit festhalten!«

Anstelle einer patzigen Antwort seufzte Merle nur tief. Dann sagte sie: »Ich kann das leider nicht ungeschehen machen. Mir passieren solche Dinge eben …«

Ragna streckte den Arm aus und drückte kurz Merles Hand. »Entschuldige. Weiß ich ja. Mit mir geht bloß manchmal das Lästermaul durch. Das passiert mir leider auch immer wieder.«

»Wir wissen doch, wie wir sind«, beteiligte sich nun auch Jens an der Debatte. »Das kennen wir alles schon von früher: Merles unbeabsichtigte Chaos-Aktionen, Ragnas derbe Ansagen …«

»So derbe sind die gar nicht«, legte Ragna Einspruch ein.

»Sebastian sagt oft gar nichts und explodiert dann plötzlich«, fuhr der Lange unbeirrt fort. »Paul haut coole Sprüche raus, ohne Rücksicht auf Verluste. Isabel lässt nichts an sich heran …«

»Ach ja?«, beschwerte sich Isabel prompt. »Und du?«

Jens zuckte mit den Achseln. »Ich fühle mich auch wie immer.«

»Immer ein bisschen daneben?«, stichelte Ragna.

»Wenn du meinst. Könntest sogar recht haben.«

Jetzt riss es sogar Sebastian aus seinem Tagtraumzustand. »Weißt du eigentlich, was du damit behauptest? Unsere Schulzeit liegt fast fünfunddreißig Jahre zurück. Und du glaubst ernsthaft, wir wären alle im Wesen noch genauso wie damals? Gewagte These, Langer …«

»Vielleicht sind wir nur im Moment wieder so, weil wir erst jetzt wieder in dieser Konstellation auf einem Haufen sind«, erwog Paul bedächtig, was Ragna nur zu weiterem Spott anstachelte: »Und zwischendurch war unser normales Ich auf Urlaub?«

»Wenn ich dich richtig verstehe, Paul«, warf Isabel ein, »bist du der Meinung, wir hätten uns zwar alle verändert, erleiden aber gerade einen Pubertätsrückfall …«

»Dann wären wir ja doch auf Zeitreise«, unterbrach Merle begeistert.

»Du nicht«, stellte Sebastian gnadenlos fest. »Du bist, wie du bist – früher, jetzt und immerdar.«
Das traf Merle. Und nach allem, was sie heute schon verdauen musste, schluckte sie das nicht auch noch. »Kann nicht sein. Früher fand ich dich viel netter. Das wäre also schon mal eine Veränderung!«
»Touché«, feixte Ragna und klatschte dezent Beifall. Sebastian senkte den Kopf und sagte nichts dazu.
Isabel war offenbar noch nicht durch mit dem Thema. »Paul, du konntest mich früher nicht ausstehen. Dann ist das jetzt wieder so?«
»Keine Ahnung.« Paul grinste frech. »Wir sind ja noch unterwegs.«
»Ausgewichen, Coolman. Angst?«
»Altersweisheit.«
»Also doch kein Pubertätsrückfall«, triumphierte Isabel. »Deine These ist Blech, Paul Cullmann!«
»Du hättest auf jeden Fall Anwältin werden sollen, Isa«, schmunzelte Ragna.
»Ja, hätte ich vielleicht.« Isabel wurde schlagartig ernst.
»Was hast du eigentlich beruflich alles gemacht?«, fragte Merle neugierig. »Wo hast du studiert?«
Isabel zögerte ihre Antwort ein wenig hinaus. Dann sagte sie leise: »Ich habe nirgendwo studiert.«
»Was?«, staunte Merle. »Du hattest doch ein irre gutes Abiturzeugnis?«
»Vielleicht hatte ich einfach genug vom Lernen.«
»Da sagst du was«, bekräftigte Ragna, »mir ging es genauso. Ich bin gleich nach Abpfiff mit meiner damaligen Band auf Tournee gegangen. Drei freakige Hippie-Jungs, ein rostiger VW-Bus und ich. Da lernst du was fürs Leben, sage ich euch. Ersetzt voll und ganz jede Uni.«

»Hättest mir mal eine Postkarte schreiben können«, beschwerte sich Paul, nur halb im Spaß.
Ragna musterte ihn belustigt. »Ich hab dir in der Schule das Stricken beigebracht, damit du dich selbst warmhalten kannst, Coolman!«
»Wenn Ragna geht, bleiben gebrochene Herzen zurück«, bemerkte Isabel spitz, »das ist vielleicht doch etwas, das heute noch genauso gilt wie einst!«
»Na so was, du hast doch gar kein Psychologie-Studium«, ätzte Ragna.
Isabel lächelte überlegen. »Jemand versucht dich verzweifelt anzurufen, und du schmeißt dein Handy in den Fluss. Indizienbeweis für Liebeskummer.«
Ragna lächelte frech zurück. »Da spricht offenbar eine Expertin. Übrigens, was wird dein Mann sagen, wenn er die Rechnung für den abgefackelten Händetrockner bekommt?«
Darauf wusste Isabel keine Antwort. Umso schwerer lastete die Schuld ihrer verhängnisvollen Tat auf Merle. Kleinlaut erklärte sie: »Es tut mir so leid, Isa. Für euch alle tut mir das leid. Entschuldigt bitte …«
»Abhaken, ist nicht mehr zu ändern«, tröstete Paul und versuchte Merle wieder aufzuheitern. »Dafür gäbe es nur eine Chance, wenn man, wie Jens vor dem Unwetter gesagt hat, in eine Wolkenwand hineinfährt und in der Vergangenheit wieder herauskommt.«
Diese Vorstellung erhellte Merles Stimmung augenblicklich. »Das wäre so toll! Es gäbe einiges, was ich im zweiten Anlauf anders machen würde!«
»Ich auch«, ließ sich Sebastian mit ungewohnt leiser Stimme vernehmen. Als er die verwunderten Blicke seiner Reisegefährten registrierte, fuhr er stockend fort: »Nach dem Abi fing gleich das Verwaltungs-Fachstudium an. Im zweiten Semester

war ich schon mit Melanie zusammen. Unser Ältester kam noch vor meinem Examen zur Welt. Und so drehte sich das Hamsterrad immer weiter …«

»Und jetzt bist du über fünfzig, die Kinder sind aus dem Haus, und du findest deine Frau langweilig. Oder findet sie dich langweilig?« Ragna gähnte demonstrativ. »Hab ich irgendwie schon mal gehört, so was.«

Überraschenderweise fuhr Sebastian nach dieser unsensiblen Verbalgrätsche nicht aus der Haut, sondern nickte traurig. »Richtig. Das ist nicht sehr originell. Genau das ist das Problem.« Er blickte forschend in die Runde. »Als Paul und ich uns neulich zufällig wiedergetroffen haben, da haben wir uns an unseren Schuldirektor erinnert …«

»An den alten Dittmer?«, fragte Jens.

»Den alten Dittmer«, nickte Sebastian. »Wisst ihr noch, welchen Spruch er uns bei der Abiturzeugnisvergabe mitgegeben hat?«

»Keine Ahnung.«

»Dittmer sagte: Habt Mut zum Anderssein. Hatte ich auch vergessen. Aber vor ein paar Monaten, als ich … da fiel es mir jedenfalls plötzlich wieder ein.«

»Und seitdem wärst du gerne jemand anderes?«, fragte Paul.

»Nicht gleich ein komplett anderer Mensch«, winkte Sebastian ab. »Aber ich wünschte, ein paar Dinge wären anders gelaufen.«

»Zum Beispiel?«

»Na ja«, tastete sich Sebastian voran, »zum Beispiel wäre ich gerne mal auf Bali gewesen …«

»Da war ich«, vermeldete Isabel. »Zweimal. Wird überschätzt.«

»Sehr hilfreich, Herzchen«, prustete Ragna los. »Der Mann ist in der Krise, und du …«

»Ich sag, wie's ist«, verteidigte sich Isabel.

Merle gab sich einen Ruck, rückte an Sebastian heran und legte ihm mitleidig die Hand auf die Schulter. »Weißt du, Basti – Dittmer, der alte Schnacker, der hatte gut reden. Mut zum Anderssein, alles schön, ja ja. Ich weiß nicht besonders viel, aber das weiß ich: Wenn du wirklich ziemlich anders bist als die anderen, dann hast du es nicht leicht. Das weiß ich deshalb so genau, weil ich selbst leider immer ziemlich anders war als die anderen. Früher, jetzt und immerdar – wie du vorhin so trefflich festgestellt hast.«
Merle zog ihre Hand zurück und ging wieder auf Abstand. Bevor Sebastian auf ihr Bekenntnis eingehen konnte, befühlte Paul überrascht eine Stelle auf seinem licht gewordenem Haupt, wo ihn soeben etwas Feuchtes getroffen hatte. Dann richtete er den Blick gen Himmel.
»Ich unterbreche nur ungern eure lebensphilosophischen Betrachtungen«, verkündete er lässig. »Aber wie es aussieht, können wir gleich wieder die Theorie testen, ob uns ein Unwetter in die Vergangenheit beamt!«

17

Der Horizont drohte wieder mit unmittelbar bevorstehendem Weltuntergang. Die ersten Regentropfen, die Paul aufgeschreckt hatten, versiegten zwar gleich wieder – aber das würde nicht so bleiben. Die antreibenden Wolkenberge wirkten kaum weniger dramatisch als die des vorigen Unwetters.

»So ein Mist«, jammerte Merle, »jetzt ist gerade alles trocken …«

Isabel raffte bereits Kleidung und Decken zusammen. »Macht ihr die Boote klar, Jungs?«

»Wenn das so weitergeht, brauchen wir eine Arche«, stöhnte Ragna.

»Warum bleiben wir nicht hier?«, warf Paul ein.

Jens nahm den Vorschlag sofort auf. »Genau. Wir haben doch die Zelte. In den Booten schaffen wir es garantiert wieder nicht, rechtzeitig irgendwo ins Trockene zu kommen.«

»Darf man das? Wild campen?«, zweifelte Isabel.

»Wer sollte etwas dagegen haben«, meinte Sebastian. »Morgen früh sind wir ja wieder weg.«

»Finde ich gut«, schloss sich Ragna an. »Zweimal nass an einem Tag reicht mir voll und ganz!«

»Dann los.«

Die hektische Betriebsamkeit erinnerte Paul an eine Formel-1-Boxengasse zur Reifenwechselzeit. Dass sie die Zelte bereits gestern auf- und heute Morgen wieder abgebaut hatten, erwies sich als durchaus segensreich. Sie schafften es sogar noch, das restliche Gepäck von den Kanus zu holen und in den Zelten unterzubringen, bevor die nächsten Regentropfen fielen.

Und die ließen nicht mehr nach.

»Jetzt ahne ich wenigstens, was du neulich gemeint hast«, dachte Paul laut.
»Womit gemeint?«
Sebastians Stimme war kaum zu vernehmen, so stark trommelte der Regen auf die Zeltplane. Außerdem hatte er sich in seinen Schlafsack zurückgezogen wie in ein Schneckenhaus, das dämpfte die Lautstärke zusätzlich. Auch Paul lag in seinem Schlafsack. Zum Schlafen war es zwar noch zu früh, aber was sollte man in einem derart kleinen Zelt sonst machen. Vielleicht hätte man noch im freien Raum unter der Außenplane hocken können, doch dort lagerte wieder Pelle auf seiner Decke, mit dem Kopf auf Pauls Fußende ruhend.
»Als du bei mir im Laden warst.« Mein Laden, dachte Paul. Daran hatte er heute kein einziges Mal gedacht – auch nicht an die damit verbundenen Existenzprobleme. Das erschien alles so weit weg … »Als du mir von deiner Idee erzählt hast, diese Tour anzuleiern. Da hast du behauptet, wir wären nie richtig fertig geworden. Hab ich nicht verstanden, damals.«
»Aber jetzt?«
»Was dich betrifft, schon. Du hast es uns ja eben erklärt: Du glaubst, du bist im Leben etwas zu kurz gekommen. Bist der Meinung, ohne, zum Beispiel, eine Reise nach Bali ist dein Leben nicht komplett …«
Sebastians Kopf schob sich aus dem Schlafsack wie das Haupt einer Schildkröte. »Es geht mir nicht bloß um eine Reise nach Bali!«
»Es geht dir um Frauen, richtig?«
Sebastian sog scharf die Luft ein, atmete langsam aus. »Du hast gut reden. Du bist deine ja los.«
»Wir reden von dir. Hat Melanie dich satt oder du sie?«
»Weder, noch.«
»Das kaufe ich dir nicht ab, Basti.«

»Und warum nicht, bitte schön?«
»Weil du keine Gelegenheit auslässt, schlüpfrige Sprüche anzubringen.« Paul versuchte, Sebastians Tonfall nachzuahmen. »Schlaf doch mit in meinem Bett, Ragna! Wollen wir zusammen duschen, Isabel?« Paul verfiel wieder in seine angestammte Stimmlage. »Und wie du vor Jens mit deiner Merle-Knutscherei geprahlt hast ...«
»Wieso geprahlt? Das war so!«
Paul schnaubte spöttisch. »Schon klar, Basti.«
»Ausgerechnet du machst einen auf Moralapostel«, fauchte Sebastian wütend zurück. »Was hast du denn heute nackt mit Ragna in den Büschen getrieben?«
»Ist da jemand neidisch?«, höhnte Paul. »Will da jemand vielleicht jetzt eine ganz genaue Beschreibung hören, wie Ragna so ohne alles aussieht?«
»Leck mich, Paul.«
Abrupt wandte sich Sebastian ab und zog sich wieder den Schlafsack bis über die Ohren. Paul reagierte darauf, indem auch er sich auf die Seite rollte und Sebastian den Rücken zuwandte.
»Das Vergnügen bereite ich dir garantiert nicht.«

Ragna kuschelte sich wohlig unter ihre Wolldecke. Die Decke stammte, wie ihre Isomatte, aus Sebastians Beständen. Für Isabel hatte er auch eine übrig gehabt. Fürsorglich war Basti wirklich, fand Ragna, auch wenn es etwas nervte, dass er immer gleich diesen lechzenden Blick draufhatte, sobald eine Frau nur ein bisschen weniger an Kleidung trug als eine Burka.
Der Regen ballerte im Stakkato auf die Zeltplane. Hört sich an wie ein Schlagzeugsolo, dachte Ragna. Schlagzeugsoli waren irgendwie auch völlig aus der Mode gekommen. Früher gab es kaum ein Rockkonzert, wo nicht irgendwann der Drummer mi-

nutenlang – manchmal locker für eine Viertelstunde – ohne jede Begleitung wie entfesselt auf seine Schießbude eindrosch. War für den Rest der Band immer eine prima Gelegenheit gewesen, durchzupusten und sich hinter der Bühne einen guten Schluck reinzupfeifen. Oder auch andere Sachen. Zum Glück waren harte Drogen nie eine Versuchung für Ragna gewesen. Schon gar nicht, nachdem sie miterleben musste, was aus manchen Kollegen wurde, die nicht die Finger davon lassen konnten. Von denen waren viele nicht mehr da.

Ich bin noch da, sagte sich Ragna und fühlte sich, von den Naturgewalten nur durch eine Zeltplane geschützt, ausgesprochen lebendig. Fast doppelt so alt wie Janis Joplin, Jimi Hendrix oder Jim Morrison zum Zeitpunkt ihres Ablebens – aber lebendig. Vielleicht ein wenig aus der Mode gekommen wie ein Schlagzeugsolo, aber immer noch dabei. Ragna lauschte dem Regen. Und ertappte sich beim Gedanken daran, wie schön sie es fände, wenn Achim jetzt hier bei ihr läge und das Trommelkonzert mithören würde. Besäße sie noch ihr Mobiltelefon, könnte sie ihn anrufen. Man müsste ja gar nicht miteinander sprechen, sie würde einfach nur das Gerät gegen die Zeltplane halten und die Musik würde sie verbinden, wie immer …

Reiß dich am Riemen, Ragna, ermahnte sie sich. Achim hetzt mir feige seinen Bluthund auf diesem ekligen Motorrad hinterher. Nicht bloß einen – gleich eine ganze Meute, sie sind zu dritt. Dass Achim dazu imstande war, bewies Ragna nur, wie richtig ihr spontaner Entschluss gewesen war, ihn zu verlassen und jegliche Kontaktaufnahme mit ihm zu vermeiden. Isabels Mann stellt seiner Frau immerhin noch persönlich nach und schickt keine Schergen aus, dachte Ragna bitter. Sie drehte sich unter ihrer Decke zu Isabel um, die ebenfalls noch wach lag.

»Wie heißt dein Mann eigentlich, Isa?«

»Thorsten.«

»Was hätte Thorsten gemacht, wenn er dich heute auf der Restaurantterrasse alleine erwischt hätte? Oder gestern in Hannoversch Münden?«

Unwillkürlich betastete Isabels Hand die Hautpartie um ihr rechtes Auge. Es tat nicht mehr weh, stellte sie dabei fest. »Wahrscheinlich hätte er mir eine gescheuert.«

»Nicht zum ersten Mal, was?«

Warum soll ich es nicht zugeben, dachte sich Isabel. Paul gegenüber habe ich es ja auch schon eingestanden. »Nein, nicht zum ersten Mal.«

»Gehst du zu ihm zurück, wenn diese Fahrt vorbei ist?«

Isabel kaute lange an einer Antwort. Schließlich gestand sie leise: »Ich weiß es nicht.«

Ragna atmete erschüttert durch. »Ich verstehe nicht, warum ausgerechnet eine Frau wie du bei so einem Kerl bleibt!«

»Was sollte denn ausgerechnet bei mir anders sein als bei allen anderen Frauen, die bei solchen Kerlen bleiben?«

»Du bist … ich meine, man muss dich ja nicht mögen, Bello – aber du bist doch überhaupt nicht der klassische Opfer-Typ. Du bist nicht blöd, hast ein flinkes Mundwerk und kannst dich zur Wehr setzen. Wie du vorhin den Kellner abserviert hast, als der mit seiner Schadenersatzforderung anrückte – oder neulich den Biergartenwirt in Höxter, das war großes Kino …«

»Die waren als Gegner intellektuell ziemlich leichtgewichtig. Und haben mir auch keine Schläge angedroht.«

»So einfach ist es also mit dir? Man haut dir was an die Backen, und dann machst du, was man will?«, lästerte Ragna. »Das muss ich mir merken.«

»Gewalt wirkt wohl auf jeden einschüchternd«, verteidigte sich Isabel hitzig. »Da bist du bestimmt auch keine Ausnahme!«

»Und wenn schon. Jedenfalls hätte ich mich nicht an Paul gehängt, um mich hinter ihm zu verstecken!«

»Ach ja? Was hättest du denn an meiner Stelle getan?«
Ragna saß plötzlich senkrecht auf der Isomatte, ihre Augen funkelten. »Hör mal gut zu: Ich sage, was ich will. Ich lebe, wie ich es will. Und wenn mich jemand schlägt, setzt es einen Tritt in die Weichteile!«
So, wie das aus ihr herauskommt, kann man es fast glauben, dachte Isabel. Beeindruckend, dieses Selbstbewusstsein. Auch ein wenig beängstigend, allerdings. »Das hört sich irgendwie nach Wildem Westen an …«
Ragna grinste gefährlich. »Mit mir wäre der Westen ein ganzes Stück wilder gewesen, glaube mir! Schätze, nur eine Sache hätte mir dort nicht gefallen, aber das ist hier und jetzt leider ganz genauso.«
»Das wäre?«
»Keine vernünftigen Toiletten. Ich muss mal für kleine Sängerinnen. Verdammt.« Ragna schälte sich seufzend aus ihrer Decke, krabbelte zum Zeltausgang und zog den Reißverschluss auf. »Wenigstens läuft die Wasserspülung«, verkündete sie mit Galgenhumor. »Bis gleich, Isa.«
Damit huschte Ragna aus dem Zelt. Isabel streckte sich auf ihrer Matte aus und versuchte, jeden Gedanken an Thorsten und an die Zeit ihrer Rückkehr von der Kanufahrt zu verdrängen. Es gelang ihr ganz gut. Im Verdrängen hatte sie es zu einiger Perfektion gebracht.
Ach was – im Verdrängen war sie Weltmeister.
Isabel konzentrierte ihre Gedanken aufs Hier und Jetzt. Hier ging es ihr gerade gut. Das Geräusch des fallenden Regens auf der Zeltplane empfand Isabel als ausgesprochen beruhigend. Fast wie Meditation. Zum Glück musste sie nicht hinaus in den Regen. Ragna ist bestimmt klatschnass, wenn sie wiederkommt, dachte Isabel. Das brachte sie auf die Idee, der Zeltgenossin ein Handtuch bereitzulegen – nicht ganz uneigennützig, denn wenn

Ragna erst selbst danach suchen und dabei alles im Zelt volltriefen würde, wären am Ende Isabels Sachen auch nass. Also kramte Isabel nach der kleinen Taschenlampe, die sie sich während der Shoppingtour in Hannoversch Münden zugelegt hatte, knipste Licht an und suchte ein Handtuch heraus. Als sie es am Fußende von Ragnas Schlafmatte ablegte, sah sie einen wohlbekannten Gegenstand, der ein kleines Stück weit unter der zurückgeschlagenen Wolldecke herausragte.
Die zusammengefaltete Plastiktüte. Dieselbe, um die Ragna ein so großes Geheimnis machte.
Sie nahm das Ding also sogar nachts mit in ihr Bett.
Isabel legte die Taschenlampe so auf die Matte, dass sie selbst im Dunkeln blieb. Eine reine Vorsichtsmaßnahme, damit der Lichtkegel nicht ihren Schattenriss in Überlebensgröße auf die Zeltplane zauberte. Das fehlte noch, dachte Isabel: Ragna sitzt mit heruntergelassenem Höschen im Wald und guckt mir wie im Schattenspieltheater dabei zu, wie ich ihre verdammte Tüte öffne.
Denn genau das würde Isabel jetzt tun.
Vorsichtig wickelte sie die Plastiktüte auf und langte hinein. Da war die prallgefüllte Papiertüte. Isabel lauschte angestrengt in die Nacht hinein. Der Regen prasselte immer noch, sie würde Ragnas Schritte kaum hören können.
Also: Beeilung.
Zugeklebt war die Papiertüte zum Glück nicht. Nur zugefaltet. Isabel schob den Falz zurück und fand … Geldscheine.
Eine Menge davon.
Es ging also nicht um Liebesbriefe. Solche Sentimentalitäten hätten Ragna auch nicht ähnlich gesehen. Wildwest-Ragna. Die durfte Isabel auf keinen Fall dabei erwischen, wie sie hier in ihrem Geheimnis wühlte. Isabel schob das Geld zurück in die Tüte. Bloß nicht das Papier einreißen, beschwor sie sich. Alles

genauso zurücklegen wie vorgefunden, damit Ragna keinen Verdacht schöpfte. Papiertüte in Plastiktüte legen, Plastiktüte herumwickeln. Ab unter Ragnas Wolldecke damit, ein Eckchen herausgucken lassen. Taschenlampe aus. Und selbst rasch zurück auf die eigene Schlafmatte …

Keinen Moment zu spät. Kaum lag Isabel unter ihrer Decke, drängte sich Ragna durch den Zelteingang. Triefend nass, wie vorausgesehen. Isabel tat so, als schliefe sie schon fast, und gähnte demonstrativ. »Hab dir ein Handtuch hingelegt.«

»Danke. Kann ich brauchen.«

Ragna zog ihr nasses T-Shirt aus und rubbelte sich trocken. Isabel verkroch sich unter ihrer Wolldecke und drehte Ragna den Rücken zu.

»Gute Nacht, Ragna.«

»Gute Nacht.«

Noch ein bisschen Gewühl, dann herrschte auch auf Ragnas Zeltseite Ruhe. Isabel hörte nur noch den Regen prasseln. Dafür jagten sich in ihrem Kopf die Gedanken. In Ragnas Tüte steckten Tausende Euro – sicher eine fünfstellige Summe, schätzte Isabel. Warum trug Ragna so viel Geld bei sich? Woher hatte sie es? Künstlern sagte man zwar grundsätzlich einen Hang zur Exzentrik nach, aber mit derart viel Bargeld begäbe sich wohl nicht einmal Elton John an Bord eines Kanus. Außerdem hatte Ragna durchblicken lassen, dass sich ihr beruflicher Erfolg in Grenzen hielt. Es handelte sich also kaum um die letzte Tagesgage. Und falls die Summe ihre Ersparnisse darstellten, wären die im heimischen Küchenschrank, versteckt zwischen Zuckerdose und Kaffeefilter, doch immer noch sicherer verwahrt als auf einer Flussfahrt mit Zelt und Kanu.

Isabel dachte daran, wie Ragna per SMS ihre Teilnahme an dieser Reise abgesagt hatte. Einen Tag später war sie plötzlich in Höxter aufgetaucht. Nur mit einer winzigen Reisetasche als Gepäck und kaum mehr Klamotten als das Zeug, was sie am Leib getragen hatte.

Und einer Tüte voller Bargeld.

Diese Fakten lassen eigentlich nur einen Schluss zu, dachte Isabel: Das Geld ist geklaut. Und Ragna ist auf der Flucht. Bleibt die Frage, was ich mit dieser Erkenntnis anfange.

Ragna direkt darauf ansprechen?

Wenn sie wirklich ein Verbrechen begangen hätte, würde sie es Isabel gegenüber nicht einfach so eingestehen. Falls sich Isabel in ihrer Vermutung täuschte und es eine ganz andere Erklärung für das Geld gab, stünde sie als üble Giftspritze da, die zudem noch heimlich die Habseligkeiten ihrer Zeltgenossin durchsuchte. Alternativ könnte Isabel ihren Verdacht auch den übrigen Reisegefährten mitteilen, aber das Risiko blieb in diesem Fall das gleiche: Sollte sie sich irren …

Am besten, sie sagte gar nichts. Zu niemandem.

Der Regen prasselte auf die Zeltplane. Ein ausgesprochen beruhigendes Geräusch, fand Isabel immer noch.

Wie Meditation. Man vergaß dabei alles andere.

Im Verdrängen war sie Weltmeister.

»Schläfst du schon, Jens?«

Jens schlief noch nicht. Wie hätte er einschlafen können, es gab kaum Platz dafür. Das lag nur bedingt an seiner Körperlänge und dem begrenzten Raum im Zelt. Es lag, unter anderem, daran, dass Jens seine Isomatte so weit wie möglich von Merles Schlafplatz entfernt ausgerollt hatte und darauf in seinem Schlafsack in unmittelbarer Tuchfühlung zur Innenzeltwand lag. Nicht sehr gemütlich, leider. Doch Jens wollte auf jeden Fall vermeiden, dass Merle sich von ihm bedrängt fühlte. Ihrerseits hatte sie den Wunsch nach räumlicher Trennung unmissverständlich deutlich gemacht, indem sie aus ihren diversen

Gepäcktüten zwischen sich und dem Zeltgenossen eine Art Wall errichtet hatte. Immerhin war Merle dazu bereit gewesen, wieder mit Jens das Zelt zu teilen. Aber vielleicht auch nur, weil keine andere Konstellation übrig blieb, nachdem sich die beiden anderen Teams wie selbstverständlich in gleicher Besetzung wie gestern zusammengefunden hatten und gemeinsam ihre Zelte aufbauten. Also schliefen Merle und Jens auch in dieser Nacht nebeneinander. Abgesehen davon, dass Jens keinen Schlaf fand.

Und, wie es aussah, Merle ebenfalls nicht.

»Nein, ich schlafe nicht«, antwortete Jens – gerade laut genug, um mit seinen Worten den Regen zu übertönen.

»Wieso liegst du denn ganz dort hinten? Du drückst ja gleich ein Loch in die Wand …«

Jens rollte in seinem Schlafsack herum. Die Nacht war finster, und die Zelte standen weit entfernt von jeglicher Kunstbeleuchtung. Man musste schon sehr genau hinsehen, um die Lage von Personen oder Gegenständen zu erkennen. Der Plastiktüten-Grenzwall zeichnete sich jedoch einigermaßen hell in der Dunkelheit ab. Am Kopfende unterbrach ein schwarzes Loch die Befestigung. In der Bresche bewegte sich etwas. Jens rückte seinen Kopf etwas näher heran und erkannte Merles Gesicht. Ein kleiner Glanz in ihren Augen verriet Jens, dass sie ihm direkt entgegenblickte.

»Ich wollte nicht, dass du … Angst vor mir haben musst«, gestand Jens zögerlich. Er hörte Merle leise lachen.

»Ich habe doch keine Angst vor dir. Hatte ich auch gestern nicht.«

»Es tut mir so leid wegen gestern Nacht, Merle. Ich schäme mich dafür.« Endlich war es heraus. Die Finsternis erleichtert einem solche Geständnisse, stellte Jens fest. Die Finsternis und der prasselnde Regen blendeten den Rest der Welt völlig aus.

Hier drinnen gab es nur zwei körperlose Stimmen, die sich unterhielten.
Nun gut, annähernd körperlos.
Ein wenig von Merle ließ sich trotzdem erkennen – ihre Augen, schemenhaft ihr Gesicht. Ihre Lippen hatte Jens letzte Nacht ja zur Genüge betrachtet. Und nicht vergessen. Ebenso wenig wie alles andere. Auf dieser Reise hatte er bereits eine Menge von Merle zu sehen bekommen …
»Man schämt sich für so manches«, bemerkte Merle leichthin. »Überhaupt, ich habe mich noch gar nicht für deine Hilfe bedankt. Dein T-Shirt hat mich gerettet. Sofern da noch etwas zu retten war, natürlich.«
»Es ist so was von irre, was für Ideen du immer hast, Merle«, platzte es aus Jens heraus. »Diesem Händetrockner deine Hosen anzuziehen – wie kommst du bloß auf so etwas?«
»Bin eben ziemlich anders als die anderen«, entgegnete Merle bitter. »Früher, jetzt und immerdar.«
»Die Grundidee war doch gut!«, tröstete Jens. »Bloß in der Ausführung nicht zu Ende gedacht.«
»So läuft das meistens mit meinen Ideen. Passiert nur mir, glaube ich.«
»Stimmt nicht!«, protestierte Jens eifrig. »Letzte Nacht ist es zum Beispiel mir passiert!«
»Bitte?«, fragte Merle verblüfft. »Meinst du damit etwa deinen … Überfall?«
»Ja.«
»Wie lässt sich das mit meiner peinlichen Panne vergleichen?«
Jens raffte all seinen Mut zusammen. »Die Grundidee war gut. Nur in der Ausführung nicht zu Ende gedacht.«
Gleich knallt sie mir wieder eine, dachte er und zog unwillkürlich die Schultern hoch. Stattdessen raschelte es am Grenzwall. Die Bresche vergrößerte sich, dann schob sich Merles Körper

herüber auf Jens' Seite. Ihr Gesicht kam dem seinigen plötzlich sehr nah.

Fast so nah wie gestern.

»Dann erkläre sie mir bitte noch einmal, deine Grundidee«, bat sie mit rauer Stimme.

Das tat Jens umgehend.

Sogar ohne Worte.

Isabel träumte, sie säße im Kanu. Im Schlaf vernahm sie das leichte Plätschern des träge dahinziehenden Flusses, erinnerte sich an das verspielte Rauschen des Windes im Uferschilf. Es war warm und angenehm still.

Abgesehen vom Plätschern.

Irgendeine Wahrnehmung störte Isabels Wohlbefinden, bohrte sich mehr und mehr in ihr Bewusstsein. Trotzdem hielt sie noch am Traum vom Kanufahren fest, zu schön fand sie es, so dahinzugleiten. Eine Hand über Bord zu halten, sie in den Strom zu tauchen und Wassertropfen aufzuwühlen, die in der Sonne glitzerten wie geschmolzenes Gold.

Isabels Hand arbeitete sich unwillkürlich unter der Wolldecke hervor und ertastete Nässe. Das brachte sie endgültig zurück ins Hier und Jetzt. Aufgeschreckt zog sie ihre Taschenlampe aus dem zusammengerollten Pullover, den sie als Kopfkissen benutzte, und machte Licht. Neben ihr richtete sich Ragna auf, verwirrt von der plötzlichen Helligkeit.

»Was ist?«

»Hier fließt ein Bach durchs Zelt!«

18

Alles schwamm.
Ihre Schlafmatten lagen im Nassen, das Gepäck stand in Pfützen, am Fußende plätscherte ein Bächlein. Ragna riss geistesgegenwärtig ihre Wolldecke hoch, die sich an einer unteren Ecke bereits mit Wasser vollsog. Isabel tat es ihr nach.
»Wo kommt das her, verdammt?«, wunderte sich Ragna. »Es regnet doch nicht einmal mehr!«
Stimmt, registrierte Isabel – es regnete nicht mehr. »Ich gehe raus«, verkündete sie und schob sich aus dem Zelt. Ihre Decke nahm sie vorsichtshalber mit, damit die wenigstens halbwegs trocken blieb. Ragna folgte ihrer Zeltgenossin auf dem Fuße. Auch sie rettete ihre Decke aus der Flut.
Draußen beleuchtete Isabel die Szenerie mit der Taschenlampe. Nun zeigte sich das Ausmaß der feuchten Bescherung: Ihr Zelt stand in einer kleinen Bodenrinne – so klein, dass sie ihnen beim Aufbau nicht weiter aufgefallen war. Aber zu dem Zeitpunkt war der Boden trocken gewesen. Jetzt hatte der starke Dauerregen diesen Ablauf gefüllt und schließlich auch das Zelt geflutet. Ein bisschen weiter links oder rechts aufgebaut, und nichts wäre passiert, erkannte Isabel – die beiden anderen Zelte standen gar nicht weit entfernt, aber immer noch sicher auf trockenem Grund.
»Und wo pennen wir jetzt?« Ragna betrachtete den Schaden kopfschüttelnd und immer noch ein wenig schlaftrunken.
»Wir bitten um Asyl.«
»Es passen keine vier Leute in ein Zelt.«
»Aber drei. Wir teilen uns auf.«

»Und wer geht wohin?«
Isabel antwortete so rasch, dass sie danach selbst nicht wusste, nach welchen Kriterien sie dabei eigentlich entschieden hatte. »Ich geh zu Paul.«
Als wolle sie Ragna von vornherein jede Gelegenheit zum Widerspruch nehmen, wandte sich Isabel ab und strebte dem Zelt entgegen, in dem Paul und Sebastian schliefen. Ragna sah ihr einen Moment lang unbewegt nach, zuckte dann mit den Achseln und nahm Kurs aufs Zelt von Merle und Jens.

Eine silberne Discokugel sprenkelte den Raum mit flirrenden Lichtern. Aus Lautsprecherboxen dröhnte *Dancing Queen.* Lennart sah gut aus in seinem Anzug, seine Tanzpartnerin trug ein fliederfarbenes Kleid. Pauls Vaterstolz wandelte sich in blankes Entsetzen, als sich unter den Tanzenden der Boden auftat. Augenblicklich mutierte das Parkett zum abgründigen Dekolleté einer wogenden Mutterbrust, in dem die Tanzenden versackten wie in einer Gletscherspalte. »Sie sind ja immer noch soooo klein, unsere Kinder!«, heulte Sinas Mutter mit raumfüllender Klagestimme. »Können nichts alleine, ü-ber-haupt nichts!«
»Irgendwas ist immer«, erklang ein lapidarer Kommentar aus dem Off. Sebastian.
»Herr Holunder! Holunderoschinski! Was-auch-immer!«, brüllte Sinas Mutter. »Kümmern Sie sich gefälligst um Ihren missratenen Sohn! Der verdirbt mir meine Tochter!«
Paul sagte nichts dazu. Konnte er nicht. Ihm fiel nichts ein. Er stand auf dem Fleck wie angenagelt. Er würde sich nie wieder rühren können. Versteinert.
»Fahren wir wieder zusammen, Paul?« Isabel hakte sich bei ihm unter, und Paul fühlte sich plötzlich leichter. Ihr Blick. Die himmelt mich ja regelrecht an, erkannte Paul.

»Irgendwas ist immer«, tönte Sebastian aus dem Off.
Ganz leicht fühlte er sich. Geradezu zum Abheben leicht. Und dann hob er tatsächlich ab. Schwebte über dem Fluss, mit Blick auf Isabel, eine Kanu-Galionsfigur der besonders ansehnlichen Art: Beide Beine langgestreckt auf dem Süllrand, das Top bis zum Brustansatz heraufgeschoben, ließ sie sich die Sonne auf den schönen Leib bratzen.
Prima Aussicht.
»Was ist denn los, verdammt?«, schimpfte Sebastian ungehalten.
Blöder Kommentar. Passte überhaupt nicht. Das war gar kein Traum mehr.
Paul bekam mit, wie sich Basti neben ihm von der Matte hochwühlte, und registrierte, wie Pelle unruhig am Fußende im offenen Zelteingang rumorte. Und da war noch jemand.
»Unser Zelt ist abgesoffen«, erklärte Isabel. »Konnte nur meine Decke retten. Habt ihr für mich Platz frei?«
»Frauen«, maulte Sebastian, rückte aber bereitwillig zur Seite und gab einladend die Zeltmitte frei. Isabel zögerte.
»Ich liege lieber außen.«
Sebastian stöhnte genervt und rückte in die Mitte, beinahe auf Tuchfühlung zu Paul.
»Ich möchte auf die Außenseite neben Paul«, erklärte Isabel bestimmt.
»Himmel, Arsch und Zwirn!« Fluchend arbeitete sich Sebastian aus seinem Schlafsack, rollte ihn mitsamt seiner Isomatte zusammen und zwängte sich an Isabel und Pelle vorbei aus dem Zelt. »Macht doch, was ihr wollt!«, hörte Paul ihn noch lamentieren, dann herrschte Stille.
Paul wälzte sich müde in die Zeltmitte und zog seine Schlafmatte nach. »Jetzt kannst du dir die Seite ja aussuchen, Isa.«
Er bekam mit, wie sich Isabel neben ihm ausstreckte. Ihre blon-

de Mähne schimmerte im Dunklen. So diffus, dass sich Paul schon fast wieder im Traumland wähnte. Das Seufzen, das Isabel nun vernehmen ließ, war jedoch eindeutig von dieser Welt.

»Was noch?«, erkundigte sich Paul schläfrig.

»Ich habe keine Isomatte.«

»Nicht?«

»Konnte nur die Decke retten. Sagte ich doch.«

»Wir passen nicht zu zweit auf meine«, brummte Paul.

»Nein, tun wir nicht«, piepste Isabel. So verzagt, dass es Paul sogar in seinem Halbschlafmodus erweichte.

»Nimm«, gab er sich geschlagen und rollte samt Schlafsack von der Matte. Dort blieb Paul liegen und behielt demonstrativ die Augen zu. Schlaf weiter, beschwor er sich, sonst will sie als Nächstes noch meinen Schlafsack, weil der wärmer ist als ihre Decke oder so. Schlaf einfach weiter. Leider nicht so einfach ohne die Matte. Der Boden ist verflucht hart. Los, schlaf! Träum was. Ging eben doch auch. Paul versuchte sich in Gedanken wieder in seinen so jäh unterbrochenen Traum einzuklinken. War gerade eine gute Stelle gewesen. Schwebend über dem Fluss. Blick auf Isabel, die Kanu-Galionsfigur der besonders ansehnlichen Art: beide Beine langgestreckt auf dem Süllrand, das Top bis zum Brustansatz heraufgeschoben. Sie liegt direkt neben mir, blitzte es Paul durchs Phantasiebild. Breaking News, sozusagen. Isabel liegt direkt neben mir unter einer dünnen Wolldecke.

Eine Traumfrau in Fleisch und Blut.

Diese Erkenntnis vertrieb Pauls Schläfrigkeit schlagartig. Gleichzeitig machte sie ihn ratlos. Denn wohin führte ihn das? Früher, wusste Paul, hätte er sich so eine Frage niemals gestellt. Er hätte es einfach darauf ankommen lassen und mit einer eventuellen Zurückweisung bestens gelebt. Heute, so befürchtete er, käme er damit nicht mehr gut zurecht. Außerdem, es ist Isabel, die dort neben dir liegt – mach dir das mal klar, Paul, redete er sich ein. Bello, die personifizierte Nervensäge. Wenn du dich schon fragst, wohin das führt, dann gib dir gleich die ehrliche Antwort: Das führt zu nichts.

Einschlafen konnte er trotzdem nicht mehr. Dennoch hielt Paul die Augen geschlossen. Schon aus Trotz.

Isabel schob ihren Kopf vorsichtig an Pauls Gesicht heran. Augen zu, schläft wahrscheinlich schon wieder, stellte sie beruhigt fest. Schnarchte zum Glück mal nicht. Durchaus gemütlich, noch Pauls Körperwärme auf der eroberten Schlafmatte zu spüren. Neben dem fror man bestimmt nicht im Winter. Also wirklich, auf welche Gedanken sie kam, hier im Zelt, allein neben Paul. Vielleicht gerade wegen Paul, dachte Isabel. Es wunderte sie immer noch, wie selbstverständlich sie sich dafür entschieden hatte, in seinem Zelt unterzukriechen, und nicht etwa bei Merle und Jens. Ausgerechnet bei Paul, ihrem ewigen Kontrageber. Während der ganzen Schulzeit über ihr natürlicher Duellgegner in jeder Diskussion.

Sogar, als Paul sie neulich anrief, um sie zum Klassentreffen einzuladen, hatten sie sofort wieder die Klingen gekreuzt. Ohne diesen Anruf wäre ich vielleicht gar nicht mehr am Leben, schoss es Isabel durch den Sinn. Ich läge jetzt nicht behaglich auf Pauls körperwarmer Schlafmatte, sondern in einem kalten Sarg.

Was für eine Vorstellung …

War das wirklich noch keine zwei Wochen her? Dass sie keine Hoffnung, keinen Reiz, keine Perspektive mehr in ihrem Leben gesehen hatte? Isabel verstand zwar noch, warum sie sich so gefühlt und wieso sie beinahe den Gifttrunk geschluckt hatte – aber in diesem Moment erschien es ihr, als wäre das alles einer ganz anderen Person passiert. Einer anderen Isabel, in einem anderen Leben. Einem Leben mit Thorsten. Im Thorsten-Le-

ben wandelte sie als emotionsloser Zombie durchs Dasein, vermochte ihr Gatte sie durch einen Blick, einen Wink zur Salzsäule erstarren lassen.
Heute, auf der Restaurantterrasse, war er machtlos gewesen. Und zwar keineswegs, weil ich mich bloß hinter Paul versteckt habe, wie Ragna es mir unterstellt, dachte Isabel. Ich habe mir meinen Schutz selbst organisiert, auf meine Art. Ich hätte meinen Arm auch bei Basti oder Jens unterhaken können.
Allerdings hatte sie dafür Paul gewählt. Und nun lag sie hier neben ihm.
Eine beinahe innige, fast intime Situation, und sie hatte es so entschieden. So nahe war sie Paul noch nie gekommen, dachte Isabel. Dabei fiel ihr ein, dass ihr ein ganz ähnlicher Gedanke heute schon einmal durch den Kopf geschossen war. In Hannoversch Münden, gleich nach der Abfahrt, nachdem Paul unfreiwillig auf der Sandbank zurückgeblieben war. Als sie neben Pelle im Kanu gelegen hatte und sich gemeinsam mit dem Hund an den Ästen festgeklammert hatte, um das Boot auf Position zu halten, damit Paul wieder an Bord kommen konnte. Aus nächster Nähe betrachtet, hatte Isabel Pelles Anwesenheit als tröstlich, sogar als beglückend empfunden.
Anscheinend griff dieses Prinzip beim Herrchen genauso wie beim Hund. Je näher sie Paul kam, desto mehr … Isabel schob ihren Kopf etwas dichter zu Paul heran. Näher heran ging es schon kaum noch. Merkte er ja nicht, er schlief. Sie vernahm seine ruhigen Atemzüge.
Plötzlich schlug Paul die Augen auf. Normalerweise wäre Isabel schreckhaft zurückgezuckt. Doch in dieser Nacht war nichts normal. Auge in Auge lagen sie beide still, kaum eine Nasenlänge voneinander entfernt.
»Vielleicht passen wir ja doch zu zweit auf die Matte«, flüsterte Isabel schließlich.

»Isa …« Paul zögerte. »Ich bin nicht mehr der Paul von früher.«
»Trifft sich gut.« Isabel schlug einladend ihre Wolldecke zurück. »Den Paul von früher konnte ich nämlich überhaupt nicht leiden.«

Sebastian murmelte unterdrückte Flüche. Jetzt stand er hier im Freien, die zusammengerollten Schlafutensilien unterm Arm, und wusste nicht, wohin. Das Zelt von Merle und Jens wäre die naheliegende Wahl gewesen, aber wahrscheinlich lag Ragna schon darin, und dann gäbe es keinen Platz mehr für ihn. Mal wieder. Paul putzte ihn herunter, Isabel weigerte sich, neben ihm zu schlafen, und Merle erklärte ganz offen, sie hätte ihn früher mehr geschätzt als heute.
Schönen Dank, Leute.
Nein, bei Merle und Jens würde er gar nicht erst anklopfen. Zum Glück regnete es nicht mehr. Sebastian bückte sich und betastete den Boden: schon noch sehr feucht. Außerdem gab es keine Garantie dafür, dass der Regen nicht doch wieder einsetzte. Wenigstens zeigte sich am Himmel schon eine Spur beginnender Morgendämmerung. Ein wenig Schlaf wäre trotzdem noch angebracht, fand Sebastian. Im Freien zu übernachten erschien ihm dabei jedoch keinesfalls als günstige Option.
Vielleicht ist der Wasserschaden in Isabels Zelt ja gar nicht so schlimm, überlegte er weiter. Seiner Erfahrung nach neigten Frauen grundsätzlich zum Überdramatisieren. Eine kleine Pfütze in der hintersten Zeltecke, schon bricht Massenpanik aus. Möglicherweise gab es in Isabels und Ragnas Zelt noch genug trockene Fläche für seine Isomatte, dann hätte er seinen Schlafplatz gefunden.
Hoffnungsvoll stapfte Sebastian zu dem Zelt hinüber, doch schon beim Näherkommen war zu erkennen, dass hier wirklich

ein Kapitalschaden vorlag. »In die Rinne gebaut, Anfängerfehler«, murmelte Sebastian enttäuscht und betrachtete das kleine Bächlein, das munter in den Zelteingang hineinrieselte und irgendwo seitlich wieder hervortrat, um sich im Dickicht zu verlieren. Er überlegte noch, welche Maßnahmen nun zu ergreifen seien, als er eine herannahende Gestalt bemerkte.

Ragna hatte sich ihre Wolldecke um die Schultern gehängt und grinste ihrem Reisegefährten vergnügt entgegen. »Schlafwandlerversammlung?«

»Was machst du denn hier?«, fragte Sebastian verwundert. »Ich dachte, du bist zu Merle und Jens geflüchtet?«

»Das war der Plan«, bestätigte Ragna, »aber dann wollte ich dort nicht stören.«

»Du wolltest sie nicht wecken? Wie rücksichtsvoll.«

»Oh, die waren durchaus munter.«

»Die waren …« Sebastian dämmerte es langsam. »Du meinst, die haben …?«

Ragna nickte amüsiert. »Hätte ich mich dazugelegt, müsste man wohl von Gruppensex sprechen. Mir war nicht danach.«

»Was sagt man dazu …«

Ragna lachte leise. »Herzlichen Glückwunsch, würde ich sagen. Warum stehst du eigentlich hier? Isabel wollte doch bei euch unterschlüpfen?«

Sebastian blickte verlegen zu Boden. »Sie wollte wohl eher bei Paul unterschlüpfen. Und dabei … wollte ich dann nicht stören.«

Ragna pfiff leise durch die Zähne. »Sieh an – unsere Eisprinzessin.« Sie tippte auf die zusammengerollten Schlafutensilien unter Sebastians Arm. »Und wo willst du nun damit hin?«

Sebastian zuckte mit den Schultern. »Wo schläfst du denn?«

Ragna erwiderte die Geste. »Keine Ahnung.«

Sebastian legte sein Gepäck ab und begann, Heringe aus dem Boden zu ziehen und Zeltleinen zu lockern.

»Du willst mitten in der Nacht das Zelt abbauen?«, staunte Ragna.
»Nicht abbauen. Nur umsetzen. Das Gestänge ist freitragend. Wir ziehen es auf trockenen Boden, wischen drinnen alles so gut wie möglich sauber und kriegen wieder ein Dach über unsere Köpfe.«
»Klingt gut«, fand Ragna und ging Sebastian zur Hand. Nachdem alle Leinen gelöst und sämtliche Bodennägel entfernt waren, räumte Ragna sämtliches Gepäck aus dem Zelt – die beiden weinroten Sporttaschen und ein paar andere Kleinigkeiten. Nicht die Tüte mit dem Geld – die hatte Ragna bei sich getragen, als sie vorhin vor dem Wassereinbruch geflüchtet war. Jetzt deponierte sie die Tüte in ihrer Sporttasche. Als Letztes zogen sie die beiden nassen Isomatten ins Freie.
»Jetzt anheben«, sagte Sebastian. »Erst an einer Seite. Mit ein bisschen Glück läuft das meiste Wasser dann schon von alleine raus.«
Das erwies sich als richtig. Als kein Wasser mehr aus dem Zelt rann, versetzten sie die Stoffkuppel im Stück auf trockenes Gelände. Der Zeltboden war zwar immer noch feucht, aber Pfützen standen nicht mehr darauf. Wischen, ein paar Handtücher drüberlegen, das würde schon funktionieren, dachte Ragna. Vielleicht wurde es auf die Dauer etwas klamm, aber es war immer noch eine warme Nacht, selbst nach dem großen Regen. Es würde gehen.
Während Ragna das Gepäck nachholte, rubbelte Sebastian den Zeltboden ab und rollte sein Lager aus. Als Ragna an seiner linken Seite Handtücher ausbreitete, bot er großzügig an: »Willst du die Isomatte nehmen?«
»Danke, geht schon so.«
Es ging tatsächlich. Ein wenig hart, aber es ging. Sebastian war wirklich ein fürsorglicher Typ, dachte Ragna. Sie wusste das

durchaus zu schätzen, obwohl sie ihr Leben lang möglichst viel in Eigenregie erledigte. Vielleicht wusste sie es genau deshalb zu schätzen.
»Danke, Basti. Ohne dich säße ich jetzt vielleicht auf einer Astgabel, um nicht im Schlaf von Wildschweinen überfallen zu werden.«
»Vielleicht überfalle ich dich stattdessen.«
»Hunde, die bellen …«
Sebastian drehte sich auf die Seite und wandte sich Ragna zu. »Du nimmst mich nie ernst, was? Ihr nehmt mich alle nicht ernst.«
»Ich nehme dich durchaus ernst, Basti. Aber nicht als Ladykiller.«
»Als was dann, bitte?«
»Du kannst vorausplanen. Du kannst organisieren«, zählte Ragna auf. »Du kümmerst dich um Dinge, die andere gar nicht auf dem Zettel haben und nie auf die Reihe kriegen würden. Du ziehst vier Kinder groß, herrje, ich kann mir gar nicht vorstellen, wie das ist …«
»Du findest es jedenfalls nicht sexy.«
»Hättest du keine Kinder, fände ich dich auch nicht sexy.«
»Sage ich ja. Du nimmst mich nicht ernst.«
Hoffnungsloser Fall, dachte Ragna, nahm aber doch noch einmal Anlauf. »Wenn ich jemanden sexy finde, heißt das lange nicht, dass ich ihn ernst nehme. Im Umkehrschluss bedeutet das: Wenn ich jemanden nicht besonders sexy finde, halte ich ihn nicht automatisch für eine Nullnummer!«
Sebastian verdaute das schweigend, dann sagte er: »Okay. Du nimmst mich also ernst.«
»Halleluja. Du hast es. Du brauchst mich also nicht erst überfallen, damit ich dich ernst nehme.«
»Keine Sorge.« Sebastian lachte leise. Es klang sehr bitter. »Du hast schon ganz richtig vermutet – Hunde, die bellen …«

Ragna seufzte. »Himmel, Basti. Worauf willst du jetzt wieder hinaus?« Draußen ging allmählich die Sonne auf, im Zelt begann es hell zu werden. Sie sah plötzlich, wie sich Sebastians Schlafsack bewegte. Er zittert wie Espenlaub, erkannte Ragna und erkundigte sich verwundert: »Frierst du?«
»Das ist nur der hier.« Sebastian zog seine Rechte aus dem Schlafsack hervor und streckte sie von sich. Arm und Hand bebten unkontrolliert, der Rest seines Körpers schien nicht davon befallen zu sein. Es wirkte gespenstisch.
»Hast du das öfter?«, fragte Ragna betroffen.
»Immer öfter.«
»Warst du mal beim Arzt deswegen?«
»O ja, allerdings.«
»Und?«
»Morbus Parkinson. Leider nichts zu machen.«
Ragna griff nach Sebastians ausgestreckter Hand, zog sie zu sich unter die Decke und legte ihre Wange darauf. Selbst das stoppte nicht das Beben.
Sebastian war das etwas unangenehm. Doch dann spürte er ungläubig, wie etwas Feuchtes an seiner Hand entlang rann.
»Weinst du etwa, Ragna?«
Sie hob kämpferisch den Kopf, ungeachtet ihrer Tränen. »Quatsch. Ich pisse auf die Krankheit!«
In Sebastian krampfte etwas zusammen, löste sich, stieg in ihm auf wie heiße Lava in einem Vulkan und entlud sich in brüllendem Gelächter – derart ansteckend, dass es Ragna mitriss und sie beide sich vor Lachen bogen, bis die Heiterkeit verebbte und sie, erschöpft keuchend, nebeneinander lagen. Ragna nahm wieder Sebastians Hand.
»Zittert schon weniger.«
»Bleibt nicht so.«
»Scheiß drauf.«

»Ich versuch's.«
Jetzt weinten sie beide, stellte Sebastian fest.
Aber das tat gut.

Im ersten Moment wusste Isabel nicht genau, wo sie sich befand. Warum sie überhaupt aufgewacht war. Dann vernahm sie von irgendwoher ein irres Gelächter und erkannte darin die Stimmen Ragnas und Sebastians. War Ragna nicht bei ihr im Zelt …
War sie nicht.
Isabel blinzelte ins Dämmerlicht und sah Pauls Rücken vor sich. Oder vielmehr den Schlafsack, in dem zweifellos Paul steckte, denn oben schaute sein Kopf heraus. Sein Hinterkopf, wohlgemerkt, mit der unverkennbar kahlen Stelle, die sich dort ausbreitete. Paul ruhte auf der Isomatte, stellte Isabel fest, und sie auf bloßer Zeltplane. Anscheinend passten sie doch nicht zu zweit auf die Matte.
Wenigstens nicht auf Dauer.
Auf Dauer, das stand ja auch überhaupt nicht zur Debatte, durchfuhr es Isabel. Was war bloß in sie gefahren, als sie Paul quasi dazu genötigt hatte, mit ihr zu schlafen? Nicht, dass sie darum lange hätte betteln müssen – es hatte wohl für beide in der Luft gelegen, erkannte Isabel.
Und es war schön gewesen. Obwohl es so schnell vorbei war und auch ein bisschen unbequem – in einem kleinen Zelt, auf einer harten Matte und unter dünnen Decken. Das lag alles so weit außerhalb von Isabels gewohnter Welt, dass sie mehr mit sich als mit Paul beschäftigt gewesen war. Ob sie ihn enttäuscht hatte?
Wäre das nicht völlig egal?
Isabel spürte eine Berührung an ihrem Rücken. Lag dort etwa noch jemand? Erschrocken fuhr sie unter ihrer Decke herum

und fand sich Seite an Seite mit Pelle, der dort ausgestreckt lag, sich an sie schmiegte und sie nun ebenfalls ansah. Seine Hundeaugen schimmerten warm und goldbronzen im Morgenlicht. Ruhe lag darin und keine Spur Trotteligkeit. Einmal mehr schien er ihr verschmitzt zuzuzwinkern.

Isabel zwinkerte einmal mehr zurück.

19

Das Frühstück verlief recht einsilbig.
Ausgeschlafen hatte niemand. Die Gründe dafür waren vielfältig, aber zwei Tage auf dem Flechtsitz eines Kanus sowie zwei Zeltnächte auf harten Matten oder noch härteren Böden gingen an niemandem jenseits der fünfzig spurlos vorbei. Das Frühstück half auch nicht viel weiter. In Ermangelung eines Kochers gab es keine Heißgetränke, pures Wasser musste reichen. Die Essensvorräte waren ebenfalls auf ein Minimum geschrumpft und längst nicht mehr in Bestform – die Brötchen steinhart, die Kekse präsentierten sich dafür als vom Regen aufgeweicht und leicht zermatscht. Nur Pelle hatte noch gute Karten. Von seinem Dosenfutter gab es genug, und Wasser als Getränk genügte ihm vollkommen. Der Hund schlabberte abwechselnd aus Wasserschale und Futternapf und sah dabei so zufrieden aus, dass es Paul beinahe reizte, das Dosenfutter auch mal zu probieren.
Schlimmer als das heutige Frühstück konnte es kaum sein.
Wird Zeit, in die Zivilisation zurückzukehren, stellte Paul erschüttert fest und schwelgte einen Moment lang in sehnsüchtiger Erinnerung an die sensationellen Donuts vom Bäcker gleich um die Ecke seines Ladens.
»Du guckst ja so plüschig«, neckte Ragna ihn prompt. »Junges Glück, junge Liebe?«
Merkwürdigerweise errötete Jens, nicht Paul. Der blieb ganz locker.
»Pure Unterernährung, liebe Ragna.«
Die Runde gluckste vergnügt, bis Isabel beiläufig anmerkte:

»Steht dir aber ganz gut, Paul. Du hast auf der Tour bestimmt schon abgenommen.«
»Wen wundert's. Tag und Nacht Bewegung«, lästerte Ragna unverdrossen.
Nun errötete Paul doch.
»Was haltet ihr davon, wenn wir uns heute mal ein wenig Luxus gönnen?«, schaltete sich Sebastian ein. »Bis Bad Karlshafen sind es nur sechzehn Kilometer. Das schaffen wir sogar, wenn wir die Boote die meiste Zeit treiben lassen. Und wenn wir dort angekommen sind, gönnen wir uns Pensionszimmer.«
»Super Idee, Basti«, freute sich Isabel, »ein vernünftiges Badezimmer!«
»Vernünftiges Essen«, schwärmte Paul.
»Bin dabei«, bekräftigte Ragna.
»Ist das nicht sehr teuer?«, wandte Merle etwas ängstlich ein.
»Komm schon«, meinte Isabel auffordernd, »ich leih es dir. Darfst dir mit der Rückzahlung auch Zeit lassen.«
»Nutze das Angebot, Merle!«, lachte Ragna. »Die Dame hat's offenbar.«
Das sagt die Richtige, fuhr es Isabel durch den Sinn. Ein Vermögen in bar mit sich herumschleppen, aber sich über mich lustig machen.
»Wo lassen wir die Kanus, wenn wir in einer Pension übernachten?«, gab Jens zu bedenken.
Sebastian hatte auch darauf eine Antwort. »Die parken wir gegen eine kleine Gebühr auf dem Campingplatz. Der liegt direkt am Fluss.«
Paul klopfte Sebastian anerkennend auf die Schulter. »Hört sich sehr gut an, Basti. Und wenn wir bei der nächsten Gelegenheit an Land gehen und noch ein bisschen Proviant ergattern, wird's ein schöner Tag!«
Vorerst jedoch präsentierte sich nur das Wetter heiter. Das

brachte immerhin schon den Vorteil, dass die Zelte noch einmal durchtrockneten und nicht als nasse Lappen verpackt werden mussten. Die allgemeine Stimmung litt jedoch selbst nach dem Frühstück noch etwas unter der Müdigkeit sämtlicher Reisegefährten. Mit einer Ausnahme: Ausgerechnet Jens, der sonst in dieser Runde am wenigsten redete, zeigte sich erstaunlich gesprächig. Vor allem bemühte er sich, Merle aufzuheitern, denn auch die verhielt sich ganz gegenteilig zu ihrer sonstigen Art – sie wirkte still und in sich gekehrt.

Beim Zusammenpacken reduzierte sich die Kommunikation innerhalb ihrer kleinen Gruppe auf ein Minimum, und das war nicht bloß dem Umstand zuzuschreiben, dass sie alle bereits eine gewisse Routine im Abbrechen ihres Zeltlagers entwickelt hatten. Während sich Jens, fröhlich pfeifend, daranmachte, sein Zelt abzubauen, und Merle ihm dabei schweigend zur Hand ging, zögerten die anderen diesen Moment noch ein wenig hinaus. Schließlich kam Isabel als Erste aus der Deckung.

»Komm, Ragna – wenn unser Zelt schon trocken ist, lass es uns zusammenpacken!«

Isabel sprang auf, raffte ihre Wolldecke – auf der sie sich zum Frühstücken niedergelassen hatte – vom Boden hoch und ging zu dem Zelt hinüber, in dem sie die erste Hälfte der Nacht verbracht hatte. Ragna warf Paul einen neugierigen Blick zu, aber der beschäftigte sich – scheinbar ganz entspannt – nur damit, Pelle den Balg zu kraulen. Also erhob sich Ragna ebenfalls und folgte Isabel, um ihr beim Abbauen zu helfen.

Paul seufzte ergeben. »Dann bauen wir unser Zelt wohl auch mal ab, was, Basti?«

»Jetzt heißt es also plötzlich wieder ›unser‹ Zelt?«, kam es scharf zurück.

Paul zog die Brauen zusammen. »Ich hab dich nicht rausgeworfen, Basti. Du bist selbst gegangen.«

Sebastian verzog spöttisch die Lippen und sah vielsagend in Richtung Isabels. »Sieht ja heute Morgen nicht danach aus, als hätte sich mein Opfer gelohnt …«
»Immer noch spitz auf erotische Frontberichte?«
»Habe ich überhaupt nicht nötig«, wehrte sich Sebastian empört.
»Wie schön für dich.«
Sebastian lächelte überlegen. »Sag mal – fragst du dich gar nicht, wie und wo ich die Nacht verbracht habe, nachdem man mich aus dem eigenen Zelt vertrieben hat?«
Paul bedachte seinen einstigen Schulkameraden mit einem misstrauischen Blick. »Du wirst es mir zweifellos gleich unter die Nase reiben, oder?«
Sebastian lächelte unverändert und schien den Moment sehr zu genießen. »Erinnerst du dich noch daran, mit welchem Argument ich dich neulich vom Klassentreffen und unserer Weserfahrt überzeugt habe?«
»Fängst du jetzt wieder mit Zeitreisen und Vergangenheitsbewältigung an? Dann packe ich das Zelt schon mal alleine ein …«
Sebastian ließ sich nicht aus dem Konzept bringen. »Ich fragte dich: Wie wäre es gewesen, wenn die Weserfahrt damals planmäßig vor unserem Abitur stattgefunden hätte – und du bei Ragna im Schlafsack gelandet wärst? Hätte es dein Leben verändert?«
Paul zuckte mit den Achseln. »Ziemlich theoretische Frage.«
»In der Tat.« Sebastian erhob sich und blickte triumphierend auf Paul herab. »Für dich jedenfalls. Ich habe letzte Nacht die praktische Antwort darauf erhalten.«
Paul zog verwundert die Brauen hoch. »Du? Bei Ragna im Schlafsack?«
Sebastian weitete in gespielter Überraschung seine Augen. »Spitz auf erotische Frontberichte?«

Wortlos stemmte sich Paul nun ebenfalls vom Boden hoch und ging an Sebastian vorbei zu seinem Zelt. Pelle trottete ihm nach und verfolgte aufmerksam, wie Paul erst die Hundedecke und dann auch alle übrigen Sachen aus dem Zelt holte, zusammenfaltete und verpackte. Als Paul damit begann, Bodennägel zu ziehen und Abspannleinen zu lösen, trat endlich auch Sebastian heran und packte stumm mit an. So werkelten sie vor sich hin, bis Paul das bedrückende Schweigen brach.

»Um was streiten wir uns eigentlich, Basti? Ist das hier ein Wer-legt-wen-zuerst-flach-Wettbewerb? Sind wir dafür nicht ein bisschen zu alt?«

»Du vielleicht«, patzte Sebastian.

Paul legte den Kopf leicht schief und musterte sein Gegenüber unbewegt.

»Okay, ich auch«, räumte Sebastian prompt ein. »Lassen wir den Scheiß.«

Er streckte Paul die Hand entgegen, der schlug versöhnungsbereit ein. »Lassen wir den Scheiß.«

»Aber, so viel sei gesagt, es war eine wirklich schöne …«

»Lass es, Basti.«

Paul löste das Überzelt vom Gestänge und zog es herunter. Sebastian entfernte routiniert die beiden Fiberglas-Gestängebögen aus dem Kuppelzelt und legte sie zusammen. Als Nächstes falteten sie gemeinsam das Innenzelt, wobei sie abwechselnd und sorgfältig den Schmutz von der Außenseite der Bodenplane entfernten. Es dauerte nur Minuten, dann war alles verstaut und abfahrtbereit.

Wenig später standen sie am Weserufer, beluden die Kanus und schoben sie ins Wasser. Heute fragte niemand danach, wer zu wem ins Boot steigen sollte. Es fanden sich, wie selbstverständlich, die gleichen Besatzungen wie gestern zusammen. Trotzdem wirkte in allen Booten die Harmonie getrübt. Am besten

schienen sich Ragna und Sebastian zu verstehen. Merle wirkte immer noch sehr befangen, obwohl Jens sich mit ihr alle Mühe gab, bis er schließlich zwangsläufig in seine gewohnte Wortkargheit zurückfiel.
Paul schwang das Stechpaddel völlig automatisch, während er dabei Isabels Rücken hypnotisierte. Unter ihrem Top – heute trug sie ein leuchtend gelbes – zeichneten sich ihre Wirbelknochen ab, schwangen ihre zarten Schulterblätter im Paddeltakt. Sie war schön anzusehen, sogar von hinten. Was Isabel ihm letzte Nacht von sich enthüllt hatte, würde Paul nie vergessen, dessen war er sicher. Völlig unsicher war er dagegen in Bezug darauf, was er davon halten sollte. Miteinander gesprochen hatten Isabel und er während der Nacht nämlich kaum. Sie hatten sich aneinandergeklammert wie Ertrinkende, und so fühlte sich Paul irgendwie jetzt auch: wie von gewaltigen Brechern an den Strand gespült, mit gelöschter Erinnerung und ohne Papiere.
Aber lebendig.
Sehr lebendig. Und darüber hätte er vielleicht ganz gern mit Isabel gesprochen, aber sie schien ihm auszuweichen und gab ihm keine Gelegenheit dazu. Wahrscheinlich war ihr alles furchtbar peinlich. Als Paul morgens die Augen aufgeschlagen hatte, war Isabel schon nicht mehr im Zelt gewesen. Sogar ihre Decke hatte sie mitgenommen. Während des Frühstücks und selbst jetzt im Kanu vermied sie jede Anspielung auf die vergangene Nacht. Isabel schien sich dazu entschlossen zu haben, so zu tun, als hätte ihr intimes Abenteuer gar nicht stattgefunden. Und deshalb hielt er sich seinerseits davon ab, darüber mit Isabel zu reden.
War vielleicht auch ganz gut so. Es befreite ihn von allen Konsequenzen, von allen Überlegungen darüber, wie man nun miteinander umgehen sollte. Isabel nahm ihm die Antwort darauf ab: so wie immer eben.

Bloß, so wie immer fühlte sich Paul momentan eigentlich nicht. Und das war, wenn er an sein desolates Gefühlsleben während der letzten Jahre nach der Scheidung von Daniela dachte, das pure Glück.
Vor ihnen, noch in einiger Entfernung, kreuzte eine Seilfähre träge den Fluss, um einen einsamen Bauern samt Traktor überzusetzen. Paul beobachtete amüsiert, wie sich der Fährmann unterwegs ein kleines Schwätzchen mit seinem Passagier genehmigte. Auch ein schöner Job, dachte er. Hier ging alles seinen gemächlichen Gang, dieser entschleunigenden Wirkung konnte man sich nicht einmal nach einer unruhigen Nacht wie der gestrigen entziehen. Dieser Fluss spülte verlässlich alle Sorgen buchstäblich den Bach hinunter.
Am rechten Ufer zeigten sich die ersten Häuser einer kleinen Ortschaft.
»Lippoldsberg«, rief Sebastian aus seinem Kanu herüber. Er balancierte die Tourenkarte auf den Knien.
»Können wir dort anlegen? Verpflegung kaufen?«, fragte Paul.
»Eine Toilette wäre auch nicht übel«, meldete sich Ragna zu Wort. »In dieser Hinsicht schätze ich unseren Abenteuerurlaub nämlich nicht so besonders …«
»Hinter dem Fähranleger rechts raus«, entschied Sebastian nach einem Blick auf seine Karte. »Ähnlich wie gestern.«
»Heute aber im Trockenen, hoffe ich doch«, lachte Ragna.
Sie legten sich wieder in die Paddel. Die Fähre legte an, der Bauer rumpelte mit seinem Traktor von Bord, und der Fährmann beließ seinen Kahn, mangels neuer Fahrgäste, am linken Ufer und gönnte sich eine Pause. Die Reisegefährten passierten den Anleger am gegenüberliegenden Ufer und setzten ihre Kanus dahinter an Land.
»Ich melde mich freiwillig zum Einkaufsbummel«, verkündete Paul, nahm Pelle an die Leine und bewaffnete sich mit zwei

leeren Jutetaschen – durchaus in der zarten Hoffnung, dass Isabel mitkommen würde und sie ein paar ungestörte Minuten zu zweit finden könnten. Aber Isabel sagte nichts dazu. Dafür bot sich Jens an, Paul zu begleiten.
»Wir beide sind doch eingespielte Proviantbeschaffer«, meinte der Lange und folgte Paul und seinem Hund zur Straße, die vom Anleger weg erst ein paar Meter parallel zum Ufer verlief und dann landeinwärts in den Ort abknickte.
»Ich leite die Toilettenexpedition.« Ragna wies auf ein Gebäude unweit des Anlegers. »Ich glaube, das ist ein Hotel. Vielleicht kriegt man dort auch einen anständigen Kaffee. Wer kommt mit?«
»Einer muss aber bei den Booten bleiben«, mahnte Sebastian.
Isabel hob die Hand. »Ich bleibe gern hier und genieße die Sonne. Lasst euch ruhig Zeit.«
»Danke, Isa. Ich muss meine Frisur in Form bringen. Allmählich sehe ich tatsächlich aus wie ein Lockenfeger.« Ragna entnahm ihrer weinroten Sporttasche eine Haarbürste und die wohlbekannte Plastiktüte und zog zusammen mit Merle und Sebastian ab.

Paul wusste ja bereits aus Erfahrung, mit welcher effizienten Methodik der Lange seine Einkäufe erledigte. Trotzdem verblüffte es ihn aufs Neue, wie Jens im Handumdrehen aus schnödem Lebensmittelerwerb einen hochwissenschaftlichen Ablauf konstruierte. Leider konnte Paul das nur aus der Ferne beobachten, denn Pelle durfte natürlich nicht mit in den Laden hinein, und Paul befürchtete, dass der Hund mal wieder völlig verrücktspielen würde, wenn er ihn aus dem Blick verlor. Trotzdem hatte Paul es riskiert, Pelle vor dem kleinen Supermarkt anzubinden. Er selbst wartete drinnen am Kassenbereich auf den Langen. So konnten Hund und Herrchen einander durch die

Glastüren hindurch im Auge behalten. Pelle stand stocksteif vor der Scheibe, randalierte aber nicht. Na bitte, dachte Paul. Irgendwann musste man doch mal mit der Erziehung anfangen.
Als Jens endlich alle Einkäufe vor der Kasse zu einem Haufen aufs Laufband stapelte, zwinkerte Paul der Kassiererin – einer aparten jungen Dame mit höchst ansehnlichem Migrationshintergrund – verschwörerisch zu.
»Wollen wir wetten? Wenn ich Ihnen jetzt die richtige Endsumme voraussage, zahlen wir nur die Hälfte?«
»Die Hälfte wäre 27,42 Euro«, vermeldete der Lange prompt.
Die Kassiererin blickte irritiert von einem zum anderen. »Wollen Sie mich auf den Arm nehmen?«
Paul zauberte ein verträumtes Lächeln auf sein Gesicht. »Das täte ich bereits für ein Viertel.«
»Also 13,71!«, krähte Jens wie aus der Pistole geschossen.
Die Kassiererin atmete tief durch, tat, als hätte der Dialog nicht stattgefunden, und zog mit flinken Händen die Waren über den Scanner. Einen Sekundenbruchteil, bevor der Scanner das Auslesen des letzten Preiscodes mit lautem Piepton bestätigte, sagte Paul laut: »54,84.«
»Das war jetzt aber nicht besonders schwer«, maulte Jens.
Die Kassiererin starrte immer noch wie vor den Kopf geschlagen auf ihr Kassendisplay, als Jens schon die Einkäufe in die Jutetaschen schaufelte und Paul ihr gönnerhaft einen Fünfziger und einen Fünfer überreichte.
»Das Wechselgeld rechnen wir jetzt nicht auch noch aus. Der Rest ist für Sie.«
Kaum waren sie aus dem Laden heraus, brachen die beiden Männer in helles Gelächter aus.
»Du lernst dazu«, stieß Paul mühsam hervor, während er sich Lachtränen aus den Augen wischte und Pelle losband, der sich gebärdete, als hätten sie gerade eine wochenlange Trennungs-

phase hinter sich. »Ich glaube, gestern noch hättest du den Witz in der Sache gar nicht erkannt!«
»Gestern«, erklärte der Lange feierlich und straffte sich dabei, »war sowieso alles noch ganz anders!«
Paul musterte seinen Begleiter prüfend. »Hab ich was verpasst?«
Jens büßte plötzlich seine selbstbewusste Haltung ein und ließ die Schultern hängen. Er steuerte eine Sitzbank am Straßenrand an, stellte die Taschen darauf ab und ließ sich daneben nieder. Paul nahm verwundert neben ihm Platz, der Hund hockte sich brav zu ihren Füßen nieder.
»Was ist denn?«
Jens zögerte. »Ich … ich habe dir doch erzählt, ich hatte noch nie Sex …«
»Du hast mir erzählt, dass du glaubst, du hättest noch nie Sex gehabt. Ich kann mir immer noch nicht vorstellen, was du mit dieser vagen Formulierung meinst.«
»Ach, das … Ich war nach dem Abi bei der Bundeswehr, da haben mich die Kameraden mit Schnaps abgefüllt und in den Puff geschleppt, damit ich sozusagen meine Männlichkeit erprobe.«
»Und – hast du?«
»Kann ich beim besten Willen nicht sagen. Ich war viel zu weggetreten. Und die Kameraden haben sich für den Rest meiner Wehrdienstzeit darin überboten, mir die wildesten Versionen dieses legendären Abends zu unterbreiten. Jedes Mal eine andere. Sie hatten einen Höllenspaß damit.«
»Kann ich mir vorstellen. Herzliches Beileid, Alter.«
Jens machte eine wegwerfende Handbewegung. »Schwamm drüber. Alles kalter Kaffee.«
»Neulich hast du darüber noch nicht so entspannt geredet.«
»Kann sein. Da war ja auch noch alles anders«, seufzte Jens.

Paul unterdrückte sein Lachen, als er erkannte, dass der Lange wirklich litt. »Raus mit der Sprache. Was ist passiert?«
»Ich habe mit Merle geschlafen. Letzte Nacht.«
Die letzte Nacht hatte es anscheinend in sich gehabt, dachte Paul. Da war ja einiges geboten gewesen ... »Herzlichen Glückwunsch. Das ist doch schön!«
»Ist es«, nickte Jens bestätigend. »War es ... die Nacht über jedenfalls ...«
»Heute also nicht mehr?«
»Hast du nicht gemerkt, wie Merle heute drauf ist? Sie redet nicht mal mehr mit mir. Warum nur? Ich meine, letzte Nacht ist sie zu mir gekommen – sie hat sozusagen angefangen, wir haben uns gehalten und alles war schön, und heute ...«
Kommt mir irgendwie ziemlich bekannt vor, dachte Paul.
»... heute Morgen sind wir nebeneinander aufgewacht, und es war immer noch schön ...«
Doch ein bisschen anders als bei mir, dachte Paul.
»Wir sind nicht gleich aufgestanden«, fuhr Jens fort. »Haben sogar noch ein bisschen miteinander gekuschelt und geredet ...«
»Na also«, tröstete Paul, »dann hat Merle die Nacht mit dir jedenfalls nicht bereut. Das ist doch schon was.«
»Ja, aber dann musste sie mal – in die Büsche, du weißt schon –, und ich dachte, danach kommt sie wieder, und wir liegen und reden und kuscheln noch ein bisschen weiter. Sie ist aber nicht mehr zurück ins Zelt gekommen. Und seitdem herrscht Funkstille.«
»Das ist natürlich wirklich etwas seltsam«, gab Paul ratlos zu. »Worüber habt ihr denn gesprochen, bevor Merle aus dem Zelt ging?«
»Nur absolut nette Sachen! Ich hab ihr gesagt, wie sehr ich sie mag. Und dass es doch ein Glück ist, dass wir beide in dersel-

ben Stadt wohnen und uns deshalb ja auch nach dieser Reise gegenseitig ganz leicht besuchen können …«
Paul schnippte mit den Fingern. »Da könnte der Hase im Pfeffer liegen, Langer!«
»Wie meinst du das?«
»Wir verbringen hier eine besondere Zeit miteinander, und ihr hattet eine tolle Nacht zusammen – aber zu Hause herrscht der Alltag, und da passt du für Merle vielleicht nicht hinein.«
»Warum denn nicht? Ich bin nicht verheiratet und habe keine Freundin, sie ist auch Single. Kinder haben wir beide nicht. Wo ist das Problem?«
Paul breitete bedauernd die Arme aus und ließ sie wieder sinken. »Das musst du sie wohl selbst fragen. Vielleicht denkt Merle noch darüber nach. Gib ihr ein bisschen Zeit.«
Jens nickte und starrte unglücklich zu Boden. Dann hob er den Kopf und sah Paul an. »Ich fürchte mich vor ihrer Antwort. Ich meine, wenn es bei Merle vielleicht wirklich so ist, wie du neulich in Hannoversch Münden gesagt hast …«
»Was hab ich da gesagt?«
»Bei manchen Menschen läuft es in der Liebe so wie bei anderen Leuten beim Einkaufen: Gucken, was gerade da ist – und sich vom Angebot inspirieren lassen.« Jens grinste bitter. »Tja. Ich war wohl gerade da.«
»Immerhin bist du im Körbchen gelandet.«
Jetzt grinste Jens schon eindeutig fröhlicher. »Stimmt.«
Irgendwo zwischen den Häusern wurde es laut. Motorenlärm schwoll zum Geräuschinferno an und unterband damit jede Unterhaltung. Motorräder, schätzte Paul und streichelte Pelle, der sich in leichter Panik an sein Herrchen drängte. Der Lärm entfernte sich, es kehrte Ruhe ein, Pelle entspannte sich.
Paul nahm den Faden wieder auf. »Jetzt fällt mir wieder ein, was ich bei der Gelegenheit noch gesagt habe: Ein bisschen

Herumknutschen sei wesentlich netter als nutzlos herumzusitzen …«
»Eine vollkommen richtige These«, nickte Jens gewichtig. »Nach eingehender Untersuchung zuzüglich akribischer Feldforschung bedarf sie jedoch entschieden einer Erweiterung.«
»Und die lautet, bitte schön?«
»Nach ein bisschen Herumknutschen will man auf gar keinen Fall jemals wieder nutzlos herumsitzen.«

Isabel genoss die Sonne.
Sie hatte ihre Decke neben den Kanus ausgebreitet und lag darauf, die Augen fest geschlossen, eingelullt von Wärme und angenehmer Schläfrigkeit. Das betäubte die Sinne und bremste ihr Gedankenkarussell auf ein erträgliches Tempo herunter. Gut, dass sie mal für eine Weile alleine war. Sie war sonst oft alleine, tagsüber fast immer, außer beim Shoppen – doch das war ja gewissermaßen auch eine Form des Alleinseins. Das gefiel ihr nicht immer, aber es stellte sie schlimmstenfalls vor höchst überschaubare Probleme. Hier, im ständigen Beieinander mit ihren ehemaligen Mitschülern, stürmte so vieles auf sie ein, dass es Isabel erschöpfte.
Was sie allerdings am meisten mitnahm, war Pauls Reaktion auf ihre gemeinsame Nacht. Von Reaktion konnte man da eigentlich gar nicht sprechen – es war keine erkennbar, jedenfalls nicht für Isabel. Gut, sie selbst hatte sich davongemacht, bevor Paul aufwachte. Trotzdem hätte sie heute mindestens eine zärtliche Geste von ihm erwartet oder wenigstens ein paar vertrauliche Worte.
Aber da kam nichts.
Jetzt war Isabel allein. Das war durchaus in Ordnung. Doch sie fühlte sich auch alleingelassen, und das fand sie keinesfalls in Ordnung. Andererseits, will ich denn Paul um mich haben?,

fragte sie sich. Will ich, zum Beispiel, die nächste Nacht wieder mit ihm verbringen? Wir wollen in einer Pension übernachten. Feste Wände, bequeme Betten, Badezimmer.
Das bedeutete eine ganz andere Dimension als die unwetterbedingte Zufallsnummer im Zelt. Die war einfach irgendwie passiert. Hatte in der Luft gelegen, okay, abgehakt, Schwamm drüber. Nicht, dass Isabel so etwas öfter erlebte. Ganz im Gegenteil. Tatsächlich hatte sie sich noch niemals einer Affäre oder einem One-Night-Stand hingegeben. Das Erlebnis mit Paul schien ihr auch in keine dieser Kategorien zu passen. Für eine Affäre reichte eine stürmische Nacht wohl nicht aus. Für einen One-Night-Stand dagegen kannten sie sich schon viel zu lange. Was auch immer es war – bis jetzt, entschied Isabel, könnte man es als ebenso ungeplantes wie flüchtiges Ereignis bezeichnen. Hätte es nicht geregnet, wäre es nicht passiert. Kismet, Schicksal, Zufall. Würden sie jedoch die nächste Nacht auch miteinander verbringen, geschähe das in vollster Absicht.
Davor scheute Isabel zurück.
Weniger aus Furcht vor schlechtem Gewissen ihrem Mann gegenüber. Thorsten gab sich nie besonders viel Mühe damit, seine Seitensprünge vor Isabel zu verbergen. Mal war es eine Praktikantin, mal »musste« er mit wichtigen Mandanten über den Kiez ziehen. Für ihn war das normal, und Isabel lebte damit, wie sie mit seinen Schlägen lebte. Wenn sie selbst nun außerhalb ihrer Ehe Erfüllung suchte, geschähe es Thorsten nur recht.
Genau darin, erkannte Isabel plötzlich, liegt die Gefahr. Bleibt es zwischen Paul und mir bei dieser einen Nacht, muss ich nicht weiter darüber nachdenken. Das war nett, hat aber nicht die Welt aus den Angeln gehoben. Fände ich Erfüllung, kriege ich Probleme.
Und Probleme hatte sie schon genug.

Donnerndes Motorengeräusch durchbrach Isabels Grübeleien. Blinzelnd setzte sie sich auf und sah drei schwarz-gelb lackierte Motorräder auf den Fähranleger rollen. Einer der Biker, ein riesiger Kerl mit Totenschädel-Emblem auf seinem Helm, stieg ab, hob seine Maschine auf die Parkstütze, sah zu Isabel herüber und sagte etwas zu seinen beiden Begleitern.
Dann kam er direkt auf Isabel zu.

20

Viel nackte Brust unter offener Lederweste. Als der Mann näher kam, erkannte man eine Tätowierung mitten auf seiner Stirn, einen Totenschädel. Offenbar sein Lieblingsmotiv, dachte Isabel. Jetzt hätte sie Paul doch ganz gerne neben sich gehabt. Oder wenigstens Pelle.

»Hallo, schöne Frau.«

Seine Stimme sollte vermutlich freundlich klingen, erinnerte Isabel aber fatal an den sprichwörtlichen Wolf, der Kreide gefressen hatte. Nicht Bange machen lassen, beschwor sie sich. Du entsprichst nicht dem klassischen Opfertyp. Hat zumindest Ragna gesagt. Das ist nur irgendein Dorfrocker. Vielleicht hat er sich bloß verfahren. Blöd genug dafür wäre er bestimmt.

Isabel straffte im Sitzen ihren Oberkörper, sah dem Mann möglichst furchtlos in die Augen. Fiese Augen. Hell und leicht geschlitzt. Wie bei John Malkovich, schoss es Isabel durch den Sinn – diesem Schauspieler, der im Kino immer den durchgeknallten Psycho gab. Mit dem Unterschied, dass Malkovich den bloß spielte. Ihr Gegenüber wirkte so, als sei er für solche Rollen die Blaupause.

»Guten Tag.«

»Ganz allein unterwegs?«

Könnten Haifische grinsen, dachte Isabel – dann so. »Na sicher«, erwiderte sie schnippisch. »Ich fahre immer in drei Booten gleichzeitig. Als Frau hat man so verdammt viel Gepäck.«

»Hey hey«, brummte der Mann unwillig. »Ich hab nur freundlich gefragt, klar?«

Isabel seufzte. »Ich bin natürlich nicht allein unterwegs. Meine Leute besorgen nur schnell was. Sind jeden Moment zurück.«
»Na also. Geht doch. Ist das ein Schulausflug?«
Woher weiß er das, dachte Isabel. Es hörte sich nicht so an, als hätte er das als dummen Witz gemeint. Oder doch? Sie versuchte es mit einem gezierten Lächeln.
»Sie schätzen mein Alter auf Teenager? Charmant. Oder Sehfehler?«
Es klang nach Hustenanfall, Tuberkulose im Endstadium. Erst nach Sekunden registrierte Isabel, dass der Mann tatsächlich lachte.
»Bist doch noch ganz gut beieinander, Schätzchen«, röchelte er heiser, als er sich wieder beruhigt hatte. »Das ist die Frau, die ich suche, allerdings auch …«
»Wie wär's mit einschlägigen Internetforen? Funktioniert vielleicht besser, als vorbeitreibende Paddlerinnen anzumachen.«
»Hier geht es nicht um Sex, Lady!«
Da bin ich aber erleichtert, dachte Isabel, doch das behielt sie lieber für sich. »Sondern?«
»Ich suche diese Frau hier.« Der Biker griff in eine Innentasche seiner Lederweste, zog etwas heraus und hielt es Isabel vors Gesicht. Ein Autogrammporträt in Postkartengröße. Es zeigte eine Sängerin in voller Bühnenaktion. Eine Sängerin mit wilden, dunklen Locken, sinnlich breitem Mund und schwarzbraunen Augen. Ragna hatte das Bild sogar signiert.
Isabel nahm das Foto, warf einen Blick darauf und reichte es achselzuckend zurück. »Mit Popmusik kenne ich mich nicht aus. Bin mehr für Beethoven.«
»Sie sind dieser Frau nicht zufällig hier irgendwo begegnet?«
»Wir paddeln die Weser hinunter. Konzerte besuchen wir dabei nicht.«
»Diese Frau paddelt vermutlich auch auf diesem Fluss. Zusam-

men mit alten Schulfreunden. So eine Art Ehemaligentreffen, Sie wissen schon.«

O ja, dachte Isabel, weiß ich schon. Außerdem muss ich den Kerl loswerden, bevor Ragna hier auftaucht.

»Nie gesehen«, behauptete sie fest. »Aber vielleicht möchten Sie noch auf meinen Mann und die anderen warten? Die können sich Gesichter viel besser merken als ich. Allesamt Amtskollegen. Strafrichter.«

»Nicht nötig. Schönen Tag noch, Lady.«

Die Antwort kam ein wenig hastig, registrierte Isabel erfreut. Wahrscheinlich verfügte der Kerl über massenhaft schlechte Erfahrungen im Umgang mit der Justiz. Sie beobachtete, wie der Biker Ragnas Foto wieder in seiner Westentasche verschwinden ließ, lässig salutierte und mit schweren Schritten zu den abgestellten Motorrädern hinüberstapfte, wo ihn seine beiden Kumpane erwarteten. Sie wechselten ein paar Worte miteinander, dann signalisierte der Anführer dem Fährmann winkend, dass sie jetzt mit ihm überzusetzen wünschten.

Der Fährmann winkte zurück und klopfte erst einmal gemächlich seine Pfeife an der Reling aus, bevor er seinen Kahn startklar machte.

Isabel versuchte, einen möglichst entspannten Eindruck zu vermitteln und nicht dauernd nervös Ausschau zu halten. Ihr war bewusst, dass die Biker sich ebenfalls umsahen und auch sie immer noch im Blickfeld hatten – der Anführer winkte ihr sogar frech zu, als sie in seine Richtung sah. Hoffentlich bleiben die anderen noch ein bisschen weg, flehte Isabel innerlich. Vor allem Ragna. Das musste mit dem Geld in ihrer Plastiktüte zusammenhängen. Vielleicht waren die Biker Ragnas Komplizen bei einem Verbrechen gewesen, und Ragna hatte sie um die Beute betrogen. Oder es waren Inkasso-Eintreiber. Oder Kopfgeldjäger. Was auch immer – Isabel würde Ragna gegen diese

Typen beistehen, so gut sie es vermochte. Wobei es am elegantesten wäre, die anderen blieben einfach noch ein bisschen länger weg.

Vor allem Ragna.

Die Fähre legte am gegenüberliegenden Ufer ab und schob sich quälend langsam über den Strom. Isabel klackste sich etwas Sonnencreme auf die Hand und rieb sich damit ganz unschuldig Arme und Schultern ein, während sie unauffällig zur Uferstraße spähte. Dort war das Hotel, dort hinein waren Ragna, Merle und Sebastian gegangen, um die Toiletten zu benutzen und Kaffee zu trinken. Isabel konnte die Eingangstür von ihrem Platz aus sehen. Das bedeutete, vom Fähranleger und sogar noch später während ihrer Überfahrt vom Deck der Fähre aus würden die Biker diese Tür ebenfalls im Blick behalten können. Noch war keiner ihrer Gefährten zu entdecken.

Der Fährprahm schob sich knirschend gegen die Rampe des Anlegers. Am Bug senkte sich eine große Metallplatte langsam wie die Zugbrücke einer mittelalterlichen Burg hinab, bis sie auf der Rampe aufsetzte. Die drei Motorräder fluteten den Sommertag mit infernalischem Lärm, dann rumpelten die Biker über die Metallbrücke auf die Fähre und stellten die Maschinen wieder ab. Sie waren die einzigen Passagiere. Der Fährmann warf noch einen hoffnungsvollen Blick hinüber zur Uferstraße, um eventuelle Nachzügler zu sichten und gegebenenfalls auf sie zu warten.

Isabel hätte sich vor Anspannung am liebsten die Fingernägel abgekaut. Sie konnte nur abwarten. Wenn sie die Boote und das Gepäck allein ließ, würde das den Bikern vielleicht merkwürdig vorkommen. Sie durfte keinesfalls etwas unternehmen, was die Gang möglicherweise wieder von der Fähre herunterlocken könnte. Wenn ich Ragna wenigstens anrufen könnte, dachte Isabel verzweifelt. Das ging leider nicht: Ragna hatte ihr Handy

versenkt, und die Mobiltelefone der anderen lagen in der wasserdichten Plastiktonne – hier bei Isabel.
Endlich entschloss sich der Fährmann zum Ablegemanöver. Die Metallplatte wurde hochgezogen, dann setzte sich die Fähre in Bewegung. Die drei Biker standen auf der Isabel zugewandten Seite lässig an der Reling und grinsten frech zu ihr herüber. Isabel grinste frech zurück – aus purer Erleichterung.
Da registrierte sie aus den Augenwinkeln Bewegungen auf der Uferstraße, und ihr stockte der Atem.
Merle, Ragna und Sebastian verließen gerade das Hotel. Ein kleines Stück weit entfernt bogen zwei weitere Gestalten um die Ecke, begleitet von einem Hund. Würde nur einer der Motorradfahrer auf der Fähre den Kopf in diese Richtung wenden, wäre es passiert: Sie würden Ragna sehen. Ragnas wilde Lockenmähne war selbst von weitem unverkennbar …
Die Biker durften also auf keinen Fall ihre Blicke abwenden.
Isabel stand auf, rekelte sich lasziv in der Sonne und drückte die Schulterblätter so weit nach hinten durch, dass ihre Brüste beinahe das ohnehin schon knapp sitzende, leuchtend gelbe Top wegsprengten. Dann packte sie das Top am unteren Saum und zog es langsam, aber zielsicher nach oben. Dabei wand sie sich schlangengleich aus dem Textil heraus – nicht übertrieben langsam, damit die Darbietung nicht zu billig wirkte und ihren zuschauerbannenden Reiz verlor. Aber auch nicht zu schnell – schließlich wollte Isabel Zeit gewinnen. Als das Top schließlich zu Boden fiel, griff Isabel zur Sonnenmilchflasche und cremte sich in aller Unschuld den Oberkörper ein, als stünde sie allein im heimischen Bade.
Als sie sich endlich traute, ihren Blick zu heben, atmete Isabel erleichtert auf. Sebastian, Merle, Jens und Paul standen am Ufer und glotzten wie die Ölgötzen – aber von Ragna war keine Spur zu sehen. Dafür hatte die Fähre inzwischen das gegenüberlie-

gende Ufer erreicht. Die Biker johlten und winkten begeistert herüber, selbst der behäbige Fährmann schien völlig aus dem Häuschen zu sein. Isabel scherte sich nicht um die Ovationen, nahm ihr Top auf und streifte es sich über – diesmal ganz ohne aufreizende Verrenkungen.

»Ich hoffe, ihr habt Sonnencreme eingekauft.« Isabel warf Paul lässig die Sonnenmilchflasche zu. »Die hier ist nämlich alle.«

Paul fing die Flasche ab, nicht minder lässig, und grinste breit. »Wir brauchen keine Sonnencreme. Du stellst alles in den Schatten.«

Isabel ging nicht darauf ein, sondern wandte sich noch einmal der Fähre zu. Unter höllischem Geknatter rollten die Biker vom Prahm und verschwanden im Dunst der Sommerhitze. Isabel fühlte, wie die Anspannung von ihr abfiel.

»Wo ist Ragna?«

Sebastian schien erst jetzt seine Überraschung abzuschütteln. Er sah sich suchend um. »Wie? Wo? Ist sie nicht da?«

»Sie ist gleich wieder zurück ins Hotel«, wusste Merle zu berichten, um dann leutselig zu ergänzen: »Du bist ja echt locker drauf, Isa, das hätte ich dir gar nicht zugetraut!«

Isabel ging nicht darauf ein. »Ich muss auch noch mal ins Hotel. Bis gleich, Leute.«

Sie strebte an den Reisegefährten vorbei, ging zum Hotel hinüber und trat ein. Ragna wartete hinter der Eingangstür und lächelte unverbindlich. »Na? Musst du auch noch mal zur Toilette?«

»Du kannst jetzt rauskommen, Ragna«, grollte Isabel. »Sie sind weg!«

»Hast du … mit ihnen gesprochen, Isa?«

»Nur mit einem. Das reichte auch. Er hat ein Foto von dir dabei und ein Totenkopf-Tattoo auf der Stirn. Aber das kennst du ja wohl …«

Ragna schluckte. »Na so was. Was macht der denn hier …«
»Der sucht dich«, entgegnete Isabel scharf. »Und natürlich das Geld, das du ständig mit dir in dieser albernen Plastiktüte herumschleppst!«
Ragna drückte ertappt die Tüte fest an sich. »Du weißt von dem Geld? Seit wann?«
»Seit gestern Nacht. Du hast die Tüte unter deiner Decke liegen lassen, als du zum Pinkeln im Wald warst. Entschuldige meine Neugier. Aber eigentlich kannst du froh darüber sein!«
Ragna musterte sie nachdenklich. »Du hast deine Show eben da bei den Kanus abgezogen, um die Kerle abzulenken und mich zu warnen?«
Isabel nickte stumm.
»Obwohl du von dem Geld wusstest?«
Isabel nickte noch einmal.
»Du bist wirklich ein Überraschungsei, meine Liebe«, murmelte Ragna überwältigt. »Ich schätze, ich schulde dir eine Erklärung.«
»Mir – und den anderen auch. Die denken jetzt sonst was von mir!«
Ragna kicherte unwillkürlich. »Dem guten Sebastian sind vermutlich die Augen aus dem Kopf gesprungen, was?«
»Nicht bloß dem, sag ich dir.«
Jetzt kicherten sie beide – schon aus purer Erleichterung.
»Danke, Isabel«, sagte Ragna schließlich.
»Wozu hat man Freundinnen«, rutschte es Isabel heraus. Das verblüffte sie beide gleichermaßen. Einen Moment lang verschlug es ihnen die Sprache.
»Kann ich dir gar nicht sagen«, gestand Ragna endlich, »ich hatte nie wirklich eine …«
»Dann«, bemerkte Isabel schlicht, »wird es ja höchste Zeit.«

Die anderen hatten alles an Gepäck und Einkäufen wieder in den Kanus verstaut und hielten bereits nach Isabel und Ragna Ausschau, als die beiden aus dem Hotel traten und zurückkehrten.
»Können wir weiter?«, empfing sie Sebastian ungeduldig.
»Ungeduldig, weil das Unterhaltungsprogramm vorbei ist?«, erkundigte sich Ragna anzüglich. Paul beobachtete amüsiert, dass ausgerechnet Isabel bei dieser Bemerkung rot anlief. Daraus werde einer schlau, wunderte er sich. Erst diese unverfrorene Darbietung, ohne mit der Wimper zu zucken – aber wenn man drüber spricht, treibt es ihr die Schamröte auf die Wangen.
»Okay, wenn's eine Fortsetzung gibt, können wir gerne noch bleiben«, gab sich Sebastian prompt kompromissbereit.
»Vergiss es«, zischte Isabel und machte sich daran, ihr Boot ins Wasser zu zerren. Paul packte sofort mit an, konnte sich aber einen Kommentar nicht verkneifen. »Wird uns schwerfallen, liebe Isa. Wäre auch schade um die schöne Erinnerung.«
»Klappe, Coolman!«
Das Kanu trieb auf, Isabel kletterte in den Bug und wäre vermutlich alleine losgeprescht, hätte Paul nicht hinten das Heck fest im Griff gehabt. Pelle sprang auf seinen Platz in der Bootsmitte, dann stieg Paul ein, setzte sich auf die Heckbank und stieß ihren Kahn mit dem Paddel vom Ufer ab. Die Strömung fing sie ein und nahm sie mit auf die Reise flussabwärts. Paul und Isabel hielten das Kanu nur auf Kurs und warteten mit dem Paddeleinsatz, bis die beiden anderen Boote zu ihnen aufschlossen. Erst dann tauchten sie die Paddel ein, suchten den Gleichtakt und fanden ihn. Eine Weile glitten sie so dahin. Paul genoss wieder den Anblick von Isabels zarten Schulterblättern, die im Paddeltakt schwangen. Einfach hinreißend, fand er.
»Eigentlich«, rief er schelmisch gerade so laut nach vorn, dass nur Isabel ihn verstehen konnte, »könntest du oben ohne paddeln. Du bist doch schon so prima eingecremt …«

Im Bug erscholl ein Wutschrei, dann hieb Isabel ihr Paddel wie eine Kelle in den Fluss und schaufelte einen Wasserschwall nach hinten, der Paul von oben bis unten durchnässte. Pelle ging vor Schreck auf Tauchstation, während Paul sich umgehend mit einer vollen Breitseite rächte. Nun triefte auch Isabel.
»Wasserschlaaaacht!«, krähte Jens begeistert und knallte Ragna einen mittelschweren Tsunami vor den Latz. Sekunden später eskalierte der Krieg. Paddel trieben meterhohe Fontänen aus der Weser. Allenthalben stiegen Gischtnebel auf, klatschte Wasser auf Körper und Kanus, kreischten angriffslustige Stimmen.
»Ein Regenbogen!«, übertönte plötzlich Merles Stimme das Getümmel. Für einen Augenblick hielten alle inne und sahen auf die bunte Vision, die das Sonnenlicht in die Gischt zauberte – dann zerstob es mit den Wassertropfen und versank mit ihnen im Fluss. In diesem Moment andächtiger Stille tauchte ein tropfnasser Pelle aus der Versenkung auf, stützte seine Vorderpfoten auf den Süllrand, hob die Schnauze gen Himmel und stieß ein jammervolles Heulen aus – gleichsam als Anklage gegen die garstige Behandlung, die ihm dieser offenbar verrückt gewordene Teil der Menschheit angedeihen ließ.
Und dafür musste er sich dann auch noch auslachen lassen.
Als sie sich alle einigermaßen vom Heiterkeitsausbruch erholt hatten, ließ sich Ragna vernehmen: »In Anbetracht der Tatsache, dass wir alle seit vorgestern keine Dusche mehr gesehen haben, war das gar nicht so übel!«
»Wir waren seitdem auch ohne Dusche so oft nass, dass ich's gar nicht mehr zählen kann«, lachte Merle.
»Stimmt«, stellte Sebastian sachlich fest. »Und im Boote-Ausschöpfen haben wir inzwischen zum Glück auch Übung. Ist jetzt nämlich wieder fällig, schätze ich.«
Damit lag er richtig. Alle Kanus hatten reichlich Wasser gefangen. Pelles Hundedecke schwamm mal wieder. Der Hund hat

allen Grund, sich zu beschweren, dachte Paul schuldbewusst, um sich dann einzugestehen: Spaß gemacht hatte es trotzdem.
»Dann gehen wir bei der nächsten einsamen Anlegemöglichkeit an Land«, schlug er vor.
Diese Möglichkeit ergab sich bald. Sie zogen die Kanus auf die Böschung. Dahinter erstreckte sich eine Wiese, auf der träge ein paar Kühe grasten, ohne von den Ankömmlingen Notiz zu nehmen. Gepäck ausladen, Boote umdrehen, Wasser ablaufen lassen – diese Prozedur war wirklich bereits zur Routine geworden und dementsprechend rasch erledigt. Blieb nur noch, sich selbst trockene Kleidung zu gönnen.
Jens entnahm seinem Gepäcksack Shorts und ein Polohemd, dann blickte er sich suchend um. »Bisschen wenig Deckung hier.«
Paul streifte sich kommentarlos die klatschnasse Hose herunter und ließ sämtliche übrigen Kleidungsstücke folgen. Seine Reisegefährten fackelten nicht lange und folgten diesem Beispiel – auch Jens.
Und allen erschien das zu diesem Zeitpunkt ihrer Reise als völlig selbstverständlich. Kein Grund für Peinlichkeiten und lüsterne Blicke, nicht einmal bei Sebastian. Alles ganz normal.
»Langsam gewöhne ich mich daran«, raunte Isabel, als sie sich neben Paul aus ihrem knallgelben Top wand.
»Also, mich haut es jedes Mal um«, flüsterte Paul verstohlen zurück, zwinkerte verschmitzt und schickte mit gespitzten Lippen einen Luftkuss in ihre Richtung.
Isabel spürte, wie es sie warm durchrieselte. Ist doch nur ein Spruch, deckelte sie sogleich ihre Gefühle. Aber dann ließ sie es doch zu, sich ein wenig über das Kompliment zu freuen.
Ragna wartete ab, bis sich alle umgezogen hatten. Nachdem auch Pelle von Paul mit ein paar Leckerlis für das erlittene Ungemach entschädigt und ruhiggestellt worden war, ergriff sie die Initiative.

»Leute, bevor wir weiterfahren, habe ich euch etwas zu sagen.«
»Hört sich ja feierlich an – eine Rede?«, blödelte Sebastian, zog aber sofort zurück und wurde ernst, als er Ragnas angespannte Miene bemerkte. »Ist etwas passiert?«
»Könnte man wohl sagen, Basti«, nickte Ragna. »Es hat aber mehr mit mir als mit euch zu tun. Ich dachte eigentlich, es ginge euch sogar überhaupt nichts an – aber da habe ich mich leider geirrt. Isa habe ich schon mit in die Sache hineingezogen, ohne ihr alles erklärt zu haben. Das geht so nicht weiter.«
Sie setzte sich ins Gras, die anderen folgten ihrem Beispiel.
»Ich habe einen Freund, einen Lebenspartner«, fuhr Ragna fort, »wir sind seit fast zwanzig Jahren zusammen. Achim war mal Drummer, dann mein Manager, ist immer mit mir auf Tour gewesen. Seit einigen Jahren sind wir sesshaft geworden, in Freiburg.«
»Weit weg von zu Hause«, warf Sebastian ein. »Machst du keine Musik mehr?«
»Wir haben unseren eigenen Club aufgemacht, das *Stairway to Heaven.* Ich trete dort regelmäßig selbst auf.«
»Ist doch riesig«, freute sich Merle. »Wie eine Diva mit eigener Las-Vegas-Show!«
Ragna rümpfte bedauernd die Nase. »Finanziell spielt das leider in einer völlig anderen Liga, liebe Merle! Die Wahrheit ist: Es sieht finster aus mit unserem Laden.«
»Davon kann ich ein Liedchen pfeifen«, brummte Paul verdrossen.
»Ich halte uns mit Studiojobs über Wasser. Werbung, Synchronisieren und dergleichen. Es reicht nicht. Nie ist genug Geld da.«
»O ja«, nickte Paul.
»Irgendwie muss da aber nun doch ein bisschen Geld gewesen

sein, Ragna«, wandte Isabel ungeduldig ein. »Ziemlich viel Geld, wenn man es genau betrachtet …«

»Allerdings«, bestätigte Ragna gemessen. »Dann betrachten wir es mal genauer.«

Mit diesen Worten griff sie zu ihrer Plastiktüte, zog die Papiertüte hervor und schüttete deren Inhalt kurzerhand vor sich ins Gras.

21

Paul fand als Erster seine Sprache wieder. »Das sieht nach einer beträchtlichen Summe aus, Ragna …«
Ragna klaubte die Scheine bedächtig zusammen und stopfte sie zurück in die Tüte. »Fünfundzwanzigtausend Euro, um genau zu sein.«
»Und wo kommt das her?«
»Aus Achims Schreibtisch.« Ragna erzählte, wie sie und der Motorrad-Django zum ersten Mal die Klingen gekreuzt hatten. Und von der Nacht, als sie aufgewacht und in Achims Büro gegangen war. Djangos Telefonanruf, Achims Geheimnistuerei mit seiner Schreibtischschublade. Ihre heimliche Nachforschung. Das Geld in der Papiertüte. Der Entschluss, zu gehen.
»Du bist mitten in der Nacht gegangen? Mit nichts als einer Tasche und dem Geld?«, staunte Isabel.
»Du hast Achim nicht einmal die Chance gelassen, sich und das Geld zu erklären?«, stellte Paul missbilligend fest.
»Wenn es dafür eine einfache Erklärung gäbe, hätte er es nicht vor mir verstecken müssen!«, entgegnete Ragna scharf. »Bei der Bank haben wir längst keinen Kredit mehr. Aus den Tageseinnahmen hat er das Geld auch nicht abgezweigt, das hätte ich bemerkt. Solche Summen sind uns überhaupt nur ein Mal angeboten worden: Als ein paar Dealer in unserem Club Fuß fassen wollten. Achim war damals sogar versucht, darauf einzugehen. Ich konnte ihn davon abhalten. Damals.« Ragna verstummte bitter, schob die Papiertüte zurück in die Plastiktüte und wickelte ein Päckchen daraus. »Damals habe ich Achim geschworen: An dem Tag, an dem er Dealern unseren Club öffnet, bin

ich weg. Ihr kennt mich, und Achim kennt mich erst recht. Wenn das Maß voll ist, fackel ich nicht lange!«

»Und warum hast du das Geld nicht dagelassen?«, wollte Paul wissen.

Ragna sah ihn trotzig an. »Der Club läuft auf Achims Namen. Aber ich habe jahrelang jeden selbstverdienten Cent hineingesteckt. Mit Sicherheit eine größere Summe, als ich jetzt mitgenommen habe! Es ist meins!«

»Du warst dir sicher, dass das Geld mit ziemlich kriminellen Gestalten verbunden ist. Und konntest dir denken, dass die es dir nicht so einfach durchgehen lassen würden, dass du damit abhaust«, fasste Sebastian zusammen und sah Ragna fest in die Augen. Sie blickte beschämt zu Boden und sagte nichts. Sebastian zog grimmig die Brauen zusammen und stellte gnadenlos fest: »Du bist also nicht wegen uns und aus Wiedersehensfreude nach Höxter gekommen – sondern weil du untertauchen, aber nicht allein sein wolltest!«

»Kränkt das deine Eitelkeit?«, verteidigte sich Ragna giftig.

»Ist das alles, was dir dazu einfällt?«, konterte Sebastian aufgebracht. »Denkst du auf deinem Egotrip auch mal daran, dass du uns vielleicht alle in Gefahr bringst? Warum hast du uns gegenüber nicht mit offenen Karten gespielt?«

Ragna sprang auf, ihre Augen blitzten wütend. »Wenn das jetzt ein Tribunal wird – dann trennen sich hier unsere Wege!«

Paul erhob sich ebenfalls, fing Ragna ein, indem er ihr den Arm um die Schulter legte, und nötigte sie mit sanftem Druck dazu, sich wieder mit ihm zu setzen. Dann nahm er Isabel ins Visier: »Du wusstest von dem Geld? Seit wann?«

»Seit gestern Nacht. Bevor … unser Zelt nass wurde.« Isabel vermied es, Paul anzusehen. »Aber alles andere wusste ich nicht. Ich habe das Geld gefunden, zufällig … als Ragna gerade mal draußen war. Ich hab's ihr nicht erzählt. Erst vorhin …«

»Das könnte uns die Drogen-Mafia auf den Hals hetzen!«, ereiferte sich Sebastian. »So wie Ragna diesen Motorrad-Django beschreibt, kennt der keine Gnade, wenn er uns mit dem Geld erwischt!«
Jetzt legte Paul seine Hand beruhigend auf Sebastians Schulter. »Ich glaube, Basti, Isa ist vorhin ganz gut allein mit Django fertiggeworden.« Er wandte sich Isabel zu. »Das war er doch, auf der Fähre? Django mit zwei Genossen? Die drei auf den Motorrädern?«
Isabel nickte heftig. »Sie hatten ein Foto von Ragna dabei! Ich hatte solche Angst, dass Ragna auftaucht, bevor die weg sind …«
Paul stand auf, trat zu ihr, hockte sich hin und küsste sie schallend auf die Wange. Dann verkündete er feierlich: »Ich bin stolz auf dich!«
Während Isabel sanft errötete, begann Merle plötzlich zu schluchzen.
»Mir ist das alles zu hoch«, schniefte sie. »Das Geld ist mir egal. Mit Drogen hab ich nichts zu tun. Was soll das alles? Heißt das, wir fahren nicht mehr zusammen weiter?«
»Würdest du denn gerne weiterfahren?«, erkundigte sich Paul ruhig.
Merle griff nach dem Papiertaschentuch, das Jens ihr freundlich hinhielt, schnäuzte geräuschvoll hinein und bekräftigte dann, immer noch den Tränen nah: »Natürlich!«
Paul ließ seinen Blick zur nächsten Reisegefährtin wandern. »Ragna, wieso weiß Django, dass du auf der Weser Kanu fährst?«
Ragna standen Tränen in den Augen. »Das kann ihm nur Achim erzählt haben. Er war dabei, als ich deine Mail gelesen habe, Paul. Allerdings habe ich damals noch gesagt, ich würde nicht mitkommen …«
»Möchtest du lieber abhauen und allein irgendwohin fahren? Deine Spuren verwischen?«

Ragna musste nicht lange überlegen. »Nein. Mit euch zusammen fühle ich mich sicherer.«
»Du kommst also weiter mit?«
»Falls ihr mich mitnehmt …«
»Isabel?«
»Bin dabei.«
»Jens?«
»Dito.«
»Basti?«
Sebastian antwortete nicht gleich, sondern starrte zu Boden.
»Diese Reise war deine Idee«, half ihm Paul auf die Sprünge. »Du hast die Geister gerufen …«
Das gab den Ausschlag. »Wir fahren weiter«, verkündete Sebastian und stemmte sich vom Boden hoch. »Willst du das Geld nicht lieber in die Wertsachentonne stecken, Ragna?«
Ragna überlegte einen Moment lang, schüttelte dann aber den Kopf. »Ich behalte es bei mir. Nicht, weil ich euch nicht trauen würde – glaubt mir! Aber falls wir doch noch mal auf Django stoßen sollten, möchte ich nicht, dass ihr deswegen Schwierigkeiten bekommt. Es ist meine Angelegenheit, und ich bade sie aus. Okay?«
Damit schien zunächst alles gesagt. Ohne große Worte zu machen, trafen sie die Vorbereitungen zur Weiterfahrt: Kanus umdrehen, trocken wischen. Gepäck verstauen, dabei auf die richtige Verteilung achten, damit der Trimm stimmte und sich das Boot nachher auf dem Fluss vernünftig steuern ließ. Pelle tobte noch ein bisschen herum, dann lotste Paul auch den Hund ins Kanu, bevor sie die Boote zu Wasser ließen und vom Ufer ablegten.
Die Weiterfahrt verlief überwiegend schweigend. Es war kein bedrückendes Schweigen, auch kein Schweigen als Ausdruck allgemeiner Unsicherheit. Eher so etwas wie die Ruhe nach dem

Sturm, die sie alle noch stärker auf den Moment fokussierte, als es sonst schon oft während ihrer Reise der Fall gewesen war. Paul konzentrierte sich auf seinen Atem und den Rhythmus seiner Paddelschläge. Auf Isabels zarte Schulterblätter. Bis alles in ihm und um ihn herum zur perfekten Einheit aus Ruhe und Gelassenheit verschmolz.

Auf den Buhnen, die das Ufer vor Erosionen durch die Strömung schützten, standen Reiher reglos wie Zinnsoldaten auf Posten. Kamen ihnen die Boote zu nahe, breiteten sie die Schwingen aus und segelten majestätisch zur nächsten Buhne, um sich dort niederzulassen – und um wiederum verscheucht zu werden, wenn die Paddler erneut herantrieben. Bei Wahmbeck passierten sie wieder eine Fähre, dann spülte sie der Fluss am Sollingdurchbruch durch eine Engtalstrecke mit dicht bewaldeten Höhenzügen an beiden Ufern. Manchmal standen dort Angler an der Böschung. Ähnlich in sich versunken wie die Reiher, rafften sie sich bestenfalls zu einem wortlos genickten Dankesgruß auf, wenn die Reisegefährten ihre Kanus in weitem Bogen um die ausgelegten Angelschnüre herum manövrierten. Die meiste Zeit jedoch gehörte ihnen die Weser allein. Nur hin und wieder überholten sie andere Paddler oder sie ließen sich von ihnen überholen. Einmal begegnete ihnen ein stromaufwärts stampfendes Fahrgastschiff. Ein paar kleine Motorboote sorgten mit ihrer Bugwelle für Aufruhr und Abwechslung.

Mehr war nicht. Und war doch vollkommen genug, um Paul mit Glück zu füllen.

Es wurde später Nachmittag, bis sie die ersten Häuser Bad Karlshafens erreichten. Dann kam eine wuchtige Straßenbrücke in Sicht. Dahinter beschrieb die Weser eine scharfe Rechtskurve.

»Hinter der Brücke, rechtes Ufer!«, rief Sebastian den anderen

zu. »Da liegt der Campingplatz. Dort muss es auch Anlegemöglichkeiten geben.«
Die gab es. Paul entdeckte eine Asphaltrampe, die sich vom Ufer aus bis in den Fluss neigte und dazu diente, Bootstrailer zum leichten Be- und Entladen beinahe ins Wasser zu fahren. Dort müsste man die Kanus gut aussetzen können.
Allerdings musste man erst einmal hinkommen. Die Weser strömte heftig um die Ecke und forderte ihre koordinierten Paddel- und Steuerkünste mächtig heraus. Trotz dieser Widrigkeiten gelangten alle drei Boote an die Rampe heran und wurden mit kräftigem Paddelschlag so weit hinaufgetrieben, dass sie mit dem Bug aufliefen und festsaßen. Isabel, Ragna und Merle hüpften behände an Land und zogen die Kanus noch ein Stück höher, bis auch alle anderen beinahe trockenen Fußes folgen konnten. Pelle ließ sich zusammen mit seinem Boot bis auf die angrenzende Rasenfläche ziehen, wohin sie auch die beiden anderen Kanus verfrachteten. Erst dann bequemte sich der Hund zum Aussteigen, während die Reisegefährten erst einmal verschnauften.
»Das war nicht übel, Leute.« Sebastian keuchte noch ein wenig von der überstandenen Anstrengung.
»Heftige Strömung.« Ragna warf Sebastian einen anerkennenden Blick zu. »Wenn die Steuermanöver nicht geklappt hätten, wären wir gnadenlos vorbeigetrieben!«
»Oder umgekippt«, ergänzte Isabel. »Oder beim Aussteigen ausgerutscht – unter der Wasseroberfläche ist die Rampe ganz schön schleimig, habt ihr gemerkt?«
Merle nickte. »Ich glaube, gestern hätten wir das noch nicht unfallfrei geschafft!«
»Eingespielte Routine«, warf sich Jens stolz in die Brust.
»Wir haben alle ordentlich reingehauen«, bestätigte Paul. »Seht mal – es ist wirklich nicht leicht …«

Zwei weitere Kanus kämpften sich mühevoll heran, besetzt mit jeweils einem älteren und einem jungen Mann – Väter und Söhne, schätzte Paul und musste einen Moment lang wehmütig an Lennart denken. Dann erreichten die Kanus beinahe gleichzeitig die Rampe. Einer der Jungkerle sprang dynamisch heraus, um sein Boot zu sichern – rutschte prompt aus, drehte eine zirkusreife Rolle und platschte in den Fluss. Als er sich, nach Luft schnappend und mit verwirrter Miene, wieder auf der Rampe hochrappelte, hing ihm sein Basecap quer über der Stirn, und aus T-Shirt und Hose strömte das Wasser. Seine Begleiter schütteten sich aus vor Lachen.
Die Reisegefährten ließen sich davon anstecken. »Ist das schön, wenn mal andere Leute reinfallen«, kicherte Merle vergnügt.
»Für dich bestimmt ein seltenes Vergnügen«, neckte Ragna.
»Kann man wohl sagen«, gestand Merle freimütig, was einen weiteren kollektiven Heiterkeitsausbruch zur Folge hatte.
Schließlich wischte sich Sebastian die Lachtränen aus dem Gesicht. »Ich geh mal zur Rezeption, regle das mit den Booten und erkundige mich nach einer Pension. Bis gleich!«
Wie es sich nach seiner baldigen Rückkehr zeigte, regelte sich alles zu aller Zufriedenheit. Die Kanus durften sie gegen eine geringe Gebühr am Ufergelände des Campingplatzes belassen. Der gesamte Platz war zur Straße hin abgezäunt, die Boote lagen also sicher. Eine Pension fanden sie in fast unmittelbarer Nähe in einer prächtigen Fachwerkvilla, am Hang gelegen und mit Blick auf die Weser. Es gab eine Garage, in der sie Paddel, Schwimmwesten und Campingausrüstung unterbringen konnten. Es gab, aus Pauls Sicht zumindest, überhaupt nur ein Problem: keine drei freien Doppelzimmer mehr, von Einzelunterkünften ganz zu schweigen.
»Im Sommer ist hier immer alles so gut wie ausgebucht«, bedauerte die Pensionswirtin mit hochtoupierter Silberhaarfrisur,

deren schimmernder Panzer aus großzügig zum Einsatz gebrachtem Haarfestiger vermutlich einem Atomschlag zu trotzen vermochte. »Aber ich mache Ihnen einen Vorschlag: Zwei Zweibettzimmer habe ich noch. Es ließen sich zwei Notbetten darin unterbringen, dann hätten wir zwei Dreierzimmer! Drei Herren, drei Damen – passt doch, oder?«
Das fand Paul eigentlich nicht. Aber Isabel schien über diese schicksalhafte Regelung durchaus erleichtert zu sein, und das versetzte ihm einen kleinen Stich. Auch Jens schaute etwas belämmert drein, als Merle freudig einwilligte. Sebastian bekundete ebenfalls sein Einverständnis, und Ragna erklärte bloß lapidar: »Mädels – ich dusche als Erste. Nicht, dass am Ende kein heißes Wasser mehr da ist.«

Als sie frisch geduscht und munter miteinander plaudernd die Straßenbrücke überquerten, unter der sie vorhin noch in den Kanus mit der Strömung gekämpft hatten, verspürte Paul ein merkwürdiges Gefühl. Es brauchte fast die gesamte Streckenspanne der langen Brücke, bis er dahinterkam: Zum ersten Mal seit ihrem Wiedersehen empfand er die Gruppe seiner Reisegefährten als Gemeinschaft. Es hatte auch in den Tagen zuvor Momente gegeben, in denen es für Paul eine besondere Nähe zu einzelnen von ihnen gegeben hatte – nicht bloß in jener speziellen Nacht mit Isabel. Aber jetzt umfasste ein Gefühl der Zusammengehörigkeit ihre ganze Gemeinschaft, und das – da war sich Paul in diesem Moment sicher – registrierte nicht nur er. Wie sie die Brücke am anderen Weserufer verließen und im Pulk die Kurpromenade entlang spazierten, bildeten sie eine Einheit. Ganz bestimmt mehr, als sie es auf einer Klassenreise vor fünfunddreißig Jahren gewesen wären, dachte Paul, als er sicherheitshalber Pelle an die Leine nahm, der bis dahin schweifwedelnd und ausgelassen von einem zum anderen getobt war.

»Seht mal, ist das nicht dieses tolle Kloster, wo die Bootsvermietung ist und wo wir unsere erste Nacht auf der Reise verbracht haben?«
Merle zeigte auf ein buntes Plakat, welches an einer mächtigen Platane befestigt war. Es zeigte ein Foto der doppeltürmigen Klosterkirche Corvey bei Höxter und wies auf eine mehrtägige Veranstaltung hin – einen Mittelalter-Markt. Bunte Zeichnungen von Gauklern, Marketenderinnen und Rittersleuten illustrierten das Plakat. Paul fiel die Traktoren-Kolonne mit den bunten Wagen und den Schwertkämpfern ein, die er auf der Fuldabrücke in Hannoversch Münden beobachtet hatte. Wahrscheinlich waren die zu diesem Ereignis in Höxter unterwegs gewesen. Und zum zweiten Mal innerhalb kürzester Zeit dachte er an seinen Sohn, weil ihn damals einer dieser Schwertkämpfer an Lennie erinnert hatte. Er würde ihm nachher eine Mail schreiben, beschloss Paul. Das hatte er während dieser Reise überhaupt noch nicht getan.
»Richtig, Merle. Das hast du gut erkannt. Dabei warst du dort die meiste Zeit über im Schrank eingesperrt«, neckte Sebastian.
»Erinnere mich nicht daran«, stöhnte Merle, »das war so gruselig!«
»Und was, um Himmels willen, ist das da?«, fragte Ragna plötzlich. Sie folgten ihrem Blick bis zu einer dunkelgrauen Wand aus geflochtenen Zweigen, groß wie ein Mehrfamilienhaus. Von oben rieselte auf ganzer Fläche Wasser herunter und verbreitete feine Dunstnebel in der Abendsonne.
»Ein Gradierwerk«, sagte Jens.
»Ein was?«
»Gradierwerk. Funktioniert ebenso einfach wie genial.«
»Jens weiß alles«, hauchte Merle ehrfürchtig.
Das gab dem Langen mächtig Auftrieb. »Das Wasser ist salzhaltig, eine Sole also. Damit sich das Salz herauskristallisiert, gießt

man es nicht einfach eine glatte Wand hinunter, sondern vergrößert die Oberfläche durch die Zweigbündel – meistens verwendet man Schwarzdorn dafür. Kleinste Salzkristalle, sogenannte Aerosole, gelangen in die Luft rund ums Gradierwerk. Es führt ein kleiner Rundweg drumherum, seht ihr ...«
Sie standen jetzt unmittelbar vor der seltsamen Konstruktion. Man hörte das Wasser rieseln und die salzverkrusteten Zweiglein knistern.
»Hört sich ziemlich seltsam an«, meinte Isabel.
»Ein bisschen wie Meditationsmusik«, fand Ragna.
»Hübsch. Aber wozu soll das gut sein?«, fragte Paul.
»Wenn man hier herumspaziert, atmet man die Aerosole ein«, erklärte Jens. »Ist wie beim Inhalieren. Sehr gesund für die Atemwege.«
»Lass uns drumherum gehen, ja?«, schlug Merle begeistert vor, und Sebastian bot Ragna seinen Arm, ebenso spontan wie formvollendet: »Zeitreise! Mondäner Kurort, neunzehntes Jahrhundert. Darf ich bitten, meine Gnädigste?«
Ragna hakte sich würdevoll bei ihm unter. »Welche Ehre, werter Herr Graf von Westhofen. Und bitte, unterhalten Sie mich unterwegs mit den neuesten Skandalgeschichten vom Hofe des Königs. Je saftiger, desto besser.«
Damit schritten sie gemessen voran.
Nun nahm Paul Isabels Hand. »Drehst du die Runde mit mir?«
»Gern, Paul.«
Pelle hielt sich misstrauisch am äußeren Rand, als sie den Rundweg betraten. Feinste Gischt netzte ihre Gesichter. Isabel leckte sich einen Wassertropfen von den Lippen: Er schmeckte salzig. Wenn man die Augen schloss, war es wie ein Spaziergang am Meer. Bloß ohne Meeresrauschen und Möwengeschrei. Dafür Hand in Hand mit Paul. Es fühlte sich seltsam an. Aber schön.
»Paul?«

»Ja?«
»Bist du wirklich stolz auf mich, weil ich die Biker von Ragna abgelenkt habe?«
Das war nicht genau das, worüber Paul sprechen wollte. Aber es verdiente eine ehrliche Antwort, fand er. »Das war ausgesprochen mutig und geistesgegenwärtig von dir. Eine unglaublich kreative Problemlösung.« Außerdem habe ich den Anblick genossen, hätte er ehrlicherweise gern noch zugefügt – aber Paul ahnte, dass es Isabel nicht auf dieses Kompliment ankam. Sie strahlte auch so schon.
»Danke! So ein Lob hat mir noch niemand ausgesprochen. Für besonders mutig habe ich mich auch nie gehalten.« Ihr Gesicht wurde wieder ernst. »Eher im Gegenteil …«
»Du hältst dich für feige?«
Isabel biss sich auf die Lippen und nickte langsam.
Paul tippte sich missbilligend an die Stirn. »Dann kennst du dich nicht richtig, Isa. Vielleicht hast du die vielen Seiten, die ich auf dieser Reise an dir neu entdecke, selbst noch nicht gelesen.«
»Vielleicht bin ich in dieser Hinsicht Analphabet.«
Ein paar Schritte zurück folgten Merle und Jens. Ich sollte auch ihre Hand nehmen, dachte Jens mit einem sehnsüchtigen Blick auf das Paar vor ihnen. Er traute sich einfach nicht, trotz der letzten Nacht. Dann raffte er allen Mut für die Frage zusammen, die ihm am schwersten auf der Seele lag.
»Bereust du, dass du mit mir geschlafen hast?«
Merle blickte ihn nicht an. Aber Jens bemerkte, wie sie tief durchatmete. Nicht wegen der Aerosole, das war sogar ihm klar. Dann blieb sie stehen und wandte sich ihm zu.
»Überhaupt nicht. Das war sehr schön. Es ist nur …« Merle zögerte und wusste offenbar nicht, wie sie ihren Satz zu Ende bringen sollte.

»Was?«
»Ich weiß nicht, ob es wirklich eine gute Idee wäre, wenn wir uns auch zu Hause noch sehen würden …«
Da lag der Hase also tatsächlich im Pfeffer, dachte Jens, Paul hat das richtig geahnt. »Aber warum denn nicht?«
Merle seufzte resigniert. »Du bist so ein lieber Kerl, Jens. Hast einen unfassbar klaren Verstand. Dein Leben ist bestimmt so total gut aufgeräumt wie deine hübsche, kleine Junggesellenwohnung.«
»Ja, und?«
»Ich bin das Chaos auf zwei Beinen! Wo ich bin, läuft alles schief. Ich bringe alles durcheinander. Wie soll das mit uns funktionieren?«
»Wie wär's mit: Ausprobieren?«
Merle schüttelte den Kopf und lächelte traurig. »Das ist aber kein sehr wissenschaftlicher Ansatz, lieber Jens. Bestimmte Elemente sollte man nicht vermischen, sonst fliegen sie einem um die Ohren. Das will ich dir nicht antun.«
Jens ließ den Kopf hängen.
Merle stieß ihn aufmunternd an. »Komm, lass uns diese Reise genießen.«
»In getrennten Dreibettzimmern?«, entfuhr es Jens.
Merle musste nun doch auflachen. »Das ist doch nur heute. Morgen ist auch noch ein Tag. Und wer weiß, was dann sein wird …« Sie legte den Arm um den Langen und zog ihn mit sich. Jens zögerte keine Sekunde und erwiderte die Geste.
Wenigstens etwas, dachte er.

Paul legte sein Handy zurück auf den Nachttisch und tastete in der Dunkelheit nach Pelle, der ihm daraufhin die Hand leckte und sich dann wieder neben Pauls Bett zusammenrollte. Lennart ging es gut, Paul hatte gerade eine E-Mail gelesen, die sein

Sohn ihm im Lauf des Tages geschickt hatte. Prima Wetter in New York und jede Menge Action. Darüber konnte sich Paul seinerseits auch nicht beklagen. Er hatte allerdings nun doch keine Lust mehr, Lennie heute noch zurückzuschreiben. Außerdem schliefen Basti und Jens schon, das würde sie vielleicht stören.

Paul streckte sich auf seinem Bett aus und rieb sich den wohlgefüllten Bauch. Dabei hatte er längst nicht solche Portionen zu essen vermocht, wie er sie noch vor der Reise mühelos bewältigt hätte. Und er hatte damit aufgehört, als er satt gewesen war, obwohl noch ein Rest auf dem Teller lag. Da durfte er wohl, zur Abwechslung, auch mal stolz auf sich sein. Nach so einem guten Essen sollte man eigentlich nur gute Gefühle hegen, dachte er. Das gelang ihm leider nicht. Wegen Sebastian.

Sie hatten sich nach der Runde ums Gradierwerk in den Ortskern begeben. Ein ganz besonderer Ort: In der Mitte gab es ein von alten Mauern umfasstes Hafenbecken, darum herum präsentierten sich entlang schachbrettartig angelegter Gassen Barockbauten wie aus einem Guss – allesamt zu Beginn des achtzehnten Jahrhunderts auf Initiative eines hiesigen Landgrafen für hugenottische Einwanderer errichtet, wie der wieder einmal gut informierte Sebastian zu referieren wusste. Gegessen hatten sie dann allerdings in einem Restaurantgarten an der Uferpromenade, mit Blick auf den Strom und angeregten Tischgesprächen über Gott und die Welt. Es war unbeschreiblich schön gewesen, mit einer Runde vertrauter Menschen zusammenzusitzen. Leute, denen man – bei aller Unterschiedlichkeit ihrer Charaktere – vieles nicht umständlich erklären musste, weil sie denselben Jahrgang und die gleiche Spanne Lebens teilten.

Und dann war Sebastian unvermittelt damit herausgerückt, er leide unter Morbus Parkinson. Schüttellähmung. Prognose: Unheilbar. Sachlich und mit dürren Worten, als spräche er über

eine andere Person, hatte Sebastian seinen Leidensweg der vergangenen Monate offengelegt. Erste unspezifische Symptome, die ihn irgendwann so beeinträchtigten, dass er kaum noch arbeiten konnte. Die er vor sich selbst damit begründete, einfach urlaubsreif zu sein. Das fanden auch die ersten Ärzte, denen er sich endlich anvertraute, absolut schlüssig – über fünfzig, vier Kinder, der Beruf. Burnout, garantiert. Man verschrieb ihm eine Kur. Erst in deren Verlauf ereilte Sebastian die Diagnose. Er war noch immer nicht an seinen Arbeitsplatz zurückgekehrt, möglicherweise lief es auf baldige Frühverrentung hinaus.
Und: Er hatte dieses Ausmaß der Katastrophe seiner Frau noch nicht mitgeteilt.
»Ich muss erst mal wissen, wie ich selbst dazu stehe, bevor ich Melanie damit belaste«, hatte Sebastian erklärt. »Es ist mein Leben, das kaputt ist. Ich möchte wissen, warum.«
Daran hatten sie alle zu kauen gehabt. Merle war wieder in Tränen ausgebrochen, auch allen anderen war danach zumute gewesen. Einzig Ragna zeigte sich nicht so tief geschockt, als käme Sebastians Enthüllung für sie nicht besonders überraschend.
»Wenn du das alles ganz für dich allein herausfinden willst, Basti«, hatte sie gefragt, »warum hast du diese Reise organisiert?«
Darauf hatte Sebastian keine Antwort gewusst.
Paul fiel leider auch keine ein. Nicht einmal jetzt.

»So müssen sich Packesel fühlen«, ächzte Jens.
»Packesel haben mehr auf den Rippen und können nicht erklären, was ein Gradierwerk ist«, neckte Ragna.
Jeder von ihnen war mächtig mit Gepäck beladen. Paul, Sebastian und Jens trugen ihre Paddel geschultert wie Wasserträger und hatten sie mit Gepäckstücken behängt. Sogar dem Hund hatte Merle einen Beutel mit seinem Futter- und dem Wassernapf umgeschnallt, was sehr komisch aussah – außer für Pelle

natürlich, der immer wieder versuchte, die Last an Pauls Beinen abzustreifen, und ihn damit mehr als ein Mal fast ins Straucheln brachte. Dafür hatten sie all ihre Habseligkeiten dabei und mussten nicht zweimal zwischen der Pension und den Kanus hin- und herlaufen. Sie hatten gleich vor der Pension die Straße überquert und gingen nun auf einem Grünstreifen entlang des Ufers zum Campingplatz hinüber, um die Kanus zu beladen.
»Was für ein herrlicher Morgen!« Merle blinzelte im Gehen genießerisch gen Sonne. »Vielen Dank für diese Reise, Basti!«
Sebastian warf ihr einen mürrischen Blick zu. »Danke. Aber wenn du denkst, ich brauche eine Extraportion Streicheleinheiten, weil ich euch das gestern von mir erzählt habe, dann …«
»Sei kein Spinner«, pflaumte ihn Merle an. »Wenn ich etwas an dir blöd finde, sage ich das auch! Ich wette, von den anderen kriegst du auch keinen Behindertenbonus!«
»Worauf du einen lassen kannst«, bekräftigte Ragna reichlich undamenhaft, dafür umso ehrlicher.
Paul fühlte sich plötzlich erleuchtet und grinste breit. »Womit auch die Frage beantwortet wäre, warum Basti diese Reise organisiert hat: Damit endlich mal jemand mit ihm Klartext spricht!«
Sebastian stutzte verblüfft und ließ sich dann von Pauls Grinsen anstecken. »Könnte durchaus sein, Coolman. Du solltest auf Psychologie umsatteln.«
»Zufällig wäre ich gerade offen für einen Berufswechsel«, lachte Paul unbeschwert. »Aber wisst ihr was? Ich habe heute richtig Bock auf Kanufahren!«
So ging es ihnen allen, wie sie einander sofort bestätigten. »Mir tun viel weniger die Knochen weh als noch die letzten Tage«, gestand Jens, und auch in diesem Punkt waren sich alle derselben Meinung. »Der reinste Jungbrunnen, so eine Paddeltour«, verkündete Ragna und ließ einen Jodler über mehrere Oktaven rollen, der in den Alpen vermutlich Lawinen ausgelöst hätte.

Sie erreichten den Campingplatz in heiterster Stimmung, drehten die Kanus auf den Kiel und verstauten alles Gepäck in Rekordzeit.
»Da hinten an der Straße habe ich gestern einen Supermarkt gesichtet«, meinte Paul schließlich. »Ich organisiere noch ein paar Brötchen und Getränke für unterwegs. Kommst du wieder mit, Langer?«
»Klar.«
Paul warf Merle die Hundeleine zu. »Passt du auf?«
Merle fing geschickt die Leine auf und nickte. Während Paul und Jens über den Platz schlenderten und allmählich außer Sicht gerieten, ließen sich die anderen am Flussufer nieder und streckten die Glieder wohlig in der Sonne aus.
Bis hinter ihnen eine raue Stimme grollte.
»Da ist sie ja, die kleine Singdrossel!«

22

Hast du dich mit Merle ausgesprochen?«, erkundigte sich Paul neugierig bei Jens, der mit raumgreifenden Schritten neben ihm ging.

Der Lange nickte bedächtig. »Du hattest recht, Paul. Sie hat Bammel davor, mich zu Hause wiederzusehen.«

»Dann nimm es als Urlaubsflirt«, tröstete Paul, als sie nun gemeinsam die Ausgangspforte des Campingplatzes passierten. »Außerdem: Wer weiß, was noch wird …«

»Das hat Merle auch gesagt«, seufzte Jens.

»Siehst du«, schmunzelte Paul. »Gib ihr Zeit und …« Er stutzte entsetzt. »Stopp, Langer!«

Auf der Parkfläche vor dem Campingplatz standen drei Motorräder. Schwarz-gelb lackiert. Die zuvorderst geparkte Maschine fiel besonders ins Auge: dynamisch nach vorn geneigte Rennverkleidung, vom bulligen Tank grinsten beiderseits Totenschädel.

»Ist ja der Hammer!«, entfuhr es Jens.

»Verdammter Mist!«, fluchte Paul.

»Wieso Mist?«, fragte der Lange begriffsstutzig. »Das ist eine Suzuki Hayabusa 1300 ABS! Die schnellste Serienmaschine der Welt! Hundertfünfundachtzig PS, von null auf hundert in drei Sekunden, abgeregelte Endgeschwindigkeit an die dreihundert Stundenkilometer …«

Paul flitzte schon zurück zum hohen Zaun, der die Parkfläche vom Campingplatz trennte. Jens folgte ihm verständnislos. Durch den Maschendraht hindurch konnten sie über den Rasen bis zum Weserufer blicken. Und zu Basti und Merle, die sich

jeweils im Klammergriff zweier Muskelprotze in Lederkleidung wanden. Der Anführer hielt seine Riesenpranken um die Oberarme von Isabel und Ragna gequetscht. Ihre schmerzverzerrten Gesichter waren auch auf diese Entfernung zu erkennen.
»Wir müssen helfen!«, drängte Jens entsetzt und wollte schon loslaufen, als Paul ihn zurückhielt.
»Hast du dein Taschenmesser dabei?«

»Was willst du Pfeife?«, rief Ragna wütend und stöhnte dann vor Schmerz, weil Django die Faust kräftig zudrückte.
»Nicht so laut, Singdrossel. Wir wollen doch keine harmlosen Camper erschrecken. Sonst müsste ich dir den Arm brechen. Und das wäre erst der Anfang.«
Sebastian hing hilflos im Schwitzkastengriff des zweiten Bikers, der Dritte hielt Merle fest. »Pelle, fass!«, befahl sie verzweifelt, doch der Hund blickte nur verständnislos von einem zum anderen und wedelte freundlich mit dem Schwanz.
»Braver Hund«, kicherte Django.
Isabel blickte fieberhaft um sich. Sie befanden sich leider zu weit abseits von allen anderen Platzgästen, um wirklich Aufmerksamkeit zu erregen. Der nächstgelegene Wohnwagen verschaffte ihren Peinigern zusätzlichen Sichtschutz. Immerhin stand dort die Tür offen – ob sich darin Leute befanden?
Django bemerkte Isabels hilfesuchenden Blick und lachte spöttisch. »In dem Wohnwagen haben wir übernachtet, Lady. Ganz ordnungsgemäß gemietet. Wir haben sogar Kurtaxe bezahlt. Dafür hatten wir Logenblick auf eure Kanus. Brauchten nur abwarten, bis ihr hier auftaucht.« Er wurde schlagartig ernst und fauchte Ragna an: »Und jetzt will ich das Geld!«
»Ich habe keine Angst vor dir!«
»Wie überaus mutig.« Django bedachte Ragna mit einem durchdringenden Blick, als wäre sie ein seltenes Insekt. »Dann

breche ich eben deiner Freundin den Arm.« Er presste Isabels Oberarm, bis sie einen Schmerzensruf nicht länger unterdrücken konnte.
»Hör auf, du Gorilla!«, intervenierte Ragna sofort. »Das Geld ist in meiner Reisetasche!«
Django lockerte befriedigt den Klammergriff um Isabels Arm, ohne sie jedoch freizulassen. »Und nun flüsterst du mir die Farbe deiner Tasche ins Ohr. Aber leise, damit nur ich es höre!«
Er neigte Ragna sein Haupt zu. Sie versuchte, die fettigen Haarsträhnen zu ignorieren und raunte: »Weinrot. Verreck daran.«
Django lachte rau und ließ Isabels Arm los. »Jetzt bist du dran. Bring mir die Tasche. Und wehe, es ist die falsche! Dann hilft dir auch kein Striptease mehr …«
Isabel rieb sich den schmerzenden Oberarm, trollte sich zu den Kanus und zog zielsicher die weinrote Sporttasche aus der Gepäckfracht.
»Gutes Mädchen«, grunzte Django zufrieden. »Her damit!«
Isabel zögerte noch.
»Drogen!«, zischte sie verächtlich. »Dreckiger kann man sein Geld wohl kaum verdienen!«
»Wie kommst du denn darauf?«, grollte Django. »Drogen sind nicht mein Geschäft! Und jetzt bring endlich die Kohle her.«
Isabel atmete tief durch. Dann lief sie an, schleuderte die Tasche nach vorn und löste die Hand vom Griff. Die Tasche segelte in hoher Flugbahn durch die Luft, überschlug sich und tauchte elegant in die Weser. Noch bevor jemand begriff, was geschah, riss die Strömung das Gepäckstück mit sich, flutete und verschlang es.
Django wollte sich gerade auf Isabel stürzen, da bannte ihn ein unverkennbares Geräusch auf der Stelle: dumpfe Vibrationen in markerschütternder Frequenz. Jemand jagte im Leerlauf wiederholt eine Höllenmaschine auf Hochtouren.

»Mein Motorrad!«, heulte Django auf und hetzte los – unmittelbar gefolgt von seinen Vasallen.
Hinter ihnen sahen sich Ragna, Isabel, Sebastian und Merle fassungslos an.
»Diese Dreckskerle!«, schimpfte Merle.
»Seid ihr okay?«, wollte Sebastian wissen. Alle bestätigten das nickend.
»Mir zittern bloß noch die Knie«, gestand Isabel.
»Schade ums viele Geld«, bedauerte Ragna. »Aber Django gönne ich es auch nicht. Das war richtig von dir, Isa!«
»Du schuldest mir was, Ragna.«
»Jetzt übertreibst du aber. Du hast meine ganzen Klamotten versenkt! Kaufst du mir neue?«
Isabel grinste plötzlich frech. »Die Klamotten kaufst du mir. Meine habe ich nämlich gerade mal wieder in die Weser geschmissen. Wird allmählich zur Gewohnheit.«
»Das war deine Tasche?«, staunte Ragna.
Isabel nickte stolz. »Deine liegt noch im Kanu. Mit dem Geld.«
Ihr kollektives Gelächter ging im Aufheulen des höllischen Motorenlärms unter. Offenbar gab jemand seinem Bike die Sporen. Sekunden später wurden weitere Maschinen gestartet und losgejagt. Dann erblickten die Reisegefährten eine schwarz-gelb lackierte Rennhornisse, die im Affentempo die Straßenbrücke überquerte. Tief über den Lenker geneigt hockte eine vertraute Gestalt, und auch der lange Lulatsch auf dem Sozius, innig am Fahrer festgekrallt, kam ihnen sehr bekannt vor.
Paul und Jens.

Noch Minuten zuvor hatten die beiden fieberhaft an ihrem Ablenkungsmanöver gefeilt.
»Mach schneller, Langer«, drängte Paul. »Denk dran, die haben auch Merle in der Mangel!«

»Menno, ich hab bloß mein Taschenmesser«, stöhnte Jens aufgebracht, »das ist so, als müsste ein Hirnchirurg mit 'nem Essbesteck operieren …« Angespannt stocherte er mit der offenen Klinge am Zündschloss der schwarzgelben Hayabusa herum.
Paul erwog, die Polizei anzurufen. Sein Handy trug er sogar bei sich, er war noch nicht dazu gekommen, es wieder in der Plastiktonne zu deponieren. Doch er verwarf den Gedanken. Am Ende bekäme Ragna noch Schwierigkeiten, weil sie nicht zu erklären vermochte, woher das Geld stammte. Und bis die Polizei vor Ort auftauchen würde, könnten dieser Django und seine Leute Isabel und den anderen sonst etwas antun. Er musste die Biker von den Freunden weglocken, das wäre die beste Option …
Der Motor der Hayabusa erwachte röhrend zum Leben.
»Großartig, Langer!«, freute sich Paul erleichtert, umfasste den Gasgriff und ließ die Maschine im Leerlauf mehrmals heftig aufheulen. Das müsste selbst noch am gegenüberliegenden Weserufer alle Tassen im Schrank vibrieren lassen, dachte er.
»Und was jetzt?«, schrie ihm Jens durch den Lärm zu.
»Warten, bis Django durch die Pforte kommt. Und dann nichts wie weg.«
Jens wies zweifelnd auf die vor sich hin blubbernde Maschine. »Damit?«
Paul grinste – wesentlich selbstsicherer, als er sich fühlte. »Ist doch die schnellste Serienmaschine der Welt, hast du gesagt. Was kann uns da passieren?«
»Zum Beispiel: Ich kann nicht Motorradfahren.«
»Dann hau lieber ab und versteck dich.«
»Und du?«
»Ich hatte mal ein Mokick …«
In diesem Moment stürmte Django durch die Pforte und auf sie zu, zornrot wie der personifizierte Rachegott und gefolgt von

beiden Kumpanen. Paul zögerte nicht, sondern stieß die Hayabusa vom Ständer und sprang rittlings auf. Auch Jens folgte augenblicklich seinem Fluchtreflex und klemmte sich hinter seinen Gefährten. »Gib Gummi!«, schrie er panisch. Paul riss noch einmal den Gashahn auf, warf einen Blick in den Rückspiegel und sah, dass Django bereits im Laufen die Arme ausstreckte, um sie aus dem Sattel zu reißen.

Paul ließ die Kupplung kommen.

Fast knallte es ihm den Lenker aus der Hand. Unter ihnen ging das Motormonster ab wie ein bockiges Wildpferd beim Rodeo und deckte Django mit einer Salve aufgewirbelter Kieselsteinchen ein. Von null auf hundert in drei Sekunden, erinnerte Paul sich gerade noch rechtzeitig und drosselte die Gaszufuhr auf ein Minimum. Trotzdem hätte er am Ende des Parkplatzes beinahe die Kontrolle über das Geschoss verloren, aber der Lange hinter ihm dachte mit und verlagerte sein Gewicht so geschickt, dass sie die Ausfahrt meisterten. Paul hörte Jens hinter sich in wildem Triumph aufschreien – vielleicht war er es sogar selbst. Dann sah er im Rückspiegel die beiden anderen Motorräder auftauchen. Eine der Maschinen war doppelt besetzt. Von seinem Sozius-Sitzplatz aus drohte Django mit gereckter Faust.

Paul beugte sich weiter nach vorn, krampfte die Hände um die tief angebrachten Lenkerstummel und preschte über die Weserbrücke.

»Heilige Scheiße«, stöhnte Ragna. »Jetzt sitzt der Coolman in der Tinte!«

»Jens auch!« Merle stand das Entsetzen ins Gesicht geschrieben. Isabel sagte nichts, sondern lauschte angespannt dem Motorenlärm nach, bis er über dem Fluss verebbte.

»Erst mal müssten die sie erwischen«, verbreitete Sebastian Zu-

versicht. »In der Zwischenzeit sollten wir von hier verschwinden.«
»Wir können die beiden doch nicht im Stich lassen!«, empörte sich Merle, aber Isabel legte ihr beruhigend die Hand auf die Schulter.
»Basti hat recht, Merle. Denk mal nach: Jens und Paul haben das Motorrad doch genau deshalb gekapert. Damit die Kerle von uns ablassen und wir abhauen können!«
»Und wie sollen wir das anstellen, mit zwei Paddlern weniger?«, fragte Ragna skeptisch. »Lassen wir ein Boot liegen?«
Sebastian kramte bereits die Flusskarte hervor. »Wir können alle drei Kanus im Heck besetzen. Das reicht, um mit der Strömung zu steuern. Es muss ja nicht für eine lange Strecke sein – nur, dass wir von hier wegkommen.« Er tippte auf einen Punkt auf der Karte. »Die Fähre zwischen Herstelle und Würgassen. Nur zwei Kilometer. Da legen wir an, halten uns sicher unter Leuten und warten auf Paul und Jens. Hatten die ihre Handys schon in die Tonne gelegt?«
Isabel war bereits dabei, die Plastiktonne aufzuschrauben. »Das von Jens ist drin. Paul müsste seines bei sich haben!«
»Perfekt«, freute sich Sebastian und zog sein Mobiltelefon aus der Tonne. »Ich schicke ihm eine SMS mit der Nachricht, wo wir sie erwarten!«
Ragna schickte einen Stoßseufzer gen Himmel. »Dann wollen wir nur hoffen, dass sie noch ans Telefon gehen können …«

Der Ortskern von Bad Karlshafen lag gottlob hinter ihnen. Paul hatte Blut und Wasser geschwitzt, weil er die Hayabusa weitaus schneller zwischen den Häusern entlangjagte, als es seine mangelhafte Fahrzeugbeherrschung und die Polizei erlaubten. Von der war allerdings nach wie vor nichts zu sehen, dabei wäre die tatkräftige Präsenz uniformierter Ordnungshüter Paul mittlerweile durchaus genehm gewesen. Alles besser, als von Django und dessen Leuten durch den Wolf gedreht zu werden.

Noch hielten sie die Verfolger auf Distanz. Aber Paul beschlich das dumpfe Gefühl, sie spielten nur mit ihm. Manchmal sah er im Rückspiegel ihre Maschinen bis auf wenige Meter herankommen, dann fielen sie wieder ein bisschen zurück – aber es gelang ihm nie, sich entscheidend abzusetzen. Auch weil er sich nicht traute, die Möglichkeiten der Hayabusa auch nur annähernd auszureizen. Mittlerweile hatte er gehörigen Respekt vor diesem Höllengerät.

Die Straße führte an der Weser entlang. Der Fluss lag rechts von ihnen, etwas tiefer im Tal, und ihre Fahrtrichtung war flussabwärts, so viel war Paul klar. Wie er die Verfolger abhängen sollte, war ihm allerdings nach wie vor verdammt unklar.

Der Fluss mäanderte durch eine langgezogene Rechtskurve, die Straße folgte diesem Verlauf. Dann tat sich vor ihnen eine ewig lange Gerade auf, die am Horizont auf eine Ortschaft zulief.

»Gib Stoff!«, hörte er Jens hinter sich brüllen. »Die fährt dreihundert!«

Paul war nicht lebensmüde. Doch als er sich einen Ruck gab, den Gasgriff aufdrehte und unter sich die katapultartige Beschleunigung verspürte, schien plötzlich alles von ihm abzufallen, was jemals auf seinen Schultern gelastet hatte. Pure Euphorie rann durch seine Adern. Nichts schien mehr eine Rolle zu spielen als der Vollrausch ihrer Geschwindigkeit. Die Welt reduzierte sich von einem Moment zum anderen auf vorbeiwischende Farben. Star Wars, Luke Skywalker im Anflug auf den Todesstern. Um ein Haar hätte Paul immer weiter Vollgas gegeben, um irgendwann mit einem Kamikazeschrei auf den Lippen und Jens auf dem Rücksitz im Weltall zu verglühen.

Erst denkbar knapp vor dem Ortsschild kehrte die Vernunft

zurück, und es gelang Paul, die Hayabusa auf Normalfahrt zu zügeln. Der Kontrollblick in den Rückspiegel ließ ihn frohlocken: Die beiden Motorräder erschienen nur noch als Punkte in weiter Ferne. Und dann scherte hinter der Hayabusa ein großer Bus ein und nahm sie endgültig aus dem Blickfeld ihrer Verfolger.

»Da vorne rechts!«, schrie Jens von hinten. Paul sah die Kreuzung auch und fasste im gleichen Moment denselben Entschluss. Er lenkte die Hayabusa um die Ecke. Die Straße beschrieb noch einen kleinen Knick, dann rauschte die Fahrt wieder über eine Weserbrücke. Am anderen Ufer angekommen, nutzte Paul eine der ersten Abzweigungen, um ein weiteres Mal erst rechts und dann nach links abzubiegen. Und die ganze Zeit über war im Rückspiegel nichts mehr von den Verfolgern zu sehen. Irgendwo auf einsamer Strecke zwischen einer Kiesgrube und einem Baggersee ließ Paul die Maschine ausrollen und hielt am Straßenrand. Den Motor ließ er sicherheitshalber weiterlaufen, während sie abstiegen und die Hayabusa auf ihre Stütze wuchteten.

Sie sahen sich an, für einen Moment sprachlos. Dann löste sich ihre Anspannung in einem hysterischen Lachanfall.

»Mokick! Mokick!«, keckerte Jens und hielt sich den Bauch. »Du bist echt vorher nur Mokick gefahren?«

»Ist doch dasselbe«, behauptete Paul großspurig. »Zwei Räder, ein Motor …«

»Du solltest mal deine Frisur sehen«, grinste der Lange.

Paul fuhr sich mit der Hand durch die fahrtwindzerzauste Mähne. »Ein Wunder, dass ich nach der Nummer überhaupt noch Haare habe! Deine Matte sieht übrigens auch nicht besser aus! Wo sind wir hier eigentlich?«

»Keine Ahnung. Mein Handy liegt leider in der Kanutonne, sonst könnte ich unsere Position auf der Karte orten …«

»Ich hab meins dabei«, fiel Paul ein und fischte das Gerät aus der Tasche seiner Shorts. Zum Glück hat die einen Reißverschluss, dachte er – sonst wäre das Teil vorhin beim Beschleunigen garantiert weggeflogen. Er blickte aufs Display.

»Hey – Nachricht von Basti …«

23

Kurz vor dem Fähranleger zogen sie die Kanus aus dem Fluss. Am rechten Ufer, auf der Würgassener Seite. Denn hier standen die Häuser nicht so nah an der Weser wie links in Herstelle. Freies Sichtfeld, um notfalls sofort wieder in See stechen zu können, falls Django nahte.

Viele Worte fanden sie nicht. Jeder war vollauf mit sich selbst und den dramatischen Ereignissen des Tages beschäftigt. Außerdem benötigte Pelle dringend Zuwendung. Das brachte Ablenkung und tat allen gut. Vor allem dem Hund, denn der litt mitleiderregend.

Nachdem sie die Kanus in Bad Karlshafen zu Wasser gelassen hatten und losfahren wollten, war Pelle nicht zu Merle ins Boot gestiegen. Er stand, mit der Asphaltrampe verwachsen wie ein Denkmal, an Land und hielt Ausschau nach Paul, ohne den er keinesfalls gedachte, sich vom Platz zu rühren. Alles Zerren an der Leine nützte nichts – Pelle hätte sich eher strangulieren lassen, als nachzugeben. Also hatten Merle und Isabel ihr Kanu wieder zurück auf den Rasen gezogen, Pelles Futternapf mit Leckerlis gefüllt und auf seine im Bug ausgebreitete Hundedecke gestellt. Da das Kanu ja nicht mehr im Wasser lag, ließ sich Pelle auf das unwiderstehliche Angebot ein. Doch kaum saß er im Boot und fraß, verknotete Merle seine Hundeleine so kurz um die Sitzbank, dass Pelle kaum noch Bewegungsfreiheit blieb. Winselnd und wehrlos hatte er nun mitfahren müssen, und sein anklagender Blick aus traurigen Hundeaugen brach Merle fast das Herz.

Selbst als sie die Boote in Würgassen wieder an Land gezogen hatten, trauten sie sich nicht, Pelle loszubinden – aus Angst, er

würde aus Sehnsucht nach Paul einfach davonlaufen. Wenigstens ließ sich der Hund streicheln. Und so saßen sie zu viert um ihn herum und kraulten ihn zur Beruhigung.
Bis sich vom Ort her zwei Fußgänger näherten, Pelle aufsprang und wie irre an der Leine zerrte.
»Sie sind es!«, jubelte Merle und ließ den Hund frei, der sofort loshetzte und Paul vor Begeisterung beinahe über den Haufen rannte. Dann lagen sie sich alle erleichtert in den Armen.
»Habt ihr das Motorrad in den Bach geworfen?«, erkundigte sich Sebastian launig.
»Nichts da«, versetzte Paul. »Wir sind damit fast bis hierhergefahren! Ich hab einem Bauern fünfzig Euro dafür gezahlt, dass er es eine Woche lang in seiner Scheune unterstellt.«
»Und was passiert dann damit?«
Paul grinste und zuckte mit den Achseln. »Mal sehen. Aber fürs Erste haben wir so einen Trumpf im Ärmel, falls Django wiederkommt.« Er richtete den Blick fragend auf Ragna. »Hat er dir das Geld abgenommen?«
»Beinahe.« Ragna grinste breit. »Aber Isabel hat die Reisetasche in die Weser gefeuert. Gluck, gluck – weg war sie!«
»Mit der ganzen Kohle?«, staunte Paul.
»Es war Isas Tasche. Das wusste Django aber nicht. Der denkt jetzt, das Geld ist weg!«
»Ist ja der Hammer! Isa, du bist die Größte …«
»Wir sollten trotzdem rasch weiterfahren«, drängte Isabel. »Machen wir lieber später dort eine Pause, wo wir abseits aller Straßen sind!«
Diese Meinung teilten alle. Minuten später trieben die drei Boote wieder im Strom, mit gewohnter Besatzung. Nur Pelle hatte seine Hundedecke so weit ins Heck gezogen, dass er seinen Kopf genau zwischen Pauls Füße legen konnte. Dort schlief er vor Erschöpfung ein.

Paul spürte die feuchte Hundeschnauze an seinem Knöchel entlangsabbern und fand es keine Spur ekelig. Pelles Anhänglichkeit ging ihm schon längst nicht mehr auf die Nerven. Im Gegenteil. Es rührte ihn zutiefst. Er sah auf den schlafenden Hund zu seinen Füßen, deckte ihn fürsorglich mit einer Ecke der Hundedecke zu. Dann hob er den Blick und betrachtete Isabels schmalen Rücken, der vor ihm im Paddeltakt arbeitete. Er sog beide Bilder in sich auf und fühlte sich plötzlich – daheim.

Heute ließen sie sich nicht treiben. Konzentriert und unermüdlich setzten sie Paddelschlag um Paddelschlag, hielten die Kanus gleichmäßig in Fahrt und schäumten stete Bugwellen auf. Schweigend fraßen sie die Flusskilometer. Irgendwann unterquerten sie die Straßenbrücke, auf der Paul vorhin die Verfolger abgehängt hatte. Von denen war nach wie vor nichts zu sehen. Paul warf einen Blick zu Jens hinüber. Der Lange hielt ebenfalls Ausschau, bemerkte dann Pauls Blick und zwinkerte ihm verschmitzt zu, ohne einen Kommentar abzugeben oder gar die Schlagfrequenz zu verringern.

Erst nach Stunden gönnten sie sich eine Ruhepause. Dazu wählten sie einen einsamen Platz, von dem aus keine Straße zu sehen war. Die Kanus zogen sie so weit zwischen die Büsche, dass man sie auch vom gegenüberliegenden Ufer nicht entdecken konnte, und lagerten sich selbst auf die Wolldecken. Als sie den ärgsten Hunger und Durst mit den Resten ihrer Vorräte gestillt hatten, zog Sebastian sein Handy aus der Plastiktonne und reichte es Ragna.

»Was soll ich damit?«, fragte sie überrascht.

»Deinen Freund Achim anrufen.«

»Warum sollte ich?«, bemerkte Ragna kühl und wollte Sebastian das Telefon zurückreichen. Der schüttelte den Kopf.

»Erinnere dich, wie Django reagiert hat, als Isa ihm vorgeworfen hat, ein Dealer zu sein. Drogen sind nicht sein Geschäft, hat er gesagt …«

»Und das glaubt man ihm natürlich«, höhnte Ragna.

»Ehrlich gesagt, ja. Er klang wirklich überrascht. Und ihn hinderten gewiss keine moralischen Skrupel daran, es zuzugeben, wenn es stimmte.«

»Da ist was dran, Basti«, nickte Isabel. »Es geht um etwas anderes als Drogen, glaube ich auch.«

»Ist mir egal«, trotzte Ragna unversöhnlich. »Achim hat mir diese Gang auf den Hals geschickt. Allein dafür soll er in der Hölle braten!«

»Und das wäre das zweite Argument für deinen Anruf«, wandte Sebastian beharrlich ein. »Ich sag dir was, Ragna: Ein Mann, der mit einer Frau wie dir zwanzig Jahre zusammen ist, kann unmöglich ein solcher Waschlappen sein, dass er nicht selbst nach dir suchen würde – wenn er davon überzeugt wäre, er könnte dich hier finden!«

Ragna starrte Sebastian perplex an, dann auf das Handy in ihrer Hand. Plötzlich rappelte sie sich entschlossen auf. »Okay. Ich rufe ihn an.«

Sie verschwand mit dem Telefon zwischen den Büschen.

Paul warf Sebastian einen anerkennenden Blick zu. »Gute Arbeit, Basti.«

Der grinste schief. »Hoffentlich irre ich mich nicht. Sonst kommt gleich ein Drogendealer an meine Telefonnummer.«

»Kannst dein Handy ja vorsichtshalber auch in die Weser schmeißen!«

Sebastian zeigte Paul einen Vogel. »Ich schmeiß mich lieber auf die Matte und halte ein Nickerchen. Bin ganz schön fertig …«

Das sah man ihm an. Allerdings hatten die turbulenten Ereignisse und das zügige Paddeln alle Reisegefährten erschöpft.

Während Sebastian seine Schlafmatte im Schatten eines Baumes ausrollte, griff Merle die Idee begeistert auf und zog ihre Decke ein Stück abseits zwischen die Sträucher.
»Ich ruh mich auch aus! Kommst du, Jens?«
Der Lange ließ sich nicht zwei Mal bitten und streckte sich beglückt neben Merle aus. Sie kuschelte sich an ihn.
Und das beglückte Jens noch weitaus mehr.
»Ich hatte vorhin solche Angst um dich«, gestand Merle. »Wenn dir etwas passiert wäre …«
»Dann müsstest du dir immerhin keine Gedanken mehr darum machen, ob du mich zu Hause wiedersehen willst.«
»Ach, Jens.« Merle rollte sich seufzend auf die Seite, stützte ihren Kopf mit der Hand ab und sah ihn ernst an. »Ich sag dir, warum ich eigentlich zur Paddeltour mitgefahren bin. Ich wollte einfach nur endlich wieder ein paar glückliche, unbeschwerte, sorgenfreie Tage verbringen. Egal wo, egal mit wem.«
»Was hast du für Sorgen?«
»Mein Leben ist ein Chaos. Reicht das nicht?«
Jens schüttelte den Kopf. »Genauer, bitte«
»Ich bin total pleite. Ich habe nicht mein Geld zu Hause vergessen – ich habe schlichtweg keins. Ich habe Mietschulden, Stromschulden, Schulden auf dem Girokonto und jetzt auch noch jede Menge Schulden bei Isabel. Ich bin zu schusselig für jeden Job und zu nervig für jeden Mann. Lass bloß die Finger von mir, Jens – du und ich, das kann nur schiefgehen!«
»Weil man bestimmte Elemente nicht zusammenbringen darf. Hast du gestern schon behauptet.«
»Genau!«
»Ich habe darüber nachgedacht«, erklärte Jens ernst. »Streng wissenschaftlich natürlich.«
»Siehst du? In so eine Denkweise passe ich nicht!«
»Ich entwickle Kunststoffe«, fuhr der Lange unbeirrt fort.

»Weißt du, wie man auf die Herstellung von Hartgummi verfallen ist?«
Merle starrte ihn fassungslos an. »Da hast du es! Ich rede von Gefühlen, du von Hartgummi! Kann ja wohl nicht wahr sein …«
Jens ließ sich nicht aus der Ruhe bringen. »Kautschuk als Naturprodukt kennt man seit langem. Aber bei Wärme schmilzt er, bei Kälte wird er brüchig. Im neunzehnten Jahrhundert arbeitete ein Chemiker namens Charles Goodyear daran, Kautschuk durch chemische Zusätze haltbarer zu machen …«
»Goodyear? Reden wir jetzt über Reifen?«, stöhnte Merle. »Das wird ja immer schräger.«
»Irgendwann fiel ihm im Labor ein Stück Kautschuk-Schwefel-Gemisch aus Versehen auf eine heiße Herdplatte. Das war es: Die Masse war nicht mehr instabil, sondern blieb dauerhaft elastisch und robust. Hartgummi. Goodyear hatte das Vulkanisationsverfahren entdeckt!«
»Jens Grossmann«, ächzte Merle, »was willst du mir damit sagen?«
Jens brach der Schweiß aus. Irgendwie musste er jetzt die Kurve kriegen. »Siehst du – nicht mal in der Wissenschaft wird alles vorausberechnet. Sogar da gibt es Dinge, von denen man glaubt, das passt niemals zusammen. Und dann kommt eine heiße Herdplatte … oder eine Paddeltour … man begegnet sich, und dann … fühlt man sich plötzlich elastisch und robust und … ach Merle, ich liebe dich! Das ist nun mal so! Das ist wie …«
Merle schloss ihre Augen. Du hast es versemmelt, schoss es Jens durch den Sinn. Da öffneten sich ihre Lider wieder. In ihrem Blick lag grenzenlose Verwunderung. Und ein Funkeln.
»Vulkanisation – ja?«
Jens schluckte. Und nickte.
»Lieber Jens.« Das undefinierbare Funkeln erstrahlte zu hellem Glück. »Du bist mindestens genauso verrückt wie ich!«

»Quod erat demonstrandum«, murmelte Jens erleichtert, als er Merle in seine langen Arme schloss.

Paul fühlte sich rundum wohl. Durchaus wörtlich genommen, denn er lag auf einer Wolldecke im Sandwich zwischen Isabel und Pelle. Und genoss es. Vor allem, weil Isabels schönes, ebenmäßiges Gesicht nur wenige Zentimeter von dem seinigen entfernt lag und sie einander in die Augen sahen.
Still.
Versunken.
Minutenlang.
»Heute bin ich stolz auf dich«, brach Isabel schließlich das Schweigen. »Wie du die Kerle von uns abgelenkt hast – das war mutig von dir, Paul.«
»Du hast auch wieder ganz schön viel riskiert, Isa. Du wusstest ja nicht, dass Jens und ich das Motorrad klauen. Django wäre auf dich losgegangen. Der hätte dich übel zerbeult. Mindestens.«
Isabel blinzelte gleichgültig. »War mir in dem Moment egal.«
»Keine Angst gehabt?«
Sie lächelte schwach. »Vielleicht hast du recht, und ich bin doch nicht so feige.«
Sie schwiegen beide. Und sahen sich an, ganz nah beieinander. Aus solcher Nähe, unter dem gnadenlosen Licht der Mittagssonne, ließen sich doch ein paar Fältchen in Isabels Gesicht erkennen. Das machte sie für Paul eher noch schöner. Die Verletzungen rund um ihr rechtes Auge waren dagegen kaum noch zu erahnen. Paul strich sanft mit dem Zeigefinger über diese Gesichtspartie.
»Kehrst du zu deinem Mann zurück?«
Isabel dachte eine Weile nach. Dann sagte sie leise: »Ich weiß es nicht.«
»Bist du jetzt, in diesem Moment, glücklich?«

Isabel sah in Pauls Augen, die sie so offen, ehrlich, liebevoll anblickten.
»Ja.«
»Das wäre doch schon mal ein Ansatz.«
»Reicht das?«
»Dafür – allemal …« Paul umarmte Isabel zärtlich und küsste sie. Sie erwiderte den Kuss. Dann lagen sie wieder still.
Und sahen sich an.
Das ist weitaus mehr, als ich von Isabel jemals erwartet hätte, sagte sich Paul und wusste gleichzeitig: Es ist viel weniger, als ich von ihr will.
Diese Erkenntnis machte ihn ratlos. Allerdings blieb ihm keine Zeit, weiter darüber nachzudenken, denn Ragna kehrte zurück.
»Newsflash!«, verkündete sie großspurig. »Ende der Mittagspause!«
Sie ließ sich auf der Decke neben ihrer weinroten Sporttasche nieder, alle anderen rappelten sich auf und gesellten sich zu ihr.
»Du hast deinen Freund also erreicht?«, fragte Sebastian neugierig.
Ragna nickte. »Du hattest recht, Basti. Achim hat überhaupt nicht damit gerechnet, dass ich tatsächlich hierher gefahren bin! Und deshalb hat er Django Pauls Mail gezeigt – um ihn auf die falsche Fährte zu locken. Eigentlich wollte Achim mich vor den Bikern schützen …«
»Voll nach hinten losgegangen«, kommentierte Jens trocken.
»Was ist mit dem Geld?«, wollte Isabel wissen.
»Ist wirklich kein Drogengeld«, erklärte Ragna. Und dann berichtete sie ausführlich: Django und seine Leute bildeten die Exekutive einer Bande von Schutzgelderpressern, die Achim unter Druck setzten, bis er die geforderten fünfundzwanzigtausend Euro schließlich als Darlehen von allen möglichen Freunden und Verwandten zusammengekratzt hatte.

»Warum hat er dich nicht eingeweiht?«, hakte Merle nach.
»Weil er wusste, dass ich diesen Arschlöchern keinen Cent gegeben hätte. Niemals! Und deshalb wollte Achim das lieber allein regeln. Er hatte Angst um mich, ist das nicht süß?«
»Herzig«, brummte Paul. »Aber das eigentliche Problem seid ihr nicht los.«
»Irgendwie schon«, erklärte Ragna. »Achim hat den Club gestern verkauft. Nach Abzug der Schulden bleibt zwar nichts übrig – aber es ist auch nichts mehr da, wofür jemand Schutzgeld verlangen könnte …«
»Dann habt ihr jetzt gar nichts mehr?«, ließ sich Merle mitleidig vernehmen.
Ragna patschte mit der flachen Hand zufrieden auf ihre Sporttasche. »Doch. Fünfundzwanzigtausend Euro. Genug für ein bisschen Rock 'n' Roll. Achim ist schon in Frankfurt und wartet auf mich. Wir rufen ein paar von den alten Jungs an und holen die Band wieder zusammen. Wie im Film, bei den *Blues Brothers.* Bloß mit ner erstklassigen Sängerin.« Sie lachte fröhlich. »Ehrlich gesagt, immer im selben Club … fand ich zuletzt sowieso scheißlangweilig!«
Sebastian kniff die Brauen zusammen. »Wann fährst du nach Frankfurt?«
Ragna wurde schlagartig ernst. »Morgen.«
Sie blickten sich alle schweigend an. Endlich sprach Sebastian aus, was alle dachten: »Dann ist das heute unser letzter Tag zusammen.«
»Wir sind heute Abend in Höxter. Da geben wir ein Kanu zurück, und ihr fahrt morgen zu fünft in zwei Booten weiter. Das geht doch«, schlug Ragna eifrig vor.
»Das ist nicht dasselbe«, stellte Isabel klar.
»Finde ich auch«, schloss sich Merle an.
»Nach Höxter müssen wir so oder so«, beendete Sebastian die

Diskussion. »Damit wir das heute noch schaffen, sollten wir jetzt aufbrechen und nachher darüber entscheiden, wie es weitergeht.«
Das fand allgemein Zustimmung. Während die Reisegefährten ihre Sachen zusammenpackten, trat Ragna zu Sebastian und reichte ihm sein Handy zurück.
»Vielen Dank, Basti. Ich schulde dir was. Möchtest du einen Rat dafür?«
Er nahm das Telefon und musterte sie skeptisch. »Nur zu.«
»Fahr nach Hause und rede mit deiner Frau.«
»Warum sollte ich?«
»Weil du ein richtig guter Kerl bist, daran ändert keine Krankheit etwas. Außer, du lässt sie über dich bestimmen.«

Drei Kanus pflügten den Strom im Gleichtakt. Während der ganzen Tour waren die Bedingungen nicht so ideal gewesen wie jetzt. Angenehm warm, aber nicht zu heiß. Kein Regen in Sicht, kein Gewitter im Anmarsch, der Wind nur ein laues Lüftchen – gerade gut genug, um für ein bisschen Rückenwind zu sorgen. Nicht, dass sie den nötig hatten: Paul hatte das Gefühl, er könnte heute locker Tag und Nacht durchpaddeln. Und so unangestrengt und mühelos, wie seine Reisegefährten ihre Boote vorantrieben, schien es ihnen ganz ähnlich zu ergehen. Paul fühlte sich fit wie seit Jahren nicht mehr. Morgen wieder nach Hause zu fahren, das mochte er sich nicht vorstellen.
Wahrscheinlich hegen wir alle gemischte Gefühle dabei, überlegte er. Außer Ragna vielleicht, die arrangiert sich mit jeder Gegenwart und trauert nichts und niemandem nach. Immer im selben Club, das findet sie scheißlangweilig. Im Prinzip fand Paul diese Einstellung durchaus nachvollziehbar.
Aber dieser Club hier würde ihm fehlen.

24

Das Erste, was Paul erblickte, nachdem sie die Kanus auf die Anlegestelle des Bootsverleihs am Kloster Corvey gezogen hatten, war die Riesengestalt von Django, der ihnen gemeinsam mit seinen beiden unvermeidlichen Kumpanen den Weg verstellte.
»Zurück in die Boote!«, raunte Sebastian. Paul schob sich kurz entschlossen an seinem Gefährten vorbei und ließ sich auch nicht von Isabel stoppen, die ihn mit der Warnung »Der macht dich platt!« zurückzuhalten versuchte. Paul nahm direkten Kurs auf Django und blieb erst einen Schritt vor dem Biker stehen.
»Du«, begann Paul ganz freundlich, als beginne er einen Plausch unter Bekannten, »du bist also ein Schutzgelderpresser. Wie beschützt du eigentlich? Du kannst ja nicht mal auf dein eigenes Moped aufpassen.«
Mit einem Urschrei stürzte sich Django auf Paul. Der wich ihm aus, elegant wie ein Torero. Django schoss ins Leere und nahm wutschnaubend Maß für den nächsten Versuch.
»Stopp!«, schrie Paul ihn plötzlich derart laut an, dass sogar seine Gefährten zusammenzuckten. Django kam abrupt zum Stehen. »Die Frage ist doch nicht, ob es dir gelingt, mich zu verdreschen«, erklärte Paul, nun wieder ganz gelassen. »Die Frage ist vielmehr, ob du damit dein Motorrad wiederkriegst. Und die Antwort darauf lautet: Nein. Kriegst du nicht. Nicht, wenn du mich oder sonst jemanden hier verprügelst.«
»Wo ist meine Maschine?«, grollte Django zornig, enthielt sich aber weiterer Attacken. Sein Blick flackerte irre. Bei optimistischer Interpretation ließ sich darin vielleicht sogar eine Spur

von Besorgnis entdecken, dachte Paul und entschloss sich, diese Annahme zuzulassen. Andernfalls könnte er seine weichen Knie kaum noch länger durchdrücken …

»Die habe ich gut untergestellt, warm und trocken.«

»Wo?«

»Gib mir deine Telefonnummer, dann rufe ich dich in drei Tagen an und sage dir, wo du deine Hayabusa abholen kannst. Dafür lässt du uns ein für allemal in Ruhe, okay?«

Django ließ es sich durch den Kopf gehen. »Ich krieg noch Geld von der Singdrossel«, knurrte er endlich, mit Blick auf Ragna. Die schüttelte bloß langsam, aber unmissverständlich ihren Lockenkopf.

»Wir mischen euren Laden auf!«, drohte Django.

Ragna zuckte gelangweilt mit den Achseln. »Bitte.«

Der Biker fixierte sie mit eiskaltem Blick. Ragna starrte zurück, ohne mit der Wimper zu zucken. Es war Django, der sich zuerst abwandte.

»Warum sollte ich dir trauen?«, herrschte er Paul an, der daraufhin höchst unverbindlich lächelte.

»Weil dir tatsächlich nichts anderes übrig bleibt.«

Django versuchte es noch einmal mit dem eiskalten Killerblick. Doch auch bei Paul prallte er damit ab. »Hol dein Handy und speichere meine Nummer«, grollte er schließlich.

So geschah es. Dann trollten sich Django und seine Kumpane, wenig später vernahm man den Lärm ihrer durchstartenden Motorräder, der sich allmählich in der Ferne verlor.

»Ein Dämon weniger«, murmelte Ragna erleichtert. »Danke, Coolman.«

»Reiner Selbstschutz«, wehrte Paul ab.

»Rufst du ihn wirklich in drei Tagen an?«, wollte Merle wissen.

Paul grinste. »Schätze, ja.«

»Verdient hätte Django das nicht«, fand Sebastian, aber Paul

war anderer Meinung: »Immerhin verdanke ich ihm ein einmaliges Erlebnis. Die Fahrt auf seinem Motorrad war wirklich ein Knaller! Vielleicht sollte ich mir auch eine Maschine kaufen …«
»Och nee – lieber nicht!«, bremste Jens, ebenso entsetzt wie spontan – was bei allen genug Heiterkeit auslöste, um den Schreck endgültig zu überwinden. Sie beluden sich mit ihrem Gepäck, ließen die Kanus am Ufer liegen und machten sich auf den Weg zu den Klostermauern.
Isabel hielt sich eng neben Paul. »Hoffentlich ist jetzt Schluss mit den Heldentaten. Das halten meine Nerven nicht aus.«
»Meine auch nicht«, gab Paul freimütig zu.
»Der hätte dich übel zerbeult …«
»War mir in dem Moment egal.«
Isabel lächelte schwach. »Vielleicht sind wir beide ganz anders, als wir gedacht haben.«
Paul zwinkerte ihr verschmitzt zu. »Du bist auf jeden Fall ganz anders, als ich gedacht habe, Isa.«

Sie bezogen wieder die Gemeinschafts-Dachkammer. Es wären ohnehin keine Doppelzimmer mehr zu haben gewesen. Aber das störte niemanden. Die letzte Nacht ihrer Reise wollten sie durchaus gerne dort verbringen, wo es angefangen hatte – da waren sich alle einig.
»Wird sowieso eine kurze Nacht«, hatte der sächselnde Tino vom Kanuverleih geschmunzelt, nachdem sie mit ihm die Kanus geholt und das Zimmer gebucht hatten. »Wir haben den großen Mittelalter-Markt im Klosterpark. Heute ist letzter Tag der Veranstaltung. Im Festzelt wird durchgefeiert. Lasst euch das auf keinen Fall entgehen!«
Das Getümmel war nicht zu übersehen. Im Hof und vor den Klostermauern parkten die Fahrzeuge zahlreicher Besucher. Im

Park drängten sich bunt bemalte Buden und Zelte, Choräle und Minnegesänge schollen herüber. In der Luft lag lockend der Duft von Gebratenem.
»Vielleicht ergattere ich da ein paar Klamotten«, äußerte sich Isabel. »Meine treiben ja mal wieder gen Helgoland.«
»Geht natürlich auf meine Rechnung, Isa«, bot Ragna sofort an. »Ich komme mit dir. Ohne Django und Konsorten kann man als Frau ja endlich wieder unbeschwert shoppen gehen ...«
Sebastian atmete tief durch. Dann sagte er: »Ich werde Melanie anrufen. Kann länger dauern.«
»Ich erledige auch ein paar Anrufe«, erklärte Paul schnell, um dem Freund eine bedeutungsschwangere Stille nach dessen Ankündigung zu ersparen.
»Dann ziehe ich mit Merle über den Markt«, sagte Jens. »Treffen wir uns im Festzelt? In einer Stunde?«
»Abgemacht!«
Sie gingen auseinander – Merle, Jens, Ragna und Isabel hinüber zum Festgelände, Sebastian suchte die Ruhe am Weserufer. Paul nahm Pelle an die Leine und setzte sich mit ihm auf die Hotelterrasse. Sogar hier ließ sich der Markttrubel noch deutlich vernehmen, aber zum Telefonieren war es ruhig genug. Paul wählte Frau Böhnkes Mobilnummer. Sie meldete sich sofort. Und freute sich über den Anruf. Es ging ihr so weit gut, mit der Aufnahme in die Reha-Klinik würde es allerdings noch etwas dauern, es gab Wartelisten ...
»Ich komme morgen wieder zurück, Frau Böhnke«, unterbrach Paul irgendwann den Redeschwall der alten Dame. »Pelle kommt dann natürlich auch mit zurück.«
»O ja, der gute Pelle ...«, bemerkte Frau Böhnke etwas zögerlich. »Geht es ihm gut?«
Paul kraulte Pelles Kopf und versuchte dabei, das chronisch geknickte Hundeohr aufzurichten. Aussichtslos. Es fiel immer

wieder in sich zusammen. Pelle ertrug es geduldig und knabberte dafür ein wenig an Pauls Sandalen.
»Doch, dem geht's prima.«
»Das ist gut.« Es klang ehrlich erleichtert. »Herr Cullmann, ich frage Sie mal geradeheraus: Könnten Sie es sich vorstellen, Pelle ganz zu übernehmen?«
Paul stellte die Streicheltätigkeit ein, zog seine Hand zurück und sah Pelle an. Der Hund hob den Kopf und blickte zurück – das heißt, möglicherweise auch nicht. So, wie Pelle schielte, war das schwer zu sagen.
»Doch. Kann ich mir vorstellen.«
Paul hörte die Steine von Frau Böhnkes Herzen förmlich durch die Telefonverbindung rollen. Sie sei so froh über diese Lösung, versicherte sie ihm ein ums andere Mal, und ihre neuen Mitbewohner im generationenübergreifenden Wohnprojekt würden das auch sehr begrüßen – die wären doch etwas skeptisch gewesen, was den Hund beträfe. Aber nun sei ja alles geregelt …
Paul verabschiedete sich von Frau Böhnke und sah Pelle an. Pelle sah Paul an. Oder auch nicht.
Paul schoss mit dem Handy ein Hundefoto, öffnete Pelles Facebook-Seite und lud das Bild hoch – mit dem Vermerk: »Bin umgezogen. Tschüs, Leute.« Die Seite verzeichnete immer noch 2187 Freunde. Dabei würde es auch bleiben. Paul hatte nicht vor, sie jemals wieder aufzurufen.
Aus purer Neugier öffnete Paul seine eigene Profilseite. Dort, bemerkte er sofort, hatte sich etwas getan. Von seinen sieben Facebook-Freunden war ihm lediglich einer geblieben: Lennart. Seine Ex-Gattin, deren Schwester und ihr Gatte sowie die drei Nichten hatten ihm nun sogar die virtuelle Beziehung aufgekündigt. Paul empfand das nicht als Verlust.
Dagegen bedauerte er, keine Botschaften von Lennie auf der Seite zu finden. Dabei hatte der Junge ihm doch den Account

eigens dafür eingerichtet. Na gut, Lennie hatte E-Mails geschrieben.
Sein Sohn fehlte ihm wirklich, erkannte Paul. Du hältst ein Telefon in der Hand, sagte er sich und blickte auf die Uhr im Display. Zwanzig Uhr hier bei ihm, das bedeutet vierzehn Uhr in New York. Ruf Lennie einfach an. Vielleicht passte es ja.
Paul wählte die Nummer und wartete.
»Ja, hallo?«
»Lennie, mein Junge! Wie geht's dir im Big Apple?«
»Papa? Hey … Ja, danke, alles okay … Bei dir doch auch, hoffe ich? Du, ich kann gerade ganz schlecht. Bin mit ein paar Leuten zusammen beim Essen …«
»Schon gut«, erwiderte Paul. »Wir telefonieren später noch mal. Ich wollte dich nur mal hören.« Irgendwo am anderen Ende der Welt dudelte Musik, eine merkwürdige Melodie. »Esst ihr draußen?«
»Ja … Hier ist ganz schön was los. Ich muss jetzt … bis später, Papa. Lieb, dass du angerufen hast. Tschüs!«
»Tschüs, Junge.«
Paul steckte gedankenverloren sein Handy weg. Der Junge klingt angespannt, dachte er. Hoffentlich ging es Lennart wirklich gut. Wenigstens hing er offenbar nicht alleine herum. Trotzdem, irgendetwas war sonderbar. Sogar jetzt noch, fand Paul und lauschte der Musik, die vom Festplatz her zu ihm herüberscholl – bis ihn die Erkenntnis traf wie ein Schlag: Das war dieselbe merkwürdige Melodie, die eben noch vermeintlich am anderen Ende der Welt erklungen war.
In New York ging zweifellos so manches. Aber dass in einem Restaurant in Manhattan mittelalterlicher Minnegesang als Tischmusik gespielt wurde und dann noch zeitgleich dasselbe Stück wie vor dem Kloster Corvey bei Höxter, Old Germany, wäre nun doch ein unglaublicher Zufall. Es gab nur eine Erklä-

rung dafür, allerdings eine für Paul beinahe ähnlich unglaubliche:
Lennie war hier.
»Komm, Pelle«, murmelte Paul erschüttert, schnappte sich die Hundeleine und machte sich unverzüglich auf den Weg zum Festplatz, wo sich die Massen zwischen den bunten Buden drängten. Er folgte der Musik und gelangte zu einer zuschauerumzingelten Fläche, auf der es hoch herzugehen schien: Anfeuerungsrufe und Kampfgetümmel kündigten von einer heftigen Auseinandersetzung. Paul musste an den Schaukampf auf dem Pritschenwagen denken, den er in Hannoversch Münden vom Turm aus beobachtet hatte. Er zwängte sich durch die Menge nach vorn. Pelle machte ihm das leicht – die Leute wichen dem Hund freiwillig aus, wenn er ihnen zu nahe kam.
Es waren tatsächlich die Kämpfer vom Pritschenwagen. Sie trugen blitzende Kettenhemden und martialische Langschwerter und umkreisten sich lauernd. Hinter ihnen besang ein Spielmann lautstark der Minne Leid und Freud, denn darum ging es bei diesem Kampf offenbar. Das Objekt der Begierde lagerte, malerisch drapiert in einer Sänfte, am Rande des Schlachtfelds und jubelte den Kämpfern zu. Die blonde Sina gab mit ihrem hübschen Puppengesicht eine durchaus ansehnliche Prinzessin ab, vielleicht abgesehen davon, dass ein funkelndes Lippenpiercing zu Zeiten Walther von der Vogelweides nicht unbedingt als gängiges Mode-Accessoire durchgegangen sein mochte. Pauls Blick verweilte nur kurz auf ihr und saugte sich dann an dem hochgewachsenen Schwertkämpfer mit den dunklen, gewellten Haaren und den strahlend blauen Augen fest. In diesem Moment setzte Lennart die entscheidende Finte und zwang seinen Gegner mit vorgehaltener Schwertspitze zur Aufgabe. Unter allgemeinem Beifall neigte der Verlierer demütig das Haupt. Lennart schritt würdevoll zur Sänfte, schwang sich hinein und

eroberte die Prinzessin mit stürmischem Kuss. Prompt fiel vor der Sänfte ein Vorhang herab und verhinderte die Sicht aufs weitere Geschehen, welches sich die Fantasie aller Betrachter dafür umso bunter ausmalte. Die Menge johlte vergnügt, applaudierte noch einmal und verlief sich.
Paul atmete tief durch. Dann trat er zur Sänfte und lupfte den Vorhang.

»Schätze, das genügt fürs Erste.« Isabel begutachtete zufrieden ihre Beute: eine Handtasche, einen Wickelrock, eine Bluse, mehrere T-Shirts und Tücher. Sogar einen Pullover hatte sie erstanden. Der sah zwar ziemlich nach Öko und Mittelalter aus, hielt aber bestimmt gut warm, falls es nachts abkühlen sollte. »Ich werde alles aufs Zimmer bringen, dann muss ich mich nicht damit abschleppen.«
»Mach das«, bestärkte Ragna. »Ist ja auch noch Zeit bis zum Treffen im Festzelt. Ich bummele noch ein bisschen herum.«
»Bis gleich«, verabschiedete sich Isabel und drückte Ragna spontan ein Küsschen auf die Wange. Der verschlug es ausnahmsweise für einen Moment die Sprache. Dann stellte sie beinahe ungläubig fest: »Wir sind tatsächlich Freundinnen geworden, was?«
»Wer hätte das gedacht …«
Sie grinsten sich verschwörerisch zu, dann trennten sich ihre Wege. Isabel schmunzelte immer noch in sich hinein, als sie die neuen Kleidungsstücke im Dachzimmer auf dem Bett ausbreitete. Die Handtasche bestückte sie mit ihrem Portemonnaie und dem Handy. Den Wickelrock und die neue Bluse zog sie gleich an. Beides passte ihr großartig. Isabel stieg beschwingt die Treppe hinab und trat wieder ins Freie. Die Bluse sah sexy aus. Paul würde bestimmt Augen machen …
Paul.

Bist du in diesem Moment glücklich?, hatte er gefragt, als sie sich vorhin während der Mittagspause in den Armen gelegen hatten. Und sie, sie hatte sich wieder nur getraut, auf den Moment zu sehen. Nicht auf die Zukunft. Doch die Momente mit Paul wären gezählt, wenn sie sich nicht um ihre Zukunft kümmerte.
Isabel setzte sich auf einen Hocker, der vor dem verwaisten Kanulager stand. Tino und seine Kollegen waren sicher auch drüben beim Fest. Genau wie ihre Freunde, zu denen Isabel gleich gehen würde. Aber zuvor gab es etwas zu regeln. Sie zog langsam das Mobiltelefon aus der neuen Handtasche. Isabel hatte es abgeschaltet, bevor sie zur Reise aufgebrochen war – und seitdem nicht wieder aktiviert.
Jetzt tat sie es.
Die Mailbox platzte vor Nachrichten. Die Liste eingegangener Anrufe war ellenlang. Und sämtliche Botschaften stammten von ein und derselben Person: Thorsten. Das überraschte Isabel nicht, damit war zu rechnen gewesen. Trotzdem fühlte sie, wie etwas in ihrem Magen zu Eis gefror, als sie nun allen Mut zusammenraffte, um Thorstens Nummer zu wählen.
In diesem Moment klingelte ihr Handy. Als sie das Gespräch annahm und das Telefon ans Ohr hielt, schien es, als erklänge Thorstens Stimme direkt in ihrem Kopf.
»Hallo, Isabel. Ich sehe dich.«

»Ich wollte ja ursprünglich nach New York …«
Lennart hatte Kettenhemd und Langschwert abgelegt und blickte unglücklich in sein Bierglas. Sie saßen in einer Ecke des Festzelts, abseits des Getümmels. Die Reisegefährten waren noch nicht aufgetaucht, und Sina hatte sich diskret zurückgezogen, als Paul darum gebeten hatte, seinen Sohn unter vier Augen zu sprechen.
»Was ist dazwischengekommen?«, fragte Paul. »Das Mädchen?«

»Sina kann nichts dafür!«, verteidigte sie Lennart. »Im Gegenteil, sie hatte ja eigentlich auch ganz andere Pläne …«
»Auslandssemester in Madrid. Ich erinnere mich. Hast du sie überredet?«
»Keiner von uns musste den anderen überreden«, stellte Lennart scharf klar. »Wir hatten überhaupt kaum etwas miteinander zu tun, bevor wir uns bei der Mittelalter-Gruppe getroffen und ineinander verliebt haben.«
»Ich habe nie geahnt, dass du dich fürs Mittelalter interessierst! Warum hast du nie davon erzählt?«
Lennart senkte den Kopf. »Ich wollte das selbst ausloten. Es passte irgendwie alles nicht zusammen mit dem, was ich glaubte zu wollen.«
»Stimmt. Zwischen einem Wirtschaftspraktikum in New York und der Ritterzeit liegen in der Tat Welten.«
»Siehst du?«, erregte sich Lennart. »Und dann warst du immer so verdammt stolz darauf, wie zielstrebig ich meine Karriere plane und so … Ich wusste doch gar nicht, was ich will! Aber bei Mama und dir ist so vieles danebengegangen – da wollte ich euch nicht auch noch Schwierigkeiten machen! Nur, dann kam plötzlich die Idee auf, mit der ganzen Gruppe ein paar Sommermonate lang über die Märkte zu ziehen. Als fahrende Truppe, genau wie im Mittelalter …«
Paul beobachtete, wie allein die Beschreibung des Vorhabens in Lennarts Augen Leuchtfeuer der Begeisterung entzündete. Und dann sah er seinen Sohn vor seinem geistigen Auge wieder als den schmucken Ritter vom Schaukampf – kraftstrotzend, flink, ein Bild purer Lebensfreude. Eine Vorstellung, die ihm spontan wesentlich mehr zusagte als das Bild eines blassen Wall-Street-Lennies in Anzug und Krawatte. »Macht bestimmt Spaß, was?«, lächelte er.
Lennart lächelte vorsichtig zurück. »Macht richtig Spaß.«

»Und was kommt danach?«
»Wird sich finden. Du improvisierst doch auch ständig.«
»Ich bin vielleicht kein gutes Beispiel für dich.«
Lennart sah Paul fest in die Augen. »Ist meine Entscheidung. Okay?«
Ich sehe in die Augen eines Erwachsenen, erkannte Paul und nickte. »Okay.«
Sie lächelten einander an.
»Du siehst gut aus«, bemerkte Lennart. »Hast abgenommen.«
»Gut möglich.«
»Was machst du eigentlich hier?«
»Kanufahrt. Zusammen mit ein paar alten Schulfreunden. Da hinten kommen sie.« Paul winkte zu Sebastian, Merle, Jens und Ragna hinüber, die eben gemeinsam das Festzelt betraten.
»Aha«, staunte Lennart. »Und der Hund?« Er wies auf Pelle, der friedlich hechelnd zu Pauls Füßen lagerte.
»Meiner.«
»Echt?«
Paul grinste breit. »Du hältst nicht das Monopol für Überraschungen, mein Junge. Mit über fünfzig ist das Leben nämlich noch lange nicht zu Ende.«
»Nicht?«, lachte Lennart. »Was kommt denn dann noch?«
Paul zwinkerte seinem Sohn verschmitzt zu. »Wird sich finden. Wir improvisieren.«

Thorsten schob sich aus dem dunklen Hintergrund der offenen Remise, wo er zwischen den Kanus gelauert hatte, zu Isabel und musterte sie, während er sein Mobiltelefon in die Gesäßtasche seiner Jeans gleiten ließ. »Deine Freunde sind alle nicht bei dir, Isabel«, stellte er befriedigt fest und lächelte kalt.
Isabel blieb auf ihrem Hocker sitzen und beschwor sich, ruhig zu bleiben. Du bist kein Opfer, Isabel. Hat Ragna gesagt.

»Immerhin habe ich Freunde«, stellte sie fest, um Gelassenheit bemüht. Es schien zu funktionieren, denn Thorsten schoss die Zornesröte ins Gesicht.

»Vor allem den Dicken, an den du dich auf der Restaurantterrasse so angeschmust hast, was? Der mit dem widerlichen Köter …«

»Der Hund hat Charakter. Mehr als so manch anderer.«

Thorsten trat mit einem raschen Schritt vor den Hocker, packte Isabel hart am Blusenkragen und zog sie hoch, bevor sie reagieren konnte. »Jetzt ist Schluss mit lustig«, fuhr er sie an. »Du kommst mit nach Hause oder …«

Isabel bohrte ihren Blick in den ihres Gegenübers und löste dabei seine Finger von ihrem Kragen. Dann wischte sie Thorstens Hand unwillig beiseite, ohne den Blick abzuwenden oder zurückzuweichen.

»Die Frage ist doch nicht, ob es dir gelingt, mich zu verdreschen«, erklärte sie mit fester Stimme. »Die Frage ist vielmehr, ob du mich damit wiederkriegst. Und die Antwort darauf lautet: Nein. Kriegst du nicht. Nicht, wenn du mich verprügelst.«

»Du willst es so.« Thorsten hob die Hand und holte aus.

Wenn mich einer verprügelt, setzt es einen Tritt in die Weichteile, schoss es Isabel plötzlich durch den Sinn. Ragnas Worte.

Und Isabels Knie.

Das zuckte hoch, noch bevor Thorsten seine Faust ins Ziel bringen konnte. Im nächsten Moment lag er zusammengerollt und wimmernd am Boden. Isabel hockte sich neben ihn, zog seinen Kopf an den Haaren hoch und brachte ihren Mund dicht an sein Ohr.

»Ich gehe. Du darfst alles behalten – dein Scheißgeld, die Scheißwohnung und alles andere. Aber wenn du mir noch einmal zu nahe kommst, sorge ich dafür, dass du alles verlierst – kapiert?«

Die Stimmung im Festzelt kochte langsam über. Merle fütterte abwechselnd Pelle und Jens mit den Resten eines Spanferkels. Paul teilte sich einen großen Krug Met mit Lennart und Sina. Ein wirklich nettes Mädchen, das ließ sich schon nach kurzem Gespräch feststellen. Flinkes Mundwerk, scharfer Verstand. Paul sah mit Stolz auf das hübsche, junge Pärchen. Dann hielt er zum wiederholten Mal Ausschau nach Isabel. Wo blieb sie nur? Er wollte sich gerade auf die Suche nach ihr machen, da schob sich Sebastian zwischen ihm und Ragna auf die Bank. Er sah blass aus.
»Habt ihr euch ausgesprochen?«, erkundigte sich Paul mitleidig.
Sebastian nickte. Ragna schob ihm kommentarlos ihren Bierkrug hinüber, Sebastian nahm dankbar einen tiefen Zug daraus. »Melanie muss sich erst mal in die ganze Situation hineinfinden. Musste ich ja auch. Muss ich noch«, verbesserte er sich.
»Gonna try with a little help from your friends«, sang ihm Ragna lachend ins Gesicht, und Paul setzte hinzu: »Genau – die Beatles haben immer recht!«
Sebastian war sichtlich gerührt. »Ihr seid wirklich meine Freunde, wisst ihr …«
»Und da kommen sogar noch mehr davon«, flötete Ragna und wies auf einen nahenden Pulk ausgelassen johlender Gestalten – Heinz, Klaus, Robert, Gisela und die beiden anderen Camperfrauen vom Platz in Hannoversch Münden hatten die Gruppe um Paul ihrerseits auch gesichtet und drängten heran. Klaus kraulte sofort wieder Pelle und wurde vom Hund schweifwedelnd erkannt, während Heinz seine Rechte begeistert auf Pauls Schulter krachen ließ.
»Paul! So sieht man sich wieder!«
Die Männer drängten sich ungeniert mit auf die Sitzbänke, während ihre Frauen noch zögerten. Bis Ragna aufstand, Gisela

die Hand reichte und unverblümt erklärte: »Ich bin hormonell gerade vollkommen im Lot. Gestatten – mein Name ist Lockenfeger. Setzen!«
Als das allgemeine Gelächter verebbte und alle Platz gefunden hatten, erkundigte sich Heinz: »Paul – wo ist denn deine hübsche Frau?«
»Du hast eine Frau?«, fragte Lennart neugierig.
Statt einer Antwort sprang Paul auf und ging Isabel entgegen, die jetzt am Zelteingang auftauchte. Pelle lief seinem Herrchen sofort nach.
»Da bist du ja«, seufzte Paul erleichtert, als er Isabel erreichte.
Sie schmunzelte. »Hast du mich so vermisst?«
»Mein Leben lang«, erwiderte Paul schlicht und schloss Isabel fest in die Arme. Sie schluckte und spürte, wie sich alles Eis in ihr ein für alle Mal in nichts auflöste. Isabel legte ihre Arme um Paul, presste den Kopf an seine Schulter und sah dabei herunter auf Pelle.
Und diesmal hätte sie wirklich schwören können, dass der Hund ihr zuzwinkerte.